爱上小导游

AI SHANG
XIAO DAO YOU

杨恩涛　著

团结出版社
UNITY PRESS

图书在版编目(CIP)数据

爱上小导游 / 杨恩涛著. -- 北京：团结出版社，
2022.5
ISBN 978-7-5126-9350-0

Ⅰ. ①爱… Ⅱ. ①杨… Ⅲ. ①长篇小说-中国-当代
Ⅳ. ①I247.5

中国版本图书馆 CIP 数据核字(2022)第 042151 号

出　　版：	团结出版社
	(北京市东城区东皇城根南街 84 号　邮编：100006)
电　　话：	(010) 65228880　65244790
网　　址：	www.tjpress.com
E－mail：	65244790@163.com
出版策划：	书香力扬
经　　销：	全国新华书店
印　　刷：	成都兴怡包装装潢有限公司

开　　本：	145mm×210mm　1/32
印　　张：	15
字　　数：	357 千字
版　　次：	2022 年 5 月第 1 版
印　　次：	2022 年 5 月第 1 次印刷

书　　号：	ISBN 978-7-5126-9350-0
定　　价：	89.00 元

(版权所属，盗版必究)

序　言

导游是旅游业的灵魂！

导游职业，充满魅力；导游故事，充满传奇！！！

《爱上小导游》是导游、旅游相关从业者、旅游者值得品味的小说。

小说以刀安康、小浅浅为主线，沙洁、雷疤、毛姐等人为辅线展开，涉及地陪导游的工作、爱情、原生家庭、为人处世等诸多方面。作者采用导游讲故事的方式进行创作，作品中的故事有喜有悲、有笑有泪、有生有死。

作者塑造了外柔内刚的刀安康、单纯可爱的小浅浅、血气方刚的雷疤等人，他们每个人都有血有肉、有生命力。他们在导游工作和个人成长中，追求梦想，在经历了追求、拼搏、受伤等一系列的变化后，最终成长起来。

导游从业者，尤其是地陪导游从业者，了解导游需要经历多少时间、多少事件，以及品尝多少辛酸苦辣，才能算得上是合格的导游。在《爱上小导游》中，刀安康、小浅浅、雷疤等人对导游服务所做出的诠释和说明，定能令很多导游产生职业共鸣。

大多数旅游者对导游的认识和理解，都是停留在上知天文、下知地理、能说会道的层面。近几年来，部分旅游者选择参加"低价购物团"而被"不良导游""欺负"后，对导游的评价大打折扣。

导游是神是魔？也许，不同经历的旅游者能从这部作品中找到不同的答案。

《爱上小导游》具有时代意义，反映了在特殊旅游市场中，地陪导游在购物市场不规范等各种压力下，做出的不同抉择，最终走向不同结局的职业现象。

旅游市场在变，导游在变，旅游者在变，然而，人性恒久不变。导游对人性的理解到底有多深？鉴于旅游市场的特殊性，以及导游的职业性质，故事从 2010 年腊月下旬讲起，像是发生在昨天，又像是发生在今天，更像是发生在梦里。

读下去，真实而鲜活的导游呈现在你面前；
读下去，百感交集，收获无穷，回味无穷。

目 录
CONTENTS

第一章　蜗牛游客

边境省洛明市国际机场，国内到达出站口处，导游们举着各种形状、五颜六色的导游旗，迎接着他们的游客。

"康哥，机场不让吸烟。"小姑娘扯掉男子未点燃的香烟，丢进垃圾桶，又摘下男子黑色的太阳镜，淘气道，"你这是摆造型装酷呢。"

此时，出站口处的人流中，一个穿着艳丽、富态的中年妇女给男子抛媚眼，顺势做出飞吻动作。

小姑娘瞥富婆一眼，又踮起脚，将黑色的太阳镜卡回男子头上开玩笑道："富婆馋你了，还闭着眼睛装作看不见呀。"

玉树临风犯点傻，外柔内刚人不渣；竖起旗帜表身份，导游路上来言他。男子刀安康，23 岁，身姿挺拔，脸部轮廓棱角分明。他今天的穿着打扮跟以往有所不同，全身都是黑色的：黑衣服、黑鞋子、黑背包、黑墨镜，胸前搭配墨翠挂件。

如果不是他肩上扛着的导游旗提醒旅客，他是正准备接团的导游，也许大多人还是难以把一身黑的人和跟团导游结合在一起。

他的导游旗杆很粗很长，高出他的头一米多，旗帜面积就像运动会上的旗帜一样大。白底色的旗帜上印有牦牛头图案，牦牛两角中间印有红色的"牦牛团"三个大字，特别显眼。

打哈欠、揉眼睛、睁开眼，安康手握拳头轻敲在小姑娘的额头上，说道：“小丫头片子，吵醒哥的美梦了。”

小姑娘右手轻揉着额头，噘嘴不屑地说：“大白天的做白日梦，是不是梦到哪位美女了。”

“梦见你被大老虎给吃了。”安康再次轻敲小姑娘的额头。

“疼，一点都不懂得怜香惜玉。”小姑娘换成左手揉额头，戴在手腕的翡翠手镯不经意间闪现出来，可谓是：

手镯秀出古典味，珠光宝气看不累。
娇声淘气小虎牙，桃李年华邻家妹。

“嘿，谈恋爱了吧，哪个男人的眼珠长歪了，看上你这小姑娘。”安康一把抓住小姑娘的手腕，转动手镯并粗略观察，然后松开手说道：“哎哟喂，送你仅有半点翠色的糯冰种手镯，低端货，刚好配得上你，这男人太有诚意了吧！”

小姑娘掐住安康手掌后背，使劲来回转动，不依不饶地说：“你笑话我，给你点教训。”

“干吗呢，大白天的打情骂俏。”一头金色大波浪卷长发的女子说着话，走过来，手腕挎着路易威登的手提包。

小姑娘松开手，一同和安康向女子打招呼：“毛姐好！”

毛敏芝是一位 30 多岁的老导游，大家称呼她为毛姐。她正准备回应安康和小姑娘，谁知手机响了，她接通电话，向安康和小姑娘挥挥手，转身急匆匆地加快脚步离开接站口。

目送毛姐离开后，安康轻轻地吹着发紫的手背，抱怨道：“一点都没有女人味，下手这么重，要不是团队快到了，好好地收拾你。”

“哼！看你还敢不敢欺负我。”小姑娘得意扬扬地笑开了花，嘴角露出可爱的小虎牙。

陆陆续续有旅客走出接站口，安康掏出手机看过时间，说道："咱们的客人应该出来了，准备接团吧。"

小姑娘模仿军人手势敬礼道："遵命，康哥！"

小姑娘万知浅，19 岁，长得清秀动人，穿一身白：纯白连帽卫衣、象牙白牛仔裤、米白色运动鞋、珍珠白的发卡。

从小受影视剧和小说的影响，万知浅就对外面的世界充满向往。中专毕业后，她带着刚到手的导游证，不顾父母的阻拦，独自一人来到洛明市，进入了丙皮皮旅行社，从事导游工作。

万知浅刚到洛明不久就和安康认识了。

那天，安康到丙皮皮旅行社交单子，见到万知浅抚摸着短发马尾辫在照镜子，她时而嘟嘴，时而咧唇，露出可爱的小虎牙。安康凑过去盯着镜子看看，又转向万知浅，冒出一句："谁家小姑娘，这么可爱。"

那天毛姐也在，她介绍道："这姑娘是我的妹妹，叫万知浅，来自湖南湘潭市。"

"嗨，万万、知知、浅浅，小浅浅。"安康几经更改，送给小姑娘一个外号：小浅浅。自从有了小浅浅这个称呼，就没有多少人关心万知浅的真实姓名，就连她自己带团的自我介绍环节，都会让游客称呼她为小浅浅。

三十多分钟过去，旅客从熙熙攘攘到寥寥无几。可是，他俩还没有接到游客，安康焦躁地抱怨道："这是什么人呀，还没有出来，蜗牛都比他们快。"

"康哥，别急，我们再等等，可能他们行李有点多。"小浅浅安慰道。

"那行吧，你继续等着这群蜗牛，我去上洗手间，顺便抽根烟。"说罢，安康将导游旗交给小浅浅，自己走向洗手间处。

半年多来，安康在丙皮皮旅行社，主要带当地一日游的旅游团。每天早出晚归，赚着辛苦钱，对于一日游的旅游团，他游刃有余。时间长了，他觉得没有什么乐趣，赚钱少，提不起激情，便想改变带团线路，去挑战长线团，也想着每个团能赚五六千块钱。

被他称为蜗牛的旅游团是他的第一个长线团，时间六天五晚，25人。结果还没有接到客人，他就收到客人的一份礼物：慢慢地等待。

他在洗手间旁边的吸烟处，抽完一根烟后，回到接站口，只见一位身穿灰色棉衣，衣角处有个话筒直径大小破洞的大叔，正和小浅浅说着话。破洞大叔后面跟着一群人，他们大部分人的头上都戴着红色的鸭舌帽，帽子上印刷着一行白色大字"旅游接待"和一串电话号码。

见到安康过来，小浅浅提高声音道："牦牛哥，我们的团队到了。"

破洞大叔用一口方言主动和安康套近乎，说他是这个团的领队，并把团队基本信息告知安康，还说这个团里的好多人都是第一次出门旅游，请安康多多关照。

这个旅游团，年龄55岁左右的人居多，还有少部分是六七十岁的老年人，他们有的提着包、拖着行李箱，有的两手空空。安康环视一圈参差不齐的队伍，向破洞大叔交代道："带上所有人，跟着我到停车场上车。"

游客跟在安康身后，交头接耳地讨论着，有人说他全身黑色，不会是个黑导游吧；又有人说，那小姑娘全身白色，心地应该很善良。

没走出几步，有人靠近小浅浅身边说，憋不住了，想方便，问洗手间在哪里。

小浅浅扛着导游旗，从队伍最后面小跑几步，到安康面前，刚蹦出半个"康"字，转而说道："牦牛哥，客人想上洗手间，能不能让他们去洗手间后，再上车。"

安康压低声音回复道："事情真多。"但显然是故意让破洞大叔和他身边的几个游客听的。接着，他让游客停下脚步，然后面对他们，提高嗓门："各位，想方便上洗手间的，跟着穿白色衣服的小姑娘，她会带你们去的，不上洗手间的，跟着我先到停车场上车。"

他接过小浅浅手中的导游旗，交代几句后，带着一部分游客到达停车场。

驾驶员黄师傅早已经在停车场等候，他帮助一个白头发老大爷把箱子装进 35 座旅游大巴车的行李舱。

黄师傅 1999 年开面包车时接触旅游，刚开始，主要帮助旅行社接送客人。省吃俭用赚钱后，卖掉面包车，买了一辆 19 座旅游车，开始接待正规团队。到去年，他又将 19 座旅游车转卖给他人，投资了 35 座的旅游车。

帮老大爷放好行李后，黄师傅走到安康的旁边，问道："是不是还有人没有到齐？"

"是呀，这些客人速度太慢了。"安康递给黄师傅一支烟说，"有个跟团的女导游带着一部分客人上洗手间了，她会把迟到的客人带过来的。"

俩人说着话、抽着烟，移步到一棵树下，安康向黄师傅分析客人，觉得这群游客的购买力不强，并抱怨道："你看看这些人，头戴小红帽，领队和其中三五个人，还穿着破衣服出门，怎么个带法哟。"

黄师傅开旅游车多年，见过形形色色的导游、游客，也遇到过各种类型的事件。对于一个团是否能赚钱，他认为运气很重要，导游只要做好自己该做的事情，能否赚钱，听天由命。他说："不要以貌取人。"

他还举例子："三年前，我19座的车，接了客源地差的8个客人。其中，还有两个客人从开始旅游到行程结束都没有换过衣服。那个导游耐着性子做他该做的事，结果放颗小卫星，那个导游可开心了，还给我一个大大的红包。"

"咳!"安康故意咳嗽一声："这个团不敢奢望放卫星，尽量争取不要死得太惨，就心满意足了。"

安康说出这话的时候，他心里的依据是向他"称兄道弟"的皮总。

皮总是丙皮皮旅行社的负责人。当安康向皮总请求，想从一日游转向长线团时，皮总二话没说就答应了。虽然没有安排客源地好、年龄层次好的优质客人给他，但也没有派9人以下的小包团给他。

皮总根据安康的能力，给他派了客源地差又听话的团队。皮总听说安康对长线行程的部分景点不熟悉，担心操作失误而遭受损失，为稳妥起见，他让小浅浅来协助安康带的第一个长线团，也算是考虑周全吧。

一日游和长线团的带团时间、流程、方法和技巧是有区别的。安康为带好第一个长线团，还去请教认识的长线导游，可惜，得到的技巧却是好听不好用，俗话说"教会徒弟，饿死师傅"，没有多少导游愿意把自己的经验随意传授给他人。

有一次，在购物店休息室，他无意中听到某位长线导游的带团经验："长线导游需要包装自己，可以包装成专业性、民族性、服务性等各种类型的导游。讲解很重要，个性风格更重要，总之要突出自己，给游客耳目一新、与众不同的第一印象。"

他觉得有道理，便弄出一身黑的穿着打扮，印在导游旗的牦牛图案是他突发的灵感。他拿到旅行社的团单后，和小浅浅在火车站附近的一家铜锅牛肉馆吃饭，看到墙上挂着牦牛头，尽显霸气。小浅浅向他竖起大拇指："康哥，你说带长线团，就带长线团了呀，真牛，比牦牛还牛。"

因为这句话，他来了灵感，制作牦牛图案的导游旗，还给自己取名字叫作牦牛导游。接团前，还特意叮嘱小浅浅，在游客面前，不要露馅，一定要叫他"牦牛哥"，他不伦不类的风格也算是奇葩了。

在铜锅牛肉馆吃饭时，安康和小浅浅还聊了关于小包团的话题。小包团以家庭出游和商务旅游居多，人数一般小于等于9人。这种团的特点就是客人团费高、要求高，客人要睡到自然醒，别跟他说赶时间；客人往东，别去西。顺着客人的意思去做服务，有小孩的，去抱抱小孩，有老人的多关心。因此，性格好、心态好、服务好的导游才能把这种团带下来，对于出单，"要么三年不开张，要么开张吃三年"。

小浅浅向安康诉苦："从开始做导游到现在，我都是带小包团，真是又爱又恨呀，这种小包团交的费用高，要求也高。但我只遇到过一次消费高的客人，大多数团都是低消费，甚至全程零消费。我不敢得罪客人，又赚不到钱。可是，又没有带大团的能力，好痛苦呀，要不，你教教我带一日游的团，我来跟你混。"

安康调侃小浅浅说："要不要手把手地教你。"

"你讨厌，不愿意算了，还逗我。"小浅浅嬉笑着生气。

安康一本正经地对小浅浅说："我都开始转型带长线团了，你也别去掺和赚钱少的一日游团队了。"

小浅浅心中窃喜，顺着说道："我带长线团，你也带长线团，可以经常见面，也挺好的。"

当安康真的开始带长线团时，巧的是，皮总安排小浅浅配合安康工作和熟悉景点。

收到去协助安康带团的消息，小浅浅活蹦乱跳地可开心了。可她不知道，安康对带第一个长线团充满了压力和期待。

安康认为一个优秀的长线团导游一个团能赚到 5 位数。对比他们，自己第一次带长线团，虽然没有经验、对部分景点不熟悉，但自己好歹也在一日游线路上混得过去，怎么说也得赚个四五千吧。

然而，当他看到这些蜗牛游客时，瞬间没有了自信。过往一日游的带团经验告诉他，放弃出大单的想法吧，就当是练手了。不过，毕竟这个团不是一日游，而是长线团，再说还有小浅浅的随团协助，他还是存有一丝丝希望。

安康和黄师傅聊着天，又点燃第二支香烟，刚抽几口，看见小浅浅带着另一部分游客已经在上车。他将太阳镜装进背包，稍微整理衣服，一齐和黄师傅走向旅游车，并上了车。

"人都到齐了吗?"安康问破洞大叔。

大叔从中间的座位上站起来，前后左右点人数，回应道："导游，人已经到齐，可以出发了。"

旅游车启动上路，安康面向游客站稳后，环视一圈，拿起话筒："大家好，你们是从哪里过来的?"

游客基本配合答话，说出他们的家乡。

"电视里看到过你们的家乡，也是好地方。不过，你们家乡的美，先放一边了。大家既然是来到边境省旅游，应该是对这里的文化、民俗感兴趣，我们主要介绍的就是当地的相关文化了。有空时，我再去你们家乡旅游，你们做我的导游好不好?"

"好!"车上大部分游客都回应着。

安康挺挺胸膛，继续说道："我是咱们团的导游，大家叫我牦牛导游就行。今天穿了一身黑色，大家也可以叫我黑牦牛。咱们团的团号呀，就叫'牦牛团'了。但请各位记住，不要叫我黑导，也不要把这个团叫作黑团，咱们是正规游客、正规旅游车、正规导游，总之一切都是正规的……"

听着安康讲话，有一部分游客在偷笑，其中一位50多岁的阿姨，突然，"噗——"的一声，忍不住笑喷了，露出歪歪扭扭的两颗大龅牙，她迅速闭嘴，并用双手捂住嘴巴，生怕影响到安康的讲解。

瞅阿姨一眼，安康继续讲解："坐在第一排位置，穿一身白的小姑娘，大家叫她小仙女、小浅浅都可以，她是一个姑娘家，大家不要欺负她。"

小浅浅脸微红，偷偷抬头看安康一眼。突然，猛的一下，小浅浅扑在安康怀里。安康下意识抓紧扶手，挡住了小浅浅，小浅浅才没有跌倒，她尴尬地坐回到座位上。

安康转头望向车辆行驶的方向，原来是一辆红色敞篷跑车在旅游车前面突然减速，然后又加速飞驰而去。

黄师傅面对跑车的挑衅和扬长而去，无奈地摇摇头。

突然的刹车，使得游客东倒西歪的。安康既不做解释，也不做安慰，装成若无其事地继续讲解道："我们的驾驶员姓黄，各位可以称呼他为黄师傅，但不要叫司机，因为'司机'和'死机'谐音，不吉利。大家入乡随俗，按我们这里当地的规矩，把驾驶员称呼为师傅就行。出来旅游安全最重要，咱们一路上的安全，就拜托给黄师傅了，大家一定要尊敬黄师傅。"

游客听得认真，安康继续说道："咱们这一趟旅游，就是旅行社委托我、小仙女、黄师傅接待大家，陪大家六天的时间，最后送各位到机场，行程就结束了，在此祝大家玩得开心，有所收获！"

说罢，安康向前倾斜15度，做鞠躬的动作。

破洞大叔带动着其他游客，掌声一片……

第二章　黄金旅游线

边境省是一个旅游大省，以丰富多彩的少数民族文化、自然景观、历史人文景观和神秘的宗教文化而闻名，而省会城市洛明市是一个风水宝地，有着很多传奇故事，更重要的是，它是边境省的政治、经济、文化中心……

安康介绍完洛明市概况后，团队到达餐厅。吃过午饭，行程计划是自由活动，晚餐后送回酒店。

这种行程安排没有考虑周全，黄师傅建议安康："先带客人入住酒店，再让他们自由活动，晚餐不用统一安排了，把餐费退给他们，让他们自行安排。"

安康并未立即采纳，转而问小浅浅怎么安排合适。

"我是来跟团学习的，没有遇到过这种情况，你看着办吧。"小浅浅未给出任何建议。

"要是推荐他们自费去民族村、博览园，或者其他景点，怎么样？"安康想着要是游客能花钱加景点，刚好可以让他们下午的时间变得充实。

小浅浅附和道："这倒是一个好方法，花点钱，可以多玩几个景点。"

如此，安康便找破洞大叔商量，令其团队每人花 30 块钱的费用，去游览城市公园和参观公园旁边的陆军讲武堂纪念馆。

讲武堂关门时间较早，安康带客人率先来这里参观后，规定了上车时间和地点，让客人在城市公园自由活动。

洛明市气候宜人，四季如春，到了冬天，每年都有从西伯利亚飞来的红嘴鸥在城市公园的湖里过冬，当地人会购买面包喂红嘴鸥，并和红嘴鸥拍照。

小浅浅白色的衣服和红嘴鸥的羽毛有几分相似，安康逗她说道："你要是像红嘴鸥一样能飞，我就把你的翅膀折断，让你回不了家。"

"哼，回不了家，就吃你的、喝你的，赖你一辈子。"小浅浅瞥安康一眼，买面包去喂红嘴鸥了。

目送小浅浅的身影，安康走到人少的地方，坐在一把长椅子上，闭上眼睛休息。迷糊中，听到不远处有熟悉的声音，他睁开眼睛看过去，只见两个年轻女子的背影，瞬间消失在路口的拐角处。他站起身朝女子方向喊道："沙洁，郭沙洁。"

没有回应，他迈开脚步跑到拐角处，东寻西望，两女子已经消失在人流中。回到长椅上，他再次闭上眼睛，难以抹去的往事浮现在眼前。

两年前的2008年，安康在网络公司上班，恋上在同一栋写字楼上班的某公司文员郭沙洁。为追求她，安康本来不高的工资交完房租、买些生活必需品外，剩余的钱基本上都花在沙洁身上。

而沙洁会经常和安康一起吃饭、看电影，到城市公园游玩，累了就坐在长椅上休息，过马路时，沙洁也会和安康手牵手。在旁人看来，他俩是令人羡慕的情侣。

没有人知道，他俩的关系仅仅是牵手、拥抱而已，连接吻的机会都得看沙洁的心情。每次安康紧紧抱住沙洁，去解开沙洁的衣服纽扣时，总被沙洁轻轻推开他的手，盯着他的眼睛发出考验的信号："刀安康，两情若是久长时，又岂在朝朝暮暮。"

安康清楚记得，那年年底，他在三亚，夜里接到沙洁的电话："这几天你一个电话都不打给我，是不是非要等我打给你？你要是这样，我跟其他人谈恋爱，你就没有机会了……"

沙洁像放鞭炮一样地噼里啪啦说一大堆，累了，才让安康开口。

"沙洁，你知道的，我和公司同事在三亚旅游，明天就回去了。"

"旅游、旅游，为什么你的同事能带家属，而你一个人去潇洒，却不带上我？你不是口口声声说爱我吗？这么好的机会，你却不把握……"沙洁又是说个没完没了。

这已经不是沙洁第一次这样对待安康了。从那年的中秋节开始，沙洁对安康的吵闹程度越来越严重，就差大打出手了。只因中秋节，俩人约好一起看电影，不巧，安康因临时加班而失约。沙洁不接受任何解释，逼着安康花半个月工资和奖金，买了双1800元的鞋子，事情才算翻篇。

当然，沙洁也有让安康感动的一面。闲暇时，她会到安康的出租屋帮忙整理房间，洗衣服、内裤和臭袜子。第一次帮安康洗衣服时，她抢过安康后背手里的内裤，用手指捏起来，晃动着假装闻一下，诡秘地说："你的小裤子，味道好特别呀。"

还有一次，沙洁很担心生病住院的安康，跑前跑后为其办理各项手续。因为上班，不方便请假，她下班的第一件事就是做饭，再跑到医院送饭给安康，陪他聊天，给他讲故事。

沙洁已经悄然无声地偷走了安康的心。

而此次的公司出游，安康没有带上沙洁，是有原因的。安康耐心地解释："沙洁，公司管理层的人才能带家属，再说我的情况你又不是不知道。你给我打电话是不是有重要的事？如果没有，我明天就回去，给你带了礼物，我们见面再说好不好？"

听到礼物，沙洁说话的语气缓和了些，直说打电话的目的："我闺密急需用钱，只有我能帮她，你能不能先借我 1 万块钱，现在就要，至少借我 5000 元。"

如果安康有 1 万块钱，他怎么会拒绝沙洁呢？可是，他的难言之隐只有他自己最清楚：那便是卡里根本没有 1 万块钱。于是，他借口逃避道："这大晚上的，人生地不熟，哪里有银行也不知道，你想想别的办法吧。"

"我把银行卡号发给你，你自己看着办吧。"沙洁没得到满意的回复，挂断了电话。

安康出身于农民家庭，大专毕业后，换了好几份工作，最终才稳定下来。虽说工资不高，但他努力工作，到年底时，终被认可，被评为优秀员工，可以享受公司的免费旅游服务。

原先他计划着，旅游结束后，回到洛明，领到优秀员工奖 6000 块钱，就可以回家过年了，用这些钱孝敬父母、买年货、回家聚会等等。

他每个月省吃俭用积攒下来的 4000 块钱，存在银行里。这一次三亚旅游，出发前他取出 1500 块钱。在旅程中，他参加了导游推荐的潜水等自费项目，购买了一些当地特产，只剩余 200 多块钱的现金了，而卡里仅有 2500 块钱，也帮不上沙洁，他气自己，觉得自己让沙洁失望了。

回到洛明后，安康不知如何去面对这段爱情，直到沙洁出现在他的出租屋门口，质问道："你为什么旅游回来，也不找我，是不是不爱我了？"

"沙洁，我没本事，没有钱，对不起。"安康掏出烟盒，准备抽烟。

沙洁抢过安康的烟盒，将整包烟砸在安康脸上，还没有等安康反应过来怎么回事，她又紧紧抱住安康号啕大哭，眼泪像瀑布一样哗哗流个不停，把安康的衣服浸湿一大片。

突然，沙洁松开垂着双手的安康，往安康脸上甩一大巴掌，转身捂着脸，跑开了，从此，两人再没见过面。

坐在长椅上，想到这些往事，安康竟然伤感起来。

"糖葫芦！卖糖葫芦了……"

声音打乱安康的思绪，他睁开眼睛，只见小浅浅站在面前，给他递过来刚买的一串糖葫芦。

"这么大的人了，还吃糖葫芦，幼稚。"安康拒绝道，"你自己吃吧，我不吃。"

小浅浅把糖葫芦塞到他手里，撒气道："不准不吃。"

接过糖葫芦，安康站起身离开长椅，走向城市公园湖边的围栏处。扶着围栏，他低头看湖水里的鱼儿，又抬头看湖面上空成群飞翔的红嘴鸥，似乎在问："游鱼与飞鸟能在一起吗？"

装着心事的他尝了一口糖葫芦，甜中有酸，酸里带甜，想着要是两年前不改行，继续在网络公司上班，继续追求沙洁，结果又会是怎么样呢？

小浅浅和他并肩站在一起，开口道："康哥，你怎么跑到这个角落来了，找半天才找到你。"

安康的思绪还沉浸在回忆中，答非所问："你是愿意做游鱼还是飞鸟呢？"

"当然是飞鸟了，可以自由地飞翔。"小浅浅摸不着头脑，但看安康问得一本正经，她说，"你刚才不是说，我要是能像红嘴鸥一样飞翔，就要折断我的翅膀吗？我要做一只不被折断翅膀的红嘴鸥。"

"现在我改变主意了。"安康说，"飞鸟总比游鱼强，可以自由地在蓝天、白云间翱翔，支持你做飞翔的红嘴鸥。"

"不说鸟和鱼了，客人已经在集合，我们该上车回酒店了。"

小浅浅提醒道。

俩人向集合处走去，小浅浅说："康哥，有一对夫妻，可有意思了，他们走到哪里，都十指相扣，就像把对方当作美丽的翡翠一样，怕弄丢了。"

"这夫妻不是真爱就是有病。"安康发表见解，"一把年纪了，不分场合地牵手，还十指相扣，正常夫妻谁会那样呢？"

"牵手夫妻对你的印象可好了，非常认可你。"小浅浅说道，"这对夫妻对于讲武堂的认识很深刻，说你的讲解很到位。他们还说喜欢城市公园的热闹，说当地人很友好，把红嘴鸥当朋友，给它们喂食，怪不得每年都有红嘴鸥飞过来过冬。"

导游能获得客人的初步认可，相当于开了一个好兆头。至少在讲解过程中，认可导游的客人，会听得认真；在游览景点时，他们也会配合，不给导游添乱；更重要的是，购物时，这些人能起到一些积极的推动作用。但对于整个旅游团，也不能仅仅就关注那几个人，还是要以大部分人为主。

听到小浅浅无意中传达的信息，安康对这个团的印象比在机场时好了一些，以至于客人吃晚餐后，回酒店的途中，他还给客人介绍洛明城又有"龟城"的说法，以及洛明城"西山睡美人"的传说。

为客人办理了入住酒店后，安康回到出租屋，翻开沙洁的电话，却没有拨打出去。理智告诉他："努力赚钱、拼搏奋斗才是当下应该做的事情。"

明天就要带着牦牛团离开洛明前往海月州了，虽然自己出生于海月州，但对于家乡的了解，也仅仅是出生、长大的那个小村庄和读高中时所在的县城，对于海月州的相关旅游知识，还需要补充学习。

于是，他翻开《边境省导游基础知识》，找到海月州部分，拿起笔画重点，直到关灯进入梦乡前，他的脑袋瓜里都是海月州的文字。

海月州位于边境省中部，距离省会洛明市 400 公里，历史悠久，是古代边境省的政治、经济和文化中心，尤其是在唐宋时期，繁荣程度达到顶峰。而今，海月州的首府海月市已经被评为历史文化名城、魅力城市和文明城市，这里有白族、彝族、纳西族、藏族、傣族、壮族等少数民族……

早晨，安康带着牦牛团先去游览了距离洛明市 90 公里的溶洞风景区，因游客对溶洞景区兴致不高，比预计时间早了一个多小时吃中餐。然后，一行人前往海月州州府所在地——海月市。

路上，他把书上知识、一日游带团经验，以及对海月州的理解，做了融合，讲解给牦牛团成员。重点讲解不到 30 分钟，以及东拉西扯十来分钟后，已经没有内容可讲，他只得让客人自行休息。

客人三六九等，需求都不一样。对于大部分游客而言，到一个陌生的地区旅游，还是想听导游介绍一些当地的文化，吃没有吃过的美食，看没有看过的风景，以及体验旅途不一样的美。

导游讲解对于游客认识一个地方能起到非常重要的作用，有人说"景色美不美，全靠导游一张嘴"是有一定的道理的。如果导游讲解不好，游客一般都会有意见。而安康的这些游客，却像温柔的小绵羊一般，没有什么要求。这种团带起来很轻松，但同时压力也很大，经验告诉他，不敢对导游有要求的游客，消费能力一般也不强。他自我安慰道："反正是第一个长线团，客人也不怎么样，就当是练手了。"

到达海月市后，安排晚餐，办理入住，宣布当天行程结束，游客没感觉有什么不妥。

次日，安康以练手的心态，带着牦牛团游览海月古城、海月山、海月湖。中午在海月湖附近的渔庄吃饭。旅游团队很多，服务员都忙着照顾老顾客导游了。他主动充当服务员的角色，忙着给客人找桌位、端茶倒水、监督上菜，以弥补行程讲解的不足。

客人还是麻木的样子，根本不关注他做什么，仅仅是牵手夫妻跟他说了句："牦牛导游，辛苦了，谢谢你，你快去吃饭吧。"

司陪餐处，大家吃的是自助餐。安康舀饭菜到餐盘里，坐到小浅浅和黄师傅旁边，向黄师傅问道："从海月到乾泸要开车多长时间？"

"这个不好说。"黄师傅说道，"现在的路比以前好走多了，十多年前走的都是泥土路，现在好说歹说也是柏油路，除一部分路段修着路，和弯道比较多之外，整体还算可以，要是顺利，4个多小时能到达乾泸。"

接着，黄师傅问道："乾泸市导游有没有和你联系？"

黄师傅之所以这样问，是因为洛明的旅行社接待的团队也好，海月的旅行社也罢，凡进入乾泸的大部分旅游团，基本上都会和乾泸当地的旅行社合作，由他们接待安排除旅游车和司机之外的包括景区、酒店、导游、购物等等的行程，直到乾泸段行程结束。这样的合作方式能实现利益的最大化，在行业内算是公开的秘密，边境省的大部分旅行社都与乾泸市的旅行社有着紧密的合作关系。

大多数洛明的长线导游喜欢这种合作方式，他们认为从洛明带团到海月再回到乾泸，讲解量大，很辛苦，很累。依靠这种合作方式，到达乾泸，把团交给乾泸导游，让他们走乾泸行程和买乾泸特产，自己仅仅与乾泸导游相互配合，就能分享业绩的果实，还可以在酒店睡个大懒觉。这种合作方式，何乐而不为呢？

安康的牦牛团也不例外，他的团队到达乾泸后，就得交由乾泸导游接待，安排当晚的住宿以及明天的行程，后天早上，他再带着团队离开乾泸，继续后面的行程。

　　既然要和乾泸的导游合作，早联系也好。他掏出手机，有几个未接电话，猜想并回应黄师傅："可能是乾泸导游打过来的。"

　　说着，他走出餐厅，回拨过去，显示正在通话中。正准备再次回拨时，手机铃声响了，他找了个安静角落，接通电话，和善地问候："喂，你好。"

　　"刚才怎么不接我电话？我是乾泸导游阿雷。要到乾泸时，提前 20 分钟给我打个电话，我再告诉你交团地点。"

　　果然是乾泸导游的电话，听语气有点责怪的意思。听说乾泸导游素质参差不齐，古怪脾气不少。安康不晓得阿雷性格脾气，不想发生争吵，温和地解释："你好，阿雷，刚才在餐厅安排客人吃饭，人多声音嘈杂，没有及时接听电话，多有抱歉，请别放心里。"

　　安康语气中透出的友善，使得阿雷不再计较未接电话之事，但仍然语气刚硬地说："算了，以后带团，多注意看电话，记得铺垫特产，尤其是雪山保健果。"

　　安康和阿雷通电话，虽有不爽，但提前有心理准备，就不计较，也不想去评判阿雷人怎么样。他只想好好把这个团带好，多赚钱。既然需要和阿雷配合，在前往乾泸的途中，他还是根据阿雷的要求，对游客做了一些过渡性的铺垫讲解。

　　进入乾泸后，黄师傅停稳车，阿雷往车门处走来。他是典型的少数民族汉子，脚穿靴子，身披羊皮褂，长发盖头，左脸的结痂伤疤像散落的长烟丝，凹凸不平，被几缕头发隐约遮住，散发出一丝寒意。

　　小浅浅跟随安康下车，快速躲避阿雷，然后去行李舱处取行李箱，待阿雷上车离去后，她冒出一句话："这个人怎么那么恐怖？会不会吓到游客？"

"有可能吧。"安康问，"是不是他吓到你了？"

小浅浅经常带团到乾泸，因为是小包团，接触到的乾泸导游，大多都是新导游或者气场不强的文明服务型导游。虽然也见过一些留长发的、举止夸张的导游，但见到阿雷这样气场强大、脸上有疤的人，小浅浅还是挺害怕的。她说道："倒没有吓到我。不过，这人真是的，一个男人留长发，不伦不类的。"

"没吓到就好。"安康将话题转到住宿，"今晚我们住在哪里？"

问出这句话时，他都觉得可笑。带长线团，行程中不含地陪导游的陪房。他此前问过计调小陶为什么不含陪房，难道带个团还得自己倒贴钱吗？

小陶一句话就把他给堵得哑口无言："要是客人住五星级酒店，是不是也要安排你们导游和客人住同样标准的酒店？"

小陶还告诉他，会报销每晚每人40元的房费给导游和师傅。这就相当于明确告诉他要倒贴住宿费了，要是不想贴钱，就和师傅合住一间房，两人80元勉强够住普通宾馆标间。但弊端不仅是钱的问题，若是对方脚臭、打呼噜、起夜，自然会相互影响。

通常来说，导游为让师傅好好开车，给游客舒适的体验，会帮师傅订好房，至于不够的房费，就是导游自己掏腰包补贴了，导游们不得不默认边境省旅游行业内这种半公开的潜规则。

到乾泸之前，黄师傅对安康说过，不用管他的住宿，他自己安排，到时把房费报销给他就行了，因此，安康只需要预定他自己和小浅浅的住宿就行。

小浅浅对乾泸熟悉，对于住宿不是难题，她说："康哥，我带你去麻雀窝酒店入住吧。很多洛明带团下来的导游都住在那里，我俩走路过去，五六分钟就到了。"

"有叫麻雀窝的酒店？"安康好奇。

小浅浅告诉安康，以前，她跟毛姐的团时，是毛姐带她到麻雀窝酒店的。她问毛姐为什么叫麻雀窝酒店，毛姐反问她："听说过'燕雀安知鸿鹄之志'的故事吗？"

"听说过，但没有印象了。"小浅浅回答。

毛姐给她讲《鸿鹄之志》的故事后，说道："导游处于尴尬的社会地位，有很多人看不起导游，但导游不能自怜自贱，要像鸿鹄一样有梦想。在成为鸿鹄之前，先像麻雀一样卑微地奋斗着吧。这个酒店住着那么多有梦想的麻雀，所以——"

"所以——所以这个酒店就叫麻雀窝酒店了。"小浅浅接过毛姐的话，知晓原来麻雀窝酒店是导游赋予的代称，并且此酒店住着的是一群有梦想的导游。

麻雀窝酒店地理位置便利，从酒店向北 500 米右转是步行街，穿过步行街走到尽头左转 300 米，就是著名的乾泸古城。酒店附近有一个"七星美食广场"，生活便利。

麻雀窝酒店老板罗吉祥经营理念与众不同，他以接待导游、旅游车司机为主，无论旅游淡旺季，房费都是一个价格。并且他在酒店大堂的靠墙角落，摆放有一张红木大茶桌，有普洱茶、回龙茶等，供导游、司机免费享用。

多年来，麻雀窝酒店收获一批忠实的顾客。随着越来越多的导游、司机来入住，他联合附近的两家酒店，扩大了麻雀窝酒店的规模，只要不是旅游旺季，基本都有房。

到达麻雀窝酒店，安康和小浅浅各住一间房。进入房间，干净卫生，有矿泉水、茶叶、吹风机等物品，能满足基本需求，房门内部有锁，安全靠谱。

安康放好行李后，刚抽半支烟，就收到小浅浅的短信，约他去乾泸古城走走逛逛。不过，他拒绝了，只因为早出晚归的长线团比一日游要辛苦。早上从起床开始，带游客游览景区，沿途讲解，安排用餐，又从海月坐车 4 个多小时才到乾泸，安排好一切，人已经疲惫不堪了。

他累得不做任何洗漱，就脱掉衣服，躺倒到床上。他感觉舒服极了，一觉睡到了清晨 5 点多钟。醒来时，他跳下床，准备穿衣洗漱去带团，衣服穿到一半，猛地想起今天不用带团，乾泸导游阿雷会带着游客走行程，晚上阿雷下团后，会联系他做交接工作，于是他又回到温暖的床上继续睡觉。9 点多钟，听到小浅浅敲门声，他才走出房门……

太阳落山时，他和小浅浅在麻雀窝酒店大堂喝茶，等待阿雷把游客送到古城后，过来交接工作，他让小浅浅猜这个团的主要特产雪山保健果能卖多少袋。

雪山保健果是一种具有保健功能的食品，对"三高"、心脑血管疾病、提高人体免疫力等具有良好的功效，颇受老年人和体质弱的人的喜爱。但其对比国内相似产品，价格也不低，特别是进入旅游市场后，牵扯旅行社、导游佣金等各方利益，价格更是高出相似产品 20% 左右，500 克包装的产品，销售价 498 元/袋。

通常说来，导游能销售到总人数的 30% 就算合格了，超出的越多，导游的佣金就越高。大多数导游的业绩基本上是在 20% ~ 35% 之间。因此，小浅浅放下手中的茶杯，不敢肯定地猜测道："25 人的团，客人水色也不好，应该有 10 袋左右吧。"

安康摇摇头，伸出来两根指头说道："真没有想到，这种水色的团还能卖 20 袋，阿雷的业绩非常好，我们也沾光，在乾泸的住宿费和饭钱有着落了。"

"那个脸上有疤的导游还没有过来，你怎么知道数据的?"小浅浅诧异地问。

"是黄师傅提前打来电话告知的消息。"安康说道，"黄师傅说，刚开始只买了不到 5 袋，在阿雷的软硬兼施，外加'威胁'

下，硬是让客人东拼西凑买了20袋。"

安康窃喜，阿雷卖出去的雪山保健果，他能沾点光。虽然这个光就像鸡肋一样，食之无味，弃之可惜，但蚂蚱也是肉，可以塞塞牙缝。当然，他所做的铺垫讲解应该还是有一些作用的。若不是他从洛明一日游转来带洛明、海月、乾泸的长线团，他都不会晓得，行业上还有这样的合作关系。

安康和小浅浅喝茶聊天时，阿雷到达大堂，坐到小浅浅的旁边，面对安康交接工作。此时，他说话的语气比此前在电话里听着舒服多了。交接结束后，他还邀请安康和小浅浅去吃烧烤、喝酒。

让刚认识又不熟悉的人破费不合适，安康拒绝道："阿雷，你的心意我们心领了，明天一大早，还要带着团队回洛明呢。以后有机会，我请你。"

阿雷不再勉强，指着小浅浅问安康："这个小姑娘，是不是你的女朋友？"

"她是我的同事，也是我的'妹子'。"安康回复阿雷后，起身去往洗手间了。

小浅浅瞥安康一眼，拉下脸，低下头，也不敢看阿雷，漫不经心地说："我才不是他妹妹呢，我是'实习导游'，跟团学习的。"

阿雷起身，呼一口烟气，抹一把长发，靠近小浅浅耳边小声地调戏道："你长得很像我的小老婆。"然后，头转到小浅浅面部，距离鼻翼不到2厘米处，伴随嘴里的香烟余味，说道，"告诉你哥，我先走了。"

小浅浅心跳加快，脸瞬间红了。她身体发热，还没有反应过来怎么回事，阿雷已经走出了酒店大堂。

上完洗手间，回到茶桌处的安康，正准备坐下。小浅浅掐住他的手，使劲地扭转："下次再把我说成是你的妹妹，我掐死你，掐死你，掐死你！"

安康扒开小浅浅的手，忍住疼痛，边揉手边说："你能不能，不要动不动地就掐我？有什么话好好说。"

小浅浅红着脸，冒出"哼！"的一声，往楼梯口走去，快上楼时，她转身做出鬼脸："不理你了，明天见。"

都说女人心海底针，男人猜不明白。安康没有去猜想和关注小浅浅的心思，坐在茶桌前，又喝了几杯茶，重温团队行程。

接飞机开始，从洛明出发到海月400公里，再到乾泸又是200公里，辗转600多公里的三座城市的地理位置构成，非常独特，就像人的身体部位一样：洛明是头部，海月是膝盖，乾泸是脚踝。三座城市几乎呈一条直线。

因三地是边境省旅游资源最丰富的地区，游客基本都会选择在这三地旅游，旅行社之间的合作也基本配合默契。因此，这三个地区所构成的旅游线，行内人把它称为"黄金旅游线"。

一路下来，安康付出的是辛苦和汗水，明天就是他"试水"能不能见到"黄金"的日子了。于是，他提炼着阿雷跟他交接的相关游客信息，为后面的冲锋做准备。

次日，从乾泸返回海月。在出发后的80公里处，有一个少数民族村庄，以展示和销售银器为主，有人称它为"民族银器村"。民族银器村历史悠久，据说著名旅行家徐霞客曾因腿脚受伤而得了风湿，需要用银子消毒，以及用银子作为消炎药的引子进行治疗，当时他在这个村庄住了三天。

村庄的带头人是一位研究生，他放弃了城里的高薪工作，回到老家，说服村里人，对村庄的历史、文化等资源进行深度挖掘，招商引资打造成景区，并在景区里建立合作社，进行银器工艺品加工及销售。

经过十多年发展，这个名不见经传的小村庄已经在边境省旅游界享有一席之地，并且接待来自四面八方的旅游团队和散客。

村里的少数民族人民淳朴、亲切、热情，给安康的感觉很好，他喜欢这里。毕竟第一次到民族银器村，他把游客交给景区向导后，和小浅浅也像游客一般地转悠，在景区游览。

两个小时后，民族银器村行程结束。离开时，大多数游客手里都提着银饰品的纸袋，安康估计消费应该不会低于5000元。后经过统计，件数虽多，但单件金额都没有超过1000元，共消费3000多元。

购买银器，纯属自愿消费，不过，安康还是从消费金额判断这个团的消费能力非常弱，并且消费观念没有被打开。

为了行程最后一站的购物，从民族银器村回到海月这段路程，安康让游客休息睡觉。从海月上高速公路后，他使出浑身解数，直达主题，从巫玉文化、王玉文化、普玉文化，讲到边境省特有玉石资源，以此作为铺垫。然后进入翡翠讲解，从乾隆皇帝爱翡翠、慈禧坟墓被盗抢，到茶马古道玉文化等，讲了一大堆。

讲解中，包括小浅浅的很多人都睡着了，到最后，只有牵手夫妻和破洞大叔给面子，还听着他的介绍。客人都不听讲解，可想而知，购物会好吗？

终于熬到行程最后一天的上午9点。心理学研究发现，这是购物的最好时间段。他带着客人到达翡翠店门口，下车进店前，特别给客人施加压力："牦牛团的朋友，带大家这么多天了，没有功劳，也有苦劳，按照合同，咱们这个团是购物团，一定要买、买、买……"

客人带着压力下车，低着头，懒懒散散地进入翡翠购物店，不到半小时，大部分人就晃到店门口。

看到这种情况，安康去和领队破洞大叔做沟通，明确这个团是有购物安排的，不买无法交代，谁都不好受。

破洞大叔把店门口的客人招聚起来，做动员工作，喊喊喳喳说了一堆，这些人又游晃到翡翠店里面。

安康跟着客人走进店内，一个销售员找到他说，一个客人让他帮忙挑选手镯。听到这个消息，他涌出喜悦，跟着销售员的引导往手镯柜台快步走去。

"牦牛导游，快来帮阿姨挑选。"喊话是牵手夫妻中的牵手妻子。

这对夫妻在整个行程中给安康的印象算是最好的，一方面是听小浅浅说他们认可安康这个人；另一方面是因为，在安康讲解的过程中，这对夫妻比其他客人听得认真。

柜台上方灯光处，牵手妻子的手指扣住手镯圈，右手配合转动着手镯，借住灯光，眼睛盯着手镯的内部结构左看右看，很怕错过哪个细节。

"牦牛导游，我想买一只手镯。"牵手妻子把手镯放到柜台的白色布垫上，请安康做参谋。

牵手妻子话音刚落，就听到女销售员先入为主的声音："导游，这位阿姐请你帮忙挑货。"

说话的女销售员叫卓巧燕，外号小燕子，短发淡妆，戴翡翠耳钉，穿工作服，耳朵里塞着白色的耳机。未等安康说话，她言语干净简练、三言两语地就把牵手妻子想买手镯的情况，清楚地介绍给了安康。

了解情况后，安康拿起布垫上的一只手镯，指出那手镯的不足，直接交给小燕子，让她收到柜台中。

布垫上还摆着两只手镯，他看过成色和价格标签，给出建议："阿姨您看，这两只手镯的价格分别是 8600 元和 11800 元，要是不考虑价格，就选择价格高的手镯吧，所谓种水差一分，价差百倍，通俗来讲就是一分钱一分货。您要是综合考虑并且在乎价格，选择价格稍低的这只也行，虽温润程度不及价格高的那只，但戴在手上，人养玉，玉养人，两年后，它的温润程度就相当于价格高的这只了。"

此时，站在旁边一直默不作声的牵手丈夫，拿起价格低的手镯，在手上端详，过一会儿，又拿起价格高的手镯左盯右看，似乎在纠结价格。

"阿叔，来抽支烟吧。"安康递给他一根烟。

牵手丈夫放下手镯，把烟送到嘴里，没等掏出打火机，安康已经示意帮他点烟了。

小燕子不知道从哪里变出一个烟灰缸，悄无声息地放在柜台上。牵手丈夫吸几口烟，往烟灰缸弹烟灰后，下很大的决心，转向他妻子说："你自己做决定吧，我只管刷卡……"

单子成交了。又倒腾了一个多小时，安康最后一人从购物店里出来，所有的人已经在旅游车旁边等候上车。他二话不说，带着客人上车直抵餐厅，安排吃中午饭。

公司陪餐处，小浅浅问安康这个团消费多少。

安康吃干净碗里的米饭，放齐碗筷，用茶水漱了口后说道："这个团就是那对牵手夫妻买手镯和平安扣。其他人仅买了3件货2000多块钱，总购5件货15000多块，人均低得可怜。"

"唉——"安康叹一口气，继续说道，"要不是那对夫妻，这个团死得更惨，达不到业绩要求，无法向旅行社、向皮总交差呀。"

"康哥，这是你的第一个长线团，有这样的业绩，比我带的小包团强多了，你就满足吧。"对于这样的销售业绩，小浅浅给安康以肯定，或许是安慰，或许是真的觉得不错了。接着，她感叹，"我什么时候才能脱离小包团，带大团呀。"

能带大团赚更多的钱，又有多少人愿意带小包团呢？

走出餐厅时，小浅浅撇嘴问安康："刚才在购物店帮那对夫妻挑翡翠时，我跟你说话，为什么你对我爱理不理的？"

"哈哈哈，你真可爱，我怎么能不搭理你呢？这是带团的方法，装给客人看的呗。"安康阴着的脸舒展开了。

"讨厌。"小浅浅轻轻掐安康一下，跟着安康上车，前往最后的集散中心特产店。

集散中心特产店简称集散中心，是洛明市较大的一家特产店，店里销售鲜花饼、咖啡、野生菌、药材等边境省特产，价格亲民，商品质量过硬，大部分客人都会购买。

安康带一日游时，基本上每个团都会到集散中心。一则，到那里的团都不会两手空空，众人拾柴火焰高，再差也能赚到烟钱、酒钱；二则，到那里可以根据客人时间，控好团队送飞机、送火车等；三则，到那里还可以满足客人带当地特产回家作为伴手礼的愿望。

不出所料，客人在集散中心的时间比较长，他们走出来到停车场时，基本上每个客人都提着一些特产。破洞大叔走到安康面前说道："牦牛导游呀，我们这次出来旅游，不懂翡翠，买得少，但我们团的人都买特产的。"

再优质的团队，所有人都购物的情况可遇不可求，安康怀疑道："你确认所有人都买了吗？"

破洞大叔收起笑容："一分钱都没有买的那老头，你不知道，他挺不容易的，退休金低，一把年纪了，老伴不给他钱，还天天吵架。这次他背着老伴，偷跑出来旅游已经不容易了，就不要指望他能掏钱买东西了。"

安康清楚明白，行程、购物已经结束，送游客到机场后，眼不见心不烦，也就解脱，如若再去计较没有意义的人和事，只会给自己添堵。

他对破洞大叔说道："你们买东西的，感谢你们，我有业绩，但你们买到物美价廉的特产，回家自己享用或者是送礼，划算的都是你们自己。你们要感谢我带你们来到这里才对，如果没有我这个导游，你们在其他地方买，指不定东西不好，价格又高呢。"

破洞大叔点点头，表示默认，接着，他召集所有客人上车，前往机场。

途中，安康对团队做收尾工作，说些感谢、依依不舍、"有缘再见"之类的客套话。到达机场后，他把登记牌发给客人，看着最后一个客人进入候机室，宣布他的第一个长线团就此结束。

虽然此团达不到他的预期目标，但也算顺利结束了。打道回府的路上，他接到计调小陶的电话，让他后天继续接团，他问小陶："后天带的是一日游还是长线团？"

"带长线团。"小陶说道，"走的路线和你今天送走团队的路线是一样的，只是客源地不一样……"

听着小陶报出来的客源地名称，安康轻轻地摇摇头，挂断电话，对小浅浅说："后天，我的团又是'黄金旅游线'，你跟不跟我去？"

"我明天也接团，不跟你去了。"小浅浅微微一笑，露出可爱的小虎牙，"恭喜你，康哥，你的长线导游生涯正式启程了。"

第三章　众人皆忙我独闲

辞旧迎新的春节承载着中国人回家的情怀。

2011 年春节的钟声越来越近，从洛明驶向海月州的火车已经出发。拖着蛇皮口袋、行李箱，带着大包小包的乘客们各自找到座位坐下，他们的眼神里流露出回家的渴望，恨不得火车的速度能跟飞机一样快。

靠窗的角落里，安康背靠冰冷的座椅，侧头望着车窗外渐离渐远的洛明城，转过头来，做了一个绵长的深呼吸后，双手抱臂，轻闭眼睛，开始闭目养神。

约 10 来分钟后，"嚓嗒、嚓嗒、嚓嗒……"富有节奏感的火车行驶声，被一个熟悉的旋律打断了。

哦，第一次我，说爱你的时候
呼吸难过心不停地颤抖
哦，第一次我，牵起你的双手
失去方向不知道该往哪儿走
那是一起相爱的理由
……

原来，这是坐在安康旁边的女子，耳机线不小心被拔掉后手机所传出来的歌声。这歌词对安康来说太熟悉了，这是歌曲《第一次》，是一首讲述恋爱的歌曲，表达的是青涩恋爱的心路历程。如果不是再听到这首歌，安康可能真就把这首歌忘记了。

漫漫人生路，总有很多第一次，求学、工作、恋爱、家庭……有些第一次好像白云飘过蓝天，成为往事，瞬间遗忘；有些第一次好像钉子钉入木板，难以拔出，刻骨铭心。

"哦，对不起，打扰到你了，我马上关闭声音。"女子把手机装进包里，闭上眼睛，也开始休息。

两个小时前，安康没有接到春节假期的带团通知，因此心头一直像是有块大石头压着，他导游生涯的第一次发生了。

春节是旅游旺季，导游有带不完的团，小浅浅的团也派到大年初六，他不明白，为什么自己会被打入冷宫。

回顾近段时间带过的团队，自己没有和游客发生过冲突，也没有听说哪位游客因不满意而投诉；出单业绩也勉强过得去，不至于到停团的地步。

他从计调小陶那里得到信息，旅行社接待量没有减少，从除夕开始到大年初十，团队数量比去年春节多出十来个团。这么多的旅游团，正是需要导游的时候，很多旅行社甚至还在招聘导游。

前天，某旅行社的赵总还给他打电话，给予很高的佣金，请求春节期间帮忙带团。因他一直在丙皮皮旅行社带团，也想着春节应该不缺团，就拒绝了赵总的"好意"。

他在乎的并不是春节能赚多少，而是名声和面子。他认为，一个导游在旅游旺季的时候，被打入冷宫，是一件极其没有面子的事情。被同行知道，会被笑话，实为可悲。但若是他主动要求不带团，假意说成是回家过年，那就是另外一回事了。

于是，他拨打皮总的电话，无人接听。隔十分钟后，他又打了第二次电话，这一次，电话那头传来皮总生硬的声音："喂，是刀安康导游呀，有什么事吗?"

语气陌生，安康明显感受到皮总跟以往称兄道弟的态度完全不同。皮总平时称呼自己为刀兄弟，要么称呼为安康，这次在电话中称呼为刀安康导游，听语气就能推断不派团的原因跟皮总有关。

原本他是想委婉地问为什么不给自己派团，但听着皮总陌生而客气的语调，他决定转为主动请假。如果皮总批准假期，可以说成是他提出来的请假;如果皮总不同意，那就得给他派团，如此也能找到不派团的原因了。

他暗自为自己的小聪明窃喜，于是说道："皮总，你好，打扰你了，我家里有事，急着回去，向你请假几天。"

皮总未做思考，便答应了他的请假，挂断了电话。

不派团就不派团吧，有什么大不了的，大过年的，正好可以回家好好过春节。带着闷气的安康回到出租屋收拾好衣物，让一个朋友帮忙订购火车票，匆匆上了火车。

人在遇到挫折阻碍的时候，冲动往往解决不了实质性问题，只有冷静分析，理清头绪，方能破解困惑。安康的思绪随着火车的行驶，回顾这段时间发生的事情，想找到停团的原因。他先回顾了最近两个月来，所带过一日游的团队。

这种短线团的客人来源广泛，层次通常不高，有酒店前台收客转介绍给旅行社的客人，有旅行社外联在火车站、机场、公园发宣传单招揽来的客人，也有一些从网站上看到旅行社广告后过来的客人。总之，五花八门、三教九流的闲散客人被旅行社汇总后，统一安排导游接待。

这种团有三大特点：费用低、行程赶、购物多。一般来说，每个游客所交的费用不会超过 200 元。如果细算，除去车费、景点门票、餐费、导游服务费等，这笔费用都不够旅行社的采购成本。因此，游客只得走马观花地逛景区，然后被赶着去购物，以弥补旅游团费的不足。

遇到有消费潜力的客人在旅游团内，购物金额就会高。一个月内，安康能遇到消费 5 位数以上的团队寥寥无几，从入行开始，他的业绩从来没有超过 6 位数，平均算下来，单团消费仅仅五六千元，这种业绩转换成佣金，只比他在网络公司时相对好一些而已。

从半年前入行到前几天转型长线团，他将所带过的有可能产生投诉的团队统统回忆了一遍。可以肯定，自己没有跟客人发生过激烈冲突，一日游不会出现问题。

从转型长线团开始，自己仅带了两个团，虽然也给过客人一定的压力，但也没有和客人发生冲突，并且都是按旅行社交代的行程标准带团的，投诉的可能性也不大。

到底哪里出现了问题呢？安康的大脑高速地运转着寻找答案，转着转着睡着了。

他感觉没有睡多久，便听到了火车到站的播报声："各位旅客，你们好！前方到站是祥目站，有要下车的旅客，请您提前收拾好自己的行李物品，做好下车准备……"

祥目县隶属海月州，位于洛明市和海月市之间，距离海月市约 60 多公里。这里有一个小火车站，对于祥目县的人来说，无论是去州府海月市，还是去省会洛明都很方便。

安康揉揉眼睛，嘀咕道："今天这火车是不是开得太快了？"其实是因为他睡着了，火车所经过的前几个车站，每次都播报了到站通知，他竟没有醒过来。要是错过祥目站，得在海月站下车后再坐车返回祥目县，不得麻烦死了。

幸而没有坐过站，下车后，看着熟悉的坝子和景色，安康莫名地想起了老同学、老朋友们。4 年前的那个夜晚的场景，清晰地浮现在他的眼前。

2006 年正月初七，安康和十来个同学、发小，相约去唱歌。KTV 里大包厢的桌上堆满啤酒，歪脚同学向大家宣布："今天我请客，随便喝，喝不嗨就是不给我面子。"

歪脚同学是安康的初中同学，中考前早恋，喜欢上音乐委员，几次写信表白被拒绝。有一天，晚自习放学后，他堵在路上向音乐委员做最后的告白，被老师发现，逃跑时被一块石头绊倒，严重崴到右脚，医治后留下残疾，走路左正右歪，一瘸一跛的，被同学赐予"歪脚"的"美称"。

从那时起，他的学习成绩直线下降，致使中考失落，而他不肯去念三流技校，于是小小年纪便进入社会，被他的表叔带到海月帮忙打理 KTV 事务。几年下来，积累了经验，就在他表叔和亲戚、朋友的资助下，与人合伙开了这家 KTV。

酒过三巡，一个暴发户儿子看不惯歪脚同学，两人语言针锋相对，要不是大家劝架，差点酿成悲剧，好好的一场聚会最后不欢而散。

那次事件后，安康因考公务员回过一次家，之后就连每年春节他都没有回家过。本来与歪脚同学等人约定 2009 年春节一起聚会的，可他跟随网络公司去海南旅游一趟后，发生了很多事情，就没有回家过年。2010 年春节，他也想过回家，但因囊中羞涩，终没有面子回家。转眼，后天就是 2011 年春节了。

回家过年，最想念的当然还是故乡及家人。

想念父亲、母亲、弟弟、妹妹，还有村子里唯一小卖部的张大爷，他人可好了。他所想念的这些人，一直陪伴着他，从小学、初中、高中，直到他离开祥目去洛明读书，这些人是他成长中不可或缺的部分。

带着思念，安康下了火车，乘坐一辆载客三轮摩托车，从县城出发向东北方向行驶七公里，到达小镇中心后，右转，向南直行 800 米，过一座桥，前行 200 米，往右转，见到两个篮球场大的椭圆形水塘。他到达了久违的家乡——祥东村。

　　祥东村是一个有故事的村子。据张大爷讲，中华人民共和国成立后不久的 1950 年代，有反动派想逃难去缅甸，路过他们村子，顺手偷盗抢劫，弄得村子不得安宁。

　　一天，来了一个风水先生，说村子要吉祥、安宁，必须做两件事情：第一，在村口挖一个圆形的水塘，所有进村的人绕过水塘才能进入村子；第二，村子原名不吉祥要改掉。因村子面向东边，太阳一出来就能照到村子，故此，借"紫气东来"四个字，便有了"祥东村"这个名字。

　　村口处的水塘里，鸭子妈妈带着一群小鸭子在水里嬉戏，水塘后方是广场，广场后分出了左右两条路。靠右道路的第一户便是张大爷的小卖部，靠近小卖部的是传统民居。张大爷的小卖部依然是儿时的样子，一群小孩在小卖部门前的广场上打闹嬉戏。和安康记忆中所不同的是，这里多了一桌人在打麻将，每隔一段时间就传来手搓麻将的稀里哗啦的声音。

　　安康拖着行李箱绕过水塘进入村子，走到那群小孩旁边，孩子们没有理会他，继续玩耍。他从高中毕业去洛明读书后，对于村里那时出生的小孩，基本不认识。他不由想起了诗句："少小离家老大回，乡音无改鬓毛衰。儿童相见不相识，笑问客从何处来。"

　　古代小孩对客人是好奇的，而当今社会发展快，交通发达。陌生人经常进村收购土豆、大蒜等一些农产品，小孩见多了，对于陌生人基本都不会理会。

　　往左的道路，前行 200 多米，有三户人家，中间那户就是安康家。他走回这条路径直往家的方向走去，快到家门口时，遇到三婶从家里出来。他打了招呼，留请三婶在家里多待会儿。

三婶说，菜还在锅里呢，要急着回去炒菜，走开了。

推开半掩的木门，依旧是熟悉的房子。此房子不同于坐北朝南的建筑，而是坐西面东而建。不仅是他家，村里的 40 多户人家的房子也都是坐西面东，依山向阳而建。

安康家的正房是两层木架房，正房左侧是大门，前面有三级的石头台阶，进门就能见到正房右侧的厨房，整体建筑可以用三坊一照壁来概括。

"康儿，到家了，快进来。"

安康的母亲沈彩凤从堂屋端着一盆水出来，看到久别不见的儿子，愣了一下，很是欣喜。

看到熟悉的母亲，听到寻常不过的问候，安康感觉如有一阵暖风吹来，吹到耳朵，吹到头上，吹到心底，一股暖流涌入全身。母亲依然是那慈祥、和蔼可亲的面孔。除此外，他不经意间注意到，母亲系在腰间的深蓝色围裙上，多了一个巴掌大的灰白色补丁。

"欸，阿妈！"他把目光从围裙上移开，回应道，"我回来了。"接着又问，"阿妈，三婶来我们家做什么？"

"哦，没什么，就是来拿点盐巴。"沈彩凤说，"你三婶做菜时盐用完了，你三叔到镇上买东西还没有回来，就她一个人在做饭，就到我们家，先拿点盐去做菜。"

沈彩凤用围裙擦擦手又说道："我在做着饭，都大中午的了，你爸爸、弟弟、妹妹去田里也差不多要回来了，快进家吧。"

从安康记事起，母亲沈彩凤总有忙不完的活。公鸡打鸣便起床，做早餐；孩子们上学后，和丈夫一起去干活；中午回到家，煮饭、洗碗、洗衣服、拿猪草；丈夫午休醒来后，又和丈夫去干活；晚餐后，辅导孩子们写作业；孩子入睡了，帮孩子们盖好被子后，又弄针线活，给家人缝补衣服。

把一切都奉献给家的农家妇女沈彩凤，陪伴和呵护着她的孩子们成长。虽然日子过得清苦，但她依然用有限的知识和能力，帮助她的孩子们。

安康走进堂屋，一个不起眼的角落里布满蜘蛛网的一块小木板把他的思绪拉回童年。

他没有上过幼儿园，六岁时直接读一年级。入学第一天，老师分发白色粉笔，并通知家长给每个学生准备一块练习写字的小木板，用来练习写 a、o、e 等拼音文字。

安康记得，母亲为他准备的小木板的长度、大小、重量刚好合适。他拿着母亲买来的砂纸反复摩擦，直到在小木板上写粉笔字时变得流畅。他的那块小木板，还被老师当成了模板，让很多同学的家长模仿制作。

之所以用小木板练习写字，是因为对于小山村的贫困家庭来说，家长们交了学杂费，所剩的钱维持家庭开支都难。只得委屈孩子，先在小木板上写熟练了，到交作业时，再誊写到练习册上。

安康到洛明读书时，和城市里的同学聊到这段学习经历时，同学们还给他取了外号：山旮旯里的小木板。

他记得，自己每天背着小木板去上学，总能跑到其他小朋友的前面。写在小木板上的字看着舒服，老师都经常表扬他，这激发了他本能的表现和学习欲望。从那时起，他有了浓厚的学习兴趣。他常常在放学后，跑着回家，喘着气说："妈妈，今天老师又表扬我了，说我写的字一笔一画的，清清楚楚。"

那时，沈彩凤抚摸着安康的小脑袋鼓励他再接再厉，又对安康的弟弟、妹妹说："你们长大了，可要像你哥一样，做个好学生。"

跑着跑着，安康也记不得什么时候不再使用小木板了，进入初中后，仅有初中文化的母亲，辅导他学习变得吃力。初二下学期后，彻底没有了母亲的辅导，他再也没有拿到过奖状。

时光匆匆，他长大了，去外面读书。毕业后，在外拼搏不容易，今日回到阔别已久的家，望着小木板，他的心绪波澜涌动。

微风过面，随风飘来熟悉的味道，打断了他的思绪，他猜那是从小吃到大的"蒜香土豆"。记得母亲做这道菜的程序是这样的：锅里油热后，放入干辣椒，接着倒入土豆，翻炒至九成熟，再将用大米醋、酱油、蒜泥、辣椒面、味精调制成的半小碗调料倒入锅中，盖上锅盖焖半分钟后，将土豆与调料翻炒均匀，起锅，一道美味可口的家常菜就产生了。

他的鼻子果然没有闻错，中午的菜品中，就有百吃不厌的"蒜香土豆"。一家人吃着饭菜，聊着家常，其乐融融。吃完饭后，妹妹刀安静帮母亲收拾厨房去了。

安康和弟弟刀安乐，钻进堂屋右侧他俩的房间。房间里摆放着两张床，中间一张已经褪色的青油漆的长方形木桌子将两张床分开，人可以坐在床上，把木桌子当书桌。安康上初一那年，为满足孩子能有张桌子好好写作业的愿望，一家人半年没有吃过鸡鸭鱼肉，省钱买了这张桌子。

记得，住进这个房间的第一天，父亲刀回根说："你们俩兄弟，谁先结婚，就是这个房间的主人了，另外一个得搬到楼上去住。"

那时安康八岁，弟弟刀安乐六岁，俩人只知道笑，还不以为然地说："兄弟情深如手足，要一直住在一起，不结婚了。"

那年的大年初一祭祀祖宗时，安康暗暗发誓，一定要好好读书，将来回报父母，回报祖宗，把祖父的坟墓换成青石头砌成的家。多年过去了，那张桌子一直还在，然而，他还是一事无成。

兄弟俩以桌子为中心，各自坐在自己的床上。刀安乐还像以前那样，总喜欢打听哥哥的各种事情，总喜欢有什么就跟哥哥说什么，直来直去。

"哥，前年春节，就是你去海南旅游的那年，说海南旅游回来后，就回家过年的，怎么突然间就没有回来了？要是你这次不回家呀，过了春节，就是四五年没有回家过年的人了。是不是跟着你的女朋友回家过年了？快跟弟弟说说。"

"哥这几年混得不好呀，没脸回家。"安康说，"以前追求一个姑娘，手还没有牵热，就失恋了。之后呀改行换工作了，勉强过得去吧。今年下半年稍好些，这不就回家过年了。不过，爸爸妈妈并不知道这些，你可不要跟他们讲呀。"

刀安乐比安康小两岁，高三就不想读书了，怎么劝也没有用。辍学在家闲一段时间后，去海月市打工帮别人洗车，嫌弃工资太低。辞职后，又和一个洗车的朋友一起去了广东东莞。刚开始在服装厂上班，连续换几份工作后，在一家电子厂稳定下来，已经升为一个小组长。

他俯在桌子上小声、神秘地说道："哥，告诉你个秘密，你要保密呀。"

"搞那么神秘，说吧，哥一定帮你保密。"安康也将身子俯向桌子。

刀安乐说，他谈女朋友了，是镇上的老乡，女朋友是在同一个厂打工的，这次，他们一起回的家……

两兄弟聊着各种话题很惬意。聊天累了，安康走出了家门，去买烟。

漫步在乡间小道，感受不到陌生，安康的心情极度放松。不用去想着怎么讨好游客，这种感觉真好。如果不用去赚钱、不用去拼搏，或者时间可以停住，他宁愿待在小山村里，随意找个嫁鸡随鸡、嫁狗随狗的老婆度过余生，过陶渊明式的"采菊东篱下，悠然见南山"的隐居生活。

这种想法时常出现在他的想法中，尤其在工作上不如意的时候，他就想人生苦短，何必活得那么累，不如回家算了，家里还有几亩薄田，种水稻、大蒜等农作物，也能混过一生。

走到张大爷的小卖部购香烟时，安康想到若是前几年，总有人主动和自己搭讪，他们很羡慕安康这位村里唯一的大学生，他们认为大学生毕业后的工作无非是坐在办公室、玩电脑、看报纸、接电话，每月就能领到高额的工资了。听到这种话语，安康都只是笑笑。

今天，在张大爷家的小卖部，依然有一些人，但他们忙着打麻将，对安康既不热情，也不冷漠。或许是多年不见，变陌生了；或许是近几年，随着外出打工的人越来越多，大家见识了世面，一个大学生对大家来说自然不足为奇了。

主动也好，不主动也罢，安康倒是没有在意这些。若是前几年，别人说他是大学生，他总是很惭愧。

高中那会，安康在县里三流的学校读书，学校氛围不好，他从不考虑高考的紧迫性和重要性，也没有认为读书并不那么重要，就得过且过罢了。当安康的高考成绩出来的时候，预料之中，别说考不上985、211高校，连本科都考不上。好在国家扩招了，他竟然被一所三流专科院校收留，学了三年的计算机管理专业，说是三年，实际就是上了两年半，最后一年的下学期，他就开始实习找工作了。

安康时常想，不是本科也算了，好歹是个大专，总比中专、技校强多了。至于后来，别人说他是大学生，他也就没有去强调自己只是大专生而不是本科生了。

从学校毕业后，去找工作，没有名气，没有文凭，让安康屡受打击。所幸安康越战越勇，换了几份工作后，终于静下心来选择专心致志做导游了。做导游毕竟不像其他门槛很高的行业，没有人关心你是哪所学校毕业、什么文凭、什么专业，旅行社老板们要的很简单、很粗暴，仅八个字：没有投诉，创造业绩。

要不是在这小卖部，安康都忘了自己是一个大专学计算机管理的学生。这未尝不是一件好事，一个人忘记自己的学历和专业，说明已经没有书生气，已经开始真正融入社会了。

刚从学校毕业走向社会的学生，往往对未来没有方向，充满迷茫。曾经的安康何尝不是这样的呢？看到学长们大部分去报考公务员，加上父亲的心愿，刚毕业那年，他报考了镇上招聘的一个公务员岗位。报考的条件真不高，中专、技校以上学历，计算机专业相关专业就可以。

他没有钱参加公务员考试的培训，加之刚毕业，要找工作解决生存的问题，看书的时间很少，结果名落孙山。那段时间，安康只要和父亲说话，听到的都是充满了数落的言语。

而后每年，国家对公务员的学历要求越来越高，难度也越来越大，安康想报考公务员已经不现实了。

回家的第二天，是除夕，吃年夜饭时，聊到公务员，父亲刀回根说："小康呀，要是当初你好好努力，加把劲，考上了公务员得多好。"他吸口烟，发出一句"唉"的叹息声，"你的同学杨明榜考上镇政府的公务员，工资高，可以经常回家，现在都在县城里买房，准备明年结婚了。"

安康当然知道书呆子杨明榜考上公务员的事了，那时杨明榜考上公务员后，还请了几个要好的同学庆祝，只不过当时安康在洛明，没有在场而已。听到杨明榜已经在县城买了房子，要准备结婚这个消息，这倒让安康感到意外。

不过，他还是想让父亲看到除公务员以外的希望："爸爸，你就别羡慕别人了，你儿子时运到了，也会飞黄腾达的。"

刀回根说："别想着那些不着边际的东西，这几年有没有赚到钱?"刀回根听不进去大儿子安康耍嘴皮子，又从赚钱的主题转移到了婚姻家庭，"你看同村的李三从小和你一起玩到大，没有读多少书，他的孩子都能说话，会叫'爷爷'了。"

安康提高语气，不满地回应道："爸，别去对比他人，他是他，我是我。"

看着气氛不太对劲，刀安乐忙给父亲的酒杯又加满了酒，以此化解冲突。

刀回根的目光转向他的小儿子教育道："小乐，你也是，在广东别跟着你那些不三不四的朋友乱花钱。"

刀回根是一位严肃、声音大、脾气暴躁的人。都说脾气大的人本事也大，这倒是一点都不假。刀回根在孩子小的时候，和人相约到外面去找活干，每次回来，都会讲外面的故事给孩子们听。

他讲在大山里砍伐木材，是如何工作、如何生存的；讲在藏区的冰天雪地里吃烤牦牛肉；讲所到之处的风土人情……

殊不知，这些故事早已在小安康的心灵里埋下了到外拼搏的种子。

安康长大懂事后，知晓父亲干的那些活，仅是体力劳动而已，就算父亲揽活相约其他人一起做，也不过是只比别人多赚个小零头。比较欣慰的是，父亲在村里的同辈人中算是有见识的人。

刀回根外出干活，近则每天回家，远则去三五月、一年半载的。每次回家，他总是从大到小，把孩子们都抱个遍。对安康，他总是鼓励说："小康呀，男人要敢拼敢闯，要有远大的理想，待在这个村庄里是成不了气候的，要好好读书，长大后做个有价值的人。要报效家乡，要报效国家。"

带着理想的种子，安康高考后，收到去洛明某学校的录取通知书，全家人都开心。家里提前半个月卖掉两头猪，凑够高额的学费和一个月的生活费。一家人非常开心，母亲还破例做了半年都吃不上一回的酸辣鱼。

刚到洛明不久，安康接到弟弟的电话——父亲不能干重活了。据说，那天刀回根很得意自己的儿子考上了大学，工友们都和他一起庆祝，他多喝了两杯酒，在干活时，不小心被大块石头伤到了腹部，住院两天后，匆忙出了院。也是从那时起，刀回根的脾气、想法和行为发生了改变。

从那时起，安康对父亲既愧疚又不理解。本来，回家过年挺不容易的，还得听父亲的唠叨，他烦躁了，此时，手机铃声响，他接着电话借口离开饭桌，走出家门。

"康哥，猜，我在哪里。"小浅浅俏皮的声音从电话那头传过来。

"在团上呗，还能在哪里？你不是说过春节期间，你的团已经排满了吗？"

小浅浅俏皮的语调变低了："大年三十了，不能回家陪父母过年，很想家，很难受。我接的这个团来自沿海的一个城市，特别挑刺，总是欺负人，说吃不好、车不好、讲解不好，还说我的讲解时间太短，要投诉我。旅游车师傅不帮我说话就算了，还处处为难我，我太难了。今天晚上团队住在海月，想到你是海月人，也不知道离我近不近，就给你打电话了，就想和你聊聊天。"

被父亲教育后，安康心生苦闷，正愁无处发泄，既然小浅浅来电，正可以和她彼此倾诉，安康说："我是海月州祥目县的，距离海月市还有五十多公里，要是有车，或者长了翅膀能飞呀，我一定飞到你面前给你出主意，教训那些可恶的客人。"

"你在电话里陪我聊聊天，我也很开心的。"小浅浅露出虎牙，向安康吐槽着客人和师傅的种种不是……

两人在通话中，忘记了时间，直到烟花划过黑暗的夜空，听到 2011 年的新年钟声响起……

第四章　暖心野鸭汤

2011 年的春节，到处洋溢着节日的喜庆。

傍晚时分，乾泸市步行街上，当地人不多，反而一些背着包东张西望的游客随处可见，并且，从步行街开往乾泸古城的旅游车比出租车还多。大街上开门营业的店铺寥寥无几，步行街的吧A 啦饰品店，已经关闭卷帘门，一张白色的 A4 纸贴在门上，写有"回家过年，初八营业"的两行黑体大字清晰可见。

夕阳的余光温暖地洒在小浅浅的脸上，在她脸上泛着微微的红光晕，她一个人漫步在步行街上。

"嗨，小虎牙。"

阿雷从后面拍拍小浅浅的肩膀，发出洪亮的声音："一个人瞎逛什么呢？"

小浅浅转过身，看着此人眼熟，一时想不起来在哪见过这个人，退后两步，问道："你是谁呀？怎么能乱给人取外号呢？"

"才几天不见，就忘记我了呀。"阿雷说，"想不起来，就算了。"

"你是……你是……哦，想起了，刀疤，你是一个导游。"小浅浅第一次见到阿雷时基本快天黑了，觉得他挺恐怖的，这次见到，没有第一次那么畏惧了。

"要是别人叫我刀疤，我非宰了他不可，看你的虎牙这么可爱，就饶过你了。"阿雷的脸疤抽搐了一下，继而嬉笑道，"我叫阿雷，春节前，在酒店和你见过一面，那时你跟一个男导游的团。今天大春节的，怎么就你一个人在大街上晃悠，不怕年兽把你抓了呀？"

小浅浅嘀咕道："本来就有刀疤嘛，还不承认。"

阿雷还是跟上次见面一样，民族风的穿着打扮，不同的是，头发看着比上次干净多了，看起来没有像第一次看到时那么恐怖了。

小浅浅回嘴道："你用年兽逗我，我就叫你刀疤、刀疤、刀疤、大刀疤，你就是最大的怪兽，以后见到你，我就叫你刀疤！谁叫你拿我开心。"

"不行，不能叫我刀疤。"阿雷说，"这块疤不是被刀伤的，我姓雷，我的一小部分兄弟和朋友叫我雷疤或阿雷，给你破个例也可以叫我为雷疤。"

阿雷继续追问道："你是一个人带团来，还是跟着你那哥带团来乾泸的？"

"一个人来的，团队交接好了，就闲逛。"小浅浅说道，"街上挺冷清的，往日门庭若市的吧A啦饰品店都没有开门。"

阿雷已经和朋友约好吃饭，顺便向小浅浅发出邀请："走，和我几个兄弟，一起去吃饭喝酒。"

大过年的，雷疤和兄弟喝酒，怎么不陪家人？小浅浅有些困惑，但只回复道："不好吧。"

阿雷貌视地看着小浅浅说道："还怕我吃了你呀，又不用你花钱，不敢去算了，你一个人慢慢晃悠吧。"

一个女生跟着刚见面两三次的男人去和他的朋友吃饭喝酒，恐有不妥，有可能还会被人误会什么。但要是换角度想，小浅浅一个人也挺无聊的，再说阿雷虽然样子不好看，但身份是导游，都是同行，应该不会有什么不好的事情发生，搞不好，还可以向他学习带团经验，也能认识几位乾泸导游。加之讨厌的客人已经令小浅浅身心疲惫，于是她想，管它的三七二十一，便说道："谁说不敢去了？免费餐酒，不吃白不吃。"

导游是与人打交道的行业，无论是充满青春活力的年轻导游，或是经验丰富的大龄导游，还是体力好的男导游，或是娇弱的女导游，只要是导游都要用嘴说话，一个不开口说话的导游要把团带好那是天方夜谭。

导游职业的特殊性跟程序员、作家和体力劳动者完全不一样，导游带团要靠体力，还要靠脑力。一旦成为职业导游，就是能说会道，口才好的代表。对导游不了解又没有参加过旅游团旅游的人，90%以上的人会这么认为。事实上，90%以上的导游也确实是能说会道的代表。

近几年，随着乾泸旅游的发展，越来越多的人来乾泸旅游，促进了乾泸旅游行业的发展。而在乾泸，接触游客最早的人是导游。导游有先入为主的优势，对客人说的话起到了非常重要的作用。拿吃饭举例，导游给游客推荐的餐厅，生意一般会好很多。就如此时，小浅浅跟着阿雷来到乾泸美食一条街，就遇到两伙客人向阿雷说道："阿雷，我们今晚就是奔着你介绍的餐厅来吃饭的，可一下子找不到餐厅了。"

阿雷客气地给他们指路后，两人来到美食街西侧僻静的乾泸味道餐厅。

餐厅面积不大，约100平方米，店门口两侧悬挂着彩旗，门口上方悬挂着一个非常大的牦牛头骨，牦牛头骨上写着店名：乾泸味道。牦牛头骨左右两侧各挂着羊头。进入店内，左侧是收银台，右侧摆着三张桌子，有一桌坐了三个年轻人。再往里走两步，有两间包厢。

来的路上，阿雷向小浅浅介绍过："在乾泸，若想吃到纯正的乾泸特色美食，不要去人多的地方。而应该去认识一些乾泸的朋友，这样就能吃到正宗的当地特色。我们去的餐厅，是正宗的乾泸味道，这个店很受欢迎。"

他俩刚到店门口，店里的一个小伙子就热情地喊着："雷疤哥。"他递给阿雷一支烟，并帮阿雷点燃烟，招呼他俩坐下来，又吩咐服务员快些给他俩上菜。

不一会儿，小浅浅肚子咕噜一响，只见才端上桌不久的土陶锅，在柴火的加热下，开始冒出香喷喷的热气，随空气飘进小浅浅的鼻腔中。

她见阿雷正和店里的人交流着什么，待那人走开后，她便说道："雷疤导游，你人缘倒是蛮好的，美食街上开门的那些店家几乎都认识你，给你发烟，见到你就像见到人民币一样。"

"哈哈，亏你还是做导游的，就这点悟性。你多来乾泸，多和哥吃几次饭后，到这条街，他们也会对你非常客气的。"阿雷说道，"只要我路过这里，这里的大部分人都叫我吃饭，烦得很。你看大大小小这么多家店，做得好的就那么三五家，大多店家生意不好做。春节还舍不得关门放假的店家，都希望能多赚些钱，就希望导游能帮忙介绍生意。遇到客人想吃腊排骨、黑山羊、雪山三文鱼、野生菌火锅等当地美食，就顺水人情介绍到这里来了，也算是对乾泸美食做义务宣传了。"

"来，先喝碗汤吧，你可别小看了这锅汤，这可是天上掉下来的美食，平时想吃还吃不到呢！"说话间，阿雷掀开锅盖，给小浅浅的碗里舀了鸭汤，放低声音，悄悄地说，"这可是上天赏赐的礼物，每年都会有不知从哪里飞来的野鸭，你能吃到，算是走运了。"

难道是像西伯利亚飞往洛明的红嘴鸥一样？这可是受保护的

鸟类，不能随意捕杀的。小浅浅闻着香味，咽口水道："捕杀野生动物可是犯法的。"

"没有见过像你这样的人，吃野味，还那么啰唆。放心吃吧，这是合法得到的野鸭。"阿雷打消小浅浅的疑虑，让她趁热喝。

轻吹冒着热气的汤，小浅浅抿一口，味道不错，接着又一口一口地喝起来。喝到一半，两男子突然坐到桌旁边。

瘦高男子向阿雷说道："你什么时候带来的美女呀？怎么跟上次带的不一样？我们都还没有到，就先照顾起美女来了，重色轻友。"

"扯淡，不准乱说话，信不信我打破你的葫芦。"阿雷揪一块肉在男子嘴边晃晃道，"给你个鸭屁股，快把嘴堵上吧。"

阿雷随之介绍："这位美女是洛明导游，叫小浅浅，我们上次见面时她还是个'实习导游'，这次已经能独立带团了，非常厉害……"

没有等阿雷说完，瘦高男子抢过话："小浅浅，好名字。既然都是导游同行，就不要太客气了，我是大山里来的，要是你听说过水微湖，我就是那里的人。我叫阿依塔，朋友们都叫我塔哥，你就叫我塔哥吧。"

阿依塔嘴尖唇薄，腰上挂着一只拳头大的葫芦。他往酒杯里倒满酒，向小浅浅举起酒杯道："都是同行，也算一家人，来喝一杯。"

初次认识的人，何必那么热情，再说倒酒只是倒自己的，至少也要给他的两个朋友倒点酒吧，一点儿礼貌都没有。出于尊重，小浅浅回应道："塔哥，我不喝酒。"

"阿依塔，能不能有点素质，见到美女就那么主动，丢我们少数民族的脸。"

阿雷抢过阿依塔手中的酒瓶，给另一男子倒酒，向小浅浅介绍："这位是乾泸优秀导游，白族人，叫段齐方，你看他人不老，但头上有一缕不整齐的白发，我们都叫他齐白方。他爷爷的爷爷的爷爷的爷爷……是一个族长，据说他还是段氏皇族的子孙，今天竟然沦落到做导游的分上，唉，真是混得牛呀……"

阿雷叹了一口气又自嘲道："我也好不到哪里去，我爷爷的爷爷的爷爷，想当年也是赫赫有名的马锅头，他可能想不到，他的子孙后代会是一个导游。"

听到是白族人，小浅浅来了兴趣。儿时，她就看过电视剧《天龙八部》，那风流的段正淳和段誉都给她留下了深刻的印象。安康曾经也给她讲过白族段氏的传说逸事，并且安康对白族和段氏给予了很高的评价。

基于此，她微笑着向齐白方说："段哥你好，很高兴认识你。听说白族是个文化底蕴很浓郁的民族，有机会向你请教你们的民族文化知识。"

"导游是一个有文化的职业，相互学习，共同成长。"齐白方用他的口头禅回应小浅浅。

都是导游，大家彼此不客气，吃饭喝酒都不拘束，因此，这顿饭小浅浅吃得很满足。一则，因为中午在团队餐厅时，她忙着安排沿海团队，招呼完他们，付完餐费，才坐下来，没吃一口饭，那些客人就嚷嚷着要从海月赶去乾泸，她不想在大春节跟客人吵架，只能饿着肚子出发到乾泸；二则，今晚的野鸭汤味道独特，很暖身，正好抵御了从店外吹来的一丝萧瑟的寒风。

阿雷、阿依塔、齐白方三人喝过酒后，聊天完全不顾忌小浅浅的感受，满口脏话，特别是阿依塔。聊及阿雷和一些民族婚俗时，阿依塔故意前言不搭后语地对小浅浅乱说道："阿雷这家伙，没有什么本事，就是征服女人厉害，只要是个女人，他来者不拒，你可别上了阿雷的贼船。"

阿依塔拿小浅浅开玩笑，把她当成阿雷的小情人，小浅浅心里不好受。不过还好，因为是导游，带团过程中，难免听到游客讲些荤段子，她则把不好听的话当成醉话和笑话了。

　　开玩笑过分时，小浅浅打断他们道："为什么大年初一，你们三人都不回家陪家人，而在外和朋友吃饭呢？"

　　阿雷说，他是江边镇人，家乡距离乾泸60多公里，不方便回家，就约他的兄弟出来吃饭。阿雷还说，阿依塔和齐白方是他的好朋友，都在乾泸买房安家了，这大过年的来陪他喝酒，够意思。

　　寒冷的冬季，小浅浅一个人面对客人的刁难，孤苦无依，能和他们坐下来喝杯热汤，聊聊天，她很是满足。

　　晚餐后，小浅浅回到麻雀窝酒店，躺在床上，在餐厅口分别的画面浮现在眼前——阿雷嘴里嘟嘟囔囔说着不着边际的话："小……小浅浅……让你叫……叫……叫我雷疤……算是给你面子了，要是再见到你，我非收了……收了……收了你……"

第五章　剖开谜底

12 年前世纪之交的 1999 年，以"人与自然迈向 21 世纪"为主题的世界大型园艺博览会在洛明市举行，世界各地的人涌向洛明这座美丽的城市，掀起了洛明市旅游业快速发展的浪潮。

世博园、大林旅游风景区、溶洞旅游景区、边境民族村等旅游景区如池塘的小鱼被放进了大海里，肆意地游荡成长，名气越来越大。彼时，众多旅行社赶上时代的列车，从小变大，从弱变强，按照市场的规律发展着。

而那时，在世博园门口举着导游旗的导游，经过岁月变迁，至今日，有各自为家的，有悄无声息地改行的，有被市场淘汰的。然而，边境省旅游市场上，1999 年就入行的那些导游，依然是边境省旅游业的中坚力量，起到举足轻重的作用，他们有些自己开起了旅行社，有些当上导管，还有大部分导游依然奋战在第一线。

2011 年的新春还没有结束，下午时刻，一个可以容纳 40 多人的会议室里，有 20 多个导游聚在一起，像开总结会般地在讨论今年春节的收获。他们三人一群、两人一伙坐在一起，嘈杂的声音透露着有人欢喜有人忧："今年春节，太差了，带了三个团，才赚了 4 万多块钱。"

"我的两个团，赚 8000，还有一个团投诉，唉……"

"旅行社搞不成呀，都给我派些什么人啊？这个春节白干了……"

安康嘀咕："有团带，赚多赚少都比我强吧。"

春节期间，他莫名其妙地被停团而回家过年。三天两头走亲戚，和朋友吃饭聚会，倒是惬意。但毛姐一个电话打来，打乱了他过完元宵节再回洛明的计划，他便提前回到洛明。

毛姐在电话中跟安康说，她在一家旅行社做导管，想换旅行社和赚更多钱的，请于后天上午到顺通旅游大厦六楼天水水旅行社会议室报到，她会做详细介绍。

安康想起带"蜗牛团"时，黄师傅曾说过："边境省旅游发展实在太快了，满地是钱，有本事的、有资金的人能赚更多的钱，能在旅游行业上大展宏图；本事一般的人，跟着市场大浪潮也能混个日子，安居乐业；没有本事的人，就只能像我这样开车，苟且偷生了。"

安康不同意黄师傅的观点："要是黄师傅这么说，那我岂不是连被淘汰的资格都没有了。"

黄师傅说："刀导呀，不是我乱说，春节旅游旺季还没有到，我们车队的车已经被一家大旅行社预定，而且那旅行社承诺，车费比市场最高价多出 100 元。还有呀，经常跟我们跑车的老导游，好些都转行去做培训、去做导管了，可见边境省旅游市场会越来越好的。"

那时，安康只不过是从一日游转行到长线的导游，只想着怎么带好第一个长线团，也没有心思考虑长远之事。可是事与愿违，自己竟然被停团了。导游总要带团的，既然毛姐主动联系，何尝不是多了一条道呢？

他正准备抽烟，听到毛姐的声音："大家好，我来了。"

毛姐今天的打扮跟平时带团时判若两人，她将头发扎起来，穿的外套是中长款的米白色风衣，一股职业女性风范，不知道的，还以为是一个房地产销售精英呢。

毛姐和大家打完招呼，寒暄几句后，走到会议室主席台，拿起无线话筒，说："各位导游同行大家好，春节带团都挺忙的，大家能在百忙之中来到这里，我十分感谢大家。来这里的人都是圈内的朋友，认识我的朋友，自然不必多介绍；不认识我的人，向大家介绍下，我叫毛敏芝，导游圈内几乎都称呼我为'毛姐'。

"今天，请各位来这里，只有一件事：百尺竿头，更进一步。都是做导游的，都希望能赚钱。我不藏着掖着，给大家做个介绍。要是合适，你来这里带团；要是觉得不行，那不勉强。

"大家平时虽然经常见面，但对于我的职业生涯，大部分人还不了解。给大家简单做一个介绍。1998年，我从边境省旅游学校毕业后，从事导游。我那时候根本不会带团，也不会讲消费理念、给客人压力，就是一'小白'。可机会好呀，我赶上了世博会的机遇，仅两年的时间，就赚到了人生的第一桶金。往后6年的时间，手里的积蓄变厚了，我转行开服装店，亏本，又做餐饮，还是亏，真是应了古话说的那句'隔行如隔山'呀。

"前年，我又干起老本行——导游，说来还挺没有面子的，我带团的旅行社老板比我还晚入行两个月，他用做导游赚到的钱来投资开旅行社，现在已经小有规模。而我弯弯绕绕一圈，又干回导游。

"几年不做导游，旅游模式发生了改变，我刚开始还挺不适应的。不过还好，毕竟是自己的老本行，有基础在，也有同行指点，迷路不到三五个团，我就看到曙光了。在朋友的旅行社，我的销售业绩连续三个月排行第一。

"后来，我就没有在我朋友那里带团了，变成了散兵散卒，合适的旅行社待两三个月，不合适的，带个团就拜拜。我这样做是为了对整个边境省旅游市场都有所了解，你们在洛明、海月、乾泸，就连团队非常少的清象市都能偶尔见到我的影子，这就不奇怪了。

"我这样做最重要的目的，是在全面了解边境省旅游线路后，为自己投资旅行社做准备。做导游的人，想成功转行到其他行业，挺难，还不如就做踏踏实实做个旅游人。今年一位朋友得到大规模的资金投入，扩大了旅行社规模，受他邀请，听了他对市场的分析，我觉得可以做一番事业，就入股了，在公司负责导游业务。

"今年春节，我没有带团，是在忙着筹备导游的事。到今天为止，万事俱备，只欠东风了。各位知道，'东风'指的就是导游了。

"欢迎各位来我这里带团，我一直给自己的定位就是导游，我知道导游想什么，要什么，我能向大家保证以下三点：

"第一，保证有团带，能赚到钱。公司当前资金雄厚，给大家透个底，背后的大老板投资了 8 位数来做旅游，要将天水水旅行社扩展成为集旅行社、餐饮、酒店、车队为一体的集团公司，而且已经着手相应的工作了。单从旅行社业务来说，有纯玩小包团、高品质网络团、一地散、全国大散，只要市场上有的团，我们旅行社都有。在这里，菜鸟也好，大刀也好，总有团型适合你。我们保证，待遇是整个边境省旅游市场最靠谱的，当然这不是指佣金最高，如果说是最高的，那这是在扰乱市场。具体哪种团型什么待遇，各位可以稍后问我。

"第二，保证收到报账单后 5 天内报账。旅行社垫款多、报账慢的问题，一直以来都令导游头疼。而且一旦旅行社老板跑了，去哪里拿钱？去年，清象市专线大巴团的那个陈总，到现在还有酒店、餐厅、导游在找他要账，甚至有人放出话要买他的一只手，而他却神龙见首不见尾。我在那里带过两个团，还好有先见之明预支了80%的垫款，就算这样，他还欠我7000多块钱。在我们这里，为了提高报账速度，下团后，只要把单子填好寄存在你方便寄存的酒店，有专人帮你把单子交到旅行社，财务完成单子审核后，就把钱打到你的银行卡。导游带团，赚再多的钱要是报不到账，那有什么意思呢？就比如陈总那里，我还听说有个导游有13万的账未报出来，这都是风吹日晒赚来的血汗钱呀。

"第三，保证公平。这里所说的公平绝不是平均分配，而是根据每个人的能力，安排合适的团型。性格暴躁、控团能力强、能出单的人必然要把全国大散交给他，而服务型的导游带素质高、要求高、挑剔的客人也合理。这样做也是对导游负责，让导游带自己最擅长的团队类型，赚到钱，实现利益最大化。

"除了这三个保证，我还想透露一个对处理投诉的做法。俗话说：'又想让马儿跑，又想马不吃草。'这是自相矛盾。旅行社也一样，又想让导游为旅行社带来效益，又不让导游放开手脚去带团，遇到游客反映小情况，有点不满意，就说是导游不好，甚至还以各种借口来扣导游的钱，这种旅行社谁愿意待下去呢？

"在我这里，只要不过分、不违法、不犯法，客人不投诉到旅游局就行，怎么赚钱怎么带，怎么舒服怎么带。就处理投诉这一条，我相信，很多旅行社很难做到让导游满意，就算想做到，也未必有实力，我们有一整套的处理流程，先不公开了，过来带团后自然会明白。"

讲到此，毛姐稍做停顿，喝口水后，继续介绍旅行社的政策，解答导游的相关问题。随后，有些导游当即向毛姐表示，可以来带团，有些导游则表示考虑后再说。

安康未做出明确表示，他向毛姐告别，说要去办事情，来到了丙皮皮旅行社。这边的办公室里有计调小陶和其他计调在操作着团队，安康表明来意后，小陶说："皮总不在，你直接给他打电话吧。"

安康拨通皮总的电话后，得到回复，说自己正好要来办公室，让他坐等半个小时。挂断电话，安康感觉皮总的语气明显比春节前的那次通话温和了许多。

坐在办公室公共接待区，安康随手拿起一本内部旅游杂志翻起来。看到很多旅行社都在招聘导游，还提出各种吸引人的待遇，这让他不禁沉思："难道真如毛姐和黄师傅所说的那样，旅游业的春天来了？"

不到20分钟，皮总到了，他格子毛呢休闲西服遮不住突出的肚子，胳膊夹着一个黑色手提包，格外显眼。初见皮总的人，以为这是一个成功中年人的形象，见多了，一般只觉得两个字：油腻。他进入公共办公室，便说道："安康呀，进我办公室说吧。"

安康跟着皮总进入总经理办公室，在一个卡其色的真皮沙发上坐下来，看着皮总在沙发前的茶桌上熟练地倒腾着功夫茶。

"来尝尝这茶，易武茶山的上品普洱。"皮总给安康倒了一杯茶，继而圆滑老到、略带微笑地说，"安康呀，没有给你安排团队，实在是事出有因。你想呀，大春节的，公司缺少导游，特别是你也在公司半年了，怎么会不派团呢？你知道的，在旺季，旅行社才是弱势群体呀……"

皮总啰啰唆唆一堆后，又给安康加茶水："都是小事，不说了，团已经安排到后天了，这样吧，你大后天开始接团，我现在就安排。"说完便向公共办公区喊道，"小陶，看看后天有几个团队？"

规模大、团量大的旅行社，必不可缺少的是导管。规模小的旅行社或者是挂靠旅行社运营的部门，则是老板派团了。像丙皮皮这种规模不大的旅行社，通常是由老总统筹安排导游，再由计调给导游打电话，一些不被重视的团队则直接由计调安排导游。

皮总如此演戏，安康极为不爽，你想停团就停，想派就派，这不是拿人当猴耍吗？但他忍住了，他想弄明白到底出自什么原因。

"皮总，先别急，你还是直接说吧，我是不是哪里没有做好？你批评、教育我都行，不清不楚、不明不白地停团，我……我不能理解。"

眼前这个小伙子令皮总诧异，他沉默片刻，说道："既然你都这么问了，那我就直说了，免得你误会我。"

"谢谢皮总。"安康似乎很感激，给皮总递去一支烟，并帮其点燃。

皮总边吸烟边说道："你带长线团的前一个团，翡翠、精油和特产的销售金额还不错。那天，你来办公室报账时，小陶还说你的单子出得非常稳，你对那个团还有印象吗？"

"你说的那个团呀，当然有印象了，客人素质高，出单也不差。"

安康清楚记得，那个仅有 16 个人的一日游团队，因客源地和客人结构不好，被推来推去，谁都不愿意接，最后他无奈地接了下来。但最终团队的消费金额相当于安康往常带的三个团，尤其是精油买得多。那天晚上，他还请接待他团队的精油店销售员们和主管方如意去 K 歌了。他唱了一首张雨生的《我的未来不是梦》，大家还给他热烈鼓掌呢，他记得清清楚楚。

"店里报过来的销售金额，与实际金额不对。还有人说，你和一个女主管关系可不一般呀。"皮总停顿了一下，又继续说道，"安康，你是知道的，导游跳单是行业大忌。还有人背后说你做这种事情已经不是第一次了。所以，让你休息一段时间，调查真相。"

皮总斜安康一眼，放松口气，又轻描淡写地说道："现在已经调查清楚了，是一场误会。这都怪我，都怪我。事情都过去了，就不提了吧。来来来，喝茶。"

苦苦寻找停团原因的安康怎么也想不到，是皮总怀疑他跳单才停团的。更燃起他万丈怒火的是，到底是哪个小人在背后使阴谋想害他？难道是孙武贵……

安康呼出一口气，说道："皮总，谢谢你告诉我真实情况，我压在心里的石头放下了。"接着又压低声道，"还请皮总说明，是谁在背后乱说我坏话？"

皮总的回答点到为止，这是意料之中的事，安康没有继续追问，走出皮总办公室，往旅行社大门走去，正与兴高采烈地哼着曲儿的小浅浅迎面相撞。

"疼死我了，康哥，你怎么走路都不看路呢？"小浅浅冒出娇声嗲气的疼痛声后，小手揉着小额头，也不注意安康的脸色，调皮地说道，"等我一会儿，交完报账单一起走。"

小浅浅快速溜进办公室，把一个装着单据的信封交给计调小陶，又蹦出来，和安康一起离开了丙皮皮旅行社。

小浅浅自大年初一跟阿雷等人吃了顿饭后，气顺了，带那些难缠的客人回洛明也挺顺利。让她意想不到的是，客人从乾泸返回洛明这一路上，再也没有刁钻刻薄，反倒对她很客气。

也许是在和阿雷等人聊天时，真实接触到了少数民族的生活，这让一个汉族姑娘感到新鲜、奇特、神秘，她便把了解到的民族风情应用到带团中，显示出成果了。

今天下午，送团后，小浅浅迫不及待给为数不多的朋友打电话吃火锅，想分享能力小有提升的欢喜，可朋友们没有空。遇到安康，她便把他抓到一个小火锅店里，把桌上的菜单递给安康，慷慨地说道："康哥，今晚小女子请客，随便点。"

安康已经不是第一次和小浅浅一起吃饭了，自打认识起，他俩时常在一起谈天说地和分享带团经验，彼此间说话毫无忌讳，直来直去。

他俩关系走得近，其实缘于一起桃色事件。

那是安康和小浅浅刚认识不久的事了，那时安康带一日游在集散中心送团后准备回家。突然发现停车场的小角落里，一辆国产商务车刚停下，衣衫不整、头发凌乱、满脸涨红的小浅浅打开车门飞蹿出来。她一手提着包，一手拂拭眼部，整个人跟跟跄跄地跌倒在地上，爬不起来。

说时迟，那时快，安康飞快跑去扶起小浅浅。他还未弄清情况，小浅浅就扑在他怀里哇哇地哭，眼泪汩汩地流不停，嘴里骂道："孙武贵，混蛋！王八蛋！他想……他想……"

话未说完，安康明白了大概，扶小浅浅到停车场一花台处坐下来，然后，冲到商务车处，打开车门，把孙武贵从车里拉下来，没有听任何解释，直接对其拳打脚踢，两人因此而扭打在一起。

歼敌一千，自损八百。安康虽然揍了孙武贵，但也付出脸部受伤的代价，特别是额头上黄豆粒大的伤口处，贴了 10 多天的创可贴。

那件事过后，小浅浅对安康的态度发生了微妙的变化。她隔三岔五地找机会与安康接触。两人所带的旅游线路不同，通常都是电话联系，因此每次见面她都倍加珍惜，对安康嘘寒问暖。

今天巧遇，小浅浅很开心。火锅店里客人不多，上菜速度挺快。两人东聊西扯了一会儿，安康看看锅里红红的汤水在翻滚，又看看小浅浅，开口道："小浅浅，你别生气呀，我想请问下你，孙武贵是什么样的人？"

"孙武贵呀，集散中心那事之后，我就再也没有跟他说过一句话了。"小浅浅坦然而温和地回答，又好奇道，"你问这个干什么？"

"我春节不是没有带团吗？可能就是这家伙在皮总面前使坏。"

"这话怎么讲？"

"今天郁闷，先喝酒，喝杯酒再说吧。"安康拧开桌上的酒瓶盖，给自己倒上。

"这酒的颜色是绿色的，我还是第一次见呢。"小浅浅拿起酒瓶端详起来。

"这是当地著名的肥酒，老洛明人都知道的酒，通过特别酿制使之呈现为绿色，赏心悦目，口感好，神仙也爱喝。我喜欢这酒是因为郁闷时喝这酒能舒缓积郁，开心时喝这酒又像是天上神仙般逍遥，所以，我把它称之为'生命力酒'。"

"这么神奇，那我也来尝尝'生命力酒'吧。"说罢，小浅浅学着电视剧里人物的口气，"来，给小女子满上。"

安康清楚，小浅浅能喝少量红酒和啤酒，白酒度数高喝不习惯。不过她并不是跟谁都喝，只是和熟悉的同学、姐妹才喝。故此，安康用手推一下小浅浅的小脑袋："跟你说过好几次了，女孩子家不要喝酒，你还想喝？"

第一次和安康吃饭时，小浅浅并不喝酒。后来熟悉了，她也想学安康喝白酒，但都被安康阻止了，未能得逞。阻止的原因是喝多了容易给渣男可乘之机，安康不想这个可爱单纯的妹子受到伤害。

唯有一次，"蜗牛团"结束时，安康为庆祝成功转型第一个长线团请小浅浅吃饭。那天，他没有阻止，小浅浅喝了三五两白酒。

今天，小浅浅又被安康阻止喝酒，心里暖流上涌，乐呵呵地拉扯安康的袖子撒娇道："康哥哥，康哥哥，就喝一点，一点点就行。"

安康拗不过，啰唆了两句，还是给小浅浅倒了不到二两的半杯酒。

小浅浅开心地端起酒杯说道："来，康哥，干杯!"

安康轻摇头，把杯子举起来，笑笑道："别着急，慢慢喝。"

喝过一口酒后，小浅浅表示这酒是她喝过所有白酒中最好喝的，要多喝几杯。她不顾安康劝阻，给自己的酒杯加满了，又喝过一大口后，看着安康说道："康哥，你知道的，孙武贵是帮老板开车接送小股客人，跑腿打杂的，不过是一条狗而已，仗着皮总的身份，狐假虎威的，平时说话不是低俗，就是恶心。

"那天，皮总让他送我去集散中心接客人，我真没有想到他是那样的人，喝酒驾车不说，还想撩我。先是语言轻薄，后又动手动脚。后面的事情，你都知道了。

"只要他在的地方，我转身就走，懒得见他。你问他是什么样的人，我只说五个字：垃圾、哈巴狗!"

小浅浅接着又问安康："你到底怎么关心他来了?"

"我春节跟朋友说，是回家过年才不带团的，这仅是表面而已，实则是皮总停了我的团。今天去办公室，皮总说是因为有人诬陷我跳公司的单，我怀疑是他干的。"

小浅浅惊愕道："哥，你不会真跳单吧?"

"怎么可能!"安康斩钉截铁地打消小浅浅的怀疑，"当时那个团进店后，其中一对夫妻购买了5000块钱的精油，回到家后，嫌买多了，退了1800块钱的货。我所填写的报账数据和方主管的数据是一样，都是退货后的数据。他们外联经理报给皮总的数据是退货前的数据，两个数据对应不上。有人就在皮总面前说我联合方主管跳单，就因为方主管跟我的关系还过得去。皮总曾被导游跳单伤害过，损失巨大，所以特别重视这方面，就停了我的团。今天在办公室，皮总都觉得对不起我这个导游，说春节不派团给我，是他的损失和过错，还说让我不要记心里。我想，孙武贵跟精油店里的人熟，会不是他在皮总面前造谣？"

"如果是他，你会怎么办？"小浅浅问道。

"要是有证据证明是他，我绝对饶不了他，我最恨这种小人了。"安康坚定地告诉小浅浅，说一定要让孙武贵见血。

"康哥，春节都过了，不就是几个小团么，没有必要继续追究，以后稍微注意些就行了。要是皮总对你，或者对我们不放心，哪里不可以带团呀？我一个涉世未深的小女子，都敢跑来边境省，你还担心啥？"

被小浅浅这么说，安康想想也对，如果是皮总对自己不放心，还有必要待在这个旅行社吗？再说今天毛姐不是在组建导游队伍了吗？到毛姐那里带团也可以呀。想到此，他对春节的事情渐渐释怀。

安康本不让小浅浅喝酒，但喝着喝着，发现小浅浅还真能喝。他想，就当是自己兄弟，于是和小浅浅推杯换盏。都说酒逢知己千杯少，千金易得，知己难求，何况是红颜知己。不知不觉间，两人已经晕乎乎的了。

准备离开火锅店时，小浅浅叫来服务员说买单，服务员却说已经买过了。

原来是安康在小浅浅上洗手间时提前把账结了，这是他所认的死理："跟女人吃饭，怎么能让女人付钱呢？"为此，小浅浅特别生气，提前说好她请客，但却不让她花钱，于是在临走前罚了安康一大杯酒，说下次不允许这样了。

服务员都能从小浅浅的脸上看出来，小浅浅心里其实挺开心的。两人走出火锅店时，服务员对安康说了一句："哥，照顾好你的女朋友。"

小浅浅在酒精的作用下脸颊已微红，再被服务员"故意误解"，更是面泛桃花。孤男寡女一起吃饭，被误认为男女朋友也在所难免，两人相视一笑，相互扶着，摇摇晃晃、东倒西歪地离开了火锅店。

肩并肩，手挽手走在大路上，他俩完全感受不到擦肩而过的行人的异样眼光，仿佛大路就是为他俩而修的。走到路灯暗处，月光斜照的影子陪着他俩，正如歌曲中唱道："月亮走，我也走，我陪阿哥到村头……"

他俩都晕晕乎乎的，走三步、退两步地前进着，哼唱着："妹妹你大胆地往前走……往前……往前走呀……"

唱了半首歌，又摇摇晃晃地切换到另一首："我想有个……有个……有个……家……一个不需要……多大的地方……"

他俩换来换去地哼唱着歌，唱到"男人哭吧哭吧不是罪"的时候，安康没唱几句，眼眶莫名地湿润了，停止了哼唱。

"康哥，你哭了?"小浅浅看向安康。

"风吹过来的沙子进眼睛了。"安康转身拭去眼角泛出的泪水，带着小浅浅继续唱道，"男人……男人……男人哭吧……不是罪……"

第六章　城中村出租屋

洛明城的某个角落里，少了城市干净、文明和现代的气息，却多了乡村赶集的喧嚣，人们管它叫作城中村。这里距离洛明火车站与机场都很近，开车不到 15 分钟都能到达这俩地方。安康就居住在城中村。

城中村鱼龙混杂，随处可见文身小混混、上班职员、卖货摊贩等。第一次来这里的人，看到这些下层老百姓的居所，定会认为这里俨然是一个"贫民窟"。

安康搬到这里，是两年前从海南三亚旅游回来后，沙洁扇他巴掌的第二天。他住在一座新建 6 层楼高的出租楼的 3 楼，一个 20 多平方米的房间里。住久了，对这里越来越熟悉后，他把这里当作了一个温暖的家。

时间久了，他习惯了城中村的生活节奏，习惯了城市中的小江湖。闲暇之余，他就和麻将馆、小吃店、洗衣店的左邻右舍聊天。邻居们说对这里不可小觑："火车站旁鼎鼎有名的夜总会四老板、七子饼茶业集团李董事长、浴出芙蓉水疗城的狗哥等人，还是小人物之前，曾经都住过这里，这里是一块风水宝地、能出人才的地方。"

听到邻居们如此说，安康也会做梦，梦想能住别墅、开宝马、喝美酒；梦想在北京豪华的 95 层高的写字楼里，推开窗户，便能看到北京天安门，俯瞰都市的繁华。不过，这样的梦想经常被夜间楼道里发出的"噔吱、噔吱、噔吱"的高跟鞋响声所打破。

为夜间楼道声响的事，他去找过房东张大爷了解情况。

那天，一位穿着包臀束身连衣裙、红色高跟鞋的女子在交房租。见到安康，高跟鞋女子眼睛眯成一条线，对安康诡笑道："你夜晚听到的响声是女鬼发出来的声音，这里有女鬼，女色鬼，要是害怕，睡觉时可要关好门呀。"

高跟鞋女子走后，房东张大爷告诉安康，在6楼的流个房间，和5楼的两个房间，租住着在夜总会、酒吧上班的女子，她们白天睡觉，天黑出门，深夜才回来。张大爷说："不租房给这些孩子吧，房子空着也是空着；租给她们吧，总有人反映影响不好。不过呀，这些孩子们，别看她们光鲜亮丽的，实际上她们也挺难的，就说今天刚来交房租的翠翠吧，她已经欠了两个月的房租了。"

听张大爷这么一说，安康对这些女子竟也多了些同情。当天晚上，安康在看电视剧《亮剑》时，听到敲门声，打开房门一看，正是高跟鞋女子翠翠。

翠翠披头散发，左眼眉毛尾部靠下的地方有半颗芝麻粒大的"美人痣"。她叼着根烟，身上一件连体V型粉色睡衣盖住呼之欲出的胸部，衣裙盖住大腿，脚穿一双平底红色蝴蝶结拖鞋，身上散发出一股诱人的香水味。

翠翠在惊慌的安康面前挥挥手，嘴角微微上扬，目送秋波，说是来借打火机的，接着推开安康，径直走进屋里，东瞅西看，然后坐到床上，跷起二郎腿，左脚尖一动一动地向安康打趣道："你一个人住呀?"

安康掏出Zippo打火机颤颤巍巍地递给翠翠，心里却害羞、紧张、担忧、期待，完全失了魂魄。

翠翠接过打火机点烟后，将打火机据为己有，拿着打火机，潇洒地走出房门，发出不屑的声音："无趣的男人，唉!"

翠翠长相不差，是个漂亮的女人，好好找一份班上不好吗？哪怕是到旅游购物店去上班，只要能力强，养活自己总不是大问题。安康想不明白，她们干吗要上夜班？神出鬼没，还影响人。

安康不早起带团还好，若出发时间较早，要去带团时，被"噔吱、噔吱"的声音吵醒后，无法入睡，第二天没有精神带团，业绩不理想，真想去灭了这些可恶的女人。有好几次，因为这声音，安康想换个地方租住，又找不到合适的住所，加上嫌搬家麻烦，便没有行动。也有好几次，安康想找这些女人，让她们晚上走路声轻点，可转念想到张大爷说过这些女人挺不容易的，也就没有计较了。

自己是这样的隐忍，却还是爆发出意外。

话说，安康和小浅浅吃过火锅，送小浅浅到家后，安康回到出租屋躺下就呼呼大睡。迷迷糊糊中听到楼下有吵架声，安康没有理会，翻身捂头继续睡觉。可这声音越来越吵，安康听着好似很熟悉，忙起身披件外衣，伸头往窗户外看过去，楼下有三男两女正在互相推搡。

"别他妈的给脸不要脸，给你们五分钟，赶快去拿衣服。"为首男子毫无情面地给女子规定时间。

"大哥，求你跟豹哥说说情，我身体不舒服，去不了，求你了。"女子哭泣着向为首男子恳求着什么。

细听，哭泣的女子正是翠翠。安康头晕乎乎地飞速穿上衣跑到楼下。

有人不把上夜班的女孩当作人，在他们眼里，这些女人不过是他们手里的玩物，高兴了赏给她们钱，愤怒了甩给她们两耳光。翠翠在夜总会上班，女子卖艺不卖身，陪客人喝酒、唱歌，即使偶尔让人搂搂抱抱揩油，赚钱比姐妹少，也坚守不越过红线。

今晚，夜总会的超级贵宾豹哥因为应酬到了夜总会，他的合作伙伴看上了翠翠，要带翠翠去酒店开房，翠翠和一个小阿妹借口说换衣服，豹哥便派人安排车送她们到出租屋门口。

翠翠蹲在地上哭泣，小阿妹在哀求为首男子，安康突然出现，现场气氛被破坏了。正常情况下大家都会说"大男人欺负弱小女子算什么本事"，但这三个男人的行为太不正常了。为首男子面目狰狞，眼里透着杀气；另外两个男子脸色阴沉、一副卑鄙下流的嘴脸。安康从来没有在夜里见到过如此凶神恶煞之人，他后悔自己出来了，晕乎乎的脑袋顿时也清醒过来。后悔来不及了，他硬着头皮去扶翠翠起身，希望那三个男子能讲道理，便鼓起勇气："三位大哥，大晚上的，什么事情能不能明天再说？"

话没有说完，为首男子一脚踹过来，使得猝不及防的安康倒在地上。两男子紧跟过去一顿拳打脚踢。翠翠抱住安康后，两男子才停手。

看着有气无力的安康，为首男子对翠翠说道："我不管这人和你什么关系，我最后说一次，给你5分钟的时间，不然我不客气了。"

安康被这么一打，满身伤痕，鼻孔流出鲜血，他使出浑身力量站起身，抹了抹鼻子，血沾满了脸部，满腔怒火地吼道："三位大哥，人家小女子不愿意去就算了，如果你们再强求，我就报警了。"说完，退后一步，紧握拳头，像是决斗士般准备迎接挑战，并狠狠盯着为首男子。

在洛明，每走一段路就有警务亭。公安部门经常严打黑恶势力，光天化日之下，没有人敢嚣张地打架闹事，何况是做强迫他人意志的事情。可谁又不知道呢，太阳再明亮也有照耀不到的阴暗处。安康也没有想到这几个心狠手辣的角色，用报警吓唬他们几乎解决不了当下的燃眉之急。

为首男子接通了一个电话，只听他不敢有半点马虎地回复道："好的，半小时之内，一定到。"挂完电话，他指着安康向两男子使眼色，"他妈的，影响老子办事，给我打。"

话音刚落，安康又挨了两男子的拳打脚踢。

不想连累跟自己毫无关系的人，翠翠冲着为首男子大喊："好了，我跟你们去。"话音刚落，两男子住了手，她又指着安康对为首男子说："你们不准为难他。"

"别他妈啰唆，去换衣服，车上等你，快。"为首男子丢下一句话后，带着两男子打开一辆黑色的车门，钻进了车里。

安康再一次劝说翠翠不要跟他们走，可以报警。被拒绝后，安康想不明白，当今社会是法治社会，再是狠角色的人触犯了法律都要受到惩罚的，翠翠害怕他们什么。

他的义举，不仅没能博取翠翠的理解和感恩，翠翠反而怪他："好好的不睡觉，不做梦，谁让你管闲事了，活该被打。"

翠翠说完就走向出租房楼道，走了七八步后，停下脚步，回看了安康几眼，不过什么也没有说，就上楼了。

看着翠翠的背影还没有回过神来，安康又听到那小阿妹的训话："那些人，你惹不起。翠姐不想让无辜的人受伤害，你是真傻还是假傻？"

打量安康一番后，小阿妹接着说："再说，你看看你，没钱没势的，还装什么英雄呀？翠姐根本看不上你。"

原来那小阿妹误认为安康想追求翠翠，可在小阿妹眼里，安康不配，没有资格。

安康本想解释："喝酒头晕，又和翠翠有过一面之缘，而且同住一栋楼，就下来看看，没有想到会弄成这样。"结果还没有开口，又被小阿妹堵住了："别以为你想什么我不知道，告诉你吧，一个老板给翠姐 3 万块钱一个月，她都没有屈服。翠姐可跟我们不一样，她心高气傲，出淤泥而不染，一副好嗓音，还是个才女。只是她有难处，不得已在夜总会上班而已。你不要惦记了，说难听点，别不爱听，癞蛤蟆想吃天鹅肉，可能吗？你想过吗？要是有本事又有钱的人，谁住在这鬼地方？你多管闲事，被打也活该，长点教训，怨不得别人。"

小阿妹噼里啪啦把安康训得一文不值，看安康虽然流血，也只是外伤，没有大碍，她便往另外一条路走开了，没有进入出租楼。

小阿妹的话像尖刀刺痛到安康心脏深处，旋转 360 度，如同一条活鱼被丢到油锅中，片刻已经炸得皮开肉绽，痛到脑袋开花。

安康缓过神来时，翠翠已经到楼下了，她见到安康一动不动地怵在那里，欲说无语。

为首男子见状，走到安康面前，掏出几张钱砸在安康脸上，朝安康啐一口痰，带着翠翠离开了。

安康演绎的英雄救美就像啤酒瓶砸到石头上一般，全碎了。

深夜，安康所发生的事，小浅浅浑然不知。她和安康一起乘出租车到小区门口，下车后，安康执意要送她到家后才离开。小浅浅特别开心，长这么大，还没有哪个男人单独和她待到过这么晚，而且还要把自己送到家门口。

但是，她还是撒谎道："从小区门口，到我住的那栋楼，走几步就到了，康哥你喝得也不少，不用担心我了，快回去吧。"看安康不放心，又说道，"我到家后，马上给你打电话。"

小浅浅进入小区，看着在出租车上望着她的安康，向她做出打电话的动作，心里流过一阵暖流，使她微微一颤。

到家后，她给安康报了平安，之后洗漱，换睡衣，摇晃着跳到床上，抱着比她还大的黑白熊猫抱抱熊，盖好被子，闭上眼睛，进入梦乡。

都说女人爱花，男人爱酒，酒的魅力无限呀。其实女人也可以喝酒，也可以寻醉，醉的感觉太美妙了。小浅浅闭着眼睛不愿睁开，任凭思绪飞扬，飞到碧水蓝天的海边沙滩，看着水天一色；飞到绿色的草原，策马扬鞭；飞到一片黄色的油菜花海，忽然，变成了一只小蜜蜂，扇动着翅膀，一直扇呀扇……

"小蜜蜂、小蜜蜂、小蜜蜂……"

小浅浅嘴里还念叨着"小蜜蜂"，便被可恶的手机铃声吵醒美梦了。她迷迷糊糊伸手从床头柜拿起手机一看，显示是妈妈打来的电话，小浅浅把铃声调成静音状态，继续倒头大睡。

这不是小浅浅第一次这样子做了。刚到洛明那会儿，她母亲会接二连三地打过来。后来小浅浅生气地说："妈，我做导游，在带团，随时接电话，影响团队，有您的未接电话，我会回拨过去的。"

小浅浅害怕接父母电话，每次接到电话时，就一件事情，回家定亲结婚。家是温馨的港湾，在外流血流泪了，回到家总能感受到温暖，谁不想回家呢？可是回家就意味着妥协，就意味着自己的人生将变得暗淡无光，她不是不想回家，而是不想过早进入婚姻的围城。

与其每次都逃避，不如直接跟母亲挑明自己有男朋友了。小浅浅回拨电话过去，准备先让她母亲像往常一样，絮叨够后再说。

果不其然，浅妈妈先是对小浅浅嘘寒问暖一番，之后就把话题移到婚姻上："宝贝女儿呀，你一个人在边境省，我和你爸爸不放心，每天都提心吊胆地担心。你玩够了就回来吧，你爸爸的战友许叔叔和你的军豪哥哥来我们家拜年了，军豪哥哥还给你带了最新款的手机。还有，最担心你的就是你的军豪哥哥了……"

"妈，打住，别再说'你的军豪哥哥'了，我一直把他当亲人、当哥哥。"小浅浅打断了她母亲的话。

小浅浅听父亲讲过，父亲和许叔叔是生死战友，转业后又被分配到同一个单位，感情深厚。孩子还没有出生，俩人就相约过，生男孩就让他们结拜为兄弟，女孩为姐妹，一男一女为夫妻。当然这都21世纪了，婚姻自由，这件事大家也仅当开玩笑而已。

从幼儿园开始，小浅浅几乎是跟着比他大两岁多的许军豪长大的。幼儿园中班的一次活动，让孩子们扮演夫妻演出。小浅浅跟哪个同学都不愿意搭档，哭哭闹闹地非说要军豪哥哥演丈夫，怎么哄也哄不停，直到一年级的军豪出现才收场。

那次过后，双方父母也留意着这两个两小无猜的孩子，说两个小孩子有缘，不过还是小孩子的他们也只是跟着大人一笑而过。

后来，军豪去当兵了，小浅浅放弃读高中，选择读中专，也时常联系，还彼此开玩笑说，他们是长辈订的娃娃亲，当今只有少部分地区的思想陈旧、观念落后的人，才订娃娃亲，没想他们父亲越活越落后了。

一年前，事情发生转折，特别是浅爸爸，竟然把开玩笑的娃娃亲当真了，并且表明态度，让她和军豪结婚。虽然态度并没有像古代人遵循父母之命、媒妁之言那样强硬，但是他告诉小浅浅，不用担心工作，已经托关系帮她安排工作；让她多和军豪处处，差不多就结婚生子。

小浅浅不明白，父亲和许叔叔同在武装部工作，自己的母亲是做财务工作的，许妈妈是中学教师，父辈都是明事理的人。而军豪读高中时报名参军，复员回家后，他父亲也帮他安排了一份工作，算是条件不错了。为什么这些身边最亲近的人都要围着她转呢？

今天索性就让他们死心吧，小浅浅将大抱熊垫在床头板上，靠坐着说道："妈，再强调一次，我一直把军豪当哥哥，我不可能回去约会的。你告诉他，我已经有男朋友了。让他死心吧。"

看来小浅浅是铁定不回了，电话那头，浅妈妈失望地放下电话，旁边的丈夫说道："这老许也是可怜呀，他的伤怎么复发得这么厉害，也不知道能挺多长时间。你还是委婉地转告他，我们女儿说有男朋友了，跟他儿子没有缘分。让他儿子再重新找对象吧，别留下遗憾就走了。"

军豪父亲在部队里曾为了救浅爸爸而受重伤。现旧伤复发，医生说伤势变化不定，要有心理准备。他不想留着遗憾去天堂，要是把独子的婚事办了，也算是尽了父亲的义务，要是能抱抱孙子，死也瞑目了。

浅爸爸的想法和军豪父亲很相似。两家知根知底，门当户对，两个孩子青梅竹马，军豪人不错，小浅浅不吃亏，要是能让往日的戏谑之言成真，既是对战友的报恩，也是孩子的金玉良缘呀。

小浅浅哪里理解父辈的苦心呀，她困惑，从小就把她当作掌上明珠，什么都顺着她的父母亲，为什么要催促她小小年纪就结婚。她对军豪不反感，但是对于婚姻大事，她一个刚满 20 岁的女孩，她还没有任何想法，她只想像小时候看的《还珠格格》中的小燕子一样，无忧无虑地旅行。

去年，小浅浅从家里冒冒失失地出来，到洛明后住在经济型快捷酒店，酒店前台有旅行社的广告，酒店也可以代为报名，她就报名参加洛明、海月、乾泸的旅游团。那天带团的导游是毛姐。

这个揣着导游证的小导游，报名旅游团的费用竟然是 30 多个人的旅游团里费用最高的一个。

毛姐在小浅浅面前，指责代收客的酒店前台服务员不地道后，又看看这个长着可爱小虎牙的小姑娘，觉得她太单纯了，完全不知道江湖险恶。

旅游团结束后，毛姐便认了这个小妹妹，并指引她进入了导游行业。

得知小浅浅住在快捷酒店，这样长期下去不靠谱，毛姐便问小浅浅对住宿有什么打算。小浅浅在听了毛姐的建议后，心想有道理："若是住城中村脏、乱、差，降低生活口味，哪怕花钱再少，也不考虑。"

凑巧，毛姐一个朋友也是导游，他们结婚了，要搬到新房去，而所租房子还要两个月才到期。当时小浅浅不听父母的话，睪着到了边境省洛明市，本以为父母真的狠心让她自生自灭了，没有想刚下飞机，打开手机后，第一条信息提示：银行到账 3 万元。

有了钱，小浅浅便续租了这套房。住下来的这段时间，除了一个人有些孤单、太清静外，其他方面还是挺棒的，小浅浅后来才知道，很多导游都住在这小区。一般不带团时，小浅浅一个人住在这套房子里，晚上追剧会睡得很晚，第二天睡到肚子咕咕叫才起床。

今早，被电话吵醒的小浅浅，已经没有了睡意，起身从卧室走到客厅，拉开窗帘。天气阴沉沉的，像是要下雨。

不远处玉兰树上，两只喜鹊在唱歌。树下小区道路上，头戴塑料红花的小女孩，像流星一样穿过公路，一个骑电动车的男子紧急刹车，小女孩被吓倒了，所幸没出灾祸。与此同时，玉兰树上的喜鹊受到惊吓，也飞走了。

看到这一幕，小浅浅心想：这是谁家的小孩，父母怎么没有将其照顾好，要是出车祸了怎么办？小浅浅收回目光，再看着空旷的房屋，自言自语道："要是有个男朋友多好呀。"

她泡了杯云南小粒咖啡，品一口，烫嘴，把杯子放到茶几上，想到自己昨天和安康的约定，谁先起床就给对方打电话，然后去城市公园喂红嘴鸥，去动物园看老虎和大象，再去找毛姐。

"太阳都晒到屁股了，康哥不会还没有起床吧？"小浅浅又自言自语地猜测，"难道他真还没有起床吗？还是把昨天的约定当作酒话，忘得一干二净了？"

去晚了，红嘴鸥被人喂太多食物吃饱了，就不好玩了，要玩就要去早些才行。小浅浅拨通安康的电话，接通后听到的是安康微弱的声音，说取消今天的约定了。

听安康的语调不对劲，小浅浅问道："康哥，你怎么了？声音不正常呀，你在哪里？"

电话那头缓缓传来不祥的声音："小浅浅，我在医院……"

穿好衣服，来不及化妆，小浅浅匆忙扎起马尾辫，提起包打开房门，冲出去，随即听到房门"啪——！"的一声响。

第七章　争风吃醋

小浅浅到医院病房门口时，只见安康侧躺在病床上，眼睛盯望着旁边一年轻、漂亮的女子，此女子正在削苹果。她与女子目光相对，像是遇到敌人，即将爆发一场战争。

安康看着形势不对，叫了声小浅浅，向年轻女子介绍道："沙洁，这是我们旅行社的同事，叫万知浅。"

小浅浅凌乱稀疏的刘海遮住额头，可爱的一张脸蛋上会说话的眼珠转动着，神情尴尬。她等待着安康向她介绍那年轻女子。

谁知，未待安康介绍，那年轻女子把削好的苹果递给安康，瞅向小浅浅，先入为主道："我是安康的女朋友郭沙洁。怎么？你是她的同事？没有听他提起过你呀。"

沙洁留着乌黑浓密的四六分短发，有着清淡如菊的圆脸蛋，身材修长，凹凸有致，身上的浅黄色连帽中长款风衣显得温暖，整体给人以干练利落的形象。

看着小浅浅手里没有拎任何礼物，她的目光不友善，声音带着刺，讽刺道："我早上急着过来，没有带礼物，还好包里装了苹果，安康受伤了，给他吃，就没有我俩的份了。"

自打小浅浅和安康认识以来，就没有听说过他有女朋友，每次问他，他都只是一笑而过。有一次，小浅浅巧遇他和一个女人吃饭，他说是精油店的一个主管，只是业务往来，不要乱猜，不能损害人家的名声。

事实那女子确实是精油店的主管方如意，后来小浅浅也认识了方如意，更坚信了安康确实没有女朋友。

难道安康金屋藏娇？毕竟小浅浅和安康仅仅是关系较好的同事兼好朋友，有什么义务把私生活告诉对方呢？也许是自己想多了吧。小浅浅担心安康，出门急切，没有带礼物，被沙洁指桑骂槐，心里不爽，尴尬的神情无法掩饰。

不过，她还是把这位自称是安康女朋友的女子，所说的话当真了。于是，她勉强露出可爱的小虎牙回应道："嫂子好，康哥有没有大碍？"

沙洁不喜欢别的女人关心她所谓的男朋友，听小浅浅都叫嫂子了，甚是美滋滋，但她还是希望小浅浅赶快离开这里，于是下逐客令道："没，没大碍，你看他，不是好好的吗？我会照顾好他的，你就不用费心了。"

看看安康眼神里写着的无奈，小浅浅说道："康哥，本来约好今天去毛姐办公室的，看来去不成了，你好好养伤，我跟毛姐说一声，先走了。"然后又跟沙洁礼貌性告别，"嫂子，我先走了，再见。"

小浅浅离开病房，安康只想对她说"抱歉"两个字。本来是约好上午去玩耍，下午去毛姐办公室的。突如其来的受伤和沙洁的出现把这一切都给打乱了。

沙洁的出现并非偶然。两年多前，她得不到安康的帮助，这使得她和闺密出现了嫌隙。这一切的问题和火气，她都发泄在安康身上，和安康大吵一架，不给安康解释的机会。

都说男人不会轻易放手，当说放手的时候，那就是真的放手了。女人却不一样，她们的吵闹只想让男人更爱她，以此体现自己的娇贵。

沙洁也一样，她始终认为安康那么爱她，生气吵架过后就罢了。如果实在不解气，大不了，给安康无限温柔，相信安康还是会像以前一样爱她。可是，沙洁不知道安康去海南旅游一趟经历了什么。她也不知道，从那次起，安康的生活轨迹开始改变了。

　　那次吵架后，沙洁就没有再在那栋写字楼见过安康，连续2个星期、1个月、3个月……都没有见到安康的人影。她急了，找到安康曾经上班的网络公司，从安康的同事兼好哥们飞杰那里得知安康的新号码，又联系上了安康，想见面。

　　每次接到电话，安康都按下了拒绝接听的按键。因为他知道自己并非不爱沙洁，实在是收入微薄、能力不足，无法满足沙洁，如果接电话就意味着妥协，意味着保持那糟糕的恋爱状况。

　　刚分开时，安康心痛，常想念沙洁。做导游后，接触的人多了，心痛的感觉逐渐减弱。随着想念次数减少，他也逐步认定和沙洁有缘无分。

　　或许是缘分不散，近一个星期来，沙洁频繁地主动跟他联系、示好，并表示还想再续前缘，并且不在乎安康的物质条件。

　　电话中，沙洁对安康展开了甜言蜜语的柔情攻势。这让安康颇为感动，尤其是因为还没有搞明白为什么被停团，安康很是郁闷，胸中之气无处宣泄，就多次接听沙洁的电话。聊到工作时，安康轻描淡写道："做个小导游而已，混口饭吃。"

　　关于导游职业的特点、收入，安康仅是点到为止。越是这样，越是勾起沙洁的好奇心，在她的柔情蜜语轰炸下，安康答应时机合适时和沙洁见面。

　　安康此次莫名受伤后，需要被关怀，被照顾。他曾经生病时，沙洁对自己有过无微不至的照顾。两年多不见沙洁，如果她还是能像以前一样地照顾自己，这恋爱也许能继续下去。因此，安康将受伤入院的消息，第一时间发短信告诉了沙洁。

接到短信的沙洁赶到医院，第一句话就是带着柔软的语气关心道："安康，你伤得这么严重，今天早上才给我发信息，是不是把我当外人了？"

俨然，沙洁是希望安康把她当作一家人。她也感到好奇，曾经的安康，与人不争，有什么委屈和不如意的事，只会自己闷着，顶多去网吧打打游戏。这次，对于安康打架受伤，她问不出前因后果，也不敢多问，唯有关心。

两年未见的沙洁，她往耳朵处捋起一丝头发，她冲着安康微笑。看着她水润的脸，洁白的牙齿，石榴色的嘴唇，安康感觉她比以前更美了。

这种感觉犹如一阵暖风吹向安康，那是他曾经跟沙洁拥抱亲吻时熟悉的味道。这使得安康眼里充满探索、征服、势在必得的欲望，他目不转睛地盯着沙洁看。

沙洁隐约感到这已经不是从前的安康了，她身体发热，脸微红，控制不住心跳加快，避开安康的目光，略低下头说道："你这样看着我，多不好意思，有那么好看吗？"

天呐，沙洁已经不是那个得不到的带刺菠萝了，她的话里隐藏着的不是谦虚就是不自信，安康说道："沙洁，你看起来像初春的茶花。"

距离产生美，过了两年多，还能再续前缘的话，两人也许会走得更近。沙洁接过安康吃剩的苹果核，站起身走两步，扔进墙角的垃圾桶，又坐回病床一侧，拿出纸巾帮安康擦手后，她紧紧地握住安康的手，深情地说："安康，我有很多话要跟你说。"

安康何尝不是正有此意。毕竟在医院说话不方便，他急切地说道："沙洁，我受的都是皮外伤，医生已经做过处理了，没有什么大碍。我们现在去办理出院吧，回去再说。"

"不行，你额头还有伤。"沙洁指着安康额头上的伤口说道。

"都是小伤，你看，这不是可以动来动去的吗？"安康扭扭手，转转头，又说，"既然已经做过检查了，刚才医生也说过只是皮外伤，回去注意消毒就行了。我们待在医院只是浪费时间，浪费金钱。回家休息一两天就没事了。"

沙洁在犹豫，安康又道："要是怕耽误你上班，那我自己办理出院。毕竟，大早上的，你匆忙赶着来，已经影响你的工作了。"

收到安康的短信，那时还没有到上班时间，沙洁便赶着来医院，原计划等上班后，委托同事帮忙请假，没承想，到医院后，竟然忘记了请假。看安康确实无大碍，她说道："我今天上午本来就是要出来办事的，不过要回公司报道一下，我中午来接你。午饭不用在医院吃了，我打包带来给你，看你昨天没有睡好，先休息睡一觉吧。"

做下决定后，沙洁又问道："刚才那小姑娘，挺可爱的，她真是你的同事吗？"

"你是不是吃醋了？"安康笑道。

……

另一边，离开医院后的小浅浅漫无目的地走在公路上，她很不解，怪自己太天真了，人家刀安康有没有女朋友关她什么事，也许安康只是把她当成好朋友罢了；刚才，自称是"康哥女朋友"的郭沙洁好像是误会什么了。

她边走边嘀咕道："别管她了，就算我想和康哥有点什么，也得他愿意呀。别想太多了，还是提前去办公室找毛姐吧。"她拨打毛姐电话，说道："喂，毛姐，我是小浅浅。"

"小浅浅呀，我在精油店，你直接来精油店的办公室吧。"电话那头传来毛姐的声音。

自打小浅浅到洛明以来，是因为遇到毛姐并得到她的关照，才得以迅速进入旅游行业。虽然说小浅浅还是导游中的菜鸟，不能带大团和高端精品团，不过这也是一件好事，带小团，做好服务，当作一种磨炼吧。尤其是自己在毛姐的关照下，丙皮皮旅行社的皮总也给毛姐面子，对小浅浅格外开恩，单团垫款金额较大时，若小浅浅有要求，可以向财务预支垫款，这可是很多导游都羡慕的特殊关照呀。

除此外，还有一些其他原因，使得小浅浅早已经把毛姐当作最知心的姐姐了。昨天毛姐开会时，小浅浅因在团上，没能到场参加会议，心里有愧疚。因此，她提前和毛姐说抱歉，并主动向毛姐承诺，等毛姐有空时，去找毛姐。

此时的小浅浅，还没有弄清安康为何躺在医院里，眼前就莫名冒出了所谓的"安康女朋友"，对她来说这已经太突然了。而打电话给毛姐，又是犯下了"冲动的错误"。她带着乱糟糟的心绪来到精油店。

精油店大厅内，一张张圆桌上摆满了精油，游客围坐在桌边，销售人员极力向游客介绍、销售精油，此处的热闹程度堪比卖菜的集市。

一位销售员熟练地把精油涂抹在花枝招展、富态的女游客身上，那女游客微笑地配合着销售员的动作。可以猜想得到，这个单子已经基本成交了。不过，小浅浅并不过多关心精油，她穿过精油销售区，销售员和游客的声音小了很多，远远就看着办公室的门是开着的。小浅浅还没有进办公室，就看见毛姐和精油店的方如意和一名男子围在茶桌前喝茶，像是在谈论公事。

见小浅浅已经到达门口，毛姐招呼小浅浅进来，并从头到脚打量小浅浅。

小浅浅后悔出门匆忙，没有好好化妆，形象邋遢。这使得她想找个地洞穿进去。幸而年轻就是资本、就是美丽，除女人或是对化妆较为敏感的人士外，其他人倒也不怎么关注小浅浅。

此时，小浅浅坐下来，精油店的那名男子给她倒了一杯茶，与此同时，毛姐问小浅浅："之前，你不是说和安康一起来吗？他人呢？"

"哦，毛姐，他受伤了。"小浅浅诚实回答道，"他在医院里，我就一个人过来了。"

听到这消息，未等毛姐回话，方如意突然问小浅浅："在哪个医院？"然后又转向毛姐说道，"毛姐，我好几天都没有见到安康了，还以为他消失了。平时他带团进店基本上都是我对接的，现在他在医院，我想去看看他。"

方如意记下医院地址后，离开时跟旁边男子请示道："李经理，您和毛姐交代的，我都记下了。您看，刀安康对我们这边是挺支持的，平时是我在对接他的团，要不要我先去看看他？"

李经理看向毛姐："毛姐，你看看，关于进店方面，还有没有要交代的？"

"暂时没有了，方主管，你先走吧，去看看刀安康也好。"毛姐说。

方如意刚走，李经理猜想小浅浅过来找毛姐，应该是私事，不想影响她们，便说道："毛姐，我先去办点事，您和这位导游先聊。结束了，您通知我，中午一起吃饭。"看到毛姐微笑点头后，他给毛姐和小浅浅加了茶水，走开了。

在边境省旅游界，购物店与旅行社合作，才有源源不断的客人过来购物。因此他们对待旅行社就像对待财神爷一般，而旅行社的战士是导游。导游直接与客户接触，决定着这个团的满意程度，也决定着游客能否成为回头客，而导管则是导游战士的头目。

如果把一家旅行社比喻为一个国家，那导管就是大将军。大将军所到之处，自然受到追捧。这也就形成一种默契，购物店的人都希望导管有空来店里"喝茶"。而导管把这当成理所应当。当然这一切都建立在利益之上。毛姐显然不例外，她对精油店的办公室非常熟悉，就像在旅行社的办公室一样随意。

看到小浅浅无精打采的样子，毛姐联想到安康，也猜想小浅浅和安康会不会是男女朋友关系，会不会闹矛盾了，便关切地问道："是不是发生什么事了？看你无精打采的样子，是不是谁欺负你了？你刚才说安康在医院，你是不是从医院过来的？"

小浅浅把毛姐当作最亲近的知心大姐姐，但和安康也没有什么实质关系，她一带而过地说："是的，毛姐，刀安康在医院，受伤了，就我一个人过来了。你说自己做导管，需要导游，你看我是继续在丙皮皮旅行社带团，还是立即跟随你来带团？"

毛姐心里清楚，她多次帮助过小浅浅提升带团能力，直到小浅浅在丙皮皮旅行社站稳脚。要是以姐妹感情让她到自己这边带团，想必小浅浅不会拒绝。但这个女孩子太年轻，如果她愿意，固然好，如果她不愿意，会让这个小女孩为难。还不如让小浅浅自己做决定，尊重小浅浅的意见。

她把相应情况介绍给小浅浅后，说道："小浅浅呀，你要是过来，我能保证团型多、机会多、提升快、赚钱快，而且呀，你想跟谁的团学习，我都可以安排，在天水水旅行社，除了我一定没有谁敢欺负你。"

毛姐口若悬河、信心满满地介绍，小浅浅听得津津有味。她舒展眉毛道："毛姐就欺负我吧，我乐意陪你逛街购物，享受美食。"

毛姐笑了，做一个手势，示意小浅浅继续听下去："你先别急着下结论。作为姐姐，我不想隐瞒你，来这家旅行社有一定的风险。首先，这家旅行社投入的资金大，老板赚得快，赚得多，但风险和收益是并存的，稍有不慎就有可能影响到导游；其次，我虽然是导管，有派团的权利，但毕竟公司不是我的，所以压力也大。你还要慎重考虑，毕竟你在丙皮皮旅行社已经稳下来了，换个环境又得重新开始，是需要勇气的。而我能做的，就是导游的资金方面如果遭遇风险，其他人的账不敢说，但你的一定能报得出来。"

导游这个职业的特殊性，不处于行业中的人又怎么能体会到其中的酸甜苦辣？外行人看着做导游动动嘴皮子就以为是职业了。可是，有人知道吗，有些旅游人连动嘴的机会都没有，就像帮皮总开车打杂多年的孙武贵，一直想转行做导游，但至今还未能如愿。

反而，初出茅庐的小浅浅导游，在职场上遇到靠谱的毛姐，有了她的帮助提携，自己就不用去跌跌撞撞，弄得头破血流、体无完肤了，以至于不会消失在行业中。她真的很幸运，就连自己都没有想过的，毛姐都帮她考虑到了。

去哪里找这么好的姐姐，小浅浅着实很感动。刚才，小浅浅还后悔自己没做准备就冲过来找毛姐，现在倒觉得这是一个正确的选择。遇到这样的好姐姐，还有什么可考虑的？一旦错过，导游生涯会怎么样不好判断，但就这人吧，错过就真的错过了。她感动得一股热流从心田冲眼眶涌出，热泪在眼眶里打转。

这女孩子咋说着说着就哭了呢？这也来得太突然了吧。毛姐从桌上抽纸巾递给小浅浅，关心道："小浅浅，怎么了?"

"没什么。"小浅浅接过纸巾拭去眼角泪水，振作起来，下定决心，坚定语气道："毛姐，我决定跟着你带团，只是皮总那边还不知道怎么去交代。"

毛姐清楚，她曾请皮总这位朋友对小浅浅多多关照。并且她也断定皮总还是给她面子的。如果小浅浅一走了之来跟着自己，似乎说不过去。沉思片刻后，她坦然一笑："小浅浅，既然你选择跟随我带团，皮总那边，你就放心吧，我给他打电话说明白就行，你不用有任何担心和顾虑。"

趁热打铁，先给小浅浅安排一个团吧。毛姐喝口茶，问道："小浅浅，后天，你有没有接团，要是没有接的话，有个湖南的12人团队，你去接吧。"

"好的，毛姐。"小浅浅点点头答应道。

"听说四川人不怕辣，湖南人怕不辣，你这个辣妹子接湖南团，在饮食上有共同语言，沟通起来不困难，好好努力，祝你旗开得胜。"

听到鼓励，小浅浅露出可爱的小虎牙，破涕为笑了，拿起茶杯作敬酒姿势，向毛姐嬉笑道："加油，不辜负领导的厚爱，小女子以茶代酒了。"

毛姐也拿起茶杯，笑着迎合小浅浅："你什么时候学会喝酒了？还以茶代酒，来喝吧。"

喝过一口茶，毛姐给皮总打电话，说明小浅浅的情况……

皮总接到毛姐的电话，毛姐告诉他小浅浅要辞职。他清楚，小浅浅是毛姐介绍的导游，更直接的说法就是她是"毛姐的人"，只不过先放在他那里历练罢了，便同意小浅浅辞职。

毛姐又向皮总申明，不会主动挖走丙皮皮旅行社的导游，但她又说旅游行业本身就具有特殊性，尤其是导游，没有固定在哪家社带团的，一般都来去自由。要是哪个导游主动去她那里带团，或者是比她级别更高的旅行社老板介绍导游过来，她也不会拒绝。

皮总心里骂道："这毛妮子太聪明了，不愧能从一个导游干上导管。"再联想到新年伊始，整个边境省旅游市场都出现了欣欣向荣的景象，本旅行社团量也大幅增加，在旅游业打拼多年的皮总哪能不知道，旅行社拼的就是导游，尤其是优秀的导游更是一将难求。

　　要想有好的导游队伍，要么亲自培养，要么开出诱人的条件从导服公司或者其他旅行社挖过来。要是自己培养吧，有些导游翅膀长硬就飞了；要是去挖过来吧，没有好的团队和资源，像他这样的小旅行社很难留得住大刀导游。

　　既然是行业规矩，毛姐挑明了倒是好事，至少皮总可以提前稳定导游的心。为防止本旅行社的导游流失，他想到刚带两个长线团的安康，虽说业绩一般，但没有被投诉过，客人反映良好，也是可培养之才。

　　当然，皮总不知道安康受伤住院，只是他担心安康和小浅浅一样离开旅行社。要是两个人离开对旅行社并不会造成直接损失和影响，但是会对其他导游造成负面影响。若是其他导游跟着离开，造成导游队伍的不稳定，军心涣散，那损失就大了。

　　大事不可耽搁，在和毛姐结束通话后，他便通知计调小陶派团给安康。不到三分钟，计调小陶向他反馈道，安康有事不接团，于是，他亲自给安康打了电话。

　　医院里，沙洁刚离开不久，安康正在闭目休息，却被一个电话吵醒了，是计调小陶打来通知安康接团的，安康拒绝了。才挂断电话不到一分钟，电话又响了，来电显示是皮总。

　　昨天皮总就说要派团给他，现在打电话过来，实在找不出什么理由来拒绝。兵来将挡，水来土掩吧，安康接通电话："喂，皮总好。"

　　"刀导呀，听说你有事，怎么不接团呀？"

　　"皮总，我昨天酒喝多了，不小心摔伤了，在医院里，还不能带团。"

　　安康直接拒绝接团，这并不是因为自己的伤势导致自己不能马上带团，而是他基于两方面做出的考虑：第一，他对于皮总对他不信任，停了他的团这件事的气还未消，而且毛姐那里也是一个好的机会；第二，春节在家，家人催促他要是遇到合适的人，该结婚了，他想趁着这几天，和沙洁好好聊聊，确定有没有真正发展的必要，毕竟他也不小了。

对于安康的拒绝，皮总不满意，难道安康在生自己的气？还是他想到毛姐那里带团？不如恩威并施，或许有效："刀导呀，你是不是准备到其他旅行社去带团了呀？今年我们调整了导游政策，而且你刚开始带长线团，机会可是很好呀，还是不要有其他想法，你知道的，我从来没有亏待过你。"

自安康开始带团，基本上就在丙皮皮旅行社带洛明一日游。虽然赚钱比不上长线团，但也比打工时强一些，而且有什么事情，可以直接和皮总沟通。皮总给的情感压力倒是让安康为难了，再说皮总已经直接说明要调整导游政策，这意味着佣金会提高。虽说之前被停团了吧，也是事出有因。反正在哪里都是带团，那就继续在丙皮皮旅行社带吧。

不过还是要等三五天伤好后，才能上团，他向皮总说道："皮总，你的好，我都记着的，我真的受伤了，伤好了，马上给你打电话接团，你看行不行？"

"行吧。"皮总勉强应一声，准备挂电话，又传来安康的请求："皮总，你看，我春节前带的两个团，要报2万多块钱的账，我现在住院了，你看能不能给我报一下账？"

"你知道公司也有财务要求，要押一个团的账款，其他团没有投诉，就可以报了。而你第一个长线团扯出了一些小麻烦，第二个团还是按旅行社规矩来吧。"

不想立即把账款报给安康，又用押款作为要挟，但又担心安康有想法，皮总表现出假仁义："刀兄弟，用钱，你不用担心，团款按旅行社的规矩走报账流程，要是你有困难，我这里先拿给你，把你的卡号发给我，我让孙武贵帮我先打 1 万块钱给你。"

皮总这一招让安康始料未及，要是把卡号发给皮总，欠皮总的人情；不发吧，皮总还不给报账，这招太阴了。想想自己当前也不缺那些钱，安康便硬气道："皮总，不用了，我自己想办法吧，过几天，能报账了，我再去报账。"

电话刚挂断，安康便后悔了，旅行社是皮总说了算的，管他以何种名义，钱到手才靠谱。可是说出去的话像泼出去的水，怎么能收回？他双拳锤向被单，生自己的气。

"哎哟喂，康大刀，谁把你气成这样？那么大的火气。"

未见其人，先闻其声，随之，方如意出现在病房门口，她手上捧着一大束黑纱包装的红玫瑰，格外惹眼。

方如意年龄与安康相仿，如今已是精油店的一名主管，还是店里重点培养的骨干。她突然的来访，令安康感到很意外、很惊喜。要是平时倒无所谓，但是这个时段，安康多了一份担忧。

自从认识方如意，两人就很投缘。安康带游客到精油店时，只要是方如意接待他的客人，总能把工作做到极致，使利益最大化。而在私下交往时，方如意却是大大咧咧、不拘一格，经常有意无意地和安康有一些肢体动作。

方如意组上的销售员常拿他俩开玩笑，把他俩当成是一对男女朋友。安康倒不介意，偶尔还和方如意以及他们的共同朋友去KVT、酒吧娱乐。俩人保持着暧昧关系，但他又不敢越雷池半步。

准确来说，方如意年纪轻轻就能成为购物店的主管，一定不简单。再想想平时和方如意接触时，她总能八面玲珑。基于此，安康对方如意的心意不是不知，而是处于纠结之中。

而方如意呢，所在的精油店主要以接待旅游团队为主。一边接触形形色色的顾客，一边接触"油嘴滑舌"的导游。有些男导游贪图她的美色，时常利诱她，甚至还有些威胁她，她都拒绝了，而且处理得当，既不伤他人面子，又不给他人可乘之机。

和安康初认识，她得知安康没有女朋友，也没有拈花惹草，便对安康情有独钟。虽然没有直白地袒露对安康的感情，但只要是安康约她，她总能摆脱缠身的事务出现在安康面前。她知道，主动的女人价值不高，故此，和安康一直是戴着暧昧的面纱。

今天，方如意出现在医院里，有业务的原因。从春节前几天开始，就没有见到安康的身影，这对她的业绩有一些影响，也就是对公司小有影响。不过对于一个公司来讲，小影响可以忽略不计。另一方面，以前隔三岔五就见面的人，突然就"消失"了，她还是不习惯，特别是在她对安康有情愫的前提下。

见到安康，两人简单寒暄几句，方如意晃晃玫瑰说道："我问过开花店的朋友看望病人送什么花，朋友说送玫瑰，我就给你带来了。你可要像玫瑰一样勇敢、充满热情，可要赶快好起来呀。"

她放好花后，坐在床沿，看着安康，似乎在说，有谁不知道玫瑰是代表着爱情呢？她这分明是在找机会借花献爱而已，她希望安康能看得明白。

一个女子这么主动，弄不好会被指责行为不检点。而方如意对安康的关心，使得安康感觉到自己在方如意心中还是有一定分量的。

但这样的女子如果让沙洁看到可就不好收场了，安康不免得担忧起来，也不敢问方如意是怎么知道他在医院了，只希望方如意早点离开医院。

"谢谢你的玫瑰，你看我，不是好好的，只是昨天酒喝多了，摔了一跤，医生已经上了药，好多了。"安康转而说道，"现在这个时间段，不正是游客最多的时候吗？你赶快回去上班吧。"

"我请假出来的，不回去了，陪你说话解闷。怎么？不欢迎呀？"方如意稳稳地坐着，没有打算要起身回去上班。

人家姑娘都这么说了，要是再送客，那就显得小家子气了，安康再怎么担忧，也不能就马上送客，就表示欢迎方如意，并跟她聊着日常话题。

方如意越说越起劲，快到午饭时间时，安康想着沙洁快要到了，竟然紧张起来，说话时前言不搭后语的。

安康答非所问，引起了方如意的不满，她大大咧咧地说道："刀安康，你不会是摔一跤，伤到脑袋了吧？看你心不在焉的……"

此时，安康的电话响了，只听到他回答电话那头的声音："毛姐，是……没事……小伤……休息一两天就好了……好的，好的，我考虑下，伤好了，就给你回电话……好……再见。"

毛姐这一通电话来，令安康豁然开朗。刚才还想着要怎么让方如意早点离开，这下有方法了。安康冲着方如意傻笑道："你说得对，可能是伤到脑袋了吧。旅行社打电话过来，让我带团。"说着挠挠头，"你看，我让脑袋休息会，要不，你先回去吧。"

方如意沉思一会儿，说道："那你休息一下，我先去给你带吃的，再回来看你。"

她起身看了安康一眼，走出病房，在走廊上与匆匆而来的沙洁擦肩走过。

沙洁看到这方如意是从安康的病房里走出来的。那病房除了安康，也没有其他病人在里面，难道增加病人了，这女子是来看望其他病人的？或者是这女子是来看望安康的？她带着疑问踏进病房，见到的依然是安康一个人。

如果上午那个女子是安康的同事，那么这个女子会是谁呢？沙洁猜想并下结论："这女子跟安康的关系可能不一般。"

沙洁醋意大发："刀安康，刚才从房间里走出去的那女人挺漂亮的，两年不见，想不到你桃花运挺旺的，上午来一个，现在又刚走一个，我不在的时候，有多少女人来看过你啊？"

方如意要是早走一分钟也行呀，没想竟然碰上沙洁。安康越不想发生的事却发生了，还好没有在房间里碰上，要不然情况会更糟糕。遮掩也没有必要，反正自己跟方如意并未捅开那层朦胧的关系，更未发展到恋人阶段。

相比而言，和沙洁有感情基础，安康更爱沙洁，索性就和沙洁好好谈谈吧，不要让她产生误会，告诉她是旅行社的工作人员不就行了呗。

"哦，你说刚走出病房的女人呀，她是旅行社的办公室主任，老总派她代表旅行社来看看我。你说现在的老板是不是太聪明了？一个小小的导游受伤，就派人来望，真是会收买人心呀。"安康轻描淡写说着，接着就把话推给沙洁，"是不是你们公司老板也这么笼络员工的心？"

听着蛮有道理的，但又觉得哪不对劲，沙洁看看玫瑰花，说道："是你们老板有心，还是那女人有心，还给你送玫瑰花。"

安康想起方如意刚才说过玫瑰代表火热，便以此来搪塞沙洁："你不知道呀，我们老板太奇怪了，只要看望员工，不管是生病还是在其他场合，总喜欢送玫瑰，还说希望让我们保持像玫瑰一样火热的工作热情。"

沙洁知道，再纠结玫瑰，就显得自己心眼小，不懂事了。她把一个手提袋子放在玫瑰旁边的桌面上，打开袋子忙活道："时间比较匆忙，随便做了些吃的，你将就些。"

"那好吧，吃饭后，我们去办理出院。"安康的肚子轱辘轱辘响起来……

第八章　恋爱成双

由于旅游行业的特殊性，导游与旅行社的合作关系常见于三种。

第一种，旅行社招聘导游成为公司员工，有团时，出去带团，没有团时，正常到旅行社上班，处理一些杂事。旅行社根据情况给导游购买社保、发工资，把导游当成员工。这种合作方式常见于以组团业务为主的旅行社。边境省旅行社，主要做地接业务，这种方式少之又少。

第二种，旅行社和导服公司、导管合作。这种常见于团量较少的旅行社，需要导游时，找导管或导服公司就可以。这种方式，市场也多，比如毛姐做导管了，除了派她所在旅行社的团，偶尔也可以帮其他旅行社派团。

第三种，导游长期在某个旅行社带团，旅行社根据团型给予其出团补助，或者根据业绩给予其相应的报酬，这是市场上较为普遍的合作方式。

这第三种方式，导游都得先行垫付酒店、门票等相应费用，团队结束后，把账单交给旅行社，旅行社把垫款、佣金支付给导游。安康就是以这种方式和旅行社合作的。对比安康，小浅浅很庆幸，有毛姐的关照，可以提前预支部分垫款，报账也及时。

有些旅行社为挽留导游，也担心导游甩团，或产生被投诉的负面影响，便让导游交付一定的质量保证金，这也合情合理。

而丙皮皮旅行社的规定是导游可以不用交付押金，但需要押款，一个团押一个月，也就是团安全送走，没有客人不满意，也没有投诉，导游才能把垫款和佣金拿到手。

小浅浅和毛姐分开后，回家睡午觉，来了精神，便到达丙皮皮旅行社办理离职事务。与其说是办理离职事务，倒不如说是去报账。

财务听了皮总的指示，没有扣小浅浅一分钱，这让小浅浅很吃惊，当然，也是在意料之中。毕竟她带的最后一个团，垫款和佣金合计才5000多元。

报完账，办理好离职，小浅浅离开旅行社时，皮总大方地对小浅浅说道："小浅浅导游呀，我想挽留你也挽留不住呀。既然你要走，你的账目走特殊流程，全部报销给你了。要是想回来，随时欢迎你。"

小浅浅虽然知道，皮总是给毛姐面子，做顺水人情，不过被皮总挽留，找到价值感，小浅浅还是蛮开心的。她一蹦一跳地离开旅行社，随后去拿毛姐所派的团单，开始新的征程。

而在同一天，安康和沙洁办理出院后，来到出租屋。

出租屋是一个20多平方米的小单间。屋内乱七八糟的，摆放着一张床，被褥上丢着一件外套，床旁边有一张桌子和一把椅子，椅子上丢着几件衣服，桌子上的烟灰缸里挤满了烟蒂，地上的鞋子、袜子也是乱扔着，靠墙角落的垃圾桶里堆着吃过的方便面盒子……

看此情景，沙洁大概可以判断出安康还是一个人住，要是有女人，房间不至于乱成这个样子。她提醒安康："房间应该整理了，你看你还是跟以前一样，把屋子弄得乱七八糟的。桌子上的烟灰缸那么满，顺手就可以倒进垃圾桶了，还有，叫你少吃方便面，你看看，这方便面盒子好像放好几天了……"

女人呀，总是一边抱怨，一边干活，随着脸上的皱纹增多，从一个青春年少小天使慢慢地就变成老巫婆了。而男人从一个懵懂少年，慢慢地沉淀，将会越来越有魅力。出租屋内安康和沙洁，孤男寡女共处一室，从此刻起，他们的命运即将联系起来。

沙洁的批评和抱怨，对安康来说既熟悉又陌生。两年多不见，安康明显感觉到沙洁的身材比以前更匀称了，脸上再也见不到曾经冒出的小痘痘。二十多岁的安康，近一个月来，经历了情绪的起起伏伏，他压抑，需要诉说，需要发泄。

当沙洁脱去外套，卷起袖子，想去打扫卫生时，她的动作与圆润、坚实、高翘的臀部浑然天成，使得安康的雄性激素活跃起来。安康从后面环扣住沙洁的腰，手不规矩起来。

既然沙洁跟着安康来到了出租屋，其实她已做好了心理准备。但她还不想那么快，她还想确认一下安康是不是还像以前一样对她痴情。于是她挺直身，放下手中的扫帚，费了九牛二虎之力挪开安康的手，转过身，看着安康失望的脸，温和地说道："你都受伤了，又刚从医院里出来，先休息一下吧。"

哪个女孩子不爱干净呢？安康想自己大概是被欲望冲昏了头脑，刚才的行为太冲动了，自己刚从医院里出来，又受伤过，身上确实脏兮兮的。于是安康说道："我先去洗个澡吧，你等我。"

看着安康从衣柜里翻出衣服抱进浴室，沙洁处在纠结之中。在她心中，安康正直，追求上进，对她痴心。两年前自己之所以对安康忽冷忽热，也是站在一个女生想追求幸福的角度。谁叫那安康的收入难以支撑起奢侈的爱情，更别说是未来的幸福了。所以，她对安康最大的不满意，就三个字：没有钱。

那个时候，公司的销售经理总对沙洁献殷勤，也在追求沙洁。销售经理和沙洁一样高，还一身赘肉，让她最受不了的是，才 30 出头的人，精神状态不饱满。但销售经理事业小有成就：有车、有房。并且人也幽默，会讨女人欢心，他对沙洁又是关心工作，又关心生活，还常给她送礼物，并向沙洁承诺，只要跟了他，车、房、存款都归沙洁打理。

金钱、物质对沙洁来说，是一个很大的诱惑。但她清楚，自己对这个销售经理，谈不上喜欢或讨厌。要是作为朋友，是不错的选择；但要是嫁给他，年龄差距大，父母定会反对。销售经理经常出差，势必影响家庭，并且最让她耿耿于怀的，是那半个秃头。

和安康吵架分开后，她正在气头上。而那销售经理弄个假发戴在头上，看着也舒服多了，她便对销售经理不再排斥，开始和他交往起来。

今年春节放假期前，公司吃年夜饭，某业务员喝多了，被销售经理训了两句话，他便和销售经理针锋相对吵了起来，气急败坏的情况下口无遮拦，揭露出了销售经理不为人知的一面："像你这种对着客户低头哈腰、吃喝嫖乐做来的业务，也不过如此。你有什么牛的？我不跟你干了！"

当着公司男女同事的面，销售经理被羞辱得忍不住动起手来，两人厮打在一起，经过众人拉开两人后，年夜饭不欢而散。销售经理想跟沙洁解释。

而沙洁只觉得龌龊、恶心，啐了句："呸，我们的关系到此结束。"

沙洁和销售经理结束交往后，心里惦念着安康，于是在春节期间，不断地给安康打电话，又因安康入院，两人的"红绳"又牵上了。

此时，沙洁忙着帮安康整理衣物，听到安康手机铃声响了，她拿起电话，去敲浴室的门："安康，有人给你打电话，来电显示是方主管。"

听到声音，安康把水量调小，回复道："方主管呀，是购物店打来的。你把电话声音调到最小放着，我待会再给她回电话。"

全身是泡沫的安康，哪还想着方如意呀，他满脑子是沙洁圆润的臀部。并且他还给自己出了一道选择题："要是在洗澡的时候，沙洁走了，这段感情也没有必要强求了；要是她没有走，而且还是像之前一样不让他越雷池半步，他就跟沙洁摊牌，要么在一起，要么就不要有任何瓜葛。"

做导游后的安康，总结带团经验："若想带好一个团，就要学会控团，用各种方式让客人认可自己，并且为自己买单。在任何时候，都要掌握主动权，如果一个导游完全靠唯唯诺诺的服务让客人买单，那是绝对不会有大作为的。"

万物相通，没有正儿八经谈过恋爱的安康，认为恋爱和带团有相通处："一个只会用心付出的人，毫无尊严地讨好对方，希望感动对方，让对方投怀送抱，是绝对不行的；反而应该做自己该做的，就像带团一样，做好服务，给客人定规矩——必须听从导游的指示，才不虚此行。这一招很管用。"

曾几何时，安康对沙洁的付出及软弱的爱，让他身心疲惫，现在他不想再这样了。从浴室里走出来，她看到沙洁没有离开，正坐在床上。

只穿了一套薄衣裤的安康，身体在颤抖，他兴奋、紧张，牙齿咯咯地相互碰撞着，使他抖得厉害，最终，他扑向沙洁。

沙洁原本可以选择在安康洗澡的时候离开的，也可以选择在安康在向她做出爱的承诺前离开。但她从安康的眼神里看到了成长，看到和安康在一起，可以共筑爱的小窝，可以一起携手去奋斗，去憧憬美好的未来。于是，她选择沉默，选择半推半就，她轻轻地咬住嘴唇，闭上双眼……

安康像一个笨手笨脚的小毛孩，用着生硬的动作去解开沙洁的衣服，毛毛躁躁地费功夫，额头冒出大颗大颗的汗珠，终得如愿以偿，压着身下的沙洁娇喘微微……

翻云覆雨后，安康搂着枕在他手臂上的沙洁，像是征服了一匹烈马。他可以如愿地谈起名副其实的恋爱了，可以光明正大地和沙洁在一起了。他再也不用羡慕别人的成双入对了。

爱情需要清清白白、坦坦荡荡。安康不想让心爱的沙洁猜忌，便和沙洁商量彼此袒露秘密。

沙洁迟疑了一会儿，她想听安康的秘密，又不愿意把她和销售经理的交往故事讲给安康，便神秘地打趣："安康，你还有什么秘密？不准隐瞒，从实招来。"

安康不想欺骗沙洁，诚实地说道："沙洁，我以为追求不到你了，没有想到今天还是在一起了，我会好好爱你的。曾经，我离开你是想赚钱，我以为有了钱才有资格说爱你。我以前在网络公司上朝九晚五的班，每月拿着固定的薪资和可怜的奖金，混日子还行。但现在做导游就跟以前不一样了，我凭自己的能力吃饭，有时一个团抵过去一个月的工资，有时出去一天，还倒贴钱。但这样的生活有挑战性，通过努力，我相信未来会越来越好的。也请你相信我，我一定会为我俩的幸福生活而努力奋斗。"

这些言语是在宣誓，又像是让人看到振奋人心的成功学语言。大多数人对导游职业的了解，基本停留在带着人吃喝玩乐的阶段。至于导游如何赚钱，能赚多少钱，除了行内人，没有人去深入探寻、研究。沙洁听着这铿锵有力的奋斗词，似乎看到了未来的两人世界。她对安康激励道："安康，我相信你，你一定会为我们创造出美好的未来的。"

小孩子之间是没有秘密的，有啥说啥。成年人就不一样了，每天经历着各种各样的事情。安康将他的感情经历捋了一遍，要说和小浅浅有关系吧，那就可笑了，一直以来，他能感受到小浅浅的心意，但他也想过，和这个妹妹可能性不大；要说和方如意之间的关系吧，虽有暧昧，但都未捅破那层纸，许多导游和购物店销售员的关系不也是那样子的吗？既然是关乎利益又掺杂感情成分，就算不得什么。

由此，安康向沙洁道："我的秘密是从始至终，心里只有你。"

沙洁听着很感动，她相信和安康在一起没有错。她有点后悔，以前对安康忽冷忽热的，又为今天的付出感到明智，要是再晚，这么好的男人、这只"潜力股"就不属于自己了。和销售经理的过往经历已经成为过去，但没有必要跟安康坦白。沙洁紧紧地抱住安康，娇羞地说："我的人和我的心都是你的了，还有什么秘密？"

从陌生人到相识，相知，分开，重逢，他们彼此一直深爱着对方，如今有情人终成眷属。安康侧身一翻，又和沙洁翻滚床单，直到大汗淋漓，累倒了，两人紧紧相拥而眠。

起床时，天已经完全黑了，安康决定带沙洁去吃野生菌火锅，他先起床去穿衣服了。

沙洁说不好意思让安康看她穿衣服，便转身用背子蒙住了头。当安康穿好衣服，去了趟卫生间又出来时，沙洁已经把床套全部拆除了，说上面有血，脏。

安康笑笑道："哪里有血？我看看。"

"哪有你这么看的？我一个女生，害羞。"沙洁紧抱住床单不情愿地说道。

看着沙洁，那可爱、害羞、不情愿的模样，安康爽朗地笑了。

恋爱是肥料，让一株小树苗成长为栋梁之材。成功的恋爱是婚姻的基础，更是家庭的基础。对于安康，恋爱更是事业的基础。和沙洁确定恋爱关系后，他每天精神百倍，容光焕发。看着平时不喜欢的小猫小狗，都觉得可爱至极。这恋爱实在是太神奇了。

一个人的时候，怎么过都行。可以早上 5 : 30 起床去看城市的晨景；也可以一个人看电视剧到深夜，泡上一碗方便面狼吞虎咽。反正没有人管，随心所欲，而现在不同了，安康考虑未来了，他的想法和沙洁不谋而合，他们的目标就是努力构筑共同的窝。

经历被打事件的安康，对城中村的美好印象瞬间崩塌。这哪里是人住的？这穷人混居的地方完全就只是自己寄居的一个小处所。他不愿意沙洁和他一起住在城中村这人群复杂的地方，他决定搬家。

安康和沙洁交流了意见，沙洁认为不应该花太多的钱去租房，要找性价比高的房子。沙洁认为能省些钱就省些钱，安康当即反驳道："住的环境好些，才有动力去赚更多的钱。又想住好的房子，又不想花钱，天底下哪有那么好的事情？要是想省钱，那继续住在城中村得了。"

沙洁住在公司提供的宿舍，没有花钱租过房子，她一直认为好的房子应该要花很多钱，而且也并非要急着搬家，她对安康的收入也还停留在两年多前，便说："安康，要不这样吧，我们慢慢找房子，总能找到性价比高的，又不急这几天。"

都说两情若是久长时，又岂在朝朝暮暮，可尝试到爱情甜味的安康急于同居，他说："沙洁，你不用担心房租，这些全部都由我搞定。"

看着安康这么坚定，沙洁默默地点头。

第九章　跟着导管混

自打毛姐当导管以来，每天早出晚归，电话不敢关机。隔三岔五，她就得处理各种各样的突发事件。派出去的导游，在没有下团之前，毛姐都是担心团队，并且心都是悬着的。让她操心最多的是那些刚进入旅游行业的新导游，新导游带的团以小包团居多。

小包团本来问题就多，再加上新导游处理问题不灵活，芝麻粒大点儿的事情就打电话给她，但她又不得不处理这些小事，更重要的是不能过多地责备他们，要是他们不开心，不干了，自己即使是导管，拿他们也没有办法。毕竟这种小包团缺导游，而小包团占据着一大部分市场。为了维护客户和市场，旅行社不得不接待这些头疼的团队。

小包团的事令毛姐焦头烂额，不仅有预料和情理之中的小包团的问题，那些公司的重要团队，给公司带来极大效益的也逐渐开始出问题了。她需要一批优秀的导游，一批忠心耿耿的精英骨干，而不想费精力去培养导游。

办公室的她，生气地挂完电话，骂骂咧咧来回走几圈后，拨通了安康的电话："安康呀，你可以接团了吗？我现在立即需要一个导游，明天就要接团，我实在是找不到合适的导游了，你过来帮帮我。"

接到电话时，安康正和沙洁忙着搬家。他们在租房网找到了一套比较中意的、可以拎包入住的、一室一厅一厨一卫的小户型单元房，但还是需要把相应的物品，搬到那边。大件的物品已经搬得差不多了，还剩下一些小物品，搬过去后，他们就可以入住了。安康原计划住进新家后，再考虑带团的事情。

听着毛姐急匆匆的语气，安康有一种预感，这团不好带，但他不好直接拒绝，便说："毛姐，有时间可以带团的，只是一直在皮总那边带团，要是皮总安排接团，会有时间冲突……"

毛姐怎么可能猜不出安康的心思——他是想着继续在皮总那边带团靠谱，不想换到一家有风险的旅行社。不如给他点压力，用好团诱惑他。

"别皮总了，你到我这里来，现在就有好团。要想赚大钱，就不要犹豫了，现在过来是最好的机会，要是不过来，以后可能就没有好团了。"

人与人的交往都是相互的，在他人需要帮助时，帮助他会获得感恩，安康深知这个道理。导游带团也是一样的，旅行社和导管缺导游时，要是不去帮忙，那别人凭什么又给自己派团呢。想到皮总人还不错，最主要那里还有 2 万多元的账没有报出来，安康一时不知如何选择，他说："毛姐，你让我考虑考虑，再给你回电话。"

毛姐虽然不喜欢这样的回复，但也很无奈地说："不要考虑太长时间了，我这里急需要安排，5 分钟后，我给你打电话。"

毛姐做导游时，从来没有以任何方式去求过人，只有旅行社求她接团，还有些导游请求跟她的团学习带团经验的。自从做导管后，这已经不是她第一次求人了。虽然没有赤裸裸地说出"我求你了"这种话语，但主动权一直不在她的手里，跟求人何尝不是一样的呢？看来要做好导管，并非易事。

思来想去，还不确定安康能不能接团，还得继续找导游，于是她又翻开手机通讯录寻找导游，手指滑动来滑动去都是打过电话的。放下手机，她从办公桌上找笔记本通讯录，一个名字一个名字地查询，可还是找不到合适的导游。

安康和毛姐结束通话后，看看在旁边的沙洁，想听点她的建议："沙洁，从通话中，你大概知道是什么情况了，你觉得我是继续待在原旅行社，还是换个旅行社？"

换来换去，不稳定。沙洁建议道："既然你在原旅行社已经稳定了，也没有必要再去折腾吧。"

听到"折腾"这两个字，安康灵光一现，知道该如何做选择了。要是不折腾，自己只不过是网络公司的一个小员工；要是不折腾，怎么会抱得美人归？想到此，他冲着沙洁脸上亲了一口，诡异一笑："谢谢你，沙洁，我知道该怎么做选择了。"

"讨厌。"

沙洁面对突如其来的吻，实在不解，但她相信安康能做出正确的选择，便说道："那你自己看着办吧。"

等毛姐打电话过来，再答应去接团，这是一种选择。然而，这种被动会带有一些消极的影响，不如自己主动吧。于是安康拨通毛姐的电话："毛姐，我决定去你那边带团了。"

刚才还在犹豫的安康，突然的转变让毛姐很吃惊。既然安康说来带团，那就安排吧，毛姐说道："安康，你准备一下，现在去乾泸救急一个团，明天把团带到洛明。至于到达乾泸的机票费由旅行社报销。团队具体情况，我让计调联系你。"

安康完全做好没有百分之百的心理准备，就接下这个救急团，既是一种机会，也是一种挑战。谁叫他选择了导游这个职业。只是，自己本可以和心爱的沙洁腻歪，现在却要马上出发。

他准备去收拾个人用品，却惊喜地发现，沙洁已经在帮他收拾了。这可是一个好的兆头，他不由得在心里赞叹道："有女朋友照顾真好。"

毛姐终于找到导游去救急了，但愿安康顺利地接下这个团，并且能把单子打出来。她走进计调办公室，在计调孔玉秋面前，把相应的情况做了交代。吊在心里的那口气不由地松了下来。

交代好后，孔玉秋看到刀安康这个名字觉得好像在哪里见过，但又想不起来。于是她拨通安康的电话，说道："刀导，你好，我是天水水旅行社的计调，我姓孔，请问是不是毛姐安排你到乾泸接团的？"

确认是安康接团后，孔玉秋继续说道："我们的导游欧阳坤平和乾泸导游发生冲突了，游客需要换导游。你现在就出发，去乾泸和他对接，明天接团回洛明，后天就送团了，具体情况你和他联系对接，我把他的电话号码发给你，你先跟他联系一下。还有，把你的姓名和身份证号发我一下，我帮你订机票。"

听到这干净、清爽的声音，安康想不起是谁，但有一个声音告诉他，这女子应该是认识的，但又不好多问，免得对方以为自己是在套近乎。不过他倒觉得，这女子说话办事不啰唆，很专业，考虑周全。

说要去乾泸，刚才，安康正准备要查询飞往乾泸的航班，这电话一来，他就不用自己订机票了，还可以不垫机票款，何乐而不为。于是他把身份证号用短信发给了孔玉秋，随后又收到孔玉秋发来的欧阳坤平的电话号码，短信里还加了几个字："辛苦了，刀导。"

根据短信号码，安康拨通欧阳坤平的电话，和善地说："欧阳哥，你好，我是毛姐安排的导游，我叫刀安康，她安排由我接替你的团队。"

电话那头的欧阳坤平，交代安康到乾泸后，直接到酒店找他，并告知安康了酒店名称。

安康将酒店名称记下来后，不到半个小时，就收到孔玉秋发来的航班信息，是下午5∶30起飞的航班。他回复了"收到"和几句感谢的信息后，便和沙洁一起整理新家物品。

距离出发时间越来越近，他恋恋不舍地拉着沙洁的手说："沙洁，我一分钟都舍不得离开你呀。"

"我也舍不得离开你，放心吧，剩下的事情，我来弄吧。"沙洁给了安康一个拥抱，"你就安心去赚钱吧，回来的时候，这里就是你温馨的家。"

有位名人说过，房子是租来的，可生活是自己的。沙洁把这租来的房子当成了家，想好好过日子，她要给安康一个温馨的港湾，让他的心有停泊的栖所，无论飞多远总会归来。基于此，沙洁还给租来的房子取名为"归心小家"。

坠入爱河的安康舍不得走，本来已经踏出房门，又折返回来，托住沙洁的脸庞，深深地吻过去，把沙洁推到床上来了个深情的告别……

夜晚，乾泸古城旁边的步行街上，行人川流不息，在商铺灯光和路灯的映照下，南来北往的游客，正在自由地领略祖国的大好河山。要不是科技的发展，推动了现代化交通工具的发展，使出行变得便利，又会有多少人来到这座城市呢？

真得感谢祖国的繁荣发展呀。乾泸游客多，那是因为旅游城市的魅力呀。安康感叹道："我一个多小时前还在洛明，现在已经在乾泸了。"

要不是已经到达欧阳坤平所说的酒店，他还以为是来旅游的呢。酒店大堂棕咖色的真皮沙发上坐着一个男子，正在闭目养神，看起来有些疲惫。安康在下飞机后，坐上私家车时，给欧阳坤平打了电话，说大概40分钟后到，两人约好在酒店大堂碰面，想必这个人就是欧阳坤平了。

在导游界，对于陌生的同行，称呼他人一声"哥"或"姐"，并非因为年纪，而是基于对他人的从业经验的认可。在洛明，从前喜欢互称为"帅哥""美女"，后来大家觉得这种称呼轻浮、不庄重，便称呼为"哥"或"姐"了。当然，对于这种称呼，有些导游在意，有些导游不在意。

安康走过去，向男子轻轻问候道："哥，你好，请问您是欧阳导游吗？"

那男子从头到脚迅速打量了安康一番，回复道："我是欧阳坤平，随便坐吧。"

待安康坐下来后，欧阳坤平说起了团队情况："今天中午，我接到计调的电话说要换导游，搞得我百思不得其解，问其原因说是我和乾泸地接导游没有处好关系，游客更喜欢乾泸导游。那个团的领队和乾泸导游很投缘、很开心，对洛明导游不满意，坚持要换导游。这是一个单位的团队，领队要换，旅行社坚持也没有用，就算我白为人民服务了。"

安康不解："领队跟乾泸导游走得近，不是更好吗？对团队也有帮助。"

欧阳坤平不想隐瞒和乾泸导游发生冲突的事，继续说道："这个团，算我倒霉，栽在乾泸导游身上了，这个乾泸导游，太不是人了，公报私仇。我在海月接到他的电话时，他语气很拽，像是我求着他吃饭一样，而那时我正忙着帮客人买景区的电瓶车票，懒得和他理论，就直接和他争吵了几句。"

安康想到自己第一次带团来乾泸时，也遇到过这种情况，后来不也顺利和乾泸导游交接了吗？怎么弄到要换导游呢？他奇怪地问："难道就因为某些乾泸导游确实不友好，就要更换导游吗？"

"我带团6年了，也不是第一次和乾泸导游合作，知道乾泸导游的脾气，不想和他发生冲突。于是去乾泸的路上，我给他发了信息，告诉他大约几点到乾泸。说完后，我就开始在车上讲解，铺垫乾泸的行程，大约半个小时后，他打电话过来，我告诉他我正在讲解，就挂断了电话，他又打来，我没有接，把电话调整成了静音。讲解结束后，我一看，有十多个未接电话，都是他打来的，我就给他回电话过去。他不得了，开始骂我'很牛''很拽'。在车上，游客都看着我，我不想扩大影响，忍住不和他争吵。到了乾泸后，见到那导游，果然长得就很怪异，你猜怎么的？"

　　还能怎么样？安康此时想到了阿雷的形象，随口道："不会是满脸伤疤吧？"

　　"兄弟，你猜对了。"欧阳坤平不知道安康和阿雷认识，以为是安康猜对了，又继续说，"这导游脸上有一块明显的疤痕，面目狰狞，目露凶光，根本不是什么好鸟。"

　　阿雷在安康的眼中不算好，但也没有欧阳坤平描述得这么差劲，便打趣道："有这么恐怖的导游吗？"

　　"是呀，就那么恐怖。都是干导游的，我又不靠他吃饭，到乾泸后，我就下车了，懒得理他。没有想到，他在客人面前放我的水，玩阴的。"

　　"放水，你怎么知道是他放你的水，可能是其他原因呢？"

　　"团里有一个退休老阿姨，上下车比较慢，吃饭也不快。虽说他们是一个单位的，但很多团队里的人，对这个老年人不友善，经常抱怨她影响团队。而作为导游，我总得考虑周全些，就对老阿姨照顾得周到了些。因此，她对我的印象特别好，有什么都跟我说。当收到被更换的电话通知后，我给老阿姨打电话了解情况，才知道，团队被放水了。"

"唉！"欧阳坤平叹息一声，接着说道："江湖险恶呀，这乾泸导游卑鄙、阴险、下流、无耻！"

听着欧阳坤平的讲述，安康听出眉目了。想到自己带的第一个"蜗牛团"，购物的那对牵手夫妻并不是无缘无故的，而是有原因的，真应该感谢小浅浅在城市公园帮他们拍照，一路上照顾他们。

带团服务，除了做全车人的服务外，还需要做好个人的服务呀，这些个别人就像导游安插在团队中的耳目一样，他们毫不隐瞒地把团队信息告诉导游，这样导游才能掌控团队。安康窃喜，还没有接到团，倒是先学习到了一些带团技巧，这可是宝贵的实战经验呀。

长叹一口气后，欧阳坤平又继续道："换就换吧，这个团，我还不想带了，一个单位的人，乱七八糟的，回洛明打不出单子，还坏名声。与其这样，不如换导游，我也可以早点回家，从春节前到现在，一个多月，天天带团，太累了，回家好好休息一两天，陪陪媳妇和孩子。"

导游连续带团一个月，早出晚归，在景区带客人走景点，在餐厅带客人吃好饭，导游狼吞虎咽后又上路；旅途中，在车上站着讲解，晚上办理入住后又得查房，处理大小琐事；忙完团队的事，回到房间，洗漱后躺在床上，不敢立即入睡，得做一天的总结，计划第二天的行程。这导游职业是脑力劳动，又是体力劳动。苦了，累了，有哪个导游不愿意回家陪陪家人和孩子呢？

说到老婆和孩子，欧阳坤平的语速慢了些许，他是一个爱家的男人。

"来，给你行程单，团队的信息都在单子里了。"欧阳坤平把一个装在牛皮纸信封里的团队行程单及相应票据交给安康，做完相应交接后，问道："你看，还有什么需要交接的？"

"没有了，要是有需要了解的，我再给你打电话。"

团队交接好后，安康约欧阳坤平吃晚饭，被他婉拒了，说是和朋友有约，正在等电话。果不其然，不一会儿，欧阳坤平接了一个电话，离开了酒店。

安康也起身，来到他所预定的麻雀窝酒店。办理登记后，安康走进房间，第一件事情，打开信封，翻阅团单。他首先需要联系乾泸导游，让乾泸导游通知客人明天出发的时间，如果有可能，向乾泸导游了解更多团队信息。

于是，他从单子上找到了乾泸段导游的名字——雷亚虎和他的电话，输入到手机拨号键中。11 个数字还没有输完，手机通讯录提示是阿雷的电话，这个导游果然就是上次合作过的阿雷。

真没有想到，安康竟然是以这种方式和阿雷第二次合作带团。看着团单，安康不禁赞赏天水水旅行社计调孔玉秋的专业，把全名和电话号码都写在团单上，哪像丙皮皮旅行社的团，团单上没有乾泸段导游的电话，只能被迫等待乾泸导游打电话过来。

阿雷这个人，外形不好看，给人的第一印象也不好。不过应该也不至于像欧阳坤平说的那样卑鄙、阴险、下流，是个背后小人呀。做出对阿雷的判断，安康立即给阿雷打电话。

电话接通后，阿雷还是不友好地说话，在得知是刀安康——牦牛导游，和他曾一起合作过一个团队之后，阿雷语气发生了180 度的大转变："想起了，上次你带了一个小美女导游。"

既然两人认识，安康直接委托阿雷帮忙通知客人明天出发的时间，以及提醒客人带好所有物品，不要落下东西。阿雷倒也爽快地应允了。

安康本来还想通过阿雷了解更多团队信息，不过阿雷说他在团上忙着，就没有再多打听，只是简单地了解到，阿雷对欧阳坤平不满意，说欧阳坤平不是人。

"公说公有理，婆说婆有理。"谁对谁错不关安康的事，但跟团队有关系呀，安康对团队的信息了解得越多，就越能掌握主动权，越对出单有利，既然阿雷在忙着，安康没有继续追问。

该处理完的事情也处理得差不多了，安康打电话给旅游车师傅约定出发时间后，走出酒店，走到距离酒店不远处的七星美食广场，他走进了一家名为"爪爪小吃店"的店。

店不大，可以同时容纳七八人就餐。他一个人吃什么，不讲究，就点了份牦牛肉盖饭和两只卤鸡脚，牦牛肉盖饭的味道还不错。

买单时，他随口赞许一句："你们家的牦牛肉不错。"

得到认可的小店老板娘笑意盈盈地说："我们这家店呀，经营5年了，回头客特多，欢迎你下次再来。"

"你们一定有什么特殊的经营秘诀。"

老板娘开心道："我们都是本分人，比如你今天吃的牦牛肉盖饭吧，有些店是把普通的牛肉当作牦牛肉来卖，但吃的却不是牦牛肉，客人知道被欺骗，就不来第二次了。而我们实实在在做小本经营，不欺骗客人，才能做到今天。"

安康听得很认真，见此情形，老板娘指向那卤鸡脚："我们这个店呀，有洛明带团来乾泸的住在附近酒店的导游，他们挺喜欢来我这里的，而且每次都必点'招财爪'。"

平心而论，这鸡爪味道一般，但为什么很多人喜欢吃呢？而且还是导游喜欢，还叫"招财爪"。这让人好奇。安康想一探究竟，便问道："这鸡爪也挺好吃的，为什么那么多人喜欢呢？"

老板娘把招财爪的来历讲给安康："我们刚到美食广场开店时，一个戴眼镜的男导游来这里一次性点了10只鸡脚，我建议他别点那么多，可能吃不完。他说，他上个星期在这里吃过鸡脚，好吃，回洛明的旅游团购物效益好，所以又来吃，还说这鸡脚不错，像招财猫的脚一样，以后就叫它'招财爪'吧。后来，他经常带着他的朋友过来吃鸡脚，这一传十、十传百的，'招财爪'的名字便传开了。后来我直接就把店名改成'爪爪小吃店'了。"

小小的一个小吃店，都有着它的故事。真是各行有各行的门道，三百六十行，行行出状元呀。老板娘的经营秘诀，让安康受到启发：平淡、朴实、真实就是靠谱。

刚才纠结着要怎么包装自己，怎么"忽悠"那个救急团，现在想想没有必要了。以最真实的自己来面对客人就行，更没有必要用什么牦牛团了，还不如像带一日游一样，以车号来命名团队名称，客人容易找到车，更实在、更靠谱。

走出小吃店，天已经完全黑了，安康回到麻雀窝酒店，期待着阿雷打电话来提供更多团队信息。

而此时的阿雷刚下团，他正风尘仆仆地前往乾泸味道餐厅。

餐厅里，阿依塔和一个女子已经围坐在桌边。女子是乾泸甲丽旅行社的计调杨丽娟，主要负责操作合作的天水水旅行社的全国大散客及高品质团队。安康代替欧阳坤平接待的这个团队的乾泸段行程，就是她在负责操作。

甲丽旅行社是专做地接乾泸市周边旅游的地接旅行社，接待多家洛明旅行社的团，有火车团、汽车团、直飞小包团，团型多种多样。今年开始接待洛明天水水旅行社的团队，并与天水水旅行社达成战略合作伙伴关系。自合作以来，和天水水旅行社在合作上一直很顺利。

阿依塔在甲丽带团已久，今年被派为先锋来接待天水水旅行社的团队，接待了几个团下来，他发现比之前接待其他旅行社赚钱。又因甲丽旅行社导管木仁山让他介绍合适的人来带团，因此，阿依塔想到了阿雷和齐白方，齐白方对当前所在旅行社很满意，拒绝了阿依塔。而阿雷虽刚开始是拒绝的，但运气不顺，他的团队连续收到 3 个投诉，业绩一塌糊涂、不堪入目，便答应阿依塔来甲丽旅行社尝试几个团后再作打算。今天，他和欧阳坤平发生冲突的这个团就是甲丽旅行社的团。

还没有接待到团队就和上站导游欧阳坤平产生对立，接团不到半天，便收到计调杨丽娟的电话说，洛明的旅行社已经换了导游，搞得阿雷不舒服，便让阿依塔帮忙安排请导管和计调吃饭。导管木仁山说要和购物店人应酬，便没有到场。

杨丽娟无论是于公于私都不好拒绝，便应了邀请。而计调的工作总是有很多忙不完的琐事，她刚挂断一个电话，又接了一个电话，把一堆打印的资料放在餐桌上，一边查看资料，一边与电话那头处理团队信息。

杨丽娟结束通话后，只见阿依塔举起酒瓶为她倒了酒，她抿上一口酒后，动起筷子搛一块沸腾的锅中的鸡肉，往嘴边吹吹，送到嘴里，嚼了起来。杨丽娟瞟阿依塔一眼，说道："时间还早，等会你的朋友吧。"

阿依塔不以为然地回复："不用管他，我们先吃着，他快要到了。"

说话间，杨丽娟的目光指向餐厅门口走来的阿雷，问阿依塔："你看看，来的这个是不是你的朋友？"

阿依塔放下酒杯，向已经到达餐桌前的阿雷开玩笑地嘲讽道："阿雷，带什么团？赚金山银山了？现在才到。"接着阿依塔分别为两人介绍了对方。

都是在乾泸旅游界混的人，倒没有陌生感，相互寒暄几句后，阿雷向杨丽娟微笑，给她倒酒，被杨丽娟拒绝说不喝酒后，他起身，吩咐服务员给杨丽娟拿了瓶凉茶饮料。并帮杨丽娟盛了一碗鸡汤。

三人喝汤、吃饭、喝酒，聊起来了。

说到更换导游的团队，阿雷总结道："洛明导游太厉害心太狠，把团队控得死死的，根本不在乎我们乾泸导游的死活。刚上车，客人用怀疑的眼神看着我，在我讲解时，竟然还有人在说话，我瞪了他们一眼，可他们根本不怕我。最让人生气的是，有几个人宁愿走半个小时的路，都不愿意花钱坐电瓶车，还找借口说，有体力。并且，到冰川公园海拔那么高的地方，他们依然不听建议，我建议他们每人至少带 3 罐氧气，用不完可以退，我够意思了吧？但你们猜，他们带了多少？"

"1 人 2 罐有吧？"阿依塔刚猜完，只见阿雷摇摇头。阿依塔又继续猜道："至少 1 人 1 罐吧？"又看阿雷，还是摇头。阿依塔不可相信地说道："兄弟，你太牛了，1 人 1 罐都没有的话，我敬你一杯。"说罢，阿依塔拿起酒杯，一饮而尽。

阿雷也跟随着一饮而尽，怒气伴随着酒气道："他妈的，这个团，你们猜都猜不到，一个团队带了 3 瓶氧气，结果一半人产生轻微高原反应，观看表演《印象乾泸》时迟到了 10 多分钟，那客人还说我不好。我带团这么多年，从来没有遇到过这种情况，你们说问题出现在哪里？"

一个大车团队只带了 3 瓶氧气，除非导游有严重失误，不然很少有这种情况发生，阿依塔问道："你不会是在车上时没有讲到高原反应的严重性吧？"

被阿依塔怀疑自己的带团水平，阿雷立即反驳道："你这是不相信我的讲解水平了？你好好听听我是怎么给他们讲解的。"

接着，阿雷用茶水漱口后道："乾泸雪山景区索道下部站海拔 3300 米，乘缆车约 15 分钟后到达索道上部站，海拔 4600 米，最高点可达海拔 4753 米。到达索道下部站，就有些人会开始不适应高海拔环境了，更何况短短 15 分钟左右的时间，海拔又上升了1300米，如此高的落差，比高达632米、层数为118层的中国摩天大楼——上海中心大厦还要高出600多米。

"随着海拔上升到4000米以后，见到的除了冰川和山体岩石，就是悬崖峭壁，因为没有植物，没有植物释放出氧气，自然就没有动物的痕迹，正所谓'千山鸟飞绝，万径人踪灭'，也因此，乾泸雪山景区的高海拔部分被称为'生命的禁区'。

"到达了生命的禁区后，因急速进入低压低氧环境下，大部分人会出现高原反应，一般表现为头晕、头痛、疲倦、呼吸困难、记忆与思维能力减退等症状；严重者会表现为剧烈头痛、耳鸣、烦躁不安或神志恍惚、恶心呕吐等症状；更有部分人会引发高原脑水肿和高原肺水肿，失去意识，陷入昏迷，甚至于死亡。

"这种因高原反应而死亡的罪魁祸首，很大一部分来源于严重高原反应而产生的高原脑水肿和高原肺水肿。高原脑水肿是急性高原反应恶化的结果，因为缺氧……"

"停，停，停！"阿依塔打断道，"你的这种讲解方式，也勉强过得去了，基本能说清带氧气预防高原反应的重要性了。"

听出了大体是怎么一回事，杨丽娟对导游带团还是不了解，她站在她的立场安慰阿雷："一个团不好是正常现象，下个团努力就行了呀。客人带多少氧气是客人自己的事，你又不赚钱，就算客人死了，做到你应尽的义务就行了呀。"

"客人买氧气跟导游没有利益关系，但要是客人因高原反应而发生其他事情，又会怪罪到导游身上了，说严重点，要是死人了，是谁的责任？"阿雷喝一大口酒，继续说道，"更气的是，客人不信任导游的讲解，又怎么会对导游给他介绍特产、进购物店这些事感兴趣呢，更别说是会购物了。"

"那你是不是放洛明导游的水，怂恿客人换导游。"杨丽娟更关心因换导游而带来的工作量增加。

"这个团赚不到钱的原因并不是客人不好，而是洛明导游先入为主，把团控死，导致客人对我不配合。同是导游生，相煎何太急。"阿雷把这一切的不顺利归结于欧阳坤平导游，他愤愤不平地生气道，"既然他不仁，又怎么能怪我不义呢？"

阿雷的做法给杨丽娟增添了工作量，还影响到了导管、旅行社彼此间的合作。杨丽娟虽然很生气，但毕竟都是旅游人，又是当地同一个少数民族的人，她把火气压下去，轻描淡写地表达不满："你这样做，考虑过旅行社吗？"

"放心，我阿雷还是有职业道德的，客人没有错，旅行社也没有错，我针对的是洛明导游，不该跟客人说的，我闭口不提。这个团更换导游，回洛明购物业绩照样不会差。"阿雷拍着胸脯做了保证。

明白了是怎么一回事，阿依塔不愿意看到阿雷初到甲丽旅行社就不顺利。凭借他在旅行社所待的时间，和计调、导管的关系，正常来说，阿雷在甲丽旅行社混下去，应该没有问题，不然杨丽娟计调就不会赏脸出来吃饭了。

他向杨丽娟说道："既然事情已经发生了，也就是换个导游而已，旅行社不也经常换导游呀，再说也不能完全怪阿雷，那洛明导游也是有问题的。只是辛苦你和洛明计调了。"

杨丽娟听出了阿依塔的弦外之音，给面子道："我是一个计调，本来就是处理这些事情的，没事的。"

阿雷并非甲丽旅行社的专职导游，他自己倒无所谓，哪里都可以带团，但既然选择了过来尝试，出师不利倒也说明不了什么，如果旅行社继续派团就接着带，不派团就算了。不过对于杨丽娟这个计调，他倒是觉得人不错。看着她桌上的饮料已经喝完，他又拿了瓶饮料打开瓶盖后递给杨丽娟。

半个小时左右，3 人吃好饭，走出乾泸味道餐厅。阿雷和阿依塔，拒绝杨丽娟开车送他俩回家。他们坐上一辆出租车，前往足疗店。

到达足疗店后，阿雷给安康打电话，吩咐并请求他一定要带好这个团，并给安康一些实质性的建议。因为阿雷知道，要是这个团，在洛明的购物业绩好，自然就不会牵连到他，要是购物不好，不仅旅行社亏损，自己捞不到好处。

安康在酒店房间，正和沙洁甜甜蜜蜜地电话聊天。接到阿雷的电话，让人意想不到的是，阿雷肯定地说，这个团回洛明购物一定会很好，并且阿雷真心希望他能带好这个团。

安康心想，这个团带好了，对阿雷、对欧阳坤平、对旅行社都是有利的，最主要的是对自己有利。因此他回复阿雷，自己一定会全力以赴带好这个团。

市场变化、毛姐缺导游，以及阿雷和欧阳坤平的冲突，使得安康不知不觉地赶上边境省旅游业春天的列车了。

第十章　血汗钱

因为更换导游的原因，接下来的行程中，客人并没有表现出不讲理、难缠，反而对安康十分亲切、热情。安康带着客人离开乾泸，刚到达海月，正前往洛明时，收到毛姐发来继续接团的短信，他做了回复。

如预期所料，这个团的购物，客人购买单件货品的金额未有超过5位数的，但基本还是都花钱了，总购物金额基本完成单团业绩要求。对于更换导游的团队来说，这是比较不错的了，而且仅仅只有2天的时间。虽然是赶着时间去乾泸接的团，有点累，但这累是值得的，安康对这个团算是满意。

送走客人后，安康把填写好的报账单寄存在旅行社指定的酒店，并在那里拿了下个团的单子。回到归心小家时，安康的脸上洋溢着盖不住的喜悦。

刚进门，安康就闻到了菜的香味，沙洁正在炒菜，那忙碌的背影使得安康无比感动，心里顿时涌过了一道暖流。他下定决心，有这么好的女友，再苦再累也要坚持，定要努力赚钱，尽快买房结婚，与心爱的沙洁安家，好好过日子。于是他从背后紧紧地搂住沙洁。

"这是最后一个菜了，炒好了就吃饭，快去洗手吧。"沙洁停下炒菜的动作，侧过头吻了吻安康的脸。

松开手，安康回到客厅放下包。手机短信响了，是阿雷发来的信息："兄弟，这个团怎么样？"

如果不是电话提醒，安康已经忘记答应过阿雷下团后要把这个团的情况跟他说一下。于是，安康拨电话过去，简单扼要地把情况介绍给了阿雷。

了解到团队的出单业绩和大致情况，阿雷很是满意，说了感谢的话，并表示下次两人再次再见时，一起喝酒，他认定安康这个朋友了。

一个团结束，踏上正途，收获业绩，结交一位乾泸朋友，安康收获满满。更令他开心的是获得了沙洁的芳心。吃完晚饭，他在床上给沙洁讲述他带团的故事。睡觉前，他听着沙洁爱意浓浓地称呼他："老公，晚安，好梦。"

在床上，他抱着沙洁，心里无比感动，睡得特别甜。深夜，他梦见和沙洁都穿着龙凤装，在祥东村老家，拜堂成亲。家里挤满了熟悉的面孔，爸爸、妈妈、七大姑八大姨，还有歪脚同学等等。家里充满了欢声笑语，呈现出一幅热热闹闹的喜庆画面，祝福声、喝酒划拳声……声声入耳。所有人安静了，开始拜堂，村里老者喊道："夫妻对拜。"他俩开始鞠躬，头撞在一起发出"铛"的一声。安康醒了，睁开眼睛，原来是沙洁在亲吻他的额头。

"老公，是不是把你吵醒了，不好意思哦，你再睡会，我去上班了。"沙洁抱歉道。

安康今日有事要办，他起床后，到丙皮皮旅行社去报账，财务说皮总不在，报不了账。于是他给皮总打电话，直说是报账的事。

皮总这次没有拒绝，让安康明天回办公室签字后就可以报一个团的账，并问安康可不可以接团了。

安康倒没有说是在毛姐那里带团，只是含糊不清地说，还需要请假一段时间。

皮总是聪明人，听到要请假一段时间，已经明白留不住安康了，便不再多说。

明天安康要带团，没有时间到丙皮皮旅行社去签字报账。他不想拖下去，免得夜长梦多。他想到小浅浅，便想看看她有没有时间，叫其帮忙。于是拨打电话过去，一听到小浅浅俏皮声音，安康就后悔了，觉得不应该打这通电话。

上次医院的事情，安康感到内疚，还想向小浅浅说声抱歉。没料想到之后和沙洁发展，而后又是接着带团，竟将此事忘记了。现在在解释，也没有必要了。他正常地问候："小浅浅，几天不见了，可好？"

"康哥，我这几天都在带团，累惨了。我又不好开口向毛姐请假，只能像小蜜蜂一样辛苦干活了。"小浅浅一如往常的声音告诉安康，她根本没有想着医院的事。

这倒是让安康很开心，他想忙着好，只要带着团，精力分散，就不会想其他事情了。于是，安康向小浅浅说明打电话的目的。

小浅浅表示自己很乐意帮忙，但她今天在海月市，晚上又要到乾泸，对此，也是爱莫能助。

根据丙皮皮的财务制度，一定要到办公室签字，才能报到账目，不签字不行。但安康有什么办法呢？他只能等有空时再到丙皮皮旅行社去签字报账了。

可安康想不到的是，这次一拖，日后再想把账报出来，就比登上乾泸雪山还要难了。

随后的日子中，他在天水水旅行社带团，没有投诉，业绩中规中矩，但团量比较大，几乎就没有时间休息，一个月也就休息那么两三次，每次都不超过两天。

有空时，他去丙皮皮旅行社报账，都不如愿。皮总反倒是抱怨他说："给你报账时，你不来，现阶段资金紧张，再过几天，再说吧。"

有时皮总不在办公室，财务也不敢擅自做主，如此，账目一直拖到了6月初。

拿不到丙皮皮旅行社的报账，安康很也无奈，手上又没有什么证据证明丙皮皮旅行社欠他钱，报警这条路走不通。就算有证据，报警也不合适，除非不想在旅游业混了。

不良旅行社欠着导游的钱不给报账似乎已经是行业中的潜规则。导游对此感到很无奈，要是不想让旅行社欠钱，只能带一些垃圾团，甚至连团都带不到。要是自己掏钱垫款带团吧，能及时报到账倒还好，要是报不到账，可就是"赔了夫人又折兵"了。

导游不愿意垫款带团，旅行社又需要导游，这种供求关系就要求从业者找到一种平衡，而这种平衡就是导游交一部分押金在旅行社或者旅行社适当欠着导游的钱，导游一直带团不更换旅行社，平衡就不会被打破，要是导游更换旅行社，那这种平衡被打破，导游要想拿到自己的钱，就得费尽周折了。

不过也有例外，一些好心的有实力的旅行社就不会以任何方式扣押导游的钱，而且报账及时，比如天水水旅行社在这一方面就做得非常好。安康在和毛姐聊天的时，提到关于旅行社和导游账目的话题时，总是会忍不住夸奖天水水旅行社几句。

而且，天水水旅行社的报账速度非常快，导游把单子交给财务后，审核结束，与导游核对报账金额准确，立刻就通过银行转账完成报账。如果有账目不符的情况，导游可以及时沟通，查找、核对账目并改正过来。

从春节后到6月，安康所带的团队，账目基本都对得上，有账目不符的，相差金额也都只在百元之内，安康懒得费精力去核对，就以旅行社财务的账目为标准了。

安康到天水水旅行社带团，算是选择正确了。虽然毛姐派的团是以 B 类产品为主，偶尔派个 A 类或 C 类团，但毛姐说，他的能力还不足以带 A 类团，等能带 A 类团后，一定会给他派 A 类团的。因此，总体上，安康对毛姐的派团是比较满意的。

对比于天水水旅行社，丙皮皮旅行社皮总就不够道义了，不就是 2 万多元钱吗，何必总是押着不给报账呢？安康想着，放弃算了，但这不是几百块钱呀，那可是辛辛苦苦赚来的 2 万多块钱呀，要是真放弃了，他不甘心。

安康在天水水旅行社带团以来，认识了欧阳坤平等一些导游，听他们说，在其他旅行社带团，也有过账报不出来的经历，能怎么办呢？

皮总不肯给报账，多半是因为安康从开始带团，基本就在皮总那里，可有了带团的能力后就离开去其他旅行社。从感情、道义上讲，安康离开丙皮皮旅行社确实不够意思，可是换角度想，人往高处走，也没有错，再说自己带团期间也是为皮总赚钱的呀，虽然离开了丙皮皮旅行社，但对皮总的感情还是存在的。

思来想去，安康认为他没有对不起皮总，而是皮总心眼小了。他做了让步的决定，直接找皮总，把垫款报出来，至于佣金，就当是献爱心了。想到就做到，他再次来到丙皮皮旅行社，直接向皮总摊牌。

皮总推脱不想给安康报账，找理由说道："刀导呀，不是不给你报账，确实是这段时间，旅行社挺困难的，要是不困难，早就给你报账了不是。你想想呀，你住院时，我都主动借你 1 万元，只是你拒绝了。还有一次，叫你来报账，你不也是没有来呀，刀导呀，你也不急用到这些钱，这样，三个月内，我一定想办法报给你。"

听到这句话时，安康真后悔，此前在医院时，为什么要拒绝皮总主动借钱给他？还有那次让小浅浅帮忙不成，为什么就不会让沙洁去代报账呢？他真想扇自己两耳光。皮总这老狐狸，玩心眼，如此推来推去，今天必须跟他摊牌。

"皮总，我这段时间真是缺钱，多的我也不想说了，把我的垫款报给我，佣金我不要了。"

"那怎么行，该是你的一分钱都不会少你，再缓一段时间吧。"皮总窃喜，还是微笑回应。

管他什么旅行社老板，还是谁，兔子急了还会咬人。光脚的不怕穿鞋的，我一个导游还怕你旅行社老板不成。安康耷拉下脸，瞪大眼珠，咬牙切齿，从牙缝挤出几个字："皮总，银行催促我还信用卡，要是不按时还款，将会把我列入诚信黑名单，我实在是没有办法了，你可怜可怜我吧！"

安康身体颤抖，紧握拳头，与皮总对视，目光已经是刀光剑影，水火不容。

短短七八秒钟，皮总率先转移视线，点支烟，吸一口，勉强带着笑意："刀导呀，旅行社确实资金困难呀，这样吧，我想办法先给你 1000 元。"

这不是打发乞丐吗？安康提高嗓音，斩钉截铁道："不行，我只需要我的垫款，这是从我的包里掏出来的，算过了，有 20753 元。"

皮总朝着财务室，喊财务过来问道："是不是公司的财务比较紧张，只有一万多元了。"那财务连忙点头。

这是皮总和财务配合的伎俩，来针对没有利用价值的导游，和挽留不住的导游。那些愁眉苦脸，又无可奈何的离职导游的面孔，浮现在安康的眼前，他不由联系到自己的处境，再看着皮总和财务的默契配合，他真觉得恶心，恶心到极致。

但安康又不得不佩服皮总这个"笑面虎"，哪怕双方已经撕破脸，已经在吵架，但他依然能谈笑风生。安康内心不禁发出了灵魂拷问：难道做小老板就得表里不一吗？

曾经的从业经历告诉他，也不全是呀。比如在网络公司上班时，虽然工资不高，但公司所承诺的都一一兑现了呀。离职时，办完交接手续，安康一样拿到了应该有的工资，而且和公司里的人都相处融洽，没有那么复杂。

终究是安康江湖经验太少了，面对久经沙场的旅行社老板们，安康需要历练。就像皮总，戴着面具，总会有人说他为人亲切，不摆架子。可摘下他的面具时，他的整个身体和灵魂就像蛆虫在蠕动，简直比魔鬼更可恶。

几经较量，安康报账了 12000 元。走出丙皮皮旅行社时，皮总笑眯眯地送行："刀导呀，你放心，旅行社有钱了，叫财务给你打电话，一定一分不少地给你报账。还有呀，有空常来旅行社坐坐，喝喝茶……"

谁能听得下去这种虚伪的话语？安康一声不吭地离开了丙皮皮旅行社。他知道，余下的那些血汗钱只能当是喂狗了。

后来，安康和欧阳坤平谈及此事时，欧阳坤平说："安康兄弟，能报到账，已经不错了。"

欧阳坤平还以自身经历举例道："我待过大大小小的旅行社有十多家，大部分是不会欠导的钱的。但一些业务不稳定的旅行社，老板又品德不端的就会欠钱了。大约算了下，我报不出来的账款加起来将近 9 万元。有些旅行社倒还好，赚钱 10 万，报不出来的账款一两万，整体还是赚的。而运气不好，遇到过有些旅行社，白辛苦不说，我还从包里掏钱出去倒贴给他们。所以，现在我找旅行社，不求能赚多少钱，能实在报账，资金安全最重要。"

　　安康不解地说："能开公司做旅行社的人，再怎么也不缺少导游那'几毛钱'吧。"

　　"你想想看呀，平均一个导游欠1万，10个导游就是多少了？要是100个导游呢？别看有些旅行社老板很风光，实际上，他们也难，能搞一点是一点。"

　　欧阳坤平继续说道："你听过吗？外地的一个老板，到边境省做团，刚开始一年内很诚信，当欠下同行200多万元后，立刻就杳无音讯了，有一个导游的20多万元就打水漂了。车队、酒店、餐厅都找不到他，只得去报警了。可那又能怎么样？破案也需要时间呀。你知道吗？这种老板是有预谋的，不以赚游客钱为主，就是为了谋害同行。"

　　旅行社老板的良心也是有红黑之分的呀。就说天水水旅行社吧，很多一线导游，从入职到离职，仅与导管、计调、财务等人打交道，老板长成什么样子都不认识。但带团、账务等一切都顺利。这就是为什么有导游大刀开始逐渐转移到天水水旅行社带团了。

　　经过这件事，安康算是被皮总上了一堂深刻的旅游行业课了。

第十一章　酒吧后遗症

　　小浅浅主动和安康联系的次数越来越少了，一方面是带团太累，她几乎就没有休息时间；一方面是沙洁的出现，使得小浅浅要是像以前一样和安康联系，就显得不懂事了。她虽然偶尔会在带团过程中和安康相遇，也是匆忙擦肩而过。

　　今天，小浅浅又和安康擦肩而过，她想对安康说，她父母后天到洛明看她，她猜到了父母的来意，她想知道要怎么做才能不让父母难过，想请教安康出主意。但最后，她还是没有说出口。又因两人都带着团在走行程，就没有相谈过多。

　　自小浅浅离家到边境省，已经近一年了，在这里经历了什么？吃了什么苦？父母哪能不担心呢？对于她而言，在边境省带团，并结交毛姐、安康这些好朋友，这其中，既有酸甜，也有苦辣，只是，当遇到老乡游客，听到熟悉的乡音时，总会不自觉地想家，想爸爸、妈妈、亲戚、同学和朋友。

　　今天，她母亲打电话过来，说要来看她，她能猜到来意。但基于今晚住乾泸，明天回洛明，后天下午才下团，她便回复了母亲："妈妈，你们预定后天晚上到洛明的航班，我到机场接你们。"

　　这段时间，小浅浅的带团水平进步很快，偶尔已经在带大车团了。今天她的这个团就是来自她家乡的团队。凑巧的是，乾泸段的导游是阿雷。受阿雷邀请，小浅浅去了乾泸味道餐厅吃饭。

小浅浅对春节吃过的野鸭汤印象深刻。平时一个人又不好意思去吃，这次既然阿雷邀请就答应了。中国人讲礼尚往来，上次阿雷请客，这次她想请阿雷。

到乾泸味道餐厅后，小浅浅环顾四周，一切都没有变。所不同的是，餐厅里只有两个客人，就是她和阿雷。小浅浅回忆起鸭肉的味道，已经流口水了，只可惜，这段时间不是吃野鸭的季节，只能选择其他菜品了。

对于乾泸特色菜品，当然是阿雷最熟悉，今天他们点了正宗的乾泸腊排骨火锅。

小浅浅对火锅情有独钟，来乾泸多次，都没有单独点过火锅。阿雷自信满满地向她推荐："小浅浅呀，你有所有知，有些人来乾泸三五次了，根本吃不到过正宗的乾泸腊排骨。今天你走运了，让你尝尝乾泸正宗的腊排骨火锅。"

上菜后，小浅浅撑一块排骨沾了沾蘸水，送往嘴里嚼一口，便骨肉分离，满口原生腌制的味道，特别是带着脆性的脆骨，有嚼劲，果然跟寻常排骨不同，很合口味。她赞不绝口道："经常按书中的介绍给游客推荐乾泸腊排骨，今天才第一次吃到，味道比想象中好。"

单独在一起吃饭，难免被人误会，店里的服务员的眼神就是最好的体现。看出小浅浅有些不自在，阿雷给她倒酒，被拒绝了，阿雷又给小浅浅拿了一瓶凉茶饮料。

旅游话题聊不下去了，阿雷说："别再三句话不离本行了，旅游团哪能聊得完？"

不聊旅游团，还能聊什么呢？上次和阿雷吃饭，有阿依塔和齐白方在，氛围活跃。小浅浅想念上次吃饭的感觉，随口道："雷疤导游，今天怎么就我们两个人呀，你那些朋友呢？我记得上次和你一起吃饭，有一个个子高高的、腰上挂了个葫芦的人；还有一个很有文化的白族人。他们在带团吗？"

不提阿依塔还行，提到阿依塔，阿雷就生气，从他到甲丽旅行社带团，就一直不顺利，不是这儿出问题就是那儿出问题。

要是回到原旅行社，赚的钱不比在甲丽旅行社多；要是继续带下去吧，心烦意乱，累。在甲丽旅行社带团，就像鸡肋，食之无味，弃之可惜，一时间又没有更好的去处，便拖着，这一拖，竟然接到了小浅浅的团，这更让阿雷心里产生对比，生出落差。

他想：小浅浅从一个实习导游都能和自己平起平坐了，到底是自己落后了，还是小浅浅进步太快了。

然后，他都不具体分析主客观原因，就把这一切不如意推给了阿依塔，他对小浅浅说道："你说的高个子，叫阿依塔，这家伙好心办坏事，把我介绍到甲丽旅行社，主要接待你们旅行社团队，还说团有多好。从我进入甲丽旅行社带团开始到现在，就没有一个团好过，我都看不起自己了，一待就半年了。而阿依塔倒好，天天带着好团，也不请我吃饭喝酒。这几天懒得理他。"

阿雷把团不好的原因归咎于阿依塔的关系不够到位，责怪阿依塔带着好团，而阿雷却完全不找自身原因。小浅浅听不下去地说："雷疤导游，你带的团好不好又不是阿依塔说了算，你怎么能怪他呢？"

"阿依塔是你什么人，你倒帮他说话。再说，阿依塔带团水平跟我一样，也就是半斤八两，凭什么他天天带好团？"

说出来这句话时，阿雷心里也明白，阿依塔在甲丽旅行社时间长，自然能带好团。他所气不过的是，他的带团水平和阿依塔差距不大，甚至还要比阿依塔略胜一筹，而他又是阿依塔介绍到甲丽旅行社的，导管理应同等对待。但给他派的都是一些 B 类团，甚至连 B 类团都派得少。

因为这事，阿雷和阿依塔有 3 个多月没有在一起喝酒了，谁都没有主动邀约彼此。阿雷道："还是不要说阿依塔了，来，喝。"阿雷又将杯子里的酒一饮而尽。

小浅浅对阿依塔的印象不是很好，但也不至于到厌恶的地步。她判断阿雷的团不好，跟阿依塔关系不大，应该是阿雷的问题。她希望阿雷能从自身找原因。她笑笑道："雷疤导游，你就不要去责怪阿依塔了，既然你接待了我的团队，又请我吃排骨，相信你，从这个团开始，会越来越好的。"

阿雷倒也不是真的生阿依塔的气，只是抱怨而已，听小浅浅给他鼓励，他一本正经地开玩笑道："小浅浅，我春节前是不是说过，再和你见面时就收了你？"

"收，收你个头呀！看看你满脸刀疤的，完全不像导游，就像是山大王、流氓、土匪。"小浅浅露出虎牙不留情面地回应道。

"谁要是拿我脸上的疤开玩笑，我准灭了他，可就是唯独你这妹子，拿你没有办法，而且你还得寸进尺了，越来越没大没小的。看好了，这可不是刀疤。"阿雷把头发往后抹，让小浅浅看清楚。

小浅浅仔细看看，道："看起来就像是刀疤。"

"不准说成是刀疤。"阿雷严肃起来，"上次跟你说过了，不准说叫我'刀疤'，要尊敬我，至少叫我'雷疤'。"

"雷疤就雷疤吧。"小浅浅不屑地噘嘴道。

越看阿雷的疤痕，越有意思，小浅浅第一次见到疤痕时，就想问怎么有那么明显、那么大的疤。此时不解猎奇心，啥时才有机会，小浅浅猜想不会是被人砍的吧，她问道："雷疤哥，你说不是刀疤，那是什么疤痕？不会是跟人打架而受伤的吧？还是有什么传奇故事？讲给我听听吧。"

这是阿雷的隐痛，是他不想谈论的隐私，他又举起一杯酒一饮而尽，然后站起身说道："小浅浅，吃好了吗？我们走吧，带你去乾泸古城泡酒吧。"

白天小浅浅去过乾泸古城酒吧一条街，晚上想去也没有合适的朋友同去，而且还听说酒吧的酒贵，假酒多，且比较乱。再说，明天阿雷需要早起，要带团去乾泸雪山，要是影响到了团队怕不好。但自己又一直想去酒吧，今天也算是机会。实在不知道如何抉择，她纠结道："乾泸古城酒吧，有什么好玩的？你明天还要带团，改天去吧。"

看穿了小浅浅的心思，阿雷说道："别婆婆妈妈的，你不是想知道我的疤是怎么来的吗，到酒吧你就明白了。"说完，到收银台买单。

小浅浅跟着起身抢着要买单，被阿雷训斥了一道："让女人付钱，这不是我的风格。"

小浅浅不再争执，叹息道："又欠雷疤一顿饭了。"

走出餐厅，阿雷叫了一辆出租车，上了车，阿雷道："师傅，去古城。"

那师傅一脚油门，不到 10 分钟后，已经将车停在了古城外。

夜幕降临后的乾泸古城灯火辉煌，就像是宋代辛弃疾的《青玉案·元夕》所描写的"东风夜放花千树，更吹落，星如雨"的那种繁华景象。

古城口大水车中间那条河流穿巷而过，顺着河流前行 100 多米，潺潺流水声逐渐听不到了，眼前是灯火阑珊处的狂歌艳舞。白天没有注意到的大小红灯笼在夜晚发出的柔光，在告诉游人，红灯笼下有酒家。

阿雷走得很快，不一会儿，两人已经到达酒吧一条街。小浅浅屁颠屁颠地跟在他的后面，东张西望，看着熟悉又陌生的街道，不时地对这里的景物赞叹不已。

阿雷提醒小浅浅，要随时注意手机、钱包等个人物品，说这酒吧一条街很热闹，也很乱，一个不小心，可能就丢失东西了，还说他带过的游客，有不少人在酒吧一条街里吃了大亏。经他一提醒，小浅浅下意识地把双肩包从后背转移到了胸前。

他们进入的酒吧是一家非常知名的酒吧，很多游客都慕名而来。酒吧里的主持人很会调节气氛，台下人的情绪都被调动得高涨起来。人一旦激动兴奋，酒精散发快，就能喝更多的酒，因此，为使生意更好，酒吧招聘了优秀的主持人、歌手及演员来鼓动顾客的情绪。

小浅浅在阿雷的劝说下，喝了啤酒。准确来说，应该在那种酒吧的氛围下被感染而喝酒的。喝了两三瓶后，小浅浅进入状态，时而配合主持人呼喊，时而目不转睛地看台上的表演。当几个穿着暴露的舞女在台上跳舞时，小浅浅嘴里一边骂道："这些女人穿太少了，不要脸。"一边又随着音乐的节奏嗨了起来。

伴随着狂欢的声音，小浅浅和阿雷没法正常地聊天，只能拿着酒瓶相碰。直到酒吧里的人开始散场，两人玩累了，才离开酒吧。

走出古城，小浅浅耳朵里还嗡嗡地响着酒吧的狂欢声，嘴巴不停地喊着："呀嗦、呀嗦、呀呀嗦……"她觉得奇怪，平常自己喝 3 瓶啤酒就醉了，而在酒吧，喝了多于平时喝的两倍的酒，却还是那么清醒，一点醉意都没有。

她更佩服的是阿雷，他在餐厅喝了不少白酒，到酒吧又喝啤酒，却看不出来半分醉意。

"怎么样，好玩吧？"阿雷期待小浅浅能玩得尽兴，便这样问小浅浅。

"太棒了！今晚真的好开心，在酒吧好刺激。"小浅浅脱口而出。

阿雷意犹未尽地向小浅浅又发出邀请："要不要再去其他地方玩？"

　　古城外的大路上，停着等客的出租车，只有稀稀疏疏的人走过，一阵风吹来，凉飕飕的。已经深夜，该回去休息了，要是再去玩，极不妥当，况且小浅浅对阿雷又没有更深的了解，万一酒后失足，那可就……

　　想到这，小浅浅立即拒绝道："很晚了，哪也不去了。雷疤哥，明天你还要带团去雪山，早该回去休息了。"

　　阿雷若有所思，变了腔调，极不情愿，冷冷地说道："那行吧，我不勉强你了，送你回酒店。"

　　"我不勉强你了"这句话，小浅浅听着觉得怪怪的，好像雷疤要勉强她什么似的。她说要自己回酒店，不过阿雷执意要送她回去，她拗不过他，便同意了。

　　两人坐上出租车，到达麻雀窝酒店时，小浅浅根本不管阿雷，也不道别，只顾慌忙地跳下车，跑进大堂，快速上楼跑进房间。

　　这次遇到阿雷，小浅浅跟着去吃饭，想探知阿雷疤痕的故事，却稀里糊涂地去酒吧玩嗨了，反而没有听到雷疤的故事。小浅浅心想，仅这一天的时间，阿雷一定花了不少钱。她心里过意不去，便给阿雷打电话问候他是否到家，以示关心。

　　从阿雷那儿得到已经到家、准备睡了的回复后，小浅浅说道："谢谢你，雷疤哥，我今天玩得很开心，这是真心话。晚安。"说完还不忘提醒阿雷，明天带团不要迟到，并祝愿阿雷"放卫星"。

　　对于电话那头的阿雷来说，晚归是正常的，但今晚他喝了太多的酒，在酒吧里，酒精没有发挥多大的作用，但一到住处，还没有洗漱，坐在床上吸了半根烟后就倒头大睡了。这一觉，酒精让他睡得死死的。

醒来时，太阳已经照射到屋里。他拿起手机想看时间，发现手机没有充电，已经自动关机了。想到自己和客人约好的出发时间，还交代客人不要迟到，没承想，自己睡过了头，这下完了！

他以闪电般的速度，起床、下楼、打车，来到客人住的酒店。旅游车和游客都不见了，他一个人孤零零地愣在那里，半晌才反应过来。他走进酒店，在前台给手机充了一会儿电，打开手机，一连串的提示音响起，有漏接电话提醒，有未读短信提醒，全都指向同一件事。他误事了……

他整个人失落地靠在酒店大堂的沙发上，像一头迷路的小羊羔，没有方向，没有头绪。

"阿雷，你怎么在这里？"一个声音传过来，阿雷抬头看，是团队里的一位孕妇。他一时搞不明白，怎么只有一位游客？其他团队成员去哪里了？他问道："你怎么在这里？团队的其他人呢？"

孕妇提醒道："昨天入住酒店时，我单独咨询过你，你不是跟我说过孕妇不能上高海拔的雪山，要是产生高原反应，可能会影响到胎儿，要慎重考虑吗？想来想去，我还是决定不去雪山了。"

"是，是，是，我还跟你说过，要是去就准时上车出发，要是出发时间到了，你不到，我们就当作你放弃雪山行程了，对吗？"

"是呀，我放弃行程了。我刚才在酒店周围转了一圈，乾泸挺美的，人也淳朴，还有……"孕妇想和阿雷继续攀谈。

阿雷只想知道团队去哪里了，又问孕妇："其他人呢？"

孕妇告诉阿雷，她在酒店附近转悠时，看到小浅浅上过旅游车，还猜是阿雷和小浅浅一起把团带走了，此时见到阿雷，还疑惑阿雷怎么又出现在酒店。

孕妇说了等于没说，她坐电梯往楼上房间去了。

阿雷又向前台服务员了解情况，那前台服务人员说："早上，团队比较多，我一直都在忙着办理退房，没有注意到客人。不过，好像有几个人在大厅嚷嚷了一会儿，就没有声音了，那几个应该是你的客人。"

要是客人没有被导游接待，除了素质特别好的团队会理智地寻求解决方案，大部分客人只会像无头苍蝇一样乱起哄，搞得鸡犬不宁。阿雷由此判断道："这个团乱了一会儿，应该有人处理了。"

阿雷带团多年，不是没有被客人投诉过，也不是没有遇到过和客人发生冲突因而换导游的情况。大不了停团，最坏的结果也就是赔偿游客损失，有什么大不了的？他做最坏的打算后，心情宁静了些许。

按下手机拨号键，他给小浅浅打电话，想问问是什么情况。电话那头的小浅浅说："我在吃早餐，没有和客人在一起。"

这让阿雷更觉得奇怪了，于是赶到小浅浅吃早餐处。那时小浅浅已经吃好了早餐。阿雷没有心情吃早餐，便和小浅浅一起去了麻雀窝酒店。

走进房间，小浅浅坐在圆茶几旁边的椅子上，阿雷则站着靠在摆放电视柜的桌子上，顺手拧开一瓶矿泉水，咣当咣当喝个精光。

从接待客人开始，旅游团在边境省由省陪导游小浅浅带着客人走全部行程。而乾泸段比较特殊，由乾泸地陪导游带团，乾泸段结束后，小浅浅再把团带回省会洛明。这样分工明确，各司其职。这个团，却出现了配合不给力的情况。

只是还不是追究责任的时候，小浅浅心里有气，可还须配合着阿雷梳理今早的旅游团状况。

情况从早上说起，小浅浅接到洛明计调孔玉秋的电话，孔玉秋带着责备的语气问道："团队没有人接，怎么回事？"

小浅浅说道："有乾泸导游接的呀，难道他还没有到吗？"

"客人在酒店，你现在赶快去安抚客人，这些游客是你的老乡，你好好沟通，别让客人产生不满情绪。告诉客人，乾泸导游雷亚虎临时有事，已经给他们安排另外的导游了，让客人等候就行了……"

交代了团队处理方式后，孔玉秋又补充一句："万知浅导游呀，恕我直言，作为一个导游，接二连三不接游客电话，你认为合适吗？"

听到这，小浅浅从床上蹦下来，看了通话记录，果然有三个游客打来的未接电话，她立即回道："哎呀，我把电话铃声当成闹钟声音了，没有接游客电话，都怪昨晚酒喝太多了。"

昨晚，小浅浅虽然没有喝醉，但酒的后劲大，对于不经常喝酒的人来说，那已经够多了，何况是一个并未经常喝酒的女生。说什么女人天生半斤酒，半斤酒下肚不误事才算得上是真正的半斤酒呀。

担心事情扩大化，小浅浅给团队中相处得好的一位阿哥打了电话，让他转告其他客人，她马上就到。

当小浅浅到达客人所住酒店时，客人已经躁动不安了，见到小浅浅的到来，大家你一言，我一语地围着小浅浅。

一个男子怒气冲冲地说："你这小姑娘不地道，把我们甩给那个流氓导游就算了，今早也没有人来接，都迟到半小时了，我们要投诉……"

话音未落，一个阿姨打断道："小浅浅导游，我们不投诉，我们就要上雪山，昨天，阿雷还说不要迟到，迟到了就会错过索道时间……"

其他人也你一言，我一语地吵着："小浅浅导游，我们不要阿雷导游了，你带着我们玩不也一样吗，何必去换呢？""什么狗屁旅行社，安排成这样子，我们要退钱！赔偿损失！"

……

这20多人把小浅浅围得水泄不通，她倒是想带着游客走行程呀，可乾泸雪山的复杂性以及旅行社之间的合作关系不允许呀。她想解释，话刚出口，又被打断，逼得她眼泪快流出来了。

幸而，这个团的驾驶员黄师傅与小浅浅认识。小浅浅是在跟安康接第一个长线团时认识的黄师傅。看着20多人围着一个姑娘，黄师傅走过去，发出超强的声音："你们别吵了，吵架解决不了任何问题……"

游客一下安静了下来，黄师傅又说道："既然导游来了，总会解决问题的，先让导游说句话，行不行？"

有了喘息和解释的机会，小浅浅强忍住泪水，努力微笑着按孔玉秋的指示向客人做了解释。虽然有少部分客人想吵想闹，但大部分人还是勉强理解地说："那就再等等吧。"

小浅浅给阿雷打电话，显示无法接通，焦急万分中，一辆越野车疾驰进入停车场，发出短而急促的"嚓"的刹车声。阿依塔风尘仆仆地从车里出来，走到小浅浅面前，说道："我来接替阿雷的团。现在什么都不要说了，先召集客人上车。"

救命稻草来了，小浅浅松了一口气，不敢怠慢，把游客召集上车后，数了人数，差一人，车上一男子说是他老婆自愿放弃行程了。随后，小浅浅将情况简单交代给了阿依塔。

阿依塔上车，准备出发时，对小浅浅说："要是阿雷打电话过来，就告诉这小子，安排晚上吃喝一条龙。"

目送阿依塔带着游客离开停车场后，小浅浅打电话给孔玉秋回馈情况："孔姐，已经有另外一个地接导游把团带走了。"

"哦，好吧。"孔玉秋应一声，挂断了电话。

什么时候喝酒不行呀？偏偏在带团的时候喝，还是和接待自己团队的导游喝，吃饭时喝就算了，还去古城酒吧喝，留下后遗症了吧。越想越气的小浅浅后悔死了，可是后悔有用吗？

既然团队已经有人接待，自责已无意义。小浅浅走路回到酒店附近，闻到早餐店飘来的香味，本无心情吃饭，可肚子却咕噜地不争气，于是进入早餐店，刚坐下来，就接到阿雷的电话了。阿雷随之也到了早餐店。

听小浅浅这么一讲，阿雷明白是怎么一回事了，补充道："客人给组团社打电话，然后转到洛明计调处，计调给你打电话后，通知乾泸旅行社安排导游去接客人，阿依塔受计调安排及时出现，去接待了这个团，真好。"

搞清了来龙去脉，阿雷松一口气，又像是无事一样，诡异地笑道："有阿依塔带着客人，放心了，当下头还晕着呢，另外一张床不是空着吗，别浪费了。"于是也不管小浅浅同不同意，他脱下鞋子和衣服，光着膀子，就蹿到床上，掀起被子盖到身上，又从被单中，扯出脱下的牛仔裤，丢到床边的椅子上，便平躺睡下来。

阿雷的动作吓得小浅浅脸红心跳，她立即转过身去，双手蒙住眼睛。她不明白，都这个时候了，阿雷还能如此轻松，还想在自己的房间睡觉，虽说昨天酒店没有单人间，收一样的费用把双人间给了自己。但要是阿雷真的睡在这里，万一他冲动……

酒后误事已经够后悔了，又让阿雷跟随自己到了房间，小浅浅心想，自己同样的错误犯了两次。她不敢继续想下去，苦于自己是一个小女生，不敢得罪阿雷。她恳求阿雷离开这里："雷疤哥，你还是回去吧，你在这里，我不方便，待会我朋友要来找我。"

"我还不知道你想什么呀，放心吧，我阿雷虽然不是什么正人君子，但绝对不会强人所难的。"

这话听着特别别扭，小浅浅再次恳请阿雷离开，但无济于事。她背着包走出了酒店房间。临走前，还不得已听从了阿雷的吩咐，帮他给手机充上了电。

走在大街上，小浅浅无意间看到公交车站的广告牌一侧，有一对穿着校服的小情侣在偷偷接吻。她联想到了自己："一个桃李年华的小姑娘，本应该享受着大学的校园生活，漫步于学校的图书馆、操场，和那个阳光帅气的男孩牵手走在学校的林荫小道上，又或者像这对小情侣一般，悄悄品尝涩涩的青苹果……"

然而，现实就是现实，小浅浅中断了美好而又虚无的想象，她现在只感觉孤独、无助。翻遍通讯录，她想给安康打电话，可他已经有女朋友了；想给毛姐打电话，团出现这种问题，等着受处罚吧；给爸爸妈妈打电话更不可能了，当初离家时受到反对，要是去诉苦，那不是打脸吗？可怜的小浅浅呀，带团受伤时，竟然没有一个可以诉说心里话的人。

走着走着，到达吧A啦饰品店门口，她习惯性地进去了。这是她到乾泸后，可以寻找心灵慰藉的小店。老板娘是一个时尚的姐姐，来得多了，小浅浅和老板娘就熟悉起来，成为朋友了。

老板娘依然热情地招呼小浅浅，给她介绍新到的货品。小浅浅不想被打扰，独自挑着喜欢的饰品，五颜六色的扎头绳、化妆品等小玩意儿琳琅满目，使得她的注意力从旅游团转移到了这些饰品中。

待了一会儿，小浅浅接到毛姐的电话，走出小店。

"小浅浅，计调跟我讲过你团队的情况了。这不是你的问题，是乾泸导游的问题。这段时间，我们旅行社在乾泸出现的问题太多了，这次只是其中一例而已，别想太多了，不要有心理负担，正常做好客人工作，好好地带好剩下行程就可以了。"

原本做好受训和挨骂准备的小浅浅，没想到等到来却是毛姐的关心。多好的姐姐呀，她对毛姐的感情又更深了一分。

客观来讲，各司其职，各人做好各人的事就行。早上阿雷睡过头了，跟小浅浅没有关系。但事情总有前因后果，要是小浅浅没有跟阿雷去喝酒，就算阿雷跟任何人喝得再多，再怎么误事，责任上也好，道义上也罢，跟小浅浅一点关系都没有。可现在她想撇清关系，还是过不了内心这一关。

想跟毛姐说这事，又不妥当，小浅浅便谢过毛姐，往古城狮子山方向走去了。

到了中午，小浅浅接到阿雷的电话说一起吃午饭，想起阿依塔让她转告阿雷安排晚上吃喝一条龙的事，虽然小浅浅不知道阿依塔和阿雷要干什么，但还是说道："阿依塔早上说让你晚上安排吃喝一条龙，你给他打电话吧。"

阿雷回应道："阿依塔帮了我这个团，理应感谢，那晚上，我们一起吃饭。你在哪里？我去找你，我俩先吃中午饭，带你去吃坨坨烤肉。"

懒得理阿雷，小浅浅想静静，拒绝道："不用了，我自己走走，晚上也不跟你们吃饭，对了，你出房门时，把房卡放在酒店前台就行。"说完便挂断了电话。

第十二章　无奈的饭局

阿依塔接到团队之后，对客人说明了相关情况。客人虽然有情绪，但多数人给予理解，关键是团上很多人对阿依塔的讲解很感兴趣。如此，整个上午，行程还是比较顺利，他带着客人走完行程，已经是下午 6 点多钟了，又把客人送到乾泸古城，让客人自由活动后，回到客人所住酒店的停车场，便给阿雷打电话问晚餐安排在哪里。

"我在住处，你过来接我，一起去雪山三文鱼餐厅。"阿雷回复。

阿依塔心里骂道，这小子，帮他"擦屁股"，搞定旅游团的事了，还让我去接他，他还真把自己当神了。但看在去吃三文鱼，又是多年好兄弟的份上，自己也深知阿雷的性格脾气，阿依塔就没有计较，只说了声："我 15 分钟后到你那里，你到楼下等我。"

听到阿依塔没有火爆气的平和声音，阿雷判断这个团应该是不错的，阿依塔赚到钱就好。于是，阿雷得寸进尺，吩咐阿依塔帮忙约小浅浅一起出来吃饭，说道："兄弟，你给小浅浅打个电话，把她带着过来和我们一起吃饭，人家一个姑娘，没有遇到过像我们这样的少数民族导游，团队出现这种情况，要是她到洛明乱告状，对我，特别是对你也不利。我约她吃晚饭了，但她的气还未消除，你约她，可能会好些。"

阿依塔若有沉思，这个团的责任不在小浅浅身上，也不在他的身上，而是在阿雷的身上。而阿雷呢，又是自己介绍进入旅行社的。如果小浅浅在洛明旅行社戳阿雷的脊梁骨头，阿雷可能就无法继续待在甲丽旅行社了。若是想去其他旅行社，他人得知是因为迟到甩团而被旅行社开除，名声不好，也难立足。

而且，阿雷也是他的兄弟，理应帮忙。再说，下团了，要交接相应的后续工作，是跟阿雷交接呢，还是跟小浅浅交接，正犯愁呢，要是他俩都在，就好办了。

除了旅游团的事，阿依塔也猜到了阿雷的小心思，便一语道破地说："如果说是团队交接，工作上的事情，担心她告状，我打个电话就搞定的事情，何须去接她。说吧，是不是你想'祸害'人家小姑娘。要是这个原因嘛，兄弟我考虑考虑……"

"人家还是个小姑娘，别用'祸害'这个词行不行，好像你是什么正人君子一样，接不到人，就不用来接我了，今天晚饭取消。"

"你这个浑小子，越来越不像话了。"阿依塔说道，"把小浅浅的电话号码发给我吧。"

收到阿雷发来的小浅浅的电话号码后，阿依塔拨过去："小浅浅，我是阿依塔，已经下团了，我去找你，把后续的事情交接一下。"

听到是团队的事，小浅浅没有多想，不敢怠慢，便告诉阿依塔："我刚从古城出来，正在回酒店的路上。"

得知小浅浅在古城，阿依塔便将自己的车牌号告诉小浅浅，并说去古城接她。七八分钟后，小浅浅坐上了阿依塔的车的后座。

阿依塔没有立即提及要带着小浅浅去接阿雷的事，他直说团队之事：“这个团呀，客人对你和阿雷的印象还不错。他们说你的服务很周到，很细致；对阿雷的第一印象是说有少数民族特色，有些客人害怕阿雷，但整体对阿雷的评价也还行。要是阿雷不掉链子，这个团不会差，你回洛明会更好⋯⋯”

阿依塔把团队分析得头头是道，令小浅浅听得津津有味，频频点头。

之前小浅浅来乾泸时，所带的团基本上是小包团，对业绩没有过多的要求，对于和乾泸导游的合作，也没有发生过利益冲突。一直以来，小浅浅的想法是把团交给乾泸段导游了，各尽其责就好，至于交流、沟通、配合这些字眼是没有想过的。

随着带团水平的提高，小浅浅逐渐带大车团、购物团了，压力也随之而来，要化解这些压力，就得学习。阿依塔给她上了一课，准确来说，是阿雷的行为对她影响深刻，要是阿雷没有掉链子，可能这一课也不会这么早的到来。

选择当导游，就逃避不了导游圈子的大旋涡，这旋涡或者干净纯洁，或者肮脏不堪，其中滋味，品过才知道。就说阿依塔找小浅浅交接团队事宜的事吧，小浅浅也知道，可以正常在酒店大堂对接，何必开车来接她呢，这可能还别有“阴谋”，但作为合作关系，如果完全拒绝他人，想在导游圈混个风生水起，也不易。

果不其然，阿依塔将话题转移开了，假意说道：“我记得和你一起吃过一次饭，但就是想不起是什么时候的事情了。”

当小浅浅提醒是在乾泸味道餐厅时，阿依塔似乎有了印象，不过这不是重点，重点是他把小浅浅当成是阿雷泡的妞了，想确认自己的判断是否正确，便套小浅浅的话：“我想起来了，那时阿雷说，你是他的女朋友。”

小浅浅惊讶地回应：“我什么时候成他女朋友了？你别听他

乱说。"

"原来不是女朋友呀，那你可注意了，阿雷这人做兄弟、朋友，够意思、讲义气。但对女人呀，哎……你得多注意点。"阿依塔给了小浅浅一些忠告。

小浅浅不明白阿依塔跟她说这些的目的是什么，何况，两人又不熟悉，赶紧趁早交接团队吧。

"阿依塔，要交接哪些团队信息？你跟我说一下吧。"

阿依塔轻描淡写道："我们去接阿雷，边吃饭边说吧，这个团是你们两个的团，我只是帮了忙而已。"

既然如此，小浅浅也不得不被阿依塔带着去接阿雷了。但阿雷是否还在麻雀窝酒店，小浅浅也不确定，便问道："去哪里接阿雷？"

"那当然是他住处了，到了你就知道了。"

小浅浅只得祈祷，阿雷千万不要在麻雀窝酒店，要是那样，可就会被阿依塔误会了。所幸车子路过麻雀窝酒店时，没有停下来，小浅浅的担心多余了。

又过了五六分钟，阿雷上车后，他像是没有发生任何事情一样，和小浅浅微笑，似乎想和小浅浅说点什么，但没有说出口，便和阿依塔交流旅游团的事情。

小浅浅则一言不发地在后排座位上听着。

他们聊天的话语中透出的信息是，在乾泸，接团迟到、甩团、换导游，以及对待客人不好，甚至骂客人，这些事情太正常不过了，不必惊慌，也不必太在意，只要能出单，关系好，不愁带不到团，但也别做得过分，要是影响大了，客人投诉到相关部门了，就不好收场。

阿雷问题的严重性就在于，他迟到而甩团前，没有通知计调，还无法接通电话，给旅行社无故增添了很多麻烦，而且阿雷的业绩忽高忽低，这才是让阿依塔担心的。

阿雷和阿依塔在路上交流团的事情，都还比较理性。但是到了餐厅，两人喝了酒后，就不在乎团队的事情了，反正该交接给小浅浅的都交接了，索性放开喉咙开怀大饮。

在古城走了一天的小浅浅，很累了，吃过饭后便想提前回酒店。

阿雷挽留不住，阿依塔接着挽留道："小浅浅，别急着走，有个导游过来，介绍给你认识，是藏区导游卓玛，刚转战到乾泸带团。你要是走了，我和她还不好交代了。"

"交代什么?"小浅浅不解。

阿依塔瞥阿雷一眼，又向小浅浅微笑道："还不是因为你们两个，本来我是今晚上接团的，就因为你两个的团，过来救急帮忙，我今晚的团就换成了卓玛姑娘。而这卓玛姑娘刚转战到乾泸，也想认识些当地靠谱的朋友。她每次见到我都说请我喝酒，想跟团学习，我没怎么搭理她，今天因更换导游，她又给我打电话。我总不能每次都拒绝人家吧，所以就告诉她，待团队入住酒店后，再联系。"

阿雷不以为然，阿依塔对卓玛是什么想法，他还不能猜出一二吗? 若是因为卓玛的到来，能让小浅浅再待一会儿，或者喝点酒，倒还好，于是借故说道："小浅浅你就别急着走了，卓玛姑娘过来，让你见识见识少数民族女子的酒量，而且卓玛可是正宗的藏族姑娘哦。跟你所认识的西藏的藏族相比，各有特点哦，多认识些朋友，又不会少了半根汗毛。"

小浅浅对藏族文化倒是蛮好奇，曾在《少数民族导游知识》中学过一些藏知识，今日既有缘认识正宗的藏族导游也算是缘分了，她又好奇了，便等待着卓玛导游的到来。

卓玛导游到达后，经阿依塔介绍，她和小浅浅寒暄了几句，之后便端起酒杯道："塔哥、雷哥，还有这位小浅浅姑娘，第一次和你们三位吃饭，感谢你们，我来晚了，先自罚三杯。"

没有等小浅浅反应过来，卓玛满满的一杯酒已经下肚，接着又连喝两杯。然后她坐下来，主动和阿依塔请教带团经验。

阿依塔问今天这个团的洛明导游怎么样的时候，卓玛说："我接刀安康导游的团队，这个刀导还不错，挺配合的。我看他人不错，约他跟我一起来，他找借口拒绝了。"

阿依塔未认识安康，习惯性地回应："团好、人好就行。"

而小浅浅先是惊了一下，想说安康是她的朋友，可以过来一起吃饭，可刚张开嘴要说出安康的姓氏——"刀"字时，又把话咽回去了。她不想让安康知道，她和阿雷他们在一起吃饭。要是安康来了，阿雷把昨天去酒吧喝酒的事说了出来，她担心安康对她的印象打折扣。所以装作没有听见。

卓玛姑娘的到来，使气氛非常活跃，小浅浅被卓玛介绍的民族文化所折服，也了解到了外界对于藏族的了解并不一定是真实的。

看卓玛热情、真情地与人交往，小浅浅经不住她的劝酒，也喝了几杯白酒。她虽嘴上说酒好，其实心里却认定，这和她喝过的"生命力酒"比起来不是一个级别。

酒足饭饱，大家准备离开餐厅，卓玛抢着要去买单，被阿雷生气说道："这是想争我的风头呀，坚决不允许。"

而阿依塔拉住卓玛说："别跟阿雷抢了，大家都在同一个旅行社带团，以后有的是机会。"

买单后，走出餐厅，阿雷建议道："今天晚上开心，走，我们一起去唱歌，将开心进行到底。"

卓玛发觉，阿雷和阿依塔已经喝醉了，便招了一辆出租车，推阿依塔上车后，说道："我送塔哥回家，小浅浅你和阿雷是朋友，你看看他，他已经醉得东倒西歪了，要是你方便就送他回去，要是不方便，帮他打辆出租车，让师傅送他回去。"

阿雷比昨天喝得还醉，靠在一根电线杆上，想吐又吐不出来，小浅浅看着都替他难受。这样子还唱歌呢？能回家就不错了。要是送他回去吧，小浅浅一个女生确实不妥当，不送吧，总不能让他自生自灭吧。

这时一辆出租车主动停下了，问要不要打车，善良可爱的小浅浅还是扶着阿雷进了出租车后座，选择送阿雷回家。

上车后，阿雷说出一个地址，便整个身体瘫靠在小浅浅身上，头搭在小浅浅的左肩上。

小浅浅使劲推开后，他又倒了下来。

出租车师傅见状，担心动来动去要是吐在车上就太脏了，没有好脸色地说："你就让他靠一下吧，晚上车不多，一会儿就到了，动来动去，要吐在车上了，可不好。"

阿雷想和师傅吵架，但小浅浅认为师傅也没有错，让阿雷闭嘴不要说话，就让阿雷靠在了她的身上。

出租车到达阿雷所住的包月酒店楼下时，被小浅浅拖着下车的阿雷，报了3楼的1个房间号，让小浅浅送上楼。

小浅浅担心阿雷的动机不纯，死活不愿意上楼，丢下阿雷，走开了两三步。可阿雷直接倒在了路边，这让小浅浅又不得不去扶阿雷起来，搀扶着他上楼，路过酒店前台时，前台女孩投来异样的目光。

管不了那么多了，小浅浅把阿雷扶到楼上，推进房间，转身就走，被阿雷从身后抱住腰："小浅浅，别走，留下来陪陪我。"

小浅浅挣扎地叫喊道："阿雷，你干什么？放开我。"

阿雷转身，用脚把门踢过去关上，一把将小浅浅甩到床上，扑过去将小浅浅压在身下，用手捂住小浅浅的嘴，任小浅浅发出

"唔，唔，唔……"的请求声，都不松手。直到小浅浅不再挣扎，眼角流出眼泪，嘴唇咬破了皮。看着小浅浅的眼泪，阿雷停止了动作，说出道歉的话语："对不起，刚才我太冲动了，我就想你留下来，陪我说说话，你不同意，我绝对不会冒犯你的，求你了，我太孤独、太难受了。"

反抗无济于事，小浅浅仍然默不作声。

阿雷缓缓从小浅浅身上离开，侧过身平躺着，不一会儿，有气无力地发出均匀的呼吸声。

小浅浅起身，整理衣服，擦去眼角的额泪水准备离开，才走两步，回过头看看阿雷，善良的心驱使她帮助阿雷脱掉鞋子、外套，又将阿雷扶到床中央，盖上了被子。

阿雷紧缩成一团，身体抽搐，像是冷到极致，瑟瑟发抖，牙齿咯咯地碰撞在一起，嘴里不停地急促发出："包秋艳……包秋艳……包秋艳……你个贱人……你个贱人……你个贱人……"

阿雷脸部发油，头发凌乱，左脸疤痕像是写满了故事，难道跟包秋艳有关？包秋艳又是谁呢？小浅浅看着阿雷，觉得这男人好可怜。

"既然他是乾泸人，为什么要住在酒店呢？如果没有买房，他可以找个地方租房子也行呀，租住酒店的花费应该比租房子贵得多吧。而且这人吃饭、喝酒……花钱都不含糊，难道他对花钱没有概念吗？"

一连串的问题涌向大脑，小浅浅开始关注起阿雷。

渐渐地，阿雷停止了抽搐，嘴里断断续续的声音越来越弱，直到发出呼噜声……

第十三章　父母之爱

第二天，小浅浅带着游客回洛明。一路上，除了必要的安排，她没有做过多的讲解，只是无精打采地坐在导游座位上。她开始思考，开始成长，在某一天，某一夜，经历某一件事情后，她有了心事，有了秘密。

身体疲惫，而脑袋里在酒吧的情景，喝酒、吃饭的情景，关于阿雷的情景……一系列的回忆像在放电影。理性告诉她不要想这些事，可阿雷从背后环抱住她的画面又禁不住涌到脑海，像洪水泛滥一般阻止不了，那感觉实在奇妙。

客人在旅游车上觉得无趣，某位男游客要求她唱歌、讲笑话、做活动。她不敢得罪客人，便唱了一首刚学会的《乾泸情歌》来敷衍客人。这一唱，把客人的情绪调动了起来，其他人自告奋勇地一个接一个地唱起来，接着又是讲笑话，讲段子，开心得嗨翻天。

车辆驶入高速公路，黄师傅提醒大家注意安全，客人才安静了下来，停止了活动。小浅浅得以闭目养神。不知道迷糊了多久，一觉醒来，她看看车窗外，发现车辆已经停在高速公路服务区了。

妈呀，这一觉她睡了3个多小时。见客人下车上卫生间、休息、活动筋骨，她擦去嘴角的口水，也跟着下车，去服务区的卫生间洗手，用水冲洗眼睛，精神多了。

看了手机，有阿雷发来为昨天之事道歉的短信。小浅浅不知要怎么回信息，索性就不回了。等待游客上车时，一妇女从她面前走过，上了旁边的旅游车，这女人长得很像她的母亲。这倒提醒了她，明天要接待父母了。

要是毛姐给自己安排的是套团，就没有时间陪父母了，父母来一趟不容易，总不能伤父母的心。小浅浅趁还没有接到套团前，给毛姐发信息，说明请假原因，希望毛姐能批准她的请假。

短信息发出仅两分钟，就收到毛姐的电话："小浅浅呀，既然你父母过来，就好好陪他们几天，再过几天旺季，就不能请假了。你父母来，我这个做姐姐的应该请他们吃顿饭，后天下午吧，要是合适，你给我打电话。"

毛姐没有谈论任何团的事情，就批准小浅浅的请假了，还说要请她的父母吃饭。这样小浅浅更坚定了，要跟着毛姐好好带团。只要跟着毛姐，带团受再大的委屈也值得了。

和毛姐通了电话后，小浅浅望向天空，感到心旷神怡。

团队后续行程中，小浅浅做讲解也来了精神，客人已经忘记了阿雷导游迟到的事情了。一切还是跟以前一样，后来的行程，入住酒店、购物，都挺顺利。直到父母抵达当天，小浅浅把团队送到机场，看着客人进入候机室，已是下午6点。

小浅浅没有离开，在机场等待着她的父母。

古人说过：父母在，不远游，游必有方。这阐述的是一种孝道，一种给予双亲的安全感。而今，时代不一样了，汽车、火车、飞机这些交通工具的快速发展，想到哪里仅仅只是几个小时的事。年轻人的思想也紧跟时代步伐发展。年轻人有想法、有梦想，去追求他们喜欢的东西，在追求的过程中，慢慢地长大，慢慢地翅膀长硬，慢慢地从父母的掌上明珠蜕变成懂事的天使。

在机场等候的这段时间，小浅浅就考虑着父母到了，应该住哪里、吃什么、怎么安排，怎么应对父母可能问到的话题。她打电话给安康，问到了有"生命力酒"的那家火锅店的电话，提前订餐，又在所住的小区附近定了三星级的酒店。

她嘴里嘀咕着："今晚上吃火锅，明天去民族村、城市公园、陆军讲武堂、洛明老街，然后和毛姐吃饭……"

"宝贝女儿……"一个熟悉的声音传到了小浅浅的耳边。

小浅浅看过去，是母亲。她母亲40多岁，身形娇小，有韵味。她母亲的后面跟着她父亲，拖着一大个箱子，略看是一个中年油腻大叔，腹部微胖，走路姿势坚挺有力，颇不减军人风姿。

阔别一年之久，见到父母，委屈、无助、温情、感动……各种情绪交织在一起，小浅浅鼻子一酸，眼眶湿润了，转过身去，想躲避妈妈的眼神，最终还是忍不住，大滴大滴的泪水汩汩地滑过脸蛋。

浅妈妈将小浅浅揽入怀中，轻抚头部至后背，又轻拍后脑袋，哽咽着安慰道："宝贝女儿，这是怎么了？乖……乖乖……乖孩子……"

没有任何理由，哪个孩子不喜欢在妈妈怀里撒娇，享受被宠的幸福。直到浅爸爸说该离开机场了，小浅浅才松开紧抱住母亲的双手。

出机场时，浅爸爸准备招呼出租车。小浅浅说："爸爸，您和妈妈不用操心，我都已经安排好了，跟我走就行了。"

小浅浅父母跟着小浅浅坐上早已安排好的车，来到提前预订的酒店。小浅浅禀告父母说这几天就住在这个酒店里，弄得父母非常不高兴。

浅爸爸说道："这是把我和你妈当游客了。你不是说过你租住的房子是两室一厅的吗，我们过去住就是了，何必住酒店？"

其实浅爸爸、浅妈妈倒不是真的介意住哪里，之所以说不愿意住在酒店，主要的原因就是想看看女儿住在哪里，这一年是怎么过的。另一个原因是他们这次过来，是下定决心要劝说女儿回家。

争论一番后，双方都做了妥协，决定今晚住酒店，明天去小浅浅住处，至于被褥呀，用的东西呀，明天再说。

办理好入住手续后，小浅浅带着父母去火锅店吃饭，还推荐"生命力酒"，不过浅爸爸喝不习惯，选择了其他品牌的酒。

一家人坐在餐厅吃饭，除了叙旧，就是听小浅浅谈论带团之道，谈论在带团过程中的喜怒哀乐。但小浅浅也只是报喜不报忧。

浅妈妈第一天到洛明，本想表明此行的目的，但看着女儿讲得头头是道，就选择了做一名合格的听众。

吃完饭，浅妈妈想即刻起身到小浅浅的住处去看看，可是小浅浅担心父母旅途疲劳，就推说等明天一早来接他们。

第二天，按原计划，小浅浅是要在上午带着父母去民族村的，结果变成了一家人一起去了超市，买了一套被褥和一些日用品后，便回到了小浅浅的住处，做好整理后，已经是中午时分。浅妈妈做了几道小浅浅爱吃的家常菜，把小浅浅吃得撑撑的。

期间，毛姐打电话过来提醒今晚请小浅浅的父母吃饭，让小浅浅提前做好安排。毛姐问小浅浅父母对吃的有没有什么禁忌。得到没有禁忌的答案后，便约在了傍晚6点吃饭。

小浅浅向父母介绍毛姐时，很是骄傲："爸爸，妈妈，我到边境省洛明市后，报了旅游团，是这个姐姐当的导游。从认识毛姐，到开始带第一个团，再到今天，她给予了我很大的帮助，要不是有毛姐，可能你们的女儿早就灰不溜秋地回家了。"

浅妈妈听了小浅浅和毛姐的一些故事后，不屑地说："别管你认不认识她，出来任性一趟，回家好好恋爱、结婚、过日子。"

浅爸爸倒是觉得小浅浅能认识女性姐姐总比认识男性好，而且人家请吃饭，去看看这个人什么样子，总没坏处，于是说："既然人家说请我们吃饭，那就去吧。"

下午，小浅浅带着父母去城市公园、陆军讲武堂游玩半天。城市公园的西北侧是边境大学，见到一些和小浅浅年龄相仿的孩子进出校园，浅爸爸有点自责，对小浅浅说道："要是我们对你管教严格些，逼着你去读高中，你现在应该是在大学校园读书。同样的年龄，别人都在校园，而你却飘在外面，还抛头露面地干上了导游。"

"你爸说得对。"浅妈妈同样自责道，"都怪我宠坏你了。你不好好读书也就罢了，还做导游，一个女孩子家应该找个人家好好过日子。"

小浅浅也会羡慕那些大学生，但没有后悔自己的选择，听到爸妈对导游有偏见，反驳道："导游怎么了，靠自己的双手赚钱，还不是活得好好的？我的那些上了大学的同学从学校出来时，我都有 4 年的工作经验了。"

对于父母的话，小浅浅当然理解，她也明白父母对导游的认识局限于带着游客到处玩，她觉得没有必要为自己辩驳，而且父母初到洛明，应该带着他们好好玩玩。

"爸妈说得对，大学生好，导游抛头露面不好。有心上人了，我也找人嫁了，再也不抛头露面了。"说到嫁人时，小浅浅脑里先是浮现出安康的身影，转而又浮现出阿雷的面孔，不觉唰地脸红了。

浅妈妈接着小浅浅的话："宝贝女儿，这么说就对了，你军豪哥哥，还在等着你呀。"

又在乱点鸳鸯谱，小浅浅很不喜欢："妈，我还小的，再说军豪哥，我可生气了。"

虽然观点不一致，但一家人倒是玩得开开心心的，不知不觉已经到了傍晚。他们乘出租车到达毛姐订的餐厅时，毛姐已经在那里了。

见到小浅浅一家人进门，毛姐主动招呼他们，彼此寒暄几句后，便带他们进入了一个半敞开式的小包间，并介绍道："这是我一个姐妹开的私房菜餐厅，平时人不多，都是老顾客来得多。难得叔叔阿姨到洛明来，到这里就餐安静，环境也不错。"

浅爸爸赞扬道："这家餐厅真好，装修古朴不呆板，听着音乐又有现代文艺年息，你看茶几摆放的位置可是恰到好处呀……"

毛姐一袭素雅连衣裙，丝绸披肩，脖子上戴着钻石吊坠项链，左手佩戴阳绿飘花的翡翠手镯，时尚得体，看起来像是有钱人家的少奶奶。

浅妈妈打量着毛姐，猜想着毛姐的人品，也猜想毛姐可能嫁了有钱人，问道："敏芝，对，你说你叫毛敏芝，敏芝呀，你老公没有来吗?"

没有等毛姐回话，倒是小浅浅抢先说道："妈，毛姐年轻，还单身呢。"

浅妈妈又紧接着道："敏芝，这身打扮，不像导游呀?"

在工作时，毛姐倒是很少这样子打扮，只是和身边的亲近人见面时才穿成这样。小浅浅自打认识毛姐以来，也就只有三次见到过毛姐穿得如此雅致。

毛姐听得出浅妈妈话中有话，想表达什么，但作为东道主，她没有计较，也没有必要计较，反而是直接、真诚回复道："阿姨，我以前开服装店的，店亏损倒闭了，有些衣服处理不出去，也不好在带团时候穿，就私底下穿了。现在带团时间少了，好多人都说我越来越不像导游了。"

小浅浅不想让她妈妈说话总是带着刺不好听，她再次提醒母亲："妈，毛姐现在是导管，是公司的管理层，手下管理着100多个导游呢。"

毛姐不计较，依然是和颜悦色地说："什么导管不导管的？我就是喜欢小浅浅这个妹妹，今天叔叔阿姨肯赏脸一起吃个晚餐，算是我的荣幸了。"

毛姐如此谦虚，使得浅妈妈不再纠缠，晚餐也进入状态。

浅爸爸是军人，下午去陆军讲武堂后，他军人的神经被触动了，毛姐则陪他讨论军人、军队文化。从中国远征军、朝鲜战争、到三大战役、对越自卫反击战等等，毛姐都能提出不同的观点。

当讨论时下的热播电视剧《亮剑》时，浅爸爸认为李云龙这个英雄塑造得非常成功，说男人就应该这样。而毛姐的观点则不同，她不反对李云龙是抗战英雄，但和项羽对虞姬的爱相对比，李云龙没有文化，对家庭、对女人、对孩子，还是不算成功。这就是为什么李云龙的结局那么有"特色"，除客观原因外，也有自身的主观原因。并且建议浅爸爸去阅读小说版的《亮剑》。

浅妈妈是做财务的，喜欢投资、理财、基金、股票等话题。毛姐则跟她聊这方面的话题。两人从股票以及货币战争又聊到化妆、瘦身、瑜伽……像姐妹一样。

小浅浅根本插不上话，她也再次见识了毛姐的知识面广，不愧为靠嘴吃饭的，和她一对比，自己根本算不上是合格的导游。而这次吃饭，小浅浅更是从爸妈和毛姐的聊天中，感觉到了爸妈是多么的爱自己。

愉悦的谈笑间，晚餐结束了，浅爸爸说要去买单，被毛姐阻止道："客随主便。"浅爸爸也就没有争抢。

走出餐厅，毛姐坚决要送小浅浅他们回家。下车时，浅爸爸和浅妈妈感谢毛姐对小浅浅的关照，并说要是到湖南，一定要给他们打电话，他们要尽地主之谊。

望着宝马车驶去，浅妈妈再次得到确认是毛姐的宝马车后，感叹道："你说的这个毛姐，真的是做导游出身的吗？导游能赚那么多钱吗？"

"妈，你怎么这么不相信人？毛姐就是靠带团、做到导管这个位置赚来的钱，堂堂正正，清清白白，你别总想着一些不健康的。"

"就凭这姑娘的知识、举止、谈吐，我相信她的赚钱能力。"浅爸爸对导游职业开始刮目相看了，"看来，我是小看导游这份职业的收入了。"

听到父亲对导游职业的肯定，小浅浅趁机道："爸，这就对了，你女儿从事的是非常优秀的职业，是天底下最阳光的职业，还是靠自己努力赚钱的职业。以后我赚大钱了，带着您二老周游世界。"

小浅浅露出虎牙，笑得那么自信，那么甜。浅妈妈本想说一句："外界对导游的评价不好，名声也不好。"，但她始终没有说出口。

晚上，浅爸爸一个人睡一间房，因喝了酒，不到半小时，已经鼾声四起了。

浅妈妈侧躺在小浅浅的床上，和女儿讲起了"悄悄话"。她语气温和地问小浅浅："宝贝女儿呀，告诉妈妈，有次打电话，让你回家，你说有男友，是真的吗？告诉妈妈，发展到什么程度了？"

"妈，没有，那是为了应付你们让我回去跟军豪哥谈恋爱，我乱说的。在我心中一直把军豪哥当作亲哥哥，从来没有想过要和他恋爱、结婚。而且我还小，要是这么小就嫁人了，妈妈，你们舍得吗？我也知道爸爸和许叔叔是战友，亲如兄弟。军豪哥和我都是独生子女，又从小一起长大，青梅竹马，感情也深，但这是近乎亲情的爱，不是爱情。恋爱是讲感觉的……"

抚摸着小浅浅的头，听着她的想法，浅妈妈再次把许叔叔曾经救过父亲的往事讲给了小浅浅听。看看小浅浅似懂非懂的样子，她带着歉意说："宝贝女儿呀，你爸爸是军人，讲义气，重感情。最主要许叔叔对我们家有恩呀，要不是这样，我们怎么可能这样委屈你呢？"

"妈，这是两码事。"小浅浅拉长声音，表示极度不赞成，但又不想让母亲伤心，她立场坚决，语气平和地说，"我是不会跟军豪哥哥恋爱、结婚的，但我会以后会把军豪哥哥的家人当作亲人一样对待。"

"唉——"浅妈妈长吁一声，"女儿长大了，管不住了。只有让你爸爸承受压力了，做父母的不容易呀。"

"对不起，妈妈……"小浅浅往妈妈的身边靠靠，侧身挤在妈妈怀里。

"告诉妈妈，你到底有没有交男朋友？要说实话。"

"妈，要是有男朋友，我就不会一个人住了。"

"没有倒好，要是遇到喜欢的人了，再怎么爱他，都要记住女人跟男人不同，要保住女人该有的底线呀，特别你做导游到处跑来跑去，要学会爱自己。"

小浅浅听出了母亲的言外之意，她一直附和着回应母亲。这一夜，母女俩交心畅谈，直到深夜才睡去。

醒来时，都快 11 点了，小浅浅伸伸懒腰，好久没有睡那么香了。她起床穿好衣服，走到客厅，就闻到一股饭菜香味，只见浅妈妈端着番茄鸡蛋汤从厨房出来，并叫道："准备吃饭了。"

一起床就能吃饭，小浅浅高兴极了。还是爸妈在好呀，有家的感觉。相聚就意味着离别，小浅怎么想也想不到，这顿饭结束后，爸爸妈妈就要回家了。

浅爸爸和浅妈妈看到小浅浅在洛明挺好的，而且女儿坚决表示无论如何都不会回去和军豪恋爱、结婚，他们再待下去也没有多大的意义了。原本计划去边境旅游一趟再回家，可浅爸爸的一个战友打电话过来说战友们要聚会，他不好推辞，便决定今天下午回湖南。

刚来就要走，小浅浅怎么挽留都留不住，在机场分别时，浅妈妈使劲将两沓钱塞进小浅浅的包里，交代道："宝贝女儿，你独身在外，别委屈了自己，想家了就回家。"

看着爸爸妈妈依依不舍地过安检，三步一走，两步一回头望向小浅浅，最后消失在视线中，小浅浅眼泪哗啦啦地流下来，她两只手不停地擦拭眼泪，却是越擦，眼泪越多，越止不住地往下流，直到泪流满面。

第十四章　职业偏见

洛明天水水旅行社会议室里，毛姐不苟言笑地坐在主席台椅子上，望着墙上的时钟倒计时，准备开导游大会。

每年暑假旅游旺季来临之前，旅行社、酒店、景区、餐厅、车队等旅游相关企业的老板、管理者们，几乎都要向员工或下属传达政策方案，以应对旅游旺季的来临。这是旅游业的行业惯例了。

毛姐清清嗓子，起身握住话筒，看看台下的 30 多个导游，开始了今天的会议："各位兄弟姐妹，感谢大家这半年以来，在天水水旅行社的付出，更感谢对我毛敏芝的支持。即将进入旅游旺季，大部分导游都在带团，今天能到场这么多人，已经非常不容易了。有些导游没到场，多半是在团上，大家把今天的会议内容相互传达一下。

"每年旅游旺季来临的时候，总是事情最多，也是大家最辛苦的时候，当然也是相关部门监管最严格的时候。前不久，旅游局下达了通知，要求旅行社准备好做旅游旺季的接待工作。我这里有一份通知的详细内容，这些内容就不念给大家听了，总的来说，就是五个字：不要出乱子。

"要做到不出乱子，对于我们旅行社来说是一种非常大的考验。大家知道，我们旅行社涉及旅游业的各大领域，盘子大了，更要慎重。在这里跟大家透露一个好消息。"毛姐看看台下之人，稍做停顿后继续说道："我们旅行社将与购物店、餐厅和车队，继续扩大融资规模，组成集团公司，重点业务还是在边境省的洛明市——海月州——乾泸市这条黄金旅游线上。现在已经在开展各方面的工作了，不出意外，今年年底就可以完成。到那时，我们集团公司在边境省乃至中国旅游界，将无人不知，无人不晓。只要大家努力，跟着公司走，一定能在这个大平台施展抱负……"

一些入行不久的导游听得热血澎湃，而资深老导游往往对描绘愿景、画大饼不感兴趣，窃窃私语道："公司发展再大再好，关我什么事，还是说实际一点靠谱，别净扯那些没有用的。"

毛姐把话题转移到重点上："旅游旺季，团量骤然增大，旅行社老板从相关部门开会回来，就扔给我一句话：千万别把娄子捅大了。这句话意味着什么，我就不跟大家解释了。往常，我们主要抓的是业绩，对于一些小事情，旅行社都及时帮大家处理了。但旅游旺季不行，既要做好业绩，也不能有投诉。还有一个要求，不能请假。"

台下一阵躁动。大家七嘴八舌地打断了毛姐的讲话，直接议论开了，意见非常大，说不能请假怎么行，导游固然要赚钱，但不是卖身呀，就算是在资本剥削的工厂里上班，一个月也得有三四天的休息时间，一个导游连请假的资格都没有，这算怎么回事？

台下虽然乱哄哄，却没有人站出来公然反对毛姐。不让导游请假，似乎不妥，毛姐补充道："各位导游，先安静了，我所指的不能请假，是指没有生老病死等特殊情况。要是真有特殊情况的，现在就可以请假，临时请假的，对不起，请另谋高就。"

年轻力壮且没有牵绊的导游倒是喜欢天天带团，赚到的钱是自己的，还顺道给旅行社人情。已婚有家庭的人或者是有其他事务牵绊的导游，就非常为难了，只有两条路可以选择，要么接受条件，要么离职。

可是离开天水水旅行社，到其他旅行社也可能是同样的政策。除非兼职带团，兼职带团的好处是，在旅游旺季，整个市场缺导游，轻易就可以找到团。但旅游旺季一过，基本就没有团了，如果在不熟悉的旅行社有垫款，可能就会成为烂账。所以兼职的风险极其大，大多导游也不愿意冒风险。

旅行社和导游既然相互依存，相互利用，又是矛盾的关系，旅游旺季旅行社求导游，旅游淡季导游求旅行社。毛姐也不想说那么不顾后路的话，但如果不严格管控导游，临时去哪里找导游呢？唯有把话说得清清楚楚，才对双方都好。

毛姐做过一线导游，善于琢磨导游心理。她认定了两点，一是旅游旺季，导游天天带团，肯定累，想休息，会借口请假，但是不给他们请假机会，挺过去了，也不会"死"；二是如果导游真的需要请假，一定会私下找导管说明情况，通融他们就是了。

会议结束，毛姐以旅行社的名义请大家吃夜宵，大家很开心。大多数导游则三句话不离本行，这次，大家有一个共鸣："暑假开始，大量的教师团、学生团、问题团、费力不讨好的团型都即将爆发了。"

期间，有些导游主动向毛姐敬酒献殷勤，毛姐都是客套地回应。而其中一位导游说了句"又想让马跑，又想让马不吃草"，戳中了导游带团的难处，毛姐不会错过倾听导游心声的机会，让这位导游继续发表看法。

"毛姐呀，我欧阳坤平也不是第一天带团了，什么团都带过，有过投诉。但我的业绩，你是知道的。"说话的是欧阳坤平。

欧阳坤平经他的朋友介绍，说天水水旅行社新上任的导管比较袒护导游、报账及时，就转移到天水水旅行社带团。

他第一次和毛姐通电话时就说过："毛姐，你们旅行社的政策对导游非常有诚意。我以前也见过你，知道对导游非常好。所以我选择来这里带团，如果适当关照最好，要是不能，我会靠业绩说话。但我带团有一个特点就是给客人的压力大，需要旅行社费心处理的琐事要多些。"

毛姐对这个欧阳坤平并不陌生，此前经常在"黄金旅游线"上遇见他。第一次通话，就敢如此说话的导游，基本上就能判断出这个导游是一把刀，带团能力应该不错，会给旅行社带来好业绩，但也绝不会给客人好脸色，相应的投诉、麻烦也会增多。

毛姐印象深刻，有一个团到乾泸就是因为给客人太大压力，加上和乾泸导游发生冲突，客人就要求换导游，毛姐非常生气，又不得已，费尽功夫找不到导游，才让安康十万火急去接替欧阳坤平的团。

从那次后，毛姐再没有把公司重要合作客户的团派给欧阳坤平，不过，这欧阳坤平倒还蛮争气，在同类团型中，他的业绩名列前茅。欧阳坤平这类型的导游有丰富的带团经验，有自己的小圈子。用好了，是公司的财富，能为公司产生利润，用不好，也会非常头疼。

毛姐看透了欧阳坤平的心思，他无非就是想表达"对于暑期的教师团、送孩子上大学的家长团，该打压还得打压，不然很难出业绩。要是有投诉，让旅行社处理"这样的观点。

毛姐当然不能公开支持欧阳坤平只要业绩、不要服务的想法，于是一方面肯定了欧阳坤平的能力，另一方面又希望欧阳坤平能寻找到新的带团方法，她说："欧阳坤平呀，你看能不能想想好的方法，既保持住业绩，又减少一些不必要的麻烦。毕竟今年跟前几年不同呀，旅行社在快速发展，而且旅游监管也越来越严格，旅行社也难做呀。我相信你，一定会有方法的。"

抱怨无用，欧阳坤平回复道："好吧，我尽力。但是尽量还是不要派教师团给我，我真怕出问题。"

对于欧阳坤平直接表明不想接待教师团的做法，毛姐虽然心中不悦，但考虑到大局，以及整个暑假旅游旺季不出岔子，在此后派团中，她便把教师团派给了不跟旅行社较劲的导游。如此一来，整个暑假旅游旺季，欧阳坤平除了累，倒也没有因为他所不喜欢的教师团而搞得焦头烂额，算是平稳度过了暑假。

而此时的夜宵，因欧阳坤平挑起的不愉快，多数人吃得不算太开心，导游们也逐渐散场。随后，小浅浅问毛姐："为什么那么多人不喜欢带教师团啊?"

毛姐笑道："你去年主要带小包团，自然对教师这个职业不了解，你带几个团就知道了，不过也没有想象中那么难带，找对方法了，教师团还是不错的。"

安康在团上，来不及参加会议。毛姐交代小浅浅，第二天把会议内容转告给安康。此前，毛姐常见到安康和小浅浅在一起打闹，一直把安康和小浅浅当作情侣，所以有什么事情，总喜欢把他俩扯在一起。

换作以前，小浅浅倒是蛮开心的，但现在说到安康和她不温不火的关系，她心情很复杂。前几天，她向安康要了火锅店的电话号码，也没有多聊几句，就结束通话了。也不知道安康近来怎么样了，小浅浅想念安康了，于是第二天便给安康打去电话。

接到小浅浅的电话时，安康正在翡翠店。

这个旅游团28个客人，购物总额不到1万元，他使出浑身解数，客人依然无动于衷。

身穿黑色旧西服、身形清瘦、自称是教师的男子，扶了扶眼镜，根本不给安康面子地说道："导游，你再强迫购物，我们就投诉了。"

真想给他一耳光，安康咬牙切齿，压低声音，目露凶光地靠近男子，反驳道："阿叔，我强迫你买什么了？你买什么了？拿出来给我看看，你一分钱都不花！我强制你什么了?！我强制你什么了?！"

安康情绪越来越激动。面对安康咄咄逼人的气势，男子后退两步，心虚，便故意提高嗓音："导游，你想干什么？"

就在安康握紧拳头时，电话响了，来电显示是小浅浅。安康松开拳头，向旁边的女销售员使眼色。

女销售员心领神会，挽住男子的手臂故意说："阿叔，你声音那么大，都吓到我了，我带你再去特价区看看吧。"说着，把男子拉开了。

安康尽量平复了心情和小浅浅通电话。听了小浅浅转告的会议内容后，他刚平复的心情又起了波澜，没有考虑到小浅浅的感受，一泄而出的愤怒，一字一句地呛到了小浅浅的耳朵："今天我带的团算是踩到狗屎了，见鬼了，都是些什么客人呀？软硬不吃，油盐不尽，朽木不可雕也。尤其是一个男的，长得讨厌，还敢说这不满意，那不满意，一分钱不消费，还说我强制购物，真想甩给他两脚，丢到海月湖里喂鱼……"

小浅浅听得目瞪口呆，自打和安康认识以来，虽彼此也抱怨过带团的苦，但安康的言语像今天这么激愤，却从来都没有过。她猜想，安康这个团一定是非常令他失望，但毛姐开会时说过，一定要慎重对待暑假旅游旺季，不能有投诉，不然吃不完兜着走，她不希望安康被投诉。先让安康安静下来才是首要的，待安康说话停留期间，她说道："康哥，你旁边有矿泉水吗？"

"没有呀，怎么了。"

"你先喝点水，冷静，冷静，再冷静，不要满口脏话的，难不成还能把游客杀了不成。"小浅浅提醒安康适可而止就行了，什么事情冷静、理性地处理才不会扩大事态。

安康的语气温和了许多，理性下来想想，确实应该文明用语，而且在女孩子面前，不应该那么粗俗："刚才实在太气愤了，不应该在你面前讲脏话，你不要介意呀。"

小浅浅对安康打趣道："不讲脏话，就是好男儿，这才是我认识的康哥哥，棒棒的。"又想，安康性格稳定，做事有主见，是非分明，一般情况下都不会满口脏话，比阿雷、阿依塔他们要文明多了，除非是喝酒或者是触碰他的原则底线，他才会言说过于激动、行为失态，难道他的这个团队真的那么差劲吗？

在旅游购物店，安康也没有太多的时间和小浅浅在电话里详说，加上团队不好，胸中有闷气，以及好久时间没有见到小浅浅这个妹妹了，便请小浅浅在他下团后听他诉苦："小浅浅，这个团下午 4：30 的飞机，等我送团后，晚上一起吃饭，陪哥喝杯酒吧。"

小浅浅想到安康有女朋友，于是吞吞吐吐地拒绝，却被安康用不容商量的口吻决定道："从机场出来后，我给你打电话，不见不散。"

通话才结束，全陪导游出现在安康面前，告之客人已经全部上车了，催促安康离开翡翠店，准备出发。

听到客人已经上车，安康想，这个团在翡翠店的购物已经没有戏了，还是去下一站吧。安康起身往车的方向走去，又回头看向全陪导游，摇摇头道："是不是客人叫你来催促我的？"

安康质疑这个全陪导游的专业性，接团时安康见到这女子，二十五六岁，长相一般，像是刚生了孩子似的。从第一天到行程结束，她对待客人的态度就很不可理喻，她跑前跑后服务客人，有求必应。客人说餐不好，她悄悄地掏钱给客人加菜。加菜就加菜吧，好歹跟自己说一声吧，也好尽量让餐厅给她优惠价格。

这也就不说了，连旅游车师傅都看不下去了，跟她工作没有任何关系的事，她都能做得格外认真，诸如提醒客人吃药，她都能分秒不差地去提醒客人。一句话，客人放个屁，她都得赞美是香的。

要是服务能换得客人的理解和肯定，算是付出有所回报，可是客人得寸进尺，总在她面前挑刺，不是抱怨行程时间太赶，就抱怨这不好、那不好的。这种服务没有价值，卑微，丢导游的脸。

全陪导游对客人好，理所当然。可这个全陪导游也不敢得罪地接导游，一路上，安康说什么，让她做什么，她也总是配合，并且笑脸相迎。

行程中的服务跟利益没有直接关系，但在购物店，她也没有个立场。客人对她说："你这个全陪导游，真是白出来了，一点儿都不会维护我们，还说是一个地方的人，回去我们要找报团旅行社投诉，退钱。"安康对她不留面子："你是出来工作赚钱，不是来受气的，为什么不配合好我的工作，实实在在地赚钱呢，一个导游带团不赚钱那是在耍流氓。"

安康哪里晓得，这个团是全陪导游亲戚的团，那亲戚出团时就交代了："一定要服务好这些重要的客人，他们可是重要客户呀。"安康不知道全陪导游向他隐瞒了自己不是专职全陪导游的事实。

平时在办公室上班，一年出团也就那么屈指可数的全陪导游，来边境省旅游前，做过功课，听说边境省导游不好惹，也担心得罪导游后影响客人。她的软弱和不专业，使她费心、费力、费钱，却两边都不讨好。她既不想得罪客人，也不想让地接导游难做，夹在中间非常为难，可谓是"尖担挑水两头滑"。

多说无益，团队的车驶离翡翠店，在精油店前停下来了，有一部分游客跟着安康下车进店，而有一部分没有下车，在车上吵吵嚷嚷。安康忍无可忍，丢下一句话："40分钟后，上车去餐厅吃饭。"

全陪导游不想因为安康的生气而影响到团队，又低声下气，去哀求游客。最终游客都下车了，但有些人直接钻进了卫生间，有些人在店里东游西晃，一下又不知绕到哪里去了。

安康不搭理游客，在精油店和方如意聊天，但交谈并不愉快。自上次医院分别后，安康因所带团队类型的改变，很少进精油店了，对方如意打来的电话也表现得很冷淡。有时进店，也是匆匆而来，忙忙而去。今天这个团要不是在翡翠店业绩太差，安康估计也不会来精油店。

方如意对安康的冷漠不满意，直到有一次在通电话时，听到电话那头女性的声音："老公，打完电话就来吃饭吧。"她才猜到安康交女朋友了。

这时方如意酸溜溜地说："刀安康，你这段时间倒是过得挺潇洒滋润的呀，天天泡在温柔乡中，把我们这些旧友忘得一干二净。"

安康听得出方如意的言外之意，若是平时，自己也会跟方如意斗嘴，说两句玩笑话，不过今天，他没有心情，本来团队就不好，在方如意面前也听不到安慰的话语，就懒得在这儿停留了，于是回应道："今天这个团差到了极点，想着死马当活马医，把希望放在你们店上，可你还不高兴。还不如不来呢，我还是提前走吧，免得在这里没脸见人。"

导游带客人进店，是给购物店机会，若卖不出东西来，也不好交代，方如意对这个团不抱有信心，示意让安康再看看客人的穿着打扮，说道："你这些客人呀，贼精贼精的。这段时间的团呀，教师、小孩子出游的比较多，团不好，很正常，下个团就好了。"

看着客人基本上全部从精油店出来了，一分钱没有消费，安康此时的心情低落到了极点，方如意的话对他的心脏直接又来了一剑。

方如意看安康耷拉着脸，而且，她立即又要接待其他团队了，便一本正经地告诉安康，再过几天，她要去乾泸了。

安康以为是开玩笑，便问："为什么去乾泸？不会是因为失恋了吧？"

方如意本想说实话的，但却又说："对呀，还没有开始恋爱就结束了，离开省会城市去乾泸小城寻找艳遇。"

安康鼻孔里冒出失落的声音："那就去找你的艳遇吧。"

两人似乎还是跟以前那样暧昧，但味道却变了。安康本还想让暧昧带点诱惑，突然觉得方如意不像以前那样大大咧咧了，本想开玩笑说："你要是真去了乾泸，我带团去那里时，咱俩喝酒，来一场艳遇呀。"但，他没有说出口，因要带团离开，他与方如意分别，准备上车离开精油店。

还没有上车，安康就遇到前来精油店兑换积分的欧阳坤平。简单寒暄几句后，安康无意地说道："欧阳哥，今天这团太差了，想一醉解千愁呀。"

"这几天的团确实不好带，借酒精消愁是个好主意。"欧阳坤平表示有同感。

安康已经提前约了小浅浅，三人又都在一个旅行社带团，正好约一起。于是安康把时间和火锅店的地址告诉欧阳坤平，说道："那就晚上见面，一醉解千愁，不见不散。"说完带着客人离开了精油购物店。

午餐时间，餐厅里人挤人。

全陪导游找到在司陪餐处正准备吃饭的安康说道："刀导呀，

客人对这个餐厅不满意，说人太多没有办法安心吃饭，他们还说，看了别桌的菜，简直比猪吃的还差。你看看能不能给他们换个餐厅？"

听到此话，就连师傅都惊讶地瞅了全陪导游一眼，安康更生气地反问全陪导游："我没有听错吧？你是不是说客人要换餐厅？"

得到肯定的回复后，安康压低声音："你再去把规矩讲给那些想换餐厅的客人，要是哪个还想捣乱的，让他直接找我。"

所谓的规矩是旅游业共同遵循的不成文的规范。

旅行社接待旅游团时，会承诺给客人相应的接待标准，包括餐饮、住宿、用车、购物等。一般情况，导游会根据旅行社指示，按双方约定来履行带团义务。

从利益上讲，游客想花最低的价钱享受最高的品质，而旅行社、导游则想尽最少的义务、花最低的成本赚更多的钱，加上市场的不规范，旅行社之间为了争抢客源，各种层出不穷的促销、超高期望值的承诺都涌现出来。

如此而来，除了小包团、会议团、疗养团等高品质团外，低价购物团、零负团占据着以边境省的，乃至半个中国的旅游市场，搞得市场进入白热化的竞争阶段。

这样畸形的旅游环境下，游客、旅行社、导游等相关产业的人员之间进行着平衡博弈。作为旅游业的核心，并且是旅游业灵魂人物的导游在其中就起着关键的作用。90%以上的导游带团无非就是为了追求经济利益、养家糊口。一个团下来，扣除相应开支，付出和收获能成正比，导游就满意了。

然而，有些导游期望值过高，不懂得满足，总希望游客多买些东西产生业绩，要是游客不愿意，就会用软暴力、言语刺激等方式逼迫客人消费，一般都会有所成效。但遇到强硬的客人，或者"打不还手，骂不还口"的客人，导游无奈，只得收敛作罢，虽然双方不痛快，但也相安无事。

而安康这个团所出现的问题是，客人明明就是一个低价购物团，消费不足以弥补旅行社的亏损，这正常，旅行社愿赌服输。但这个团的部分客人并不知道旅行社的这些规则，他们只知道在报团时的承诺，不强制购物，并且吃好、住好、玩好。

在旅游的过程中，以自称是教师的旧西服男子为首的一些游客，在安康讲解时插话，并且抱怨行程这不好、那不好，俨然把安康当作一个卑微的服务者。他们不管旅行社、导游的死活，只管自私、贪婪地以自我利益为中心。进购物店前，安康忍受着，可进了购物店后，购物效益不好，安康忍无可忍，情绪快要崩溃了。

要不是小浅浅打电话过来，在翡翠店真有可能发生什么事，造成不可收拾的局面。而现在购物都结束了，安康只想尽快送走他们，不想把时间浪费在这些"辣子"身上。

安康让全陪导游转告客人，所谓的规则是："他们报的是购物团，是要买东西的，不买东西就不要装上帝，要想换餐厅，可以呀，花钱就行了。"

全陪导游心里清楚，免费更换餐厅的可能性几乎为零。她这次灵活多了，走到客人餐桌前对客人解释道："刀导说了，我们的餐是提前定好的，现在临时换餐厅是不行的，这也是最后一餐了，大家将就着一些，我去交代餐厅做好一些。"

听到这样的回复，几个游客嘀嘀咕咕了几句，彼此"心照不宣"，又等待着全陪导游给他们加餐了，不过他们自始至终认为加餐的钱，不是全陪导游私自掏腰包的，而是被克扣了的他们的旅游费。这可怜的不专业的全陪导游呀。

安康到餐厅前台签单时，往客人用餐大厅巡视了一圈，他团队的其中一桌吃得杯盘狼藉，他摇摇头签了餐单。

送团去机场前，在集散中心，安康才彻底搞清楚这个团的结构。原来这是一个半死不活的协会所组织的旅游活动，成员不用出旅游费用，所带家属费用自理。团队成员互相不完全认识，职业也不尽相同，有三分之二的团员是医生、护士、公务员、事业单位人员等，有三分之一的人是来自于一所民办学校的中小学教师。

购买翡翠的一个阿姨悄悄向安康透露道："协会会长的妻子，是没有出旅游费用的。有些人心理不平衡，无处撒气，就以不购物来发泄心中的不满意，其实大多数人对你和全陪导游都是比较满意的。不过呀，团队那几个不遵守旅游规定的人，影响你，影响我们心情，说心里话呀，我也看不起他们，你对他们算是客气的了。"

购物前，安康对这个阿姨并无深刻印象，进翡翠店后，她是第一个花钱买了手镯的，虽然价格不高，但安康记住了她，当时安康问她："阿姨，您是做什么工作的?"

"中学语文老师。"阿姨不假思索地回答。

为什么同样是教师，区别就这么大呢? 安康应声道："明白了，谢谢您，阿姨!"

送团去机场的路上，计调孔玉秋打来电话，说这个团有客人反映到组团社，称导游强制购物、服务态度不好，她还特别交代："刀导，做好送团工作，别在最后一站节外生枝。"

这通电话给了安康压力，使他不得不保持理性。他说的欢送词竟是一些违心的、听着舒服的客套话，无非是表示对游客的感谢，以及做得不好的地方，请游客多多担待。总之奉承的假话连篇，他听着都自己都觉得恶心，都想吐。

送走眼不见、心不烦的客人，安康放松了许多，坐上一辆出租车，给小浅浅打电话，并顺道接她上了出租车前往火锅店，接着又给欧阳坤平打电话提醒该出发了。

小浅浅纠结了一个下午：康哥已经有女朋友了，应该和他保持一定的距离，只能把对他的心思当作秘密了。她后悔今天上午的决定：怎么就答应了陪康哥吃晚餐呢？要理性，要和康哥保持一定的距离才合适。

　　"康哥，嫂子和我们一起吃饭吗？"小浅浅没有等安康回答，继续说道，"要是嫂子和我们一起吃饭最好，你可别金屋藏娇呀，也不介绍嫂子给我认识。"

　　安康自和沙洁谈恋爱来，每次下团，都是第一时间跑回家，和沙洁分享带团的喜怒哀乐，偶尔他俩会在外吃烛光晚餐，但大多数时候还是在家里做饭吃。而今天反正是自己请客，而且又不是什么商业应酬，带女朋友也无妨。

　　既然小浅浅不介意，也挺好，于是安康说："小浅浅，上次你在医院见过的那姑娘，今天正式介绍给你认识。"

　　接着他给沙洁打了电话，让她下班后，直接到火锅店。

　　到达火锅店前，小浅浅又问起安康，怎么向沙洁解释两人的关系，以及和她吃火锅的事。

　　安康笑而不语。不过两人也达成了共识，对于那天晚上喝多并在马路上唱歌的事，以及一些过往，属于共同的秘密，对任何人闭口不提。

　　夏天炎热，本不适合吃火锅，但这家火锅店，生意倒是挺好，像安康他们一样夏天吃火锅的人也不少，都是垂涎火锅的美味。

　　沙洁接到电话，很意外又欣喜。下班后，她骑着刚买不久的电动车，到达火锅店。此时，安康和欧阳坤平已经开始喝第二杯酒了。经过安康介绍认识，欧阳坤平礼貌性地和沙洁打了招呼，又继续和安康碰杯喝酒。

　　沙洁与小浅浅在医院有过一面之缘，之后，她曾刨根问底想知道这姑娘和安康是什么关系，得到的答案还是同事关系，并且安康也说，这个同事可爱，一直把她当作妹妹。沙洁便没再追问。

沙洁的脸色红润，目光柔和，没有像第一次遇见小浅浅时那样带刺了，竟也给人以亲切的感觉。小浅浅主动向沙洁问好，露出了两颗可爱的虎牙，给人以单纯的邻家女孩的感觉，她还赞美沙洁长得很像一个明星，听得沙洁心里美滋滋的。

小浅浅的翡翠手镯吸引了沙洁的目光，让沙洁也想拥有一只，小浅浅还说："我这只手镯成色一般，是因为带团做道具才买的。"并建议沙洁让安康给她选购高档的翡翠手镯。不到一会儿，两人的话题越来越多，竟然聊到了共同爱好，逛街、购物和韩剧……互相的称呼也变了，一个叫"郭姐姐"，一个叫"浅浅"。

这让安康非常不解，俩人是最有可能成为情敌的，就算不是情敌，也不至于成为姐妹，他真是看不懂女人了，更令安康想不到的是，此后，小浅浅和沙洁经常相约逛街、购物，成了好朋友、好闺密。在未来的几年里，俩人还彼此诉说心里的小秘密。

饭桌上，小浅浅和沙洁凑在一起聊天，话题也不再是导游，安康插话："我今天心情不好，也不听我诉苦，倒是你俩聊天开心了，不顾我的感受。"

俩人聊得正嗨，假装没有听到。女朋友和小浅浅聊得如此愉快，安康开心，便不打扰她俩，转身和欧阳坤平碰杯，二两的小酒杯，一饮而尽。常言道，酒逢知己千杯少，安康喜欢和喝酒的人交朋友。

欧阳坤平是性情中人，听安康叨叨地抱怨一大堆后，安慰道："兄弟，你这个团算是不错的了，多少还买点东西，算是给你面子了。你要是遇到那些'流氓秀才'呀，连续3个团下来，你都要怀疑人生，甚至想死的心都有呀。"

安康不同意把教师比作流氓秀才，给欧阳坤平倒满酒，反驳道："欧阳哥，你这是职业偏见，任何职业都有两面性，就像外界对我们导游的看法一样，也是褒贬不一的。"

"兄弟，听哥的一句话，尽量不要带教师团。"欧阳坤平不想安康走弯路，他带着对教师团极大的成见说道，"大学毕业后，我就开始做导游，带过公务员、保险人员、企业员工、农民等等，有些群体人好相处，消费能力又强，有些群体不消费但也不捣乱，还有些群体要求高，挑刺，但也还消费，唯独教师群体，哎……"

喝了两杯酒，安康心情好多了，对今天的团也释怀了很多。关于欧阳坤平对教师群体的职业偏见，安康没有继续争论下去。想起今天这个团的那位语文教师挺好的，他保留了意见。

欧阳坤平的带团水平不差，只是多年的导游生涯，让他看清楚了旅游行业的真面目，而他又坚持自我，所以导管在派团的时候，总要做一些调整。6月份高考结束以来，只要有学生、教师、家长在旅游团中，他就总是带着职业偏见带团，这几个团的业绩并不理想。今天出来和安康喝酒，纯粹就是借酒消愁。

他拒绝接待教师团的勇气，倒是让安康非常佩服，为此，安康特意向他敬酒，多喝了两杯。

谈起年初，在乾泸更换导游的往事，安康向他反馈了包括乾泸导游阿雷、驾驶员以及客人的真实心声后，欧阳坤平也反省了，他表示："给客人压力大了，也许是我控团过于严重了，不然游客不会凭几句乾泸导游的挑唆，就要求更换导游的。"

至于对乾泸导游阿雷的评价，欧阳坤平说，自己很讨厌这个人。

令安康更开心的是，他和欧阳坤平的共同话题越聊越多，在这旅游市场上，竟然能遇到相见恨晚的导游大哥。他俩一杯接一杯地用酒诉说着导游带团的辛酸苦辣，在推杯换盏中收获着友谊。

第十五章　气死爷爷

阿雷因带团迟到之事，被停团一个星期，郁闷不解，对甲丽旅行社不满意，反倒认为："不是已经有阿依塔接团了吗？又不影响团队，何必那么认真？"

不就是带团嘛？有何难的，阿雷打电话给他的哥们找团带，那些只贪图阿雷豪爽大方，贪图他为吃喝玩乐买单的哥们，含混其词，找各种借口推辞了。他对这些称兄道弟的哥们很失望，想到曾经所待过的旅行社的老板，但碍于面子，没有拨通电话。

反倒是阿依塔自始至终安慰他说："兄弟，旅行社停你几天团，你要理解，再过几天就是旅游旺季了，不愁没有团带，你还是好好休息几天吧。"

阿雷想过让堂哥帮忙，快要到堂哥的味道餐厅店门口了，回过头又想想，不到万不得已，就不要麻烦堂哥了，休息就休息几天吧。

此时妻子包秋艳一个电话打来，令他更加心烦意乱。他想逃避，却又不得不面对这"家丑不可外扬"的丑事，既然都到堂哥的店门口了，唯有找堂哥听建议了。于是进入餐厅找个角落坐了下来，而堂哥忙着招待重要顾客，期间过来听阿雷说了几句，又忙去了，阿雷只有独自饮酒。

晚上 11 点多，堂哥雷大鹰示意让服务员关门，下班。他走到阿雷面前，拍拍他的肩膀："亚虎，是男人就得拿得起、放得下，天涯何处无芳草呀。你看我，经历了那么多事，还不是一样活得潇潇洒洒。"

眉头紧锁，双眼紧闭，阿雷的一滴眼泪落入酒杯中，他紧紧捏住酒杯，送到鼻子边，吸了一口酒气。还没等堂哥反应过来，只听到"砰"的一声，阿雷举起酒杯狠狠地摔在地上。

"哥，你说得对，是男人就应该拿得起、放得下。"

看到阿雷已经幡然醒悟，雷大鹰总算放心了："走吧，我送你回去睡觉。"雷大鹰扶着阿雷上了他的车，送他到包月酒店楼下，又提醒道，"明天，车钥匙放在餐厅前台，你过来取，记得小心开车。"

阿雷喝了不少酒，本可以借酒进入睡眠状态，可他今夜辗转反侧，怎么也睡不着。他从枕头底下翻出塑封照片，看着相片里五官端正、笑得阳光灿烂、眼睛炯炯有神、充满活力的那个人，真怀疑照片上的人是不是自己，他又摸了摸脸上的伤疤，把照片捂在胸口，眼泪倏地流下来……

阿雷是乾泸市江边镇人，1985 年出生，属牛，家里还有一个哥哥和一个姐姐。

小时候，家里的收入主要靠父母种田种地，以及在每五天一次的街天，母亲会到镇上倒卖药材、农产品，做点小买卖挣钱贴补家用。

大哥比他大四岁，1981 年出生，2004 年腊月结婚后，在父母的资助下在小镇中心开了一家小餐馆，而今，已生养两个孩子，大儿子已经 6 岁，小儿子也开口学说话了。

二姐比他大两岁，1983 年出生，2002 年高考成绩不理想，被迫放弃花高额学费读三流大学的机会，在当地建材市场打工，与老板的得力员工谈起了恋爱。2007 年，那员工选择回福建老家继承祖业，姐姐嫁给了他，远走高飞。

2008 年北京奥运会那年春节，姐姐回家住了 20 多天，和嫂子吵嘴，差点动手打架。第二天，叫了一辆面包车，收拾好她所有物品，气冲冲地离开娘家。后来，偶有打电话回来，说生了孩子，带孩子忙，就再也没有回过娘家。

曾经，阿雷在技校所学的是手机维修专业，专业很热门，可学艺不精，实在是让他难以在社会上立足。毕业后，他先是在手机卖场上了半年班，嫌工资低，转行卖保健品，混了 3 个月，拿到的工资还不够交房租，之后又陆陆续续换了好几份工作，都是勉强度日。

2007 年夏天，分手两年的初恋女友突然联系他，说在某省西桂市有发财机会，要他一起去赚钱，一起做事业。到西桂市后，阿雷给家里打电话，连哭带求，死皮赖脸，硬是让家里给他打了 3 万块钱，他正准备"大干一场"时，警察破门而入，"梦想"随之被打碎了。

被警察遣送回家后的阿雷，怎么都不肯面对误入"传销窝"的事实。要是谁跟他提起这事，他都跟谁急。

2009 年年初，堂哥雷大鹰在乾泸闯出一片小天空，开了一家茶室和餐厅，认识了开旅行社的朋友，那里需要一些司机兼导游加入。阿雷学了车，在堂哥的关照下，租了辆商务车，进入了旅游业。

2010 年"十一"黄金周，旅行社缺少导游，只要是能带着客人简单走个行程，会聊天的，就会被旅行社"抓"去帮忙。那时的旅游市场缺少导游，什么计调、外联、财务等等，基本都被旅行社"抓"去充当了非导游的导游角色，阿雷抓住了机会，摇身一变，成了职业导游。

黄金周假期过后，阿雷母亲打电话通知："爷爷特别想见你，你不回家，爷爷可生气了。"阿雷赶回家，却是他的婚事再次被家人提上了议程。

雷父不想让阿雷的婚事再拖下去，生气地说道："亚虎呀，你年纪也不小了，看看你哥，都两个孩子了，怎么你就这么不让人省心呢？"

"阿爹，我想多赚些钱后再结婚。"

阿雷无奈、茫然，跌跌撞撞了好几年，好不容易找到了自己的定位，觉得自己适合做导游，并且自己也喜欢上了导游这份职业，可面对婚姻大事就让他头疼。

这几年下来，阿雷总不能让父母省心，雷父对他的期望也越来越低，曾经希望他能找个好工作，能给父母、家族争光。可这几年来，已经不敢奢望什么了，只想阿雷早点结婚。

阿雷从"传销窝"出来后，父母先是言语上进行劝说，让他找个对象结婚。今年年初开始，雷母就开始让十里八乡的亲戚帮忙留意，物色合适的姑娘了。

话一说出口，亲戚们都很热情，把张家的二花、李家的三妮子都介绍给雷母。而在雷母的安排下，阿雷硬着头皮去相亲三次，一次比一次失望。相亲对象不是嫌弃他没有稳定工作，就是嫌弃他没有钱、没有车、没有房，那时常听别人说："农村姑娘也像城里人一样地有追求了。"

都说事不过三，后来雷母安排的相亲，都被阿雷以"带团，工作忙"为由推辞了。而雷父常说的"不省心"三个字，又像针一样扎到阿雷脆弱的神经上。最后一次相亲时，他回到家后的第一句话便是："说吧，这次相亲的对象是谁。"

雷母还是一脸慈祥，让雷父去忙活其他事了，她把阿雷拉过来坐下，语重心长地说道："亚虎呀，这姑娘是邻村的，年纪比你小一岁，还是医生呢……"

总而言之，雷母从姑娘的家庭、外貌，说到工作，都说得阿雷有点心动了。而且，雷母还说，这姑娘就在家，坐车过去20分钟就到了。

"这么完美的姑娘，还需要相亲吗？"阿雷怀疑其中必有缘由，"阿妈，这姑娘，她会看上我吗？"

"这……"雷母欲言又止。

阿雷急得不得了，不想浪费时间："阿妈，你不说原因，我回乾泸城去了，相亲以后再说吧。"

"这姑娘属虎的，难嫁，她家找人算命了，说今年是虎年，虎年嫁虎女，吉利。要是今年不出嫁，就要到猪年了，那时，30多岁的大姑娘，谁还敢要呀！"

雷母深受传统思想影响，也担心儿子跟这"虎女"不合，可就误了双方了，就把儿子的生辰八字告诉了女方，经测算合适，便告诉阿雷："亚虎呀，女方家找人算过了，你和那姑娘八字相合的。"

雷母是看准这婚姻了，雷父也是言语相逼，就连哥哥、嫂子都建议阿雷去相亲，再看看爷爷默默地点头，阿雷拗不过，答应了。

到达女方家里，经介绍，阿雷认识了戴眼镜的包秋艳姑娘。这姑娘爱干净到了极致，摘下口罩对阿雷说，她不是医生，是乾泸某私人诊所的护士，也是被骗回来和阿雷相亲的。俩人算是同龄人，对八字算命不屑一顾。

缘分就这么神奇，俩人竟然看对眼了。

从认识到结婚，有双方父母的主办，仅1个月的时间就操办完成了。结婚后，俩人在乾泸的亮通小区租了房子。因职业原因，阿雷早出晚归去带团，包秋艳上下班时间基本固定，但也时常加班。

2010 年 12 月 24 日，西方国家的平安夜，在少数民族众多的乾泸市这座小城，大多人都不能接受这种外来节日，甚至有些都不知道有平安夜、圣诞节，更别说过节了。走在步行街繁华的街道上，除了看见店家借助节日做一些促销活动外，基本没有过节的氛围。

阿雷和妻子先结婚后恋爱。阿雷想弥补没有浪漫、没有惊喜的遗憾，以西方国家节日为借口决定给妻子一次惊喜。晚上 8 点下团后，他走进某知名品牌女包店，在服务员推荐下，忍痛花了 5000 多块钱，给妻子买了新款上市的流行女包，跑遍整个小城花店，如愿买到百合花，那花店老板还说，在冬季能买到百合花的，也就只有他的店了。

忙活到 10 点多钟，他打了辆出租车，像往常一样说出了回家地址，司机回应了一声："好嘞，马上出发。"话音刚落，阿雷又告诉司机转去妻子包秋艳工作的诊所。

此时，乾泸市城北某诊所里，包秋艳摆弄好医疗器械后，脱下护士服，向男医生挥手告别，准备下班。

男医生脱下了白大褂，一改白天的正派作风，色眯眯地看着包秋艳，说有事要交代，把包秋艳叫到旁边，训话一大堆，然后抱住包秋艳乱亲乱摸。

包秋艳狂乱挣扎："求求你了……秦医生……别……别这样……"

秦医生兽性大发，用金钱诱惑并喘着粗气："秋……秋艳，给你每个月增加……增加 800 块钱的……的工资……"

包秋艳手脚乱舞，秦医生的脖子被挠破了一道口子，他已经没有了耐性，断定包秋艳一下子拿不出 25000 元钱，便使出绝招："你要不同意，马上赔偿所弄坏的仪器，明天不用来上班了。"

推开秦医生，包秋艳红彤彤的眼眶里满是泪水，从牙缝里挤出"衣冠禽兽"四个字。

诊所外，距离大门 100 米处，出租车停下来，阿雷一手捧着百合花，一手提流行女包，下了车，哼着小曲到达诊所门口。诊所掩开的门缝里，透着一点微光，阿雷隐约听到里面有动静，阿雷靠近一听，断断续续的声音很模糊，但他能听出是妻子的声音。于是准备推开大门，就在此时，诊所内突然传出妻子的喊叫声，阿雷猛地推门闯了进去。

从天而降的阿雷把秦医生吓得惊慌失措，赶快从病床上退到墙一侧，捂紧腰间的裤子。

包秋艳吓傻了，蓬头乱发，衣衫不整，一个踉跄，她跪倒在阿雷面前，眼镜掉地，慌忙抱住阿雷的大腿："老公……老公……你听我……听我解释……听我解释……"

甩开包秋艳，阿雷把百合花和包砸向了她的脸。然后，一个飞腿冲向秦医生，对其一顿暴打。

秦医生被揍得满地找牙，他赶紧捂住头，装作可怜，趁阿雷不注意时，他举起一个玻璃输液瓶砸向阿雷的头，玻璃瓶爆破，碎片划过左脸，阿雷晕倒在地……

次日，12 月 25 日，西方国家的圣诞节。这天上午，医院的病床前，医生告诉阿雷："头部轻微脑震荡，脸部划伤，只有去省城洛明做整形美容手术，才能恢复到原先的百分之七八十，多休息，一个星期就能出院了。如果不做整形美容手术，这伤疤就要陪伴你一辈子了。"

又过了一天，12 月 26 日，在医院照顾阿雷的哥哥，接到家人的电话，赶着回家去了，回家后和家人几经挣扎和商量，还是决定把不幸的消息告诉阿雷："爷爷永远地离开我们了。"

噩耗传来，阿雷不顾一切拔掉针水，闯出医院，搭了一辆出租车，直奔江边镇老家。他不断催促司机加快速度，差一点就掉入江水里，司机再也不敢开得太快，他又给师傅增加 200 元的车费，司机接过钱，又加大了油门。

终于到家，阿雷穿上孝服，头顶孝布，脸上包裹白色医用纱布，跪在爷爷的灵堂面前。泪水浸到脸上的伤疤，就像千虫叮咬，痛痒难耐，他仰起头，撕心裂肺地蹦出震耳欲聋的哭喊声："啊……爷爷!"接着惊天动地的恸哭声，一发不可收拾，直到再也流不出一滴泪水……

送走爷爷后，阿雷回到乾泸，仓促搬出和妻子租住的亮通小区，随便找了一个酒店，可以包月付费，他像游客一样住了下来。

从那时起，他的情绪变得不稳定，去医院检查，一切正常。他时常一个人在喝得半醉时，翻看塑封西装照片，那照片是他即将毕业时拍的。

当时，他为找工作，花大价钱购买了藏青色西服、白衬衣、红白相间条纹领带、黑皮鞋。购买衣服回来那天，恰逢学校拍毕业照，他便穿上新衣服，在篮球架下拍了那张承载着对未来憧憬的照片。

这也是他唯一一张像模像样的照片，他经常对着照片发呆，并拖长声音念叨："浪迹天涯三杯酒，奋斗青春半支烟。"

婚姻不顺后，包秋艳多次找阿雷解释，可阿雷根本不给她机会，他也完全听不进去。他伤得太重了，在传销窝时，他就见识了有些女人不惜牺牲一切代价追求"成功"和"事业"，而他被初恋女友已经伤害得刻骨铭心，他再也听不进去妻子所的解释，他只相信亲眼所见。

就连包秋艳父母都责备女儿，说她应该遵守妇道，包秋艳无处说理，让阿雷重新考虑两个人的关系，考虑好了给她打电话。

阿雷无法面对"丑事"，更不知道如何面对"丑事"，于是拖了好长时间。

转眼，时光过得很快，到了今天，阿雷是该回去做最后了结的时候了。他一大早，开着堂哥的车驶出乾泸时，天空一片乌云，可能要下雨了。

谁知，快到江边镇老家时，天空居然一片晴朗，金沙江上空飘着三五朵白云，正随风飘荡。打开车窗，七月底的风比春天的微风无情多了，透过车窗一巴掌接连一巴掌地拍打在阿雷的脸上，阿雷享受着拍打的快感。打开收音机，传来歌曲《六月的雨》的声音。

一场雨，把我困在这里
你冷漠的表情
会让我伤心
六月的雨
就是无情的你
伴随着点点滴滴
痛击我心里
……

镇上便民服务中心，民政所办事窗口处。

包秋艳已经拿着俩人的结婚证在那等候了。她穿着一件长裙，没有戴口罩，没有化妆，明显是长胖了，跟结婚时相比判若两人。但她还是想再试试破镜难圆。

"亚虎，都到这程度了，给我一次解释的机会，好吗？"

阿雷指指脸上的疤痕，反问："你说这块耻辱的伤疤，它会同意吗？"

这是预料中的事，包秋艳知道再纠缠下去也无意义，她翻开结婚证，抚摸数次，放心不下，哽咽道："亚虎，嫂子给我打电话说过，阿爹头发一夜间白了许多，阿妈洗菜速度没有以前那么麻利了……抽空……抽空回家去看看吧。"

　　亲情触动了阿雷的心弦，他鼻子一酸，转过身去，背对着包秋艳，想回复："怎么回家？那个家还回得去吗？回家，只能是个遥远的梦了……"但他没有说出口。

　　如果说阿雷爸妈花钱供他读书是作为父母的义务，那从技校毕业，他没有给家里回报过什么，而且还不断地消耗家里的能量：传销、结婚、妻子出轨、打架住院、气死爷爷、离婚，这几年来，他做对过哪件事情？到现在，他还无法去接受和面对这一切。

　　包秋艳轻拍阿雷的手臂，她不希望因为她而让阿雷被家人记恨："亚虎，你没事吧？"

　　阿雷转过身过说道："还有什么要说的吗？"

　　"秦医生对病人乱用药，诊所已经被封了。"包秋艳希望以此让阿雷心里舒服些。

　　"意外呀意外，活该，畜生，呸！"阿雷低声骂道。

　　"明天我就离开乾泸了。"包秋艳期待阿雷问她去哪里，如果阿雷开口问，她一定会告诉他。

　　"还有什么要说吗？"

　　"没，没有了。"包秋艳自知阿雷已经对她没有任何感情了，便配合着工作人员一起办了离婚手续。

　　一起走出便民服务中心，包秋艳离去时说："再看我一眼吧，看看是不是长胖了，胖得不像人了。"

　　阿雷目送前妻的背影消失在人群，自言自语："是胖了，胖得有点不像样子……"

七月的天，说变就变，稍不注意就乌云压顶。一棵百年大树下，雷母望着他儿子模糊的身影，两眼泛着泪花。

她颤颤巍巍地扶起坐在大石头上的早已眼眶湿润的老伴，哽咽着说："孩子他爸，亚虎……亚虎这孩子……受……受委屈了，快下大雨了，走……走吧，回家……"

第十六章　智能手机连通爱意

乾泸市甲丽旅行社办公室里，导管木仁山问阿依塔："你的兄弟雷亚虎，可不可以接团了？"

旅游旺季，导管木仁山为找导游的事头疼，要不是缺少合适的导游，他也不会让阿依塔帮忙找导游了。

这是要让阿雷提前接团呀，但阿依塔明知故问道："不是停团，让他休息一个星期吗？"

"可以提前让他接团了。"木仁山交代阿依塔，"你联系他，要是没有问题，今天还有一个团没有安排导游。"

阿依塔立即给阿雷打电话："兄弟，今天下午接团。"

在手机卖场，阿雷买了一部新上市的时下最火的智能手机，正在研究新功能，一款名叫"微信"的软件吸引了他。被阿依塔的电话打断，他便问道："哪家社的团？"

"当然是甲丽旅行社，别啰唆了，团给你派上了，待会儿计调联系你。"

木仁山等候阿依塔打完电话后，交代道："你这兄弟，最后给他一次机会了，要是再掉链子，让他另谋高就。"

接着，木仁山又看了看桌前的电脑数据，通知计调杨丽娟："这个刀安康导游和咱们地接导游配合，出单还蛮稳定的，也没有出现过投诉，他的乾泸段行程就让雷亚虎去接吧。"

"好的，木哥，这就安排。"杨丽娟核实行程单，又给阿雷发短信，并告诉阿雷，团单已经让阿依塔带过去了。

阿雷收到短信，前站导游是安康，竟然感到欣喜不已，便给安康打电话对接团队事宜，还交代安康，尽量早点到乾泸，晚上喝酒。

而此时的安康，正在海月三塔寺的导游休息室里休息，挂断电话后，他对同在休息室的小浅浅说道："小浅浅，晚上请你和乾泸的朋友吃饭。"

小浅浅大概听出了安康和乾泸导游的通话，但她不知道通话的对象是阿雷。她同意，旅游旺季，赶早不赶晚，就说："太好了，今天的晚餐有着落了。"

小浅浅话音才落下，接待她团队的乾泸地接导游也打来了电话……

安康和小浅浅在天水水旅行社带团这么久以来，是第一次带同类型的团队：时间、行程，都是一模一样的。安康还赞叹小浅浅进步神速，不可思议。实际安康和小浅浅都不知道，小浅浅得到了毛姐的"特别照顾"。

小浅浅以最快的速度带着团队，到了乾泸，交接结束后，到达乾泸味道餐厅时，安康和阿雷已经坐在那里了。她后悔在海月时，没有多问安康一句"和乾泸的哪个导游吃饭"，想不到竟是阿雷，气氛略显尴尬。

"快过来坐呀，小浅浅。"安康招呼小浅浅坐下，又向阿雷说道，"你俩应该是第二次见面了吧，第一次时这小姑娘还是个'实习导游'，她成长很快，现在已经是旅行社的'中流砥柱'了……"

阿雷若有所思，想再次确认安康和小浅浅的关系，举杯和安康碰杯，一大口酒下肚："记得上次你说过，这姑娘不是你的女朋友？"

"你看，我这个妹妹脸都红了。"安康提醒阿雷，"说话注意分寸。"

阿雷不以为然地说："不是就好，我要追求她！"

只听"噗……"的一声，小浅浅刚喝到口里的茶喷向阿雷。她赶忙去拿餐桌上的纸巾递给阿雷，道歉道："对不起，雷疤导游，我不是故意喷你的，是你这句话太逗了。"

阿雷反倒很高兴，他似乎忽略了在场的安康，对小浅浅调侃道："你帮我擦干净，我就不计较了。"

"去你的吧，自己擦。"小浅浅将纸巾硬塞给阿雷。

玩笑过后，阿雷问道："小浅浅，今天谁接你的团？"

小浅浅告诉阿雷："是阿依塔，他还约我吃饭呢，说要给我惊喜，被我拒绝了。"

原来，下午阿依塔拿团单给阿雷后，两人在足疗店泡脚，约好下团后一起喝酒。然后，又谈及洛明段的导游是谁，阿依塔向阿雷神秘地说："我的前站导游是美女，今晚约她和我们一起吃饭，给你泡妞的机会。"

于是，阿依塔跟小浅浅对接团队事项后，又故作神秘地说："晚上请你吃饭，送你个惊喜。"没想到，被小浅浅拒绝了。

阿雷不知对接阿依塔的洛明段导游是小浅浅，笑话阿依塔："请个美女导游吃饭都请不到，真丢脸。"

小浅浅的出现令阿雷意外，但想到阿依塔中午的那通电话，就知道所谓的惊喜，指的就是小浅浅。阿雷心里骂道："可恶的阿依塔，要不是刀安康带着小浅浅过来，又不知要盼到猴年马月才能见到小浅浅了。再者，要小浅浅真和阿依塔吃饭了，那可就……"

阿雷猜不到阿依塔的心思——阿依塔是想制造阿雷和小浅浅意外见面的惊喜。想到此，他喝了一大口酒。

这时，阿依塔来到了，见到小浅浅先是愣了一下，然后，指指阿雷和小浅浅道："你俩隐藏得够深的呀。"

阿雷说道："快来喝酒吧，安排客人住酒店那么慢，你看看，小浅浅速度多快呀。"

坐下来后，安康和阿依塔相互便认识了，不过两人共同话题并不多。

小浅浅喝了几口小酒，觉得苦，就没有再喝了，坐在那儿当观众。席间，阿依塔拿她和阿雷开脸红心跳的玩笑，她懒得搭理，就瞪了阿依塔几眼。

阿雷见状，批评阿依塔，还是那句话："信不信我打破你的葫芦。"

听阿雷和阿依塔的对话，安康猜到阿雷和小浅浅之间应该发生过什么。特别是阿雷说要追求小浅浅的那句话，听着像是玩笑话，但感觉却是认真的，而且感觉阿雷志在必得。

安康当然希望小浅浅能遇到如意郎君，可脸上有疤痕的阿雷，能给小浅浅带来什么？安康微微地担心起了小浅浅。可恋爱自由，况且，他又不是小浅浅什么人，有什么理由去阻止别人追求幸福的权利呢。

这次吃饭，大家喝酒点到为止，离开时，安康和阿雷抢着买单，一个都不肯让步。小浅浅看不下去了，在两人争执过程中，把服务员叫到一边悄悄付了钱。

安康和小浅浅依然住在麻雀窝酒店，便一起坐出租车离开。到酒店大堂时，小浅浅问安康："你觉得阿雷怎么样？"

"挺好的。"刀安康随口回答，"阿雷和我一样喜欢喝酒，应该是性情中人。"

小浅浅不解地问："这是哪里来的理论？能说得具体点吗？"

"喝了酒，还能抢着买单的人，这种人不多了。"

小浅浅露出虎牙笑道："我买的单，你倒是把人情记在雷疤导游的身上了，不知道领情，讨厌。"

小浅浅称呼阿雷为"雷疤"，阿雷竟然不生气，这是为何呢？安康正要问小浅浅，却被沙洁的电话打断了，他接着电话与小浅浅挥手示意："再见，晚安。"

小浅浅与安康挥手分别后，进入房间，洗漱，敷面膜，躺在床上，看着电视，接到阿雷的电话，问她在哪里。小浅浅不清楚阿雷又搞什么名堂，问道："这么晚了，有什么事吗？"

阿雷欣喜，小浅浅并没有因为上次的事情而耿耿于怀，他说道："今天我买了一部新上市的智能手机，里面好多功能，可以及时通信，挺有意思，挺实用的……"

小浅浅和沙洁逛商场时，无意间看到过这种手机的促销宣传，知道这种手机价格不菲。阿雷跟她讲这种手机是何用意，小浅浅问道："这手机跟我有什么关系？"

"手机上下载安装'微信'这个软件，就可以发信息、发图片、通话、视频，太方便了。"阿雷希望小浅浅也使用这款手机，他就可以通过这些功能与小浅浅建立深层次的关系了。

小浅浅从床榻下来，撕下面膜片，准备去洗脸，而且对阿雷的话已经不感兴趣，只希望结束通话，回应道："不感兴趣，没钱，挂了，再见。"

"我买给你……"电话那头传来声音。

看着刚挂断的电话号码，小浅浅嘀咕道："雷疤这人是不是有病？送手机？吃饱了撑着了？"

阿雷说到做到，第3天，在小浅浅准备离开乾泸回洛明的那个早晨，他把手机捧到了小浅浅面前。

小浅浅被吓到了，这个少数民族汉子，做事方式太不可思议了。小浅浅说什么都不肯收下，并且叫阿雷把手机退掉。

阿雷生气道："小浅浅，你说没有钱买手机时，我说我买给你。但我算了一下，我手中的钱还差500多。感谢雪山神的眷顾，这个团是我带团以来最好的一个团了，正好凑够了买手机的钱，我不用像傻小子一样去卖肾才能买手机。我不偷不抢，全靠双手赚钱买的，这是我的心意，你一定要收下……"

出发时间已经到，车上的游客不见导游小浅浅，其中一个男客人下车抽烟，透过玻璃窗见到了小浅浅的身影，径直走过去，见到的是一个可爱的小美女和脸上有疤的粗壮汉子在推搡着一个盒子，简直是"美女与野兽的搏斗"。

男客人走过来，车上的人也随即来凑热闹。一群人把小浅浅和阿雷围在酒店大堂中心，一个富婆样的女人劝小浅浅收礼物，她贼笑着说："小浅浅导游，你看这小伙子脸上的疤痕充满野性，他会让你幸福一生的。"

又有一个女客人说道："这家伙冲动、鲁莽，不是居家好男人，脸上还有疤，看着就不舒服。"

大家七嘴八舌地议论着。

这时，阿雷被逼得进退两难，立马变换脸色，咬牙切齿，眉心紧缩，疤痕一阵一阵地抽搐，他瞪大大眼珠看着众人，目光缓缓移动一圈，不怒而威，全场安静了下来。

他拉住小浅浅的手，做最后攻势："我阿雷不会花言巧语，也不会浪漫做作。你要是喜欢，就收下；不喜欢，丢垃圾桶。"阿雷深情地望着小浅浅闪烁的眼睛，将手机盒子撂在小浅浅手里，头发往后一抹，走了。

众游客一愣，紧接着响起了一阵热烈的掌声……

当天下午，阿雷的电话声不断想起，大都是赞许和佩服他的勇气和表白的方式的。最初那几通电话，阿雷还生气；电话多了，也就坦然了。一时间，在阿雷的那个圈子，茶余饭后的话题竟然是："智能手机搞定小导游。"

阿依塔不理解阿雷，问道："阿雷，你不缺女人，花那么多钱送一个小导游昂贵的手机，还演了一出精彩的表白戏，值得吗？"

"我也不知道为何如此冲动，感情用事，但我不后悔。"阿雷说。

齐白方听说此事后，给阿雷送去了别出心裁的礼物。他写了首诗，用短信发给了阿雷。

阿雷很欣赏，对齐白方说："你是个假文化人，要送就送得有诚意一点。"

齐白方找了书法不错的朋友孟先生，将这首诗写成行书字画，并做了装裱。为此，阿雷请客吃饭，才拿到了行书字画，挂在了小房间里。有时，他看着发呆半天，然后傻傻地发笑；有时，他把双手放后背，朗读起来：

> 青年雷疤心动她，表白速度不拖拉。
> 真情不欺汉子傻，祝愿双双永白发。

阿雷傻笑时，小浅浅却犯愁了，她在洛明老街和沙洁逛街，她问道："郭姐姐，有个男生送我手机，要不要收下？"

"恭喜你，浅浅，你走桃花运了。"沙洁停下脚步，看着小浅浅的脸白里透红，眼神娇羞，打趣道，"不知道哪位帅哥，让浅浅春心荡漾。"

"郭姐姐，你笑话我……"小浅浅挽着沙洁的手，边走边向她讲述了和阿雷的小秘密。两人走进一家古朴的百年米线店，店家速度很快，不一会儿，两碗脆旺米线已经端上桌。

沙洁接过小浅浅递来的筷子，建议道："浅浅，这男子倒是挺有个性的，你要是不介意他年龄比你大和毁容了，倒是可以和他相处一段时间，之后再做决定呀。"

"恋爱又不是儿戏。"小浅浅反对不认真地谈恋爱，认为那是对彼此的伤害。可她面对不知这个烫手的手机，该如何取舍，"郭姐姐，你告诉我这手机该怎么办吧？"

"你不是已经有答案了吗？"

"我没有答案呀。"小浅浅一头雾水。

"傻浅浅！"沙洁浅笑道，"你把手机从乾泸带到洛明，这不是答案么。你要是对他一点感觉都没有，为何当天不把手机寄存在酒店前台，然后发短信告诉他呀？"

小浅浅似乎知道该如何回应阿雷了，她端起碗喝了一口米线汤，岔开话题："这碗米线肉粒脆脆的，真好吃，下次还来。郭姐姐，你怎么会想到带我来这家店的啊？"

听此一问，和安康一起逛街、吃米线、吃小吃的点点滴滴浮现在沙洁眼前，她告诉小浅浅："我第一次来这里是刀安康带我来的，之后来老街，就经常来这家店吃米线，别看这家店面不大，它可是百年老店了，脆旺米线和小锅米线都特别受欢迎。"

小浅浅对过桥米线更为熟悉一些，问道："边境不是过桥米线最出名吗，客人经常问我哪里能吃到正宗的过桥米线，还问我过桥米线的特色。虽然《边境省导游词》的书上也有介绍，不过我认为介绍得太官方了，不接地气。"

"刀安康曾给我讲过过桥米线的故事，不过我忘记了。你带团要是遇见他，你问他吧。"

俩人走出米线店，步行通过两个红绿灯口，迈进一家手机店，恰逢店家做促销，店家把那款智能手机说得天花乱坠、无所不能，并做出令人必买不可的行为，吓得俩人匆匆"逃离"了手机店。

晚上，小浅浅打开阿雷送的手机，打开微信软件，给她的第一个叫"雷疤不伤"的微信好友发送了一条信息："雷疤，后天我带团到乾泸……"

和小浅浅分开后，沙洁回到家，从袋子里取出食物，叫安康吃晚饭。

安康放下手中的鼠标，停止了玩游戏，走到餐桌前，伸手捏一块凉拌鸡肉送到嘴边，被沙洁轻轻拍手道："先去洗手。"

安康迅速将鸡肉放到嘴里嚼着，连声说好吃。鸡肉是棒棒鸡，连同鸡肉一起打包回来的还有"夫妻肺片""凉拌猪耳朵"，以及一盒米饭。

这是沙洁送小浅浅回家后，在小浅浅的推荐下，从一家名为"天府棒棒鸡"的连锁店给安康带回的晚餐。

安康倒白酒，抿上一口，对沙洁说："不是让你带咱们小区门口大胡子家的炒米线吗？怎么炒米线没有带，带了这么合口味的下酒菜？"

"别管哪里带来的，好吃就行，今天给你换个口味。"沙洁温情地看着安康，等待夸奖，又问道，"你老婆好不好？"

"好，好，好，非常好！"安康连声夸奖，又学着电视剧里的人说道，"美女，陪爷喝一口吧！"

"不正经，色老公。"沙洁起身走到饮水机处倒了一杯水后，又坐下来，一本正经问道，"老公呀，你认识乾泸导游阿雷吗？"

听此一问，安康把筷子上快到嘴边的肉退回餐盒里，好奇地望着沙洁："乾泸导游界中叫'阿雷'的人有很多，你问这个做什么？"

沙洁把小浅浅收到手机的故事讲给安康听，听完故事后，安康被阿雷送手机的举动惊到了，说了一句："小浅浅迟早要栽在阿雷的手里。"

"为什么这么说？"

安康把他对阿雷的认识，做了分析，得出结论，说道："阿雷这个人，做兄弟可以。但是托付终身，不靠谱。小浅浅和他完全是截然不同的两种人，要是小浅浅跟了他，我担心小浅浅会吃亏，你还是给小浅浅打电话劝小浅浅把手机还给阿雷吧。"

沙洁瞅安康一眼，心想，小浅浅跟阿雷吃亏，难不成跟你呀？但她嘴里还是说道："人家阿雷送小浅浅的恋爱礼物那么贵重，足以显示人家的诚心了。再说小浅浅20岁，这么年轻，就算吃亏，还有机会回头。"

虽然没有注意到沙洁的表情，安康摄入的酒精也已经微微上头，但他的脑袋瓜是清醒的，他不希望这个妹妹和阿雷有什么瓜葛，但又不能干涉他人感情，于是继续喝酒、吃菜。

听不到安康的回应，沙洁将手掌盖住酒杯，缓缓说道："老公，你有没有听我在讲话？"

安康苦笑道："老婆说得对，小浅浅跟谁那是她的自由……"

晚饭后，沙洁在安康的陪伴下，看热播的宫廷剧，沙洁被电视剧情节感动地一发不可收拾，用了半盒抽纸擦眼泪。直到安康催她上床，她才关掉意犹未尽的电视剧，跳上床，将头枕在安康的臂膀上。她似乎充满了委屈，又侧头望着安康，温柔地说："老公，你可要对我好一点。"

安康奇怪，同居以来，自己没有做出过任何对不起沙洁的事，而且一直在努力赚钱。心疼她上班挤公交车，就给她买了电动车；心疼她娇嫩的手，就买了洗衣机。并且她有什么要求，自己能满足的都尽量满足了，难道对她还不够好吗？

"老婆，你没有发烧吧？"安康轻按住沙洁的额头说道，"我怎么可能对你不好呢？"

"我觉得阿雷送小浅浅的手机时尚，而且实用。"

沙洁说出了她的需求，但觉得手机的价格比较高，按她的工资，不吃不喝也要一两个月才能买得起。一下子要花那么多钱买一部手机，就像一次放血。她想让安康买，又不好直接开口，便说道："为什么现在的手机价格越来越高了？"

安康深呼吸一口气后问道："手机多少钱？"

"5000 多块钱呢。"沙洁说出价格，又伸手紧紧搂住安康的腰，失落地说，"我就是随便说说，那么贵的手机也没有必要买。"

"买，我老婆喜欢的东西，哪能不买呢？明天就陪你去买。"

"买！"这个字传入沙洁的耳朵里，对沙洁来说就像中了 500 万彩票似的，她非常兴奋，掀起被子，翻过身趴到安康的身上，一阵狂吻……

人与人之间的付出，值得与否，又有谁能说得清、道得明呢？安康真心爱沙洁，他总是喜欢一个人去承受生活的苦。自从和沙洁同居以来，他呵护着、爱护着这个姑娘。

给沙洁买下手机后，安康粗略算算账目：剩余现金 2100 元，储蓄卡余额 2753 元，信用卡欠款 4.99 万元，旅行社未报账目金额约有 5.5 万元。做完加减乘除后，他发现自己连 1 万元都没有了。

他陷入沉思，钱都花哪里去了？自从和沙洁同居以来，所花的 500 元以上的钱，有房租、电动车、洗衣机、衣服、请客吃饭等等。

春节回来时，手里尚有 1 万 5 左右，皮总那报了 1.2 万元的账，这几个月来，都在带团，可现在手里的钱……

"唉……"安康长长地哀叹一声，想着这么久攒下的钱，也只够勉强混个生活而已。必须努力奋斗，去带公司最高端的团队才能赚钱，生活才能更美好呀。于是在给沙洁买新手机后，他奋斗的激情一步一步地燃烧着。

话说，沙洁得到新手机后，连续一个多月的时间，都是兴高采烈地去上班。下班后，也会第一时间回家做饭，等着安康回归心小家。闲暇下来时，就和小浅浅微信聊天，相约逛街。

在未来的日子里，随着智能手机广泛应用，成为生活、娱乐、商务不可缺少的工具后，越来越多的旅游从业者，买了智能手机，并开始逐步用微信等手机软件来发送团单信息、转账、处理杂事，等等。

当然，那也是未来的事情了。

第十七章　礼重情意重

从 2011 年 9 月开始，边境省旅游市场的整体团量逐渐减少，大部分导游都闲下来了。

安康和沙洁约好晚上去看电影，电影票都买好了。不料，安康接到欧阳坤平的电话，说他决定要离开天水水旅行社，去清象市带团，约安康出来喝杯酒。

安康打电话给沙洁，说晚上临时有约，让她和小浅浅一起去看电影，然后乘出租车到达餐厅。餐桌上只有欧阳坤平一人，两瓶白酒已经摆在桌上了，看来今晚是非醉不可了。

欧阳坤平见到安康到来，恨不得立刻将心中的苦闷一吐为快。他说他这个暑假旅游旺季在天水水旅行社根本没有赚到钱，最主要的原因就是导管心眼太小了，不就是他不想接待教师团吗？何必总是打压他，竟给他一些尽是"歪瓜裂枣"的团队，他实在受不了，待下去没有意义……

几杯酒下肚后，欧阳坤平又说："安康兄弟，在天水水旅行社虽然没有赚到多少钱，但非常开心，结交了你个这个外柔内刚的兄弟，能交心，真好。"

导游是与人打交道的行业，每天都有机会结交新的朋友。欧阳坤平作为一位老导游，认识安康这位新朋友，难道就那么开心吗？况且他没有必要这样抬举安康呀，再说他言语中说着对导管的种种不好，何必呢？

"欧阳哥，我何德何能，你能跟我说这么多的心里话。"安康说道。

沉思一会儿，欧阳坤平讲起了自己的往事，他说，有一次，他在路途中搞了点"名堂"，还没有拿到钱，旅行社就打电话过来问他，是不是不讲游戏规则了。

安康说道："听说过，路途中可以赚钱，只要不是做得太过分，不影响大局，旅行社一般会睁一只眼闭一只眼。再说，旅行社怎么知道这回事？只有可能是认识你的朋友才会乱说的吧。"

欧阳坤平告诉安康，确实是他的一位朋友，而且是他带出来的徒弟。那次，他俩同一天出团，行程一样，但徒弟的客人没有他的好，于是心生嫉妒，做出损人又不利己的事情。最让欧阳坤平生气的是，他那徒弟因为那件事得罪了半个导游圈子。还有很多人说他看走了眼，培养出个白眼狼徒弟。

因为赚钱能力不一样，相互嫉妒的导游很多，慢慢地，欧阳坤平对于所谓的导游情谊淡化了很多。而导游行业外的朋友，或许是因为职业偏见，话不投机半句多，时间越长，对那些朋友就不愿也不敢全盘托出心声。

安康点点头道："坤哥，路遥知马力，日久见人心。"

欧阳坤平约安康出来的最主要的目的是，约安康一起到清象市带团，并列举了清象市的各种优势，以及旅行社给予的各种优惠条件。

权衡再三，安康舍不得与沙洁两地分居，也没有勇气改变现状。他已经熟悉了洛明—海月—乾泸这条黄金旅游线路，他只想再通过努力，去带天水水最高端的团队。欧阳坤平对他的欣赏，他表示将铭记于心，婉拒了欧阳坤平。

欧阳坤平尊重安康，不再谈及去清象市带团，就只谈带团技巧之事。酒喝得差不多时，他把多年总结到的独家带团秘诀都和安康分享了。

听到"秘诀"二字，安康醍醐灌顶，觉得很受用，连喝满满三杯酒，握住欧阳坤平的手感谢道："欧阳哥，都说听君一席话，胜读十年书。今天我是听哥一席话，胜带十年团呀。"

虽然错过了和女朋友看电影的机会，但是安康却收获了欧阳坤平给他的带团建议，虽然他不完全明白欧阳坤平为什么既请他喝酒，还愿意给他讲带团的秘诀。但还是觉得不和欧阳坤平一起去清象市，有点过意不去。

与欧阳坤平分别，从餐厅回到归心小家，安康脑袋里都是欧阳坤平在离别时，嘱咐他的那句话："要想拿到好牌，一定要有所付出！"

沙洁接过他的包，并指向桌上的红酒，告诉他，她和小浅浅看了电影，受电影男女主角爱情的影响，模仿着电影情节，买了红酒，说要让生活多点浪漫。她还向他讲述了电影的精彩情节。

安康缺少浪漫细胞，但是对于酒，自己似乎是没喝够的，他又打开沙洁带回来的红酒，和沙洁喝上了。

两杯酒下肚，沙洁微微头晕，异常兴奋，主动和安康翻云覆雨。而安康对她却是敷衍应对，她失望地转过身去，拿起手机，和小浅浅聊天了。

那一夜，安康喝了许多酒，却无半分醉意，清醒得彻夜未眠。他回忆着欧阳坤平给他揭秘的导游行业的种种潜规则，字字珠玑。怪不得他的团队业绩那么好，按理，他应该有机会去带更高品质的团队，可事与愿违。要不是和欧阳坤平喝酒，他会一直相信毛姐所说的"相对公平"不是一句空话。

天亮，安康"开窍"，并领悟到"巧妇难为无米之炊"与带团的相通之处。简单说来，要想做好饭，必须要有好的食材。要想带团赚钱，必须要有好的客人。要有好的客人，就要有好团。导管的手里掌握着好团资源，要想导管派好团，就必须让导管有利益，于是，他心里有了想法，开始计划着行动。

这一年的中秋节很快就要到了，那是送礼的好机会。说干就干，天一亮，安康第一时间到了超市。超市里充满了节日前的气氛，各种商品琳琅满目，商家想尽一切手段，把商品进行组合，重新包装成新商品，促销员向顾客卖力地推销着商品。

在超市待了一个多小时，安康花了980元，提着一盒促销员推荐的月饼和一瓶贴着英文标签的洋酒，走出超市，给毛姐打电话，约她出来吃饭，得到的回复是："安康，我比较忙，改天，我再请你，对了，还有小浅浅，好久没有见你们俩了。"

安康本还想说要送她中秋礼物，奈何没有说出口。他看着电话感叹，想要送礼都送不出去，反被毛姐说改天请他和小浅浅吃饭，看来毛姐应该知道，请她吃饭不会是多好的事情吧。

安康认识毛姐的时候，彼此都是一线导游，谈论的话题、看问题的角度基本还相似。但毛姐做了导管，身份改变后，给她送礼，就意味着有求于她，可是不这样做，又怎么能带好团呢？

此时，他想起欧阳坤平反复说过的，送礼不是求人，只是一种利益的交换。既然毛姐忙，那怎么样才能把礼物送给她呢？要是直接送到办公室，被人看见影响不好；要是通过快递公司，显得没有诚意……

他绞尽脑汁想着办法，短信的提示音打断了他的沉思。他打开短信，上面写着：各位导游哥哥姐姐，乾泸美丽特产店已经隆重开店，主营雪山保健果、螺旋藻、药材、乾泸特产等。即日起至十一国庆，带团进店有大喜，欢迎有空来店里喝茶，祝团团大卫。署名是：美丽特产店销售主管方如意。

安康以为，方如意先前说过要去乾泸，只是跟他开玩笑。今天收到她的短信，看来方如意确实已经在乾泸了。

安康拨通方如意的电话："方主管，你的群发广告短信，都到我这里来了呀。你真的去了乾泸呀？"

得到准确的回复后，安康向方如意道了声"中秋快乐"，又听方如意介绍美丽特产店的经营模式后，他向方如意这个销售经理请教送礼秘诀。

不愧是在旅游购物店上班过的人，方如意对于给旅行社送礼有独到的经验，她给了安康一两条送礼的建议。

安康觉得很受用，连声说："好的，好的，明白了，非常感谢你。等我带团到乾泸时，一定抽空去你的特产店看你。"

和方如意通完电话，安康感叹在购物店上过班的人就是不一样，连送礼都是花样繁多。于是，安康选择了简单实用的技巧，他给毛姐发信息，说有礼物寄存于酒店前台，让毛姐去取。

短信发出后不到 3 分钟，收到毛姐回电："刀安康，你这是干什么？谁叫你送礼的？把礼物带回去。你把我当成什么人了？你下次要是这样，别怪我翻脸不认人。"

有方如意的指点，安康摇头一笑："毛姐，中秋节是团圆的日子，你是我的导管，就像我的姐姐一样，团圆之日，一片心意，微不足道。你要是嫌弃不喜欢，弟弟我无话可说，就当是送给酒店前台人员了，但我只想表达一片心意，跟带团和其他无关，还请您笑纳。"

说出这些话的时候，安康自己都想吐。可礼物都已经购买了，如果送不出去，那真的是丢人现眼到边境线上喂大象了。

所幸，毛姐回复："礼物我就收了，以后别再乱动歪心思，好好带团。该派什么团，我心里有数的。"

收到这样的回复，安康很开心，于是以最快的速度，把礼物寄存于刚才所提及的酒店前台，然后哼着小曲给沙洁打电话，说晚上带她去吃牛排。

与此同时，在办公室挂断电话后，毛姐自言自语道："刀安康什么时候也学会世俗了。"然后她把孔玉秋叫到办公室问道，"玉秋，你对刀安康这个导游怎么看？"

把派给安康的团，在脑袋瓜里过了一遍，孔玉秋回复道："还行吧，中规中矩，没有大投诉，业绩一般，至于购物数据，购物店每天都发给你的，我就不再重复了。"

"好的，明白了。"毛姐站起来，走到孔玉秋面前关切道，"玉秋呀，你跟着我一起进入天水水旅行社，你操作 B 类和 C 类团队也有一段时间了，要不要挑战一下，操作全国大散 A 类团队，公司最核心、最赚钱的团队。"

孔玉秋想不到机会也会落到她的身上，惊喜道："表姐，这种团队不是副总在负责吗？"

"是的，老板们只有缺少导游的时候，才会想起我，也没有把全部团队产品交给我，现在我想努力争取公司的核心产品，并且总经理已经同意，每天给我 5 张车的全国大散，要是你来操作，我会更放心。"

孔玉秋下定决心表态："表姐，我会全力以赴做好的。"

"全国大散导游的脾气大都不太好，你要协调好和他们的关系，但也不要讨好他们，该怎么做就怎么做，要是哪个导游不对劲，及时向我反馈。"

"放心吧，表姐。"

"你稍留意刀安康导游，他人还不错，可以培养。"毛姐把安康寄存礼品的酒店名称告诉孔玉秋，交代孔玉秋抽空去取，说是送给她的中秋礼物。

孔玉秋自然也明白，这是导游送给她表姐的礼物，她表姐根本不稀罕，就随手转送给身边的人。

至于送礼，有没有用，或许只有收礼的那个人才明白了。礼物是送出去了，可安康所接到的团队依然像平时一样，根本就没有任何进展。就连最有机会带到好团的"十一黄金周"，依然是这样。他觉得这个礼物算是白送了，或许真如毛姐所说的："礼物收下，团队照旧。"

2012年元旦的前20多天，安康银行卡的数字却像蜗牛爬行一样，增长得很慢。为什么同样在一个旅行社，他人能带好团赚大钱，而自己不能呢？

安康不甘心，通过打电脑游戏打发时间，意志消沉。突然QQ窗口弹出网络公司同事飞杰的信息，说过几天结婚，要给他送请柬。安康说不必拘于形式，把结婚日期和地址发给他就行，并表示一定如期赴宴。

晚上，安康和沙洁商量飞杰结婚要随多少钱的礼，两人观点不一致。沙洁生气道："你和他很久没有联系了，工作性质也变了，再说不就是一顿饭吗？你要给人家挂礼1000块钱，你是有钱人吗？顶多300块钱。"

安康反驳道："沙洁，在洛明这么多年，我单纯的好朋友仅剩飞杰了，再说我们结婚，这钱还不是要还回来的呀，怎么说也得800吧。"

两人争论后，最终决定，要是飞杰结婚当天，安康在团上，就由沙洁一人参加婚宴，随礼300元，要是俩人一起去，就600元。

婚礼当天，安康和沙洁参加飞杰的婚礼，婚礼非常气派豪华，新郎新娘的幸福喜悦，溢于言表，令众人羡慕不已。

安康与公司的前同事们，彼此客气了几句，就没有更多的话题。因安康和沙洁去得早，他们所坐下来的那张桌子还没有人。半支烟时间过去，一对中年夫妻坐到他俩旁边窃窃私语，像是在争论什么。

男子说道："看看今天这气派，说明飞经理也不是小角色了，这礼钱还是送少了呀。"

"你说什么？8800 块钱还少了？"女子一脸愁绪，心疼钱，声音稍大了些。

"女人家懂什么，礼重情义重，你以为那飞经理是傻子吗？"男子示意女人不要激动。

趁宾客未入席就座，安康发挥导游与人交往的能力，递给男子一支烟，帮他点火，交谈一会儿，语气诚恳地说道："大哥，我是飞经理的合作伙伴，也是有求于飞经理，正愁不知道怎么办呢，大哥能否赐教一二。"

听到也是要送礼，男子放下戒备心，分享送礼经验："小伙子，听哥一句话，别相信狗屁的礼轻情义重的肤浅理论，那是吝啬鬼的借口。要想干事，礼重情义重是江湖规矩，人在江湖，要讲规矩。别整'绕山绕水绕佛塔'，没有用，做事要简单、直接、粗暴，行就行，不行拉倒。"

两人的话题由此打开，直到婚礼司仪一声："夫妻对拜。"两人话题才告一段落。安康向飞杰和新娘投去羡慕的目光。飞杰升为项目经理，管理着一个小部门，不仅待遇提高，"油水"也不少。今天，飞杰结婚有了家，他发自内心地为飞杰开心。

然而，他自己，离开网络公司以后，干上了导游，虽然比在网络公司工作要舒服，要自由，但钱也没有攒下来，他看着身旁的沙洁，喝过红酒，脸蛋白净泛红，自己竟然有了一股想和沙洁马上就结婚的冲动。

婚宴结束后，很多参加婚宴的人开车离开了，沙洁在电动车后座催促："老公，愣着干吗？走呀。"

安康启动电动车，凉凉的微风迎面而过，后座的沙洁紧搂住他的腰，侧头贴在他的后背上，暖暖的。迎着晚风，安康想了很多事，又计划着下一步的行动。

转眼，到了 12 月份，工商银行业务大厅里，安康将一沓 1 万元的人民币装进一个文件袋，收拾好银行卡，将取钱的回执单丢进垃圾篓，走出银行，直达天水水旅行社门口。

"礼重情义重，送礼要干脆、直接"的声音又回响在安康耳边，他深深吸了一口气，跨入旅行社大门。

董事长、总经理等人的办公室关着门，综合计调的办公室里有人整理着文件准备下班。导管办公室开着门，安康礼貌性地敲门，进入办公室，向毛姐问候："毛姐好。"

毛姐正在和孔玉秋交接旅游团队事宜，见安康突然来访，先是一愣，接着说道："安康，你先坐，我一会儿就好。"

忙活了不到 5 分钟的时间，毛姐对孔玉秋说："先这样，要是有不妥之处，我们回头再说。"当孔玉秋走出导管办公室门口，想要关门时，毛姐示意不用关门了。

安康在干一件为人所不齿的事——送礼，准确来说应该是贿赂或者是利益交换。虽说他已经做好心理准备，但还是紧张得轻微颤抖。

他努力平复了紧张的心情后，将文件袋放在毛姐的办公桌上，故意轻轻点了三下文件袋，缩回手说道："毛姐，这是乾泸导游让我交给你的资料。"

天水水旅行社和乾泸的甲丽旅行社等地接社有业务之间的合作，经常会有一些文件的往来，一般会让带团的导游帮忙转交。

导游通常将把带回来的文件寄存于指定酒店，就像导游的团单和报账单一样，会有专人收取，何须导游亲自送到办公室。安康的手指动作令毛姐蹊跷，她问："什么文件还用你亲自送到办公室来？"

"乾泸导游说让我交给你就行。"安康装作无意地咳嗽了一声。

"行，知道了，谢谢你。"毛姐又问道，"还有什么事吗？"

"毛姐，快下班了吧，一起吃饭吧。"安康借用工作之事说道，"带团一段时间了，想向你反馈一些带团情况。"

毛姐迟疑一下，回复道："也好，你到楼下停车场等我，我收拾好了，马上下去。"

送走安康后，毛姐拿起桌上的文件袋，在手中掂量了一下它的重量，明白了是怎么一回事。她整理好文件，走到计调办公室，叫上孔玉秋离开旅行社。

"表姐，你上次让我留意的刀安康导游，今天见到他，我想起来了，我和他有过一面之缘。"到达电梯口时，孔玉秋对毛姐说，"3年多前，我刚进入旅游行业，在你朋友的旅行社做组团计调，接了一个没有出全陪的网络公司旅游团，我送他们去的机场，刀安康就是那个流口水的IT男。"

3年前，那是2008年腊月下旬的事了。

那天，洛明国际机场二楼大厅前，一辆35座的旅游车停稳后，陆续下来了20多个人，都是洛明某网络公司员工，他们即将从洛明机场，乘飞机前往海南三亚，开启年终之旅。

行李仓打开后，大家陆续去拿行李。车上一个20来岁的小伙子，穿着发白的牛仔裤子，双手抱着一个红色的双肩包。皮肤黝黑，目光深邃，有点沧桑。他睡着了，嘴角流着清清的口水，他顺手擦了擦嘴角的口水。

那时，孔玉秋把他碰醒了，对他说："您好，已经到洛明机场了，请下车，我们即将出发了。"

只见小伙揉揉眼睛，盯着面容清秀的孔玉秋，和她胸前的翡翠叶子吊坠，先是脸微微红了，再是一愣，然后迅速起身下车，跟随孔玉秋和公司的人进入机场大厅。

后来孔玉秋从男子所在网络公司所提供的资料知晓，此人叫作刀安康，他在网络公司待了一年的时间，表现优异，被评为优秀员工，和公司其他优秀员工一起到海南三亚旅游。

孔玉秋所想不到的是，那一次旅游，将会使得刀安康的人生转向另外的一条路，是阳光大道，还是万丈深渊，谁都不知道。

孔玉秋也没有猜想到，安康那么大的人了，还是第一次坐飞机去旅游，但可以猜出他内心是激动的、紧张的，更是期待的。

进入机场大厅后，孔玉秋说："各位请注意了，拿到登机牌后，凭登机牌去办理行李托运，不办行李拖运的，可直接凭登机牌过安检到候机室等候登机，到达三亚凤凰机场，会有人来接你们的。我就送大家到这里，祝大家旅途愉快。"

孔玉秋说完便把比扑克牌稍长、稍宽的卡片按姓名发到每个人手中。当把登机卡递给安康时，孔玉秋并没有马上松手，被安康稍用力扯一下，她又拉回去，如此反复 3 次，她还是没有把登机牌交到安康手里。

"姑娘，你什么意思？"听到安康说话，孔玉秋松开手，安康才拿到登机卡。

回忆起 3 年前的往事，孔玉秋不由笑着走进电梯。

毛姐说道："那时你挺坏的，不怀好意地戏弄刀安康，是不是？"

"这不是看他当时流着口水，呆头呆脑的吗？不过呀，今天见到他，稳重了，没有那时可爱了。"孔玉秋轻声感慨，"为什么人总会在时间的流逝中不断变化呢？"

"做导游的人呀，变化最大、最快了。"毛姐说道，"我认识刀安康的时候，他还是初出茅庐的小导游，就像只小乌龟，而今天已经像一匹马了……"

说话间，电梯门开了，两人走出电梯，到达停车场。

毛姐开车，安康和孔玉秋，不约而同地谦让，竟然同时坐在后排座上，相视一笑。

毛姐笑道："你俩都已经在电话中联系不止一次了吧，我就不做介绍了，你们自己相互认识吧。"

安康接过毛姐的话问道："毛姐，今晚吃什么？我安排。"

"你的机会被人抢了。"毛姐告诉安康，"我们公司刚成立不久的洛明段扫尾组，负责人孙武贵，约我好几次了，今天再不答应他呀，说不过去，正好，今天一起。"

确认自己没有听错？安康求证道："这个孙武贵是不是帮皮总开车的那个孙武贵？"

得到的答案是同一个人，安康在心里骂道："这个人好好的车不开，变成扫尾组的负责人也就算了，还偏偏挑这个时机请毛姐吃饭，真想揍他个屁滚尿流。"

安康背靠车座椅，抚摸额头，心想这顿饭要怎么吃，一时间又想不到推辞的借口。转念又想，毛姐做导管之后，身份转换，再也不是从前那个毛姐了，错过这次机会，再想请她出来吃饭，可能要等到猴年马月了。

约半个小时后，车子缓缓地在城东路傣味餐厅停下了。

孙武贵"卑躬屈膝"地招呼毛姐和孔玉秋，使得安康不由地想起他对小浅浅色眯眯的眼神，想起在春节时被皮总停团的窝囊。安康恨不得踹他两脚，可理性告诉他，忍一时风平浪静，退一步海阔天空。

"孙武贵，这是我的导游刀安康，"毛姐介绍道，"以前在丙皮皮旅行社带团，你俩应该认识，我就不啰唆了。"

"刀安康，好久不见，请往里走。"孙武贵热情地给安康引路，他俨然装作记不得和安康发生过打架事件，反而像是多年未见的朋友，还主动递过来一支烟，示意帮安康点烟。

孙武贵从头中央分成两瓣的短发型，典型的"两片瓦发型"，看着就让人联想到了抗战剧中的汉奸形象，很不舒服。安康瞟他一眼，在心里骂道："虚伪。"然后，还是接过烟，用自己的打火机点烟，跟在毛姐后面往餐厅包间走去。

坐下来后，孙武贵介绍着餐厅的特色和餐厅龚老板的传奇故事。他说："龚老板呀，是德宏人，餐饮企业家，他的餐厅遍布在边境省各地……"他讲得眉飞色舞、神采飞扬，一脸殷勤相。

安康懒得去插话，便和孔玉秋聊天，以免局面尴尬。他和孔玉秋从导游、计调工作，聊到孔玉秋喜欢的健身、动感单车、普拉提、瑜伽、读书……聊着聊着，聊到了孔玉秋的翡翠吊坠，于是两人的话题停留在了翡翠上。

餐桌的一旁，毛姐被孙武贵逗得爽朗大笑，连说："行了，孙武贵，你这溜须拍马的功夫真是了得呀，咱们说正事吧。"

"好嘞，听毛总的。"孙武贵爽朗应一声，又给毛姐和安康递烟，并帮毛姐点烟。给刀安康点烟时，被拒绝了，他又笑呵呵地把打火机递给安康。

"孙武贵，你知道的，我们旅行社的扫尾工作启动3个多月了，在边境省市场虽不算早，但公司还是非常重视扫尾业务的，未来，除了保留特殊团队外，所有的团队都要交由扫尾组，由你来负责，这可是你最大的机会呀。"

孙武贵一脸媚笑："还仰仗毛姐多多支持。"

毛姐故意给孙武贵戴高帽子，笑道："我们都是平级，相互配合吧。"

"哪里，哪里，全靠副总给机会和毛总关照，才有我孙武贵一口饭吃。"孙武贵又是一脸媚笑，"以后还得多仰仗毛姐关照才是呀。"

毛姐吸一口烟，声音短而高地说道："我还得仰仗你，你知道这个月有多少退货吗？"

安康听出味道了，旅行社的全国大散团队有着更明确的分工。他之前只是听说过散客到达洛明后，由接送组的人负责接送飞机。省陪带着客人走完所有行程，购物后，由接送组送走。

市场变了，翡翠购物店则由洛明调整到乾泸、海月等地，购物结束后，就下团了。而扫尾组的人，从洛明到乾泸或海月接到客人后，再返回洛明，进行全方位的翡翠购物查漏补缺，实现旅行社利益最大化，最后再送走客人。

洛明市省陪导游的身份变成了 A 段导游，带团时间仅需两天半。短时间内让游客购物，压力已经够大了，更大的压力是客人购物后，回到洛明又再次进入同样性质的购物店。部分客人会产生逆反情绪，各种投诉、换货、退货等等问题就会相继发生。

A 段导游曾向毛姐反映，扫尾组的人利用最后一站的优势，拆他们的台。而扫尾组的人则向孙武贵抱怨，说 A 站导游心太黑了，吃肉连骨头渣渣都不吐一点。

孙武贵攀附了副总的关系，成为扫尾组的组长，3 个月来，扫尾的团队，每天不超过 5 张车，这让他这个组长徒有虚名。他希望毛姐能做调整和让步，多些有扫尾的团队。

毛姐生气的是，凭什么一个无名小卒和她平起平坐，这简直是不给她面子。但她也深知，随着整个边境省旅游市场上两天半的行程已经形成一种无法阻挡的潮流和趋势，以及总经理有意平衡一些内部关系，加之旅行社高层所施加的压力，她只能接受和孙武贵在职位上的平起平坐，并且还得相互配合工作。

"退货，客人为什么要退货？"安康冷不丁地接一句，像是故意点燃火焰，激化矛盾。

毛姐心领神会，提高声音，且改变对孙武贵的称呼："孙组长管理有方呗。"

孙武贵敢怒不敢言，脸色难看，强颜欢笑道："毛姐批评的是，我组上那几个小子，我回去，一定要教育他们。"

目的已达到，毛姐指着一道菜说："孙武贵，你介绍的这道'苦撒撇'和我在德宏芒市吃的味道一样，不错，是正宗的傣味撒撇。"

直到用餐结束，孙武贵始终附和着毛姐。离开餐厅时，毛姐坚持要开车送安康回家，途中说道："安康呀，这个孙武贵和我平起平坐，太影响业绩了。以后你带团的时候，如果和扫尾组有矛盾，不要和他们正面起冲突，最快，元旦节后，孙武贵就得另谋高就了……"

毛姐似乎话中有话，安康似懂非懂，点头回应。当车子在小区门口停下来时，他拉开车门和毛姐告别。毛姐头伸出车窗对他说道："安康，告诉乾泸导游，文件收到了，代我谢谢他。"

听到此话，安康心里开心，回归心小家的脚步都比平时快了。可才进家门，他就接到沙洁的电话，沙洁说："我在小浅浅家里过夜，不回去了。明天是周末，我打算和小浅浅去逛街。"

挂断电话，安康躺在床上，看着天花板，想不明白毛姐为什么要带他去和孙武贵一起吃饭。他的脑袋像旅游大巴车的轮子一样，在高速路上飞速地转动着，思考着："如果送出去的钱，得不到回报，那不是很傻吗？而且 1 万元也不是小数，要不要告诉沙洁呢……"

次日，安康收到计调孔玉秋的带团通知短信："全国大散，两天半，23 人。"

20 多天后，时钟转动到 2012 年元旦，天水水旅行社大部分旅游团行程都改为两天半模式。也不知道毛姐用了什么方法，扫尾组连同孙武贵都归她管理。

而孙武贵虽然勉强混得风生水起，只是为数不多的人才知道，在毛姐面前，孙武贵更加毕恭毕敬，更加阿谀奉承了。

第十八章　燃烧的泪水

乾泸足疗店里，阿依塔向阿雷问道："洛明那个小导游，是不是被你祸害了？"

"去你的，信不信我打破你的葫芦。"阿雷缓悠悠地吐出一个烟圈，说道，"我浪子回头，要好好谈一场恋爱了。"

"噗嗤"一声，8号技师不禁笑起来，往阿雷脚板心使劲按住刺痛的穴道，"雷哥，你要能回头呀，我免费为你按摩十次。"

"你还是跟他免费睡十次觉吧。"阿依塔对着8号技师不怀好意地笑了笑，转而去鼓励另一个技师放轻松，"小姑娘，你新来的吧，不要脸红呀，要笑就笑出来吧，别憋着，别不好意思。"

阿雷和阿依塔是这家足疗店的贵宾客户。偶有一次，8号技师上钟后，手法娴熟，能说会道，而且跟她开多大尺度的玩笑，她都不会生气。这令阿雷久久不能忘怀，而后每次到此，必点8号技师上钟。

将烟头摁灭在烟灰缸，阿雷一本正经地对阿依塔说："不管你信不信，反正这次我遇到真爱了。以后，小浅浅就是我的正牌女朋友，跟她说话时要注意分寸，别没大没小的。"

"一部智能手机祸害一个水灵灵的女子，阿雷，你真够下得了手的，佩服，佩服。"阿依塔说道，"你年纪也不小了，要是小姑娘真被你骗到手了，那是你癞蛤蟆吃上天鹅肉了，别总去伤害人家小姑娘，那可是雪山神都会发怒的。"

他们你一言，我一语地拿着阿雷开玩笑，阿雷反倒很开心，其原因是，他和小浅浅的关系越发亲昵了。

这天，小浅浅又带团到乾泸，听到此消息，阿雷心花怒放，便约阿依塔到足疗店炫耀爱情成果。做完足疗，阿雷说要去和小浅浅约会，便离开足疗店来到小浅浅交接团队的酒店。

"雷疤导游！"小浅浅拖着行李箱站在阿雷面前，看到他的发型，忍不住掩嘴笑起来，"我差点都认不出你来了，你怎么把头发剪短了，不可惜吗？"

阿雷的头发仅留着头盖骨巴掌大的圆圈，圆圈的短发束了起来，扎个直立的约一根食指长度的辫子，像中国古典画本的哪吒形象。他摸摸头，接过小浅浅的行李箱，牵住小浅浅的纤纤小手，说道："为我心爱的姑娘，从头开始改变。"

小浅浅缩回手，盯着阿雷的头转一圈，夸奖道："有精神，有个性，像硬汉，我喜欢。"

阿雷满脸笑容地说："走吧，先把你的行李放在酒店，带你去一个圣地。"

"去哪里？哪里有圣地？"小浅浅既期待又担忧。

"去了你就知道了。"阿雷保留着神秘感。

半年多前，阿雷送手机给小浅浅后，拿不准小浅浅是什么想法，每天除了带团，就是流连于足疗店、夜总会。

收到小浅浅约见面的短信后，阿雷心花怒放，见面后却很失望。那天，小浅浅对他说："雷疤，你买的手机，我很喜欢，收下了。"说完，小浅浅拿出一沓现金递给他，并让他一定要收下，如果不收下，两人就连朋友都做不成。

阿雷不肯收钱，小浅浅动之以情，晓之以理："你把钱收下，我俩做朋友，先处一段时间，要是合适就在一起，不合适，你也不要逼迫我。"

　　阿雷极不情愿地收了钱，之后，两人又忙着带团，特别是暑假旅游旺季，两人都更忙了，仅见了三五次面，没有更深的相处。

　　9月份团少，小浅浅又见了阿雷一次。10月份开始，小浅浅来乾泸的次数多了，就常与阿雷约会、吃饭，讲述彼此的故事。

　　交往过程中，小浅浅认为阿雷这个人表面虽然放荡不羁，但内心却有一股正气，特别是阿雷所讲述的经历，充满吸引力，就像没有结局的言情故事一样，让人渴望结局，于是两人交往频繁。但凡有空，小浅浅就跟随阿雷去湖边骑马、摘雪桃，去林荫水库散步，去吃各种美食……生活充满多姿多彩。

　　2012年1月中旬的一个晚上，阿雷送小浅浅回酒店时，他抱住小浅浅，想进一步加深感情。小浅浅没有反抗，但说道："我心目中的阿雷不是这个样子的，我不想被强迫。"

　　阿雷松开手，向小浅浅保证："我是真心爱你的，为了你，我愿意付出一切。"

　　小浅浅把阿雷推出房门，认真地说："阿雷，在别人面前，你怎么样，我不管。若你真的喜欢我，我希望下次能见到全新的你，真实的你。"

　　阿雷知道，小浅浅所指的是，他说话不注意分寸，以及他不修边幅的外表，尤其是那长头发。小浅浅说过，那头发刚开始看时很有个性，但时间长了，看着别扭。

　　这一次和小浅浅见面，阿雷做足了准备，他先到理发店剪短了多年的长发，为向小浅浅证明自己的改变，他还穿了新买的衣服，脸上涂抹了淡淡的美白护肤霜。

　　阿雷开着堂哥的车驶出乾泸城，往北边行驶了十多公里，在雪山脚下一块有三个足球场大的草甸停下来。此时是夜晚8点30

左右，冬天时节，天已经黑了。

"雷疤，你带我来这里干什么？"小浅浅拉拉身上的衣服，双手抱臂，"我们回去吧，今天还没有吃晚餐呢，我肚子饿了。"

关掉车辆发动机，阿雷凑到小浅浅耳边诡秘地说："今晚吃你。"然后，他将车灯调整为近光，解开安全带，打开车门，下车，走到车屁股后，打开后备厢，将物品搬到车前方的灯光处。

小浅浅还在车上一动不动的，阿雷又绕回车旁边，拉开车门，对小浅浅说："快下车帮忙呀。"

他发现小浅浅身体微缩了一下，便笑道，"今晚吃烧烤，我都准备好了，快下来帮忙，一起动手。"

"哦"了一声，小浅浅下了车。

天空阴沉，没有大风，没有月亮，天上的乌云缓缓移动着，除了车灯前方是明亮的，周围一片漆黑，小浅浅哆嗦几下，打了个喷嚏。

她走到车前30多米处，见到了烧烤架、烤盘、油料、整鸡、罗非鱼、火腿肠、韭菜、土豆、生菜等等。她惊奇地望着专心致志生火的阿雷的后背，一时不知该做些什么，只是呆呆地站在一旁观望着。

阿雷转过头吩咐："你去把折叠凳子拿过来，还有矿泉水。啤酒太重，我生火好了之后去端。"

听到安排，小浅浅回过神来，缓缓走向车屁股，从打开着的后备厢中取出两把折叠凳和两瓶矿泉水。

刚转身，阿雷已经站在她旁边，催促道："怎么磨磨蹭蹭的？这么慢。"说罢，阿雷端着一箱啤酒，带着她回到烧烤处。

放好啤酒，阿雷回到车上，关闭车灯。四周漆黑一片，与烧烤处的火光形成了鲜明的对比。要是不说话，只能听见"叽嘀、叽嘀、叽嘀"的虫鸣声。两人一起喝着啤酒，吃着烧烤、彼此分享着感情生活、喜怒哀乐。

阿雷问小浅浅："听说过殉情的故事吗？"

小浅浅说："听过呀，有一个电视剧，我记不起名字了，跟殉情传说相关，女主角从殉情谷跳进了金沙江中。多么令人感动的爱情故事呀！"

"你对殉情怎么看？"阿雷用刀将整只鸡切成几大块，将一只鸡腿递给小浅浅。

接过鸡腿，小浅浅闻着香味说道："好香呀，长这么大，还第一次在静寂的野外吃烧烤，好惬意呀。"

她啃下一块肉，在嘴里咀嚼着，举起啤酒向阿雷碰酒瓶，学着阿雷咕咚咕咚喝下几口后，说道："啊，好喝，向你们少数民族学习，大块吃肉，大口喝酒。"

阿雷又一口气喝下半瓶啤酒后，望着小浅浅："你倒说呀，对殉情有什么看法。"

"我没有想过这个问题，不过呀，有些导游在讲殉情文化时，说'恋人间相互约着对方到悬崖边，倒数3、2、1，一起跳下悬崖，结果是女子跳下去了，男子转身回家窝囊地生活着'。为什么女人总是比男人有勇气？"

"狗屁，哪个导游这么给游客介绍殉情？完全是玷污殉情文化。他们不知道，选择殉情，无论是男人，还是女人，都是最重感情的人。"阿雷一口喝光瓶中的啤酒，吃一块土豆，给小浅浅讲述雪山脚下关于殉情的传说故事。

对于殉情文化，小浅浅并不陌生，有一次接团，团队中有三五人是云南丽江的游客，那些游客用玉龙雪山和乾泸雪山做过对比，发现各自有特色。那些游客，更喜欢他们家乡的玉龙雪山，并用一位作家所写过的词《渔家傲·玉龙雪山》来赞美玉龙雪山的美。

天赐欧鲁似玉龙，纳西三朵无量功，中外民族诗词颂；

不平庸，北岳神山独出众。

扇子主峰冲天耸，十二美景秀不同，印象丽江歌舞纵；

万人宠，玉龙雪山名更红。

那几位游客，赞美他们家乡的玉龙雪山后，又和小浅浅谈论宗教、殉情文化等，他们给小浅浅留下了深刻的印象。也因此，当阿雷讲殉情文化时，小浅浅很感兴趣，她津津有味地听完故事，还意犹未尽。

不知何时，阿雷拿着鸡腿在她面前晃晃，她才回过神来，接过阿雷递来的另外一只鸡腿，问道："雷疤，你真的相信有雪山神吗？真的相信雪山之外的天国吗？"

"当然相信雪山天国了。那是爱的天堂。不过呀，新时代了，恋爱自由，在人间能得到爱情，谁又会愿意去雪山天国呢？"阿雷说完，不禁想起前妻包秋艳，黯然伤感，又打开一瓶啤酒。

小浅浅啃着鸡腿，突然像一个犯错的小孩，望着阿雷说道："雷疤，只顾着听你讲故事，你把两只鸡腿都给了我，你都没有鸡腿吃了呀。"

"那我就吃你的腿。"阿雷哈哈笑道。

放下鸡腿，小浅浅抡起小拳头往阿雷身上捶道："你讨厌，讨厌，讨厌……"

阿雷强劲、有力，又不失温柔地抓住小浅浅的双手，正经起来，看着小浅浅像星星闪亮的双眼，深情地表白："小浅浅，愿得一人心，白首不相离。"

小浅想缩回手，挣扎不开，索性不挣扎了，也含情脉脉地看着阿雷，逐渐心跳加快，耳根发烫。

阿雷轻轻地松开一只手，搂住小浅浅的小蛮腰，两人站起来，四目相对，两眼发光，猛地，阿雷将手一紧，抱住小浅浅，狂烈地吻她的小嘴唇……

　　小浅浅只觉像突然触电了一般，一阵阵的异样火辣从唇到头，再到脚，再到全身，整个身体膨胀、发热，还颤抖起来。她想推开阿雷，却像触电一般怎么也推不开，伴随着急促的呼吸声，她已被阿雷推到车旁边。

　　拉开后座车门，阿雷将小浅浅推入并按倒在座位上，小浅浅大脑模糊，抱住阿雷，喘着粗气，语无伦次："雷疤，雷疤……不，阿雷……阿雷……亚虎，亚虎，雷亚虎……"

　　突然，伴随着阿雷大喊一声"疼……"，阿雷的肩颈处被小浅浅印上两排紫红色的牙印。阿雷忍住疼痛，把小浅浅压得更紧……

　　此时天上的乌云散开了，可见星星闪闪，而烧烤处，炭火燃烧着，越燃越旺，红艳艳的火光映照着车上缠绵的那对恋人，正像《燃烧的泪水》歌曲中唱道：

　　　那个夜晚，你把我带到郊外，
　　　星光眨眼，见证你我共灿烂，
　　　乱了节奏，喜欢被你轻抚脸庞，
　　　滴滴泪水，热到心田，被你吻干，
　　　滴滴泪水，融成一体，吉祥晚安。
　　　通亮火光，牵你手围在火堆旁，
　　　你的光芒，照亮我待开的心房，
　　　你的心跳，强大我神秘的力量，
　　　紧紧相拥，从此依恋，从此绽放，
　　　燃烧的泪水，化为爱恋，地久天长。

滴滴泪水，热到心田，被你吻干，

滴滴泪水，融成一体，吉祥晚安，

紧紧相拥，从此依恋，从此绽放，

燃烧的泪水，化为爱恋，地久天长，

燃烧的泪水，化为爱恋，地久天长。

……

从乾泸回到洛明后，小浅浅给沙洁打电话，说不上正题，沙洁只听到接二连三的啜泣声。

感觉不对劲，沙洁安慰道："浅浅，你在家等我，我半个小时就到。"她让同事代为请假，打了一辆出租车，以最快的速度出现在小浅浅的家门口，只见小浅浅满脸都是干了的泪痕。

像3岁的小孩一般，小浅浅扑向沙洁，抽噎，很快，水汪汪的满面泪水就浸湿了衣领。

小浅浅到底怎么了？自从和小浅浅认识以来，从来没有听小浅浅提起过伤心事呀，难道是被人非礼了？呸呸呸，大白天的，怎么可能呢？沙洁停止胡思乱想，拍着小浅浅的后肩，待小浅浅抽泣声越来越小后，她轻声问道："怎么了？浅浅。"

"雷疤，他……他欺负我。"小浅浅又是一阵啜泣。

沙洁拿纸巾帮小浅浅轻轻擦干脸上的泪痕，问道："什么时候的事情？"

"前天晚上。"小浅浅平静了许多说道，"我带团到乾泸，和他约会，没有想到他跟前几次都不一样，把我给……给糟蹋了。"

"怎么样把你糟蹋了，你能不能说具体点呀。"沙洁大概猜想到了是怎么一回事，但是对于过程却是一头雾水。看着小浅浅坐在沙发上一言不发，沙洁没有继续追问下去，给她倒了一杯水。翻开包里的手机，说道："浅浅，我帮你报警吧。"

"别报警！"小浅浅咽下刚喝到嘴里的水，差点被呛道，连忙补一句，"我不想报警。"

"浅浅，当今都是法治社会了，你害怕什么？"

"姐姐，我不是怕，我是，我是……"小浅浅吞吞吐吐的，不知道在说些什么。

沙洁"噗嗤"一声笑了，她明白了，这是女人生命中不可避免的成长经历，故意打趣道："不想报警，那你哭什么？还哭得那么伤心。"

又喝了一口水，小浅浅说那个晚上，她一整夜都睡不着觉，满脑子都是阿雷，以至于带团回洛明的时候也无精打采的。

送走团后，自己越想越伤心，曾经想象过自己从女生变成女人的多种方式：比如在浪漫的烛光晚餐后，柔和的灯光下，心甘情愿地被心上人解衣宽带；或者在婚礼后的洞房花烛夜，被醉醺醺的丈夫掀开红盖头；又如在面朝大海的海景房……

"哎——"小浅浅长叹一声，"郭姐姐，那是少女的梦呀！那些所有美好的想象，就像一个美丽梦幻的水晶球，一夜间被彻底摔碎，不甘心，我就是想哭。"

"你是不是小说看多了，做你的公主梦？"

"是呀，小说对我影响可大了，在小说家的笔下，每个女生都是一个公主。"小浅浅说，"我喜欢看琼瑶小说，《一帘幽梦》《还珠格格》等作品对我的影响可大了。"

琼瑶的作品中的爱情是高尚、神圣，更是浪漫的，对部分小姑娘产生了一定的影响。沙洁说道："你要是不做导游呀，不带团去乾泸，你的公主梦可能实现，现在后悔了吧。"

"做导游，不后悔。"小浅浅骄傲地说，"要是不做导游呀，怎么会认识康哥和这么好的姐姐呢？"

"以后不准叫康哥了，要叫姐夫。"沙洁有点醋意。

"不，我偏要叫康哥。"小浅浅乐得脸上像开了一朵花，故意拿沙洁开玩笑。

沙洁抓起沙发上的靠枕，轻轻拍向小浅浅说道："打你，打你，打你。"

小浅浅不甘示弱，也抓起靠枕拍向沙洁，俩人嬉笑打闹着，房间充满了俩人的欢声笑语……

玩闹累了的俩人斜倚在沙发上休息，沙洁接到安康的电话说，他晚上有应酬，不回家吃饭了。将电话装进包里，沙洁说道："收拾一下，走吧。"

"去哪里?"小浅浅迫不及待地问道。

"傻妹妹，去医院，然后再请你吃大餐，安慰你破碎的公主梦。"

小浅浅羞羞一笑，跳起来说道："不吃大餐，我要吃脆旺米线。"

第十九章　各尽其职

回到归心小家，沙洁对安康说道："浅浅谈恋爱了。"

"跟谁？"安康放下手中的团单，看着沙洁。

"阿雷呀。"沙洁从桌上拿过安康的茶水喝一口，"小浅浅可能要去乾泸找她男朋友了，他们的爱情可浪漫了，让人羡慕、嫉妒、恨。"

安康瞪大眼睛："什么？小浅浅要去乾泸！去了还回洛明吗？"

"小浅浅又不是你媳妇，你紧张什么？"沙洁推了推安康的手臂，对男朋友的表现似乎不满意。

安康和小浅浅有过无拘无束的充满了欢声笑语的回忆，他喜欢这个单纯、可爱的妹妹，可是听到这个妹妹突然恋爱的消息，心里却是酸酸的，不是滋味。

"要去就去吧，这是人家的自由。"刀安康紧握住沙洁的手说，"可惜，我老婆就少一个闺密了。"

沙洁推开安康的手："谁说小浅浅去乾泸，我就少一个闺密了？我可以去乾泸找她，她也可以回来找我呀，我和她姐妹情深一辈子。"

男人过多关心女朋友闺密的事，似乎不合适，安康不再谈论小浅浅，说他明天早上去接团，要联系一下师傅，让沙洁去收拾带团物品了。

他打开团单，拨通一个电话，说道："杜师傅，你好，我是导游，明天我俩一个团，早上 7：30 出发，要是你顺路的话，先接我，我们再一起去酒店接客人，我的地址在……"

话还没有说完，电话那头回复："不顺路，明天酒店见。"

挂断电话，安康再次看了看团单上的师傅姓名和车号，生气地说："这个师傅有点牛呀，不顺路就算了，语气那么难听，谁欠他呀？"

沙洁将收拾好的包放在沙发上，拿起茶杯到饮水机处加了开水，递给安康，关心道："怎么了？老公，没见过你和师傅打电话这么生气的。"

接过茶水，安康喝一口，有点烫，便放下茶水，告诉沙洁，他明天接的团队类型和以前不一样了，这种团时间短、只需要两天半就下团，客人由来自全国各地的散客组成，什么样的人都有，不容易带，但要是带好了，更容易赚钱。

"比你现在带的团队赚钱吗？"沙洁问。

"两天半的全国大散团，是旅行社的 A 类团，对导游的要求非常高，不能有投诉，而且对业绩要求高，连续三个团达不到要求，就得下岗了。"

安康告诉沙洁，他第一次带这种团，拿不准业绩会怎么样，只希望沙洁能明白，这种团诱惑性更大，挑战性更高，万一带不好这种团，自己还是会回归 B 类团，他希望得到沙洁的理解。

他说："我刚入行长线团时，本来希望一个团赚七八千、万把块钱，现在算下来，平均一个团也就赚两三千块钱。两天半团是我们旅行社的高端产品，我相信，一定会比现在的团赚钱。"

沙洁坐到安康身边，挽住他的手臂，把头轻轻靠在他的肩上，说："相信老公是最棒的。"

被心爱的女人认可、鼓励的时候，总是充满前进的动力和激情，安康转身将沙洁按倒在沙发上，吻过去，激情即将燃烧时，电话响了，是安康母亲打来的电话，问他要不要回家过年。

"妈，今年比较忙，可能不回去过年了。"

挂断电话，安康立即用手机查询 2012 年过年的日期，感慨道："沙洁，时间过得好快呀，再过十多天，就过年了。"

"是呀，我妈前几天也给我打电话了，问什么时候回家。"沙洁扣好刚解开的两颗衣服纽扣，打开电视机，是一档相亲节目，一个穿超短裙、露大腿的女子说："我宁愿在别墅里以泪洗面、痛不欲生，也不愿在出租房里笑逐颜开。"

"这个女人价值观有问题。"安康摇摇头地接过沙洁手中的遥控器，关闭电视机，"沙洁，我们出去走走吧，去吃烧烤，喝杯酒。"

"你明天就要接待另外一种团型了，还是琢磨怎么带团吧，想吃烧烤，我去买给你。"沙洁带着钱，走出房门。

安康点燃一支烟，根据带一日游、一地散团队的经验，得出结论，不管哪一种类型的团队，本质不会有什么变化，稍做改变，应该就能应付了。

次日，接到团后，他凭借两年来的带团经验，实行敌进我退、敌退我打的带团法，并且他始终保持着警惕心，团队从洛明到海月，再至乾泸，一路下来，都还比较顺利。

旅游团在洛明某团队餐厅吃过晚餐后，送到酒店，明天进完购物店，到中午行程就结束了。安康对于购物前的晚餐不敢有一丝怠慢。当服务员上完最后一道菜后，告诉他两桌菜已经上齐了。他又根据游客用餐标准核对了菜品后，才去司陪餐处吃饭。

"兄弟，快过来吃饭，我没有等你，已经先吃着了。"杜师傅问候过安康，继续埋头吃饭。

"兄弟"这个称呼，在部分导游圈子里，并不一定代表两个人的关系像兄弟一样，它仅仅是导游与导游之间、师傅与导游之间，导游与购物店员之间，以及利益群体之间的一种称呼而已。就像称呼一个女子为"美女"，并不一定代表她身上拥有美的特质。

杜师傅48岁上下，称呼他为叔叔吧，显得他太老了，称呼他大哥吧，又显得不礼貌，安康便称呼他为杜师傅。

杜师傅根本没有注意到刚坐下来的安康，他抢着用勺子、筷子一起配合，将酸菜猪脚汤里的一大勺猪脚肉盛到自己的碗里，又扒了几口饭，嘴角沾着两颗米粒，形象极不雅观。

安康盛了饭，端在手中，撰一块凉拌黄瓜吃起来，准备去撰油炸排骨时，杜师傅迅速将筷子移到盘子里，撰起一块带肥肉的排骨，送到嘴里嚼着。油冒到嘴角时，手一擦，朝服务员催促道："小姑娘，我们的青椒火腿、凉拌猪肝，还有西西烤肉，能不能上快点？"

服务员瞟了餐桌上的菜品一眼，又看看其他桌的菜，懒懒地回复："我马上去厨房催促厨师炒菜。"

桌上已经有4个菜，还有3个菜还没有上桌，两个人其实根本吃不了那么多。安康建议："杜师傅，这菜怕是点多了，吃不完。"

"餐厅让我们自己点菜，我们吃好了，才能带更多的客人光顾他们的生意，我们多点些菜是给餐厅面子。"杜师傅拉下脸说道，"你们导游安排客人吃饭，我们师傅提前到餐厅点菜，也要为你们导游考虑，多点些菜才好呀。"

团队餐厅的驾驶员、导游的餐食简称陪同餐或司陪餐，一般情况都是和游客用餐区别开来。至于餐的品质优劣，各有评说。有些团队餐厅提供自助餐，驾驶员、导游随到随吃，非常方便，不足之处是团队数量少时，自助餐会造成极大的浪费。有些餐厅提供点菜，驾驶员、导游想吃什么，可以自己点菜，不足之处是，团队数量多时，上菜速度慢，以及少数驾驶员、导游会点大量的菜品，吃不完，造成浪费，成本高。

旅游团到达餐厅后，导游安排客人吃饭，办理用餐事宜；驾驶员到达司陪餐处，要是点菜的餐厅，驾驶员都会提前点菜。菜品上齐后，要是导游还没有到，驾驶员一般会等待导游一会儿，等待时间太长的，驾驶员会给导游打个电话，导游一般回复让驾驶员先吃，不用等导游，导游与驾驶员之间的默契一直这样保持着。

观念不同的驾驶员和导游一起带团时，就避免不了发生不愉快，默契也随之会被打破。安康看着驾驶员杜师傅的吃相，再联想到从和他打第一通电话开始的不愉快，已经没有心情吃饭了，但还是将碗里的饭菜吃完，并将碗筷端端正正地放在桌上，自己倒茶水喝起来。

啃下一坨猪脚肉后，杜师傅又向服务员责备道："还有一个菜，速度快点。"

"最后一个菜不用上了。"安康示意服务员去忙其他的事情。

杜师傅将筷子在青椒火腿盘子倒腾一番后，吃一口，说不好吃吐掉了，又吃了几口凉拌猪肝，说味道不错，但也没有吃多少，就将筷子往桌上"啪"地一扔，自己点一支烟，问安康明天这个团怎么安排。

安康将出发时间以及相应的要求一一交代给杜师傅。而这些不是杜师傅最关心的，只听他吞吞吐吐地拉低声音道："你应该知道规矩吧。"

旅游团出单好，导游钱赚得多，给师傅一点辛苦费"买包烟，喝瓶饮料"，以此表示对配合自己工作的感谢，行业上哪有谁不知道的？这个团明天进店，天上的大雁还没有打下来，就想着吃肉，安康不喜欢这样，明知故问地说："什么规矩？"

杜师傅开门见山地说，他们车队从天水水旅行社开始发全国大散两天半的团，就一直与天水水旅行社合作，和全国大散的导游都熟悉。乾泸不比洛明，考验开车技术，油都要多烧出 200 多块钱，这个钱要算在导游身上。

"杜师傅，这些都不是问题，能不能团队结束后再说。"安康极不情愿地说道，"我们先好好地把带团好，其他事情该怎么办，就一定会怎么办的。"

"你可以打电话问问，你们旅行社的大散导游，他们是怎么弄的。"杜师傅希望安康和其他导游一样讲规则，并提前做出一些承诺。

不想被牵着鼻子走，安康很不喜欢杜师傅这种行为，于是道："我不是第一天带团了，我知道会怎么处理的。"

"那好吧，随便你，你是导游，我是师傅，各尽其职，做好各自的事情就行了。"

他俩谁都不愉快，沉默一会儿，杜师傅将烟头丢到地上，站起身来，又掏出一根香烟叼在嘴里，对安康说，他先去停车场开车门了。

安康低头喝一口茶水，听到一个声音："兄弟，我在这里坐行吗？"

安康抬头一看，一个男子在他的对面坐了下来，看着桌子上的剩菜，轻轻地摇头，转身对服务员说："给我来一份番茄鸡蛋炒饭和一份青菜汤就行了。"

四周的餐桌，都已经坐满了人，安康意识到，应该空出桌子给后面来的驾驶员和导游了，于是，连声说抱歉，起身准备要离开。

"坐着得了，就我一个人吃饭。"男子对安康说，旅游车师傅是回族，不在司陪餐处吃饭。说话间，他问道："你吃好了吗？"

安康脸一热，神情尴尬，叫服务员来收拾餐桌上的菜，自嘲道："点这么多菜，浪费粮食，是不是很可耻？"

男子微笑，告诉安康，他叫段齐方，朋友们喜欢称呼他为齐白方，是海月人，在乾泸做地接导游。俩人交谈了一会儿，还挺投缘。

不一会儿，安康站起身来，说："齐白方，方哥，我记住你了，头上那缕白发很有特点，很容易辨认的，到洛明时，给我打电话，一起喝酒。"

"导游是一个有文化的职业，相互学习，共同成长。"齐白方念叨着他的口头禅和安康握手告别，"刀兄弟，有缘再见。"

安康和齐白方聊天后，心里闷气基本疏通。带游客回酒店的路上，有几个游客坚持要晚上去游览古城，他耐心解释："明天还有一个晚上待在乾泸，明天再去不会赶时间，今天晚上就好好休息，明天上午购物结束，下午游览雪山结束后，就送大家去古城，想玩多长时间都可以，今晚，不用急着走马观花地游览。"

客人倒也配合，听他的建议。随后，到酒店办理入住等事项后，他回到麻雀窝酒店，整理和游客分别时的情景："有些游客主动和他说'辛苦了''晚安'；有些游客表示明天一定会购物；还有些客人直接说要买手镯，让他明天帮忙挑货。"收到如此的客人反馈，根据以往的带团经验，他想：此团有戏！他再次他把团单拿出来，看着客人名单，咯咯地笑。

这时沙洁打来电话，他接通后，听到沙洁故弄玄虚的声音："老公，猜猜我在哪里？"

沙洁自和安康谈恋爱以来，除去小浅浅那里夜不归宿几次外，从来没有去过其他地方，她还能去哪里呢？

没等安康回答，沙洁说道："就知道你猜不出，我在海月，和你只有 200 多公里。我是跟着浅浅的团来玩的，明天傍晚就到乾泸了，你下团后，不要提前回洛明，在乾泸等着我。"

挂断电话后，在海月某酒店的沙洁向小浅浅说道："洛明到海月的路上，你向游客介绍海月的文化和故事，好有诗情画意呀，听着就令人心驰神往。游览了海月各个景点后，果真名不虚传呀。要是没有导游呀，对这里的景点、民俗、建筑、文化等等就流于表面，行程就会黯淡很多了……"

小浅浅撕去脸上的面膜，没有谈及旅游景点，露出小虎牙笑道："郭姐姐，导游有苦有乐呀，你看看我，为了保持皮肤的美白弹性，下团回酒店不敢偷懒，都要坚持敷面膜。"

"你保养好皮肤，明天到乾泸，就见到你的情哥哥雷疤了，开不开心。"沙洁猜道，"你不提前通知你的情哥哥说明天到达乾泸，是不是想给他惊喜？"

小浅浅笑而不语，反拿沙洁寻开心："康哥还不是在乾泸等着郭大美女呢。"

……

第二天，乾泸翡翠店停车场，杜师傅一脚刹车，宣布他的工作暂告一段落。

安康蒙了，讲解刚进入状态，客人听得聚精会神，突然车就到停车场了，他望向车窗外的购物店，只见稀稀落落的销售员走进店里，不必多言，他的旅游团第一个到达购物店，比原计划提前了 20 多分钟。

他不得不结束讲解，带着客人进入购物店，做了相应的安排。走出购物店时，他找到杜师傅，生气道："你怎么开车的？10 多分钟就到了，比计划时间提前 20 多分钟，我都没有讲完，如何获得游客信任，这个团废了！"

杜师傅漫不经心地解释道："计划好的路线堵车了，要不是我反应快，换一条路走，可能会耽搁行程，我可负不起责任。"

安康咬牙切齿道："不要揣着明白装糊涂，团搞砸了，你看怎么办？"

杜师傅表情麻木，摆出一副无所谓，想吵架的话奉陪到底的表情，他说："我只是一个开车的，职责是开好车就行了，其他的跟我没有关系。"

要是这样吵下去，只会没完没了，安康不想第一个全国大散A类团就阴沟里翻船，当务之急，只能全力以赴去挽回损失。他强压怒火，转回购物店。情况不容乐观，跟想象中差不多，看货和计划购物的客人非常少。

随着更多旅游团队不断进入购物店，销售员没有耐心将精力浪费在不出单的游客身上，转而去接待刚进店的其他团队游客了。

店里的人越来越多，安康团队中的游客已经不知踪影，他走出店，在停车场、休息室、卫生间、外围等地，巡回绕两圈，逐一找到他的游客做工作。有些游客又再次进入购物店。对于那些我行我素的客人，他知道靠博取同情，就算说破嗓子，跪在他们面前，也无力回天了。

他的心情低落到了谷底，这可是全国大散A类团，因杜师傅打乱了自己的计划，这个团别想着完成业绩了，只想着如何向导管交差吧。再想到女朋友晚上到达乾泸，这一幅幅画面挤在一起，他脑袋瓜一片混乱并且失去理智，找到半块砖头，迈开步伐跑向停车场，目光搜索到杜师傅。

突然间，"砰"的一声，砖头掉地了。

气喘吁吁、上气不接下气的一个女子连忙道歉："对不起，对不起，我跑得太快，撞到你了。"

女子微胖身材，身形像个西瓜，是店里的销售员，她问道："请问你是刀导吗？"

"是的。"安康回复西瓜姐，"你这么着急，有什么事吗？"

还喘着粗气的西瓜姐说道："有一家三口看了两只手镯，一块观音和貔貅摆件，想让你去帮忙参考。"

事不宜迟，安康跟着西瓜姐，小跑着往店里去，找到那家人，他不敢马虎，帮他们做了参考，没有费多大力气，那家人就刷卡了，还不断感谢安康。

西瓜姐送走一家三口后，走到安康面前说："刀导，你这个团我们尽力了，要不是这家人，这个团可能就不容乐观了。"

西瓜姐说得很委婉，如果没有这一家三口购物，这个团的购物金额就仅仅只有小几千块钱。安康上车，带着客人离开购物店时，旅游车内一片寂静，只听见发动机"嗡嗡"的响声。

快到餐厅时，他站起来，扫视车里的游客，大多数人都低着头，像犯错的孩子。他拿起话筒，强颜欢笑，向购物的游客表达感谢，交代了后续行程的安排。

到餐厅后，购买翡翠的那家人私底下对安康说，他们是第二次来边境省了，这次就是冲着翡翠来的，没有想到比起 2008 年，翡翠的价格上涨不少。还好旅游购物店的价格明码标价，又有质检证书，他们就放心买了，担心要是错过了，以后会后悔。

在他们一家人的要求下，安康和他们拍了一张合照。又对他们表示了感谢，谢谢他们对导游工作的支持，谢谢对当地经济发展贡献力量，并祝他们在后面的行程中，在下一位导游的带领下，依然玩得开心。

安康安排好游客用餐后，到司陪餐处，环视一周，是自助餐，他很开心，可以不用和那个讨厌的杜师傅一起同桌吃饭了。他找餐盘打了几个菜，在一张桌子前坐下来，接了一个电话。

杜师傅从另外一张桌子转移到他对面坐下来，问他今天早上的业绩怎么样。

看着手机信息，安康假装听不到，他不想和杜师傅说话，杜师傅再次询问，他才回复："一塌糊涂。"

杜师傅给安康递过来一支烟，谄笑道："带老妈妈的那家人不是买了6万多吗？"

"杜师傅倒是消息灵通呀？"他是怎么知道的？安康抬头斜睨杜师傅一眼，"放心吧，该怎么样就怎么样，你不是说过吗？各尽其职。"

安康没有耐心和杜师傅继续扯下去，只想着好好的一个团队，路程缩短了20分钟，使业绩不堪入目，要不是那家人，该如何交差。他为了带全国大散A类团，费尽心思讨好导管，就因为杜师傅的不配合，第一个团业绩就可能死在万元以下，还差点让他做出架流血的事情，看着杜师傅的"丑恶脸相"，真恶心。

此团结束一段时间后，安康再与杜师傅所驾驶的这辆旅游车接团时，驾驶员却变成了李师傅。李师傅说："杜师傅人不错的，就是爱贪芝麻蒜头的小便宜，其实，给他点小利益，什么都好说。只可惜呀，旅行社更偏向于他们公司的导游，怎么会考虑师傅的利益呢？而且，杜师傅被多个导游投诉，车队已经调整让他去开18座的车，跑其他路线了。"

那时，安康多了一份同情、一份自责的复杂情绪，当然那是之后的事情了。

而当前，他将团交接给乾泸导游卓玛后，回到麻雀窝酒店。刚上楼，接到毛姐的电话，问团队情况怎么样，他如实说了业绩不理想，把责任推给购物店，说购物店人员顾其他游客，对他的团队三分钟热度后，就爱理不理。他还把责任推给司机杜师傅，说杜师傅不配合工作，提前到达购物店，购物氛围很差，因此而形成一系列的负面效应。

一个旅游团业绩的好坏是各方面因素产生的，讲究天时、地利、人和，导游能做的就是尽人事、听天命。导管毛姐会根据客观情况进行析，以此判断什么样的导游适合带什么样的团。她对安康说："做好自己应该做的事，少找其他借口，下个团继续努力吧。"

随后，她把孔玉秋叫到办公室，递给她一份全国大散 A 类团团单，说："让安康大后天接这个团。"

收到孔玉秋发来继续带团的短信时，安康已经睡了一觉，精神状态好多了。他计划着，沙洁到乾泸后，晚上陪她逛古城，明天玩耍到晚上。然后乘夜班火车一觉睡到天亮到达洛明，去拿团单后回家做准备，再继续接团。万事俱备，只等沙洁的到达了。

安康给阿雷打电话说，晚上请他和小浅浅一起吃饭喝酒。

从安康口中听到小浅浅傍晚到达乾泸的消息，阿雷对小浅浅没有提前打电话通知他而气愤，同时又是欣喜、激动不已。他立即给小浅浅打电话，先是"责怪"小浅浅的"秘密"行动，又说要好好地"收拾"小浅浅。

到了晚上，他们一起在餐厅吃饭。阿雷见到了小浅浅后，嘘寒问暖，先是问带团顺不顺利，要不要提供帮助，吃饭时，又无微不至地关心小浅浅，还不时地开几个玩笑，逗得小浅浅乐开了花，露出可爱的小虎牙。

晚餐没有什么特别的，除了阿雷向小浅浅表达关心外，就是安康抱怨杜师傅的不配合工作。也因此，晚餐很快就结束了。

阿雷微醉，带着小浅浅离开时，对安康说："兄弟，在乾泸这地方，要是哪个师傅不配合你，给我打电话，我帮你收拾他。"

安康笑笑，和阿雷挥手告别，带着沙洁回到酒店。这是两人谈恋爱以来，第一次在乾泸以外的地方共度良宵。两人都很激动，云雨过后，躺在床上休息，安康问道："你跟小浅浅的旅游团有什么感受？"

沙洁说："小浅浅一个女孩子，每天早出晚归，要照顾旅游团 20 多个人的吃喝玩乐，车上还要站着讲解，有时一讲就是两三个小时，做导游，挺不容易的。"

安康趁机说道："是呀，做导游挺不容易的，吃饭时，你也听到我和阿雷的聊天了，今天送走的团，就因为司机的不配合，差点死得连骨灰都不剩了。"

"老公，你也不能完全怪司机，要怪只能怪你自己，或者怪运气不好。"沙洁不赞成把责任推卸给师傅，她说道，"一路下来，我在团队餐厅无意中听到司机聊天，他们的车费并不高，有时除掉油费、过路费、停车费等等的费用，实际到手的也不多，其实这些司机也不容易的。"

"你是理解我，还是同情师傅呀？"安康心里不爽，他告诉沙洁，"旅游车师傅一般有两类人，一类是帮人打工的，车队老板给他发工资，另一类则是他们拥有自己的车，通过合法手续与车队合作，上交相应的费用，赚多少钱就靠他们的关系和能力了。无论是哪类人，都要配合导游，都必须遵守行业规则。"

沙洁说她不懂得旅游行业规则，就以上班作例子道："老板给我发文员岗位的工资，我是不会做岗位之外的事情的。如果帮了别人，不是义务，那是情分，情分是相互往来的，也是需要回报的。"

不得不承认沙洁这番话有一定的道理，可是，很多事情，如果一定要讲究规则，不讲利益，也许失去更多。归根结底起来，谁对认错，又怎么能说得清楚呢？要怪，安康只能怪那个杜师傅"吃相"太难看了。

安康下床点燃一支烟，问沙洁是明天晚上和他一起回洛明，还是跟着小浅浅的旅游团回去。得到沙洁的回答是："已经和浅浅约好了，一起来就一起回去。"

安康将明天的计划跟沙洁说："明天我带你在乾泸玩一天，晚上我坐火车回去。"

先前，沙洁约好小浅浅一起去古城玩耍，便问："那浅浅怎么办？"

"你看今晚吃饭时，小浅浅和阿雷就像蜜蜂和花朵一样，甜甜蜜蜜的，明天你想做他们的'灯泡'吗？"安康笑道。

"一个男人五官端正，看着才舒服，而那阿雷的脸看着怪恐怖的，比想象中难看，一看就不像好人。真想不明白，小浅浅居然还真和他好上了。"

"人不能只流于表面形式，要看内在。"安康希望沙洁不要肤浅，就像他带团一样，有些人看着衣着光鲜亮丽，实则内心肮脏；有些人朴素，但品德高尚，讲规则，令人舒服，给导游带来业绩，就比如今天这个团买翡翠的那一家三口人，就是最好的证明。也许是带团时间长了，安康总喜欢把很多事情和带团联系在一起。

小浅浅和阿雷感情是否幸福美满，就像鞋子一样，只有穿在自己的脚上，才能体会到是否合脚、舒服。而他人的看法，评价，实在无法改变什么。安康不想再谈论小浅浅了，难得和沙洁在异地他乡共度夜晚，便不想浪费良辰美景，约着沙洁走出酒店，去古城感受柔软时光了。

他俩十指相扣，漫步于古城的街道，时而停下来坐在路旁的石凳上看来往的行人，静静发呆；时而走进古朴的店铺，购买精致的民族工艺品；时而漫无目的转到不知名的巷口，探索着古城未知的神秘。到凌晨，古城安静了下来，他俩感受到了寒意，才依依不舍离开古城。

回到酒店，安康将几大袋物品扔到床边的两只椅子上，拧开床上的矿泉水，一口气喝了半瓶，将水一放，平躺在床上，说道："终于回到酒店了，可累死我了。"

"辛苦老公了。"沙洁关上酒店房门，走向安康，在他脸颊上亲了一口后，去整理买回来的物品。她打开一个手提袋子，打开包装盒，将一条皮带递给安康道："起来试试吧，看看这条皮带系在你身上的效果，好不好看？"

"你什么时候买的？"安康翻起身，看着那条皮带说道，"我不是说过，没有必要花那么高的价钱买一条旅游景区中的皮带吗？"

"谁叫你看中那皮带半天迟迟不肯购买呢，我猜想，你是嫌它贵了，所以就在你去上卫生间的时候，悄悄回店里买下的。给你一个惊喜。"沙洁得意得脸上像开出了一朵粉色的小花，手里反复拨弄着皮带扣头，就是解不开，她将皮带递到安康面前说，"你快看看吧，这个皮带怎么弄。"

接过皮带，安康坐了起来，拨弄几下，卡扣打开了，接着又在腰间试了大小圈围和舒适度，然后解开皮带，让沙洁收起来，并赞扬道："比起常见的普通皮带，这个好看、结实，就是难解开些，不过习惯了就好，不是大问题。"

沙洁诡笑："结实好呀，牢牢地拴住你的腰，绝不能便宜任何女人。"

"切，你这小娘子，原来给我买皮带是带有目的性呀，让我好好地收拾你。"安康站起身走向窗户拉上窗帘，抱住沙洁就要亲吻。

"慢，我话还没有说完，"沙洁望着安康一本正经地说，"老公，跟浅浅的团，我才知道，你做导游很优秀，而且随时有可能面临诱惑，我怕哪天，你遇到比我好的人，把我丢下了。你答应我，只对我一个人好，好吗？"

"别胡思乱想了。"安康目光坚定地说道，"我的沙洁这么好，我怎么可能会变心？我俩要一生一世在一起。"

"来，拉钩！"沙洁说着伸出弯钩形状的小手指。

"都这么大了，还像个小孩子一样。"安康觉得沙洁行为可笑，不过还是伸出手和沙洁拉钩，并附和着沙洁念道："拉钩，上吊，一百年，不许变，谁变就是小狗。"

第二十章　离别歌声

2012 年春节前夕，毛姐向所有导游传来好消息，天水水旅游集团已经组建完成。集团公司的品牌效应开始显现，并且与国内众多旅行社合作越来越密切。公司规模的扩大，需要大量的人才，天水水旅游集团发布很多广告，招聘各种人才，尤其是导游人才。

在一段时间内，只要是个导游，都可以到天水水旅游集团下的旅行社带团。对于天水水旅游集团的老导游来说，更有带不完的旅游团。

水涨船高，安康从带普通团到全国大散 A 类团，他的愿望实现得还算顺利，每个团下来，基本上能赚个三五千元。这些收入还勉强过得去，当然还得除去一些必要的开支，最大的开支就是送礼了。

从送出去一万元开始，他领悟到和导管的关系一定要建立在利益之上。如果不给导管利益，得到的只能是一些垃圾团，带 10 个团还不如人家一个团，那有多大意义呢？

借助春节的契机，安康一大早给毛姐又送去了 1 万元的春节祝福。这一次，毛姐表现很平淡，似乎俩人之间已经形成了默契。而后每次重大节日或团队业绩较突出时，安康都以各种方式向毛姐表达着心意。

作为回报，毛姐也会给安康派好的团队。这种潜规则是导游界公开的秘密，只不过谁都不愿意捅破那层纸而已，只要利益存在，这种规则就会一直延续着下去。

送礼结束后，安康到达超市门口。沙洁已经在那里等着他了。这是他在春节前最后一次陪沙洁去超市买年货。进入超市后，沙洁问安康："老公，我今年回家，要买什么东西呀？"

"根据你家里的情况买呗。"安康说，"我们到超市看看，哪种物品合适就买哪种吧。"

两人在超市买了一大堆东西后，回归心小家。一部分年货留了下来，另外一部分沙洁则带回家。安康因为带团原因，不回老家，就不买年货了，他计划着给家里寄钱表达对家人春节的祝福。

他粗略地计算了手中所有的积蓄，顶多 4 万元，给家里是要寄 5000 元、8000 元，还是 1 万元，他拿不定主意，想听听沙洁的意见。

沙洁知道安康收入的浮动性，有时候一个团赚七八千，有时候仅赚个几百块钱，旅游旺季还好，收入过得去，而在旅游淡季时，所赚的钱仅只够日常开支。她很清楚，自从和安康谈恋爱以来，除一部分小开支外，大部分开支都不需要她花钱。

鉴于两人还未结婚，她也不好提出要掌管财政大权，更不知道安康手里有多少钱。于是，她假设了一个数字，以试探安康的经济状况和态度："老公，你要是给家里了 5000 元，还剩多少钱？"

安康没有接话，点燃一根烟，说道："你别管了，既然要回家过年，就早点回去吧，别让我未来的岳父岳母等他们的女儿太久了。"说着，又帮沙洁一起收拾物品，将沙洁送至车站。

只要恰逢中秋、春节这两大节日时，再苦再难，安康都会给家里寄些钱，有时七八百，有时两三千，而今年年底，他经济宽松了，想多寄去一些，以报答父母的养育之恩，以及自我安慰不能回家过年的遗憾。

干上导游，旅游淡季要找团带，旅游旺季则是他人闲、导游忙。春节，谁不愿意回到故乡与家人团聚呢？安康回家的次数很少，为弥补回家少的遗憾，他决定给家里寄去 8000 元，并在送走沙洁后，抽空去银行办理汇款。

大年初三，安康收到母亲沈彩凤的回电说，钱已经收到了，并交代他钱要省着花，别大手大脚。除此外，沈彩凤又催促安康结婚："康儿呀，你不小了，遇到合适的姑娘，带回家让家人看看，要是合适，该成家了。"

接到母亲的电话时，安康在团上讲解，便匆匆地结束了通话。下团后，回到归心小家，已经是晚上，想起母亲电话里的催婚，他给沙洁拨电话过去，问沙洁春节在家过得怎么样，有没有想念他之类的话。

听到电话铃响时，沙洁在家里也正在被催婚。

沙洁家距离洛明很近，仅一个多小时的车程。

沙洁读初一那年，在洛明做生意的父亲和一个年轻漂亮的小三同居在一起，很少回家。而母亲一哭二闹三上吊，和小三大吵一架后，宣布结束婚姻。

郭父搬出家，留下沙洁、郭母和沙洁的姐姐。前几年，郭父还经常来看看她们姐妹俩，给些钱。沙洁高中毕业后，去洛明市区打工了。从那以后，她与父亲的联系基本上就靠寥寥无几的几通电话了。

郭母把婚姻破裂的主要原因归结为钱，每次沙洁和姐姐回家，她总是对姐妹俩说："男人有钱就变坏，以后你们嫁了人，一定要掌管家里的经济大权，不要给男人变坏的机会。"

郭姐听了郭母的话，通过相亲，嫁给县城里一个"吃皇粮的人"，生了儿子，掌管着经济大权，婚姻稳定，逢年过节常回娘家。

而沙洁随着年纪增大，每次回家，常被问到有没有谈对象。这不，大过年的，也是同样如此，安康打电话来时，郭母抱着沙洁姐姐3岁的儿子，指指在厨房切水果的姐姐，向沙洁抱怨道："你看看你姐姐，通过相亲认识了你姐夫，俩人不是过得挺好的，你年纪不小了，早点出嫁，妈也省心。"

沙洁指着手机说道："有电话来。"便接听着电话走出了客厅，半低头遮住嘴，轻声回复道："老公，我妈妈催婚了。"

"叫谁老公呢？"郭母跟在沙洁后面，发出声音，"你跟谁好上了，怎么不告诉妈妈呢？"

女儿有男朋友了，这可是好事，可要是个负心汉，那就毁坏女儿一生了。郭母穷追不舍地问沙洁，相处到什么程度了，问对方的年龄、职业、家庭条件等等。

在母亲的追问下，被逼得喘不过气的沙洁，坦白了她有男朋友的事实，把安康的一些基本情况汇报给郭母，并说，让郭母不用操心她的婚姻大事。

郭母语重心长道："这人做导游，父母是农民也就算了，可他连房子、车子都没有，你以后的日子怎么过呀，再说了你属蛇，今年虚岁24岁，这可是女人一生中最美的年华，可以选择结婚生子。如果遇到不好的男人，妈妈允许你再潇洒两三年。可你要是跟这个导游，耗到有车有房，可能都二十七八岁了，他要是那时候不娶你，你嫁不出去，那岂不是变成剩女了？谁愿意娶剩女呢？你想过吗？"

抵不住压力，沙洁全盘托出："妈妈，我也知道我年纪已经不小了，你说的都对，你别担心了，我和我男朋友生米已经煮成熟饭，我非他不嫁，谁说都没有用。"

郭母拗不过沙洁，妥协并默认沙洁和他人同居的事实，但还是担心她女儿吃亏，于是交代很多东西，重复的话语絮絮叨叨到深夜才宣告结束。

沙洁陷入矛盾中，记起了小时候的事："几乎每个假期，爸爸都会带着一家人到处游玩，爸爸还经常讲书里的童话故事。"可不知怎么的，随着爷爷、奶奶去世后，爸爸越来越不顾家，最终认识外面的女人，离开了家。

郭父搬离家后，沙洁常听郭母发牢骚："男人是会变心的。要想让男人对家庭负责，就要给他生儿子；要想让男人不出轨，让自己过得幸福，就要牢牢地掌握着家里的经济大权。"

近几年，郭母催促姐姐嫁人后，现在又催促自己嫁人，沙洁想："要是真结婚嫁人了，难道母亲的生活就只剩下打麻将了吗？"

她从柜子里取出陈旧的童话故事书，一页一页地翻看着，直到合上最后一页，才将童话故事书放回原处。她打开手机，找到和安康的合照，掰开手指一算，从初次认识到恋爱同居，已经三年有余，真是光阴似箭呀。

普通年轻人谈恋爱，通常是除了工作，就是想吃就吃，想睡就睡，想去旅游就去旅游，想干什么就干什么，过着卿卿我我的情侣生活。

沙洁和安康不是富二代、官二代，就连家庭条件都是极其的普通。他俩的恋爱虽然说并不轰轰烈烈、惊天动地，但却有着平凡的甜蜜，有着对幸福生活的追求和向往。

有一次，安康下厨做"油炸干巴""火腿牛肝菌"和几道下酒菜，沙洁帮忙打下手，俨然像是一对夫妻。也是那次，谈起婚姻话题，以及更为细节的诸如聘礼、结婚仪式、房子、金钱时，安康沉默了。谈到双方家庭情况时，沙洁似乎不想谈太多的原生家庭。那次后，俩人就很少谈及婚姻。

今晚，沙洁被母亲逼迫说出了她与男朋友同居的事实，加上姐姐的知心话，以及前一两天，七八姑八大姨的苦口婆心："年龄不小了，该嫁人。"沙洁失眠了，直到黎明时分发给了安康一条短信："安康，你愿意娶我吗？"又听着手机里的催眠曲才勉强进入睡眠。

早晨，安康看到短信时，心跳速度比超级赛车还快，他激动地围着客厅的茶几，快速跑了十多圈，累了坐在沙发上，喘着粗气，往大腿上一掐，确定不是在做梦，又把手机短信读一遍，兴奋得一个人咯咯地笑。

从追求沙洁开始，他付出了真心，他想让沙洁成为最幸福的新娘，让沙洁做他一辈子的灵魂伴侣。可情路坎坷，恋爱初期，沙洁对他忽冷忽热，让他得不到柔情。

转行做了导游后，他想放弃这段感情时，却在受伤的脆弱时刻，沙洁出现在医院里，给他无限的温柔，继而未婚同居在一起，每天沙洁"老公"来"老公"去的，叫得多亲热，多温暖。

这难道不是夫妻吗？安康恨不得马上出现在沙洁面前，紧紧抱住沙洁，把她给生生地"吞吃了"。

激动后，安康准备给沙洁回电话。此时电话却响了，一个自称是华侨的男子，与他核对早上的出发时间。接过游客的电话，他收住了兴奋，没有及时回沙洁的短信，匆忙洗漱后出门去接团了。

沙洁一觉睡到中午，直到姐姐敲门喊吃饭，才走出卧室。她打开手机查看短信，安康没有发来任何信息，她很是失望，很是失落。

吃过午饭后，她打电话给小浅浅，互相祝福春节快乐后，她问道："以你对刀安康的了解，你觉得这个人怎么样？"

搞不懂沙洁怎么问出这个问题，而且安康和沙洁谈恋爱，最了解安康的应该是沙洁才对呀。小浅浅不知如何回答这个问题，说安康好吧，这人抽烟喝酒；说不好吧，安康还因为她和孙武贵打过架。小浅浅回复："你的男人好不好，我怎么知道？"

是呀，小浅浅说得没有错，沙洁自己还不知道安康好不好吗？安康从追求她开始，就对她全心全意地付出，没有任何怨言，同居以来，有什么话都跟她说，没有什么心机和隐瞒，凡事总想着她、让着她、呵护着她，而她不也是把安康当成丈夫了吗？

面临一辈子的选择的时候，沙洁反倒不自信了，她想："安康带团再忙，抽空回个短信，总应该有时间的吧，为何他不及时回信息呢？"

原本计划在家要待到大年初六才回洛明的，她决定提前动身回洛明，找小浅浅说说心里话，便问："浅浅，你在洛明吗？"

"在的。"小浅浅告诉沙洁，她今天下团后，就和导管说要辞职，但导管说理由不充分不同意，给她放一个月的假，让她再好好斟酌要不要辞职，她正为这事犯愁呢。若沙洁提前回洛明，倒可以让沙洁出主意，她说，"郭姐姐从家里提前回洛明就太好了，我要辞职了，正愁没有人陪我说话呢。"

"辞职，你要去哪里？"

"郭姐姐，我也很矛盾，电话里说不方便，见面再说吧。"

人的矛盾大多来源于选择的机会太多，就比如去爬山时，只有一条通往山顶的道路时，人们勇往直前就能到达山顶。要是走到中途遇到岔路口，人们便面对着选择了。

小浅浅站在岔路口，要么选择继续跟随毛姐带团，要么去乾泸和阿雷享受爱情的甜蜜。她难以忘记和阿雷在一起时，每次见面体验新鲜、刺激的爱，这令她欲罢不能，原始的欲望驱使，她鼓足勇气向毛姐提出辞职请求，然而，心却"砰、砰、砰"地跳个不停，总觉得亏欠毛姐。

她没有明确向毛姐说自己谈恋爱了，也没有说清楚辞职的原因是什么。

而毛姐对她总是当亲妹妹一样，没有责怪她，也没有多问她原因，只说她辞职的理由不充分，并建议她回家一趟去陪陪父母，或者去其他地方旅游，走走看看，一个月后，若还是坚持要辞职，绝不挽留。

毛姐对小浅浅的特殊照顾，就连她的表妹孔玉秋都猜不透，这个表姐葫芦里装的是什么药？就拿派团来说，有些团队已经安排给其他导游了，但看着团队适合小浅浅，毛姐便会改派给小浅浅。她问过毛姐："是不是万知浅给了你什么天大的好处？"

毛姐总是回答："讨好的我导游多了，你见过我对谁有这么好的？"

"表姐，我就不明白了，万知浅有什么好的，让你对她那么好。"孔玉秋觉得这样做不值得。

"她人品不错。"毛姐笑笑道，"在导游这个群体，像小浅浅这样的人难得遇到，得珍惜，还值得培养。"

孔玉秋疑惑地看着毛姐："从学校毕业出来，进入我们旅行社的导游，像万知浅这样的，一抓一大把，怎么就不多了呢？"

"你还记得吗？有一次我生病住院了三天。"毛姐想以住院之事告诉表妹，小浅浅与他人的不同之处。

"当然记得了，你做导管不久，把导游里里外外的事情基本理顺了，本可以放松一段时间了，却突然生病了。"

"是的，就是那次，让我更看清了人和人的关系。"毛姐回忆起往事，讲给孔玉秋听，并请其保密。

那是毛姐刚做导管不久的事了。

她上任初期，事情多且杂，白天除常规的事务外，还频繁地往购物店跑，去和他们沟通如何使得业绩更好。但凡闲下来，她就分析导游性格、带团能力，给他们安派匹配的团型。又因有些导游临时甩团，她得动用全部资源去找导游救急，弥补损失，弄得身心疲惫。

身为导管，她得保持电话 24 小时畅通，以至于夜里三点多钟，都会接到莫名其妙的诸如推销股票软件、购买保险等等的骚扰电话。连续两个多月来，她没有睡过好觉，因而皮肤暗淡无光，内分泌失调，脾气也变得暴躁，但又不能随意宣泄，就像水管被堵住了。

某天夜晚，她开车回家，路上痛经发作，腹部痛得就像五鬼过生日在撕咬乱蹦一样，又好像一个屠夫拿着生锈的菜刀在她身上使劲地割肉。她额头的汗珠时冷时热地流向脸颊，强忍住疼痛的她，还是发出颤抖的呻吟声，勉强将车停靠在路边，腹部像是被绳子拧巴成结，越拧越紧，终于崩溃了，伴随"啊……"的哭喊声，止不住的眼泪大滴大滴地落在胸前衣领上，她哭了，委屈无助地哭了。

巨大的疼痛过后，车座位下流着一摊血，血从大腿间流向脚踝处。她的哭声渐渐弱了，变回轻微的呻吟声。她冰冷颤抖的手摸到手机，本想给表妹孔玉秋打电话，但想到孔玉秋超负荷的工作，不忍打扰。打开手机通讯录，在几百号名单里搜索着亲戚、同学、同事、朋友等等，这些名单中，竟然找不出可以拨出的电话。她把通讯录从头到尾又看了一遍，拨通了小浅浅的电话。

接到电话后，小浅浅起床、穿衣、打车，以飞机般的速度出现在毛姐的面前，带着她去医院做检查。医生说："痛经是因为曾经打胎留下严重的后遗症和劳累过度引起的。"并建议她住院观察，交代她要爱护自己。

在随后的一个星期，小浅浅没有接团，死活都要陪着毛姐，帮她跑前跑后处理各种大小琐事。

有些导游听说毛姐住院了，也不问是什么病，便带着礼物，去看望她，希望借机巴结毛姐，日后带好团。但是，这些人的虚情假意一眼便可看穿，但毛姐都假装领情。

毛姐心里清楚，多年来，经历了做生意散伙，同学越走越远，同行人明争暗斗……做导管后，围着自己的只有利益相关的人。知心人竟然一个都没有，更可悲的是，有时想跟人聊聊天、吃吃饭、逛逛街，竟找不到合适的人。

审视自己的前半生，一把年龄了，爱慕自己的男人不少，但大多目的不纯，更不要说找个真心相爱的人结婚，连个靠谱合适的人都没有。而且身边的同龄人，大都已经结婚、生孩子，共同话题越来越少。

她很清楚，1999 年的同一批女导游，数不出几人还在一线带团的，也因此，她和曾经的好闺密、好同学、好朋友逐渐有了距离。为长远考虑，她便选择做了导管。

小浅浅虽然和她年龄相差 10 来岁，跟小浅浅讲很多利益、得失、争斗，或许小浅浅不感兴趣，但小浅浅却不失一个可以在关键时刻出现的人，可以说说话的妹妹。

从那件事后，毛姐认定小浅浅这个妹妹，并不是因为小浅浅有多好，而是毛姐太孤单了，她真的需要朋友，也因此，毛姐对小浅浅的好，是发自内心的好。

对那件事，小浅浅并未放在心里，她认为帮助毛姐是理所当然的。在她看来，毛姐帮她介绍旅行社，传授她带团技巧，让她少走了弯路，这已经是大恩了。就连她父母到洛明，都受到毛姐盛情招待，她并未把毛姐住院和这件事情联系起来。

尔虞我诈的社会中，保持纯洁是难能可贵的品质。毛姐的特殊照顾，使得小浅浅在导游之路上一直顺风顺水。如果小浅浅一直在天水水旅行社待下去，用不了多久，就会被毛姐培养成导游队伍中的核心成员，她的导游生涯又将上升到更高的层次。

可是，她的生活节奏被阿雷打乱了，每一次阿雷都给她充满新鲜、刺激、全新的感受，令她无法自拔。她喜欢患得患失的这种感觉，喜欢在生命中多出这么一个男人，多出一份牵挂、思念。

终究，小浅浅还是选择了爱情，她主动给阿雷打去了电话，继续使用她喜欢的"雷疤"这个称呼。她把心中的犹豫跟阿雷说了一遍。

阿雷在电话里下命令："尽快收拾好东西，给我打电话，我去洛明接你。"

年龄差距、原生家庭、价值观、民族文化、人生追求等等都有所差异的两个人认识，成为情侣，他们谈论最多的是导游话题。除此外，那些太多的不同，是否会在时间的流动中发生冲突，谁又能说得清楚呢？

单纯的小浅浅做了冲动的选择，她也不知道两人能走多久，沉思了一会，她问阿雷："你会后悔今天的选择吗？"与其说想听阿雷的再一次肯定，还不如说她在考虑，要是走错路了，自己能接受和承担一切后果吗？

阿雷用强劲、干脆、有力的声音回复道："我对雪山神发誓，绝不后悔。"

阿雷的声音再次给了小浅浅信心和力量。哪怕前途未卜，小浅浅都要勇往直前了，她结束和阿雷的通话，给房东打电话后，开始清理房间。

不知不觉间，天已经暗下来，沙洁也到达了洛明，两人约在了火锅店。

沙洁听到小浅浅的想法后说："你去乾泸是因为爱情，留在洛明是因为姐妹情，两者并不冲突。你要是把你的导管当成上级，就没有必要在乎她的想法，直接辞职就行；要是把她当成姐姐，就直接说明情况。我相信，她不仅理解你，还会祝福你的。"

听了沙洁的建议，小浅浅立刻就给毛姐打电话，说明了情况。

毛姐先是一愣，虽然有不舍，但还是决定不再挽留，并祝福小浅浅得到爱情，同时，她又给了小浅浅建议："抽空回家去看看你爸爸妈妈，再去乾泸吧。"

小浅浅正是有这样的打算，她太想家了，记得上次和父母分别时，父母就对她交代过，常回家看看。今天毛姐建议她回家，她觉得感动、温暖，无法言表，哽咽道："毛姐，谢谢你。"

"去乾泸了，可别忘了姐姐呀。"

"姐，我一定会常回洛明来看你的。"小浅浅接过沙洁递过来的餐巾纸，擦了擦眼角的泪水，待平静后又说："我是不是上辈子积什么福了？居然能遇到你这么好的姐姐，毛姐，你真的就像我的亲姐姐一样……"

结束和毛姐的通话后，小浅浅眼角净是泪花，沙洁索性将一盒抽纸放在小浅浅面前，安慰道："你那个毛姐的好，记在心里吧，想回报她，日子还长着呢。"

擦干眼角的泪水，小浅浅叫服务员拿来了一瓶"生命力酒"，对沙洁说："能陪我喝杯酒吗？"

沙洁往杯子里倒酒，尝一口后说："酒太呛口。"但她又不想让小浅浅扫兴，便改为喝啤酒，决定陪小浅浅一醉方休。于是乎，两人喝着酒，互诉心里话、道离别。

有个成语叫"江郎才尽"，说的是南北朝著名文学家江淹少年成才，老来写不出好文章的故事。可又有多少人知道他经历了太多的生离死别，在他的抒情小赋《别赋》中，给世人留下"黯然销魂者，唯别而已矣"的千古名句，道出了离开的无奈、悲伤与苦痛。

人生道路上的离别是很平常的一件事，可导游对离别的感情体味得非常深刻。小浅浅先是与父亲、同学、朋友离别，一个人到了洛明；后来做导游，经历了一次又一次与游客的离别。她对离别有了深刻的认识，对于这次离开，不仅仅要与毛姐告别，还要与沙洁、与这座城市的朋友和熟悉的街道告别，她感伤不已，心里有千万个舍不得。

不知不觉间，小浅浅已经喝了半斤多的酒，她还想再喝，被沙洁劝住了。走出餐厅，沙洁开着电动车载着小浅浅，摇摇晃晃地行驶在公路上。

"妹妹，你大胆地往前走，往前走，莫回头呀……"

小浅浅在电动车后座哼唱歌曲，歌声勾起了她的回忆，她回忆曾经和安康一起在马路上唱歌的往事，眼泪竟又止不住地一滴滴落下来。伴随着歌声越来越小，她把许多往事装进了记忆箱子的最深处。

沙洁把小浅浅送到她的家里，扶她到床上。小浅浅拉住沙洁的手："郭姐姐，我心里难受，陪我说话。"

"我去拿热毛巾，给你洗洗脸。"沙洁给小浅浅盖好被子，走出卧室，去打热水洗毛巾，返回到卧室时，小浅浅闭着眼睛，稚嫩的脸显得恬静，她嘴角咧开，呲呲嘴露出小虎牙，鼻孔里传出均匀的呼吸声。沙洁浅浅一笑，嘀咕道："这么快就进入梦乡了……"

沙洁比小浅浅大两岁。两人的经历颇多相似之处，都是在同龄人进入大学校园时，她俩就参加工作，步入社会，靠双手养活自己，因此她俩有着很多共同语言。然而，她俩所走的又是完全不同的路。

小浅浅从小向往边境省，在学校读书，考导游资格证时，又接触到丰富多彩的边境文化，到边境省做导游，对边境省的认识又上升了一个层次。认识的朋友越来越多，她也越来越热爱这片多姿绚烂的热土，并且认准了自己未来的方向：通过导游这份职业，把边境省的美传播给每一位有缘分的客人。

沙洁在小企业上行政班，做文员，面对的人员群体相对简单，人际关系也不复杂，每月领着固定的工资，过着朝九晚五的生活。可这份工作毕竟不是铁饭碗，不可能做一辈子，如果企业效益不好了，随时会面临下岗。再说她的工作岗位要求不高，市场上一抓一大把。若是哪天失业了，以她的学历、经历和能力，很难找到称心如意的工作；要是创业，以她的能力，开个小店还是做什么呢？她困惑、迷茫，好像一个人在黑夜中的大海里，划行着猪槽船，看不到岸边灯塔的光亮，分不清东南西北，不知往哪里走。

沙洁走出卧室，轻轻地关上门，她斜躺在客厅的沙发上，闭上眼睛想起离家前母亲的交代："沙洁呀，记得把你男朋友带回家来看看，别一直拖着，你该结婚了。还有呀，你一个女孩子家，要含蓄点，不然呀，就不值钱了。"

她拿起手机准备打电话给安康，却在窗户前来回踱步，始终没有拨出那个号码。

那一夜，小浅浅因为有所期待睡得很香，沙洁却因为想太多关于婚姻和未来的事而失眠了。

第二十一章　争抢业绩

新春的乾泸市，到处弥漫着过年的气息，以当地习俗来讲，正月十五元宵节后，过年才算结束。而对于在外带团的导游来说，就无所谓新春了，有的只是努力带好团，多赚钱，要不然，大春节的，谁不愿意待在家里和家人度过一个愉快的新春呢？

安康的想法和大多数导游一样，既然出来带团，就要全力以赴，让客人在购物店多买些物品，多做一些业绩，多一些收入。

在乾泸，他安排游客之后，仍像往常一样前往麻雀窝酒店，只见此时酒店大门两侧的春联上写着：

迎导游迎师傅迎四海宾客共度新春；
接富贵接平安接八方财源欢聚一堂。

他向前台服务员问道："这春联是谁写出来的呀？那么坚韧有力、与众不同。"

"这可是老板的朋友，洛明市人尽皆知的书法家孟先生写的。这位书法家可厉害了，身残志坚，没有双手，是用嘴写出来的……"正说着，有一中年男子出现在服务台处，服务员连忙向男子恭敬道，"老板好。"

只见这男子手上正玩弄着一串佛珠，他将佛珠戴在了脖子上，向服务员点点头，转而微笑地向安康伸出手："你好，我是罗吉祥。"

"你好，你好，很高兴认识你，以前就听导游界的朋友提起过你，听说你以前也是做过导游，后来转做酒店的?"

"是的，是的。"罗吉祥跟安康说，他做导游的时间长，跑不动了，最主要是年纪大了，所以转行做了酒店，因为独有的导游情怀，所以酒店主要以接待导游和旅游车师傅为主。当安康指向门口问到那春联时，他说："现在的传统文化都快丢完了，悲哉呀悲哉。"

"此话怎讲?"安康不解问道。

导游出身的酒店老板罗吉祥，不摆老板架子，俨然像个导游大哥，很亲切，他说道："虽说现在自己开个酒店经营，但我是导游出身，一直把自己当作一名导游，现在又喜欢上了道教禅学文化，对佛珠情有独钟。"说着，他把脖子上的佛珠取下来在手上拨弄着，说道，"这副春联跟乾泸的文化习俗相关，一下子也讲不了这么多，我在大堂等一位兄弟，要不一起喝杯茶，我们边喝边聊?"

安康暂时没有什么事情，回复道："老板，我先去放行李，再下来吧。"

和罗吉祥挥挥手，安康进入电梯，去到酒店房间放下行李后，再到楼下时，只见大堂的茶台处，罗吉祥倒腾着茶具，正在泡茶，茶台处，还有一个熟悉的身影，走过去，原来是齐白方。

"真巧，没有想到在这里遇到刀兄弟。"齐白方向安康握手。

安康坐在齐白方旁边，接过罗吉祥倒过来的一杯普洱茶，尝几口说道："这茶味道不错呀，充实润口，茶香爽朗。"

齐白方说道："罗哥泡的茶呀，口感就是棒。"他还说，同样的茶叶呀，不同的人对于水温、冲温时间等等各环节的把控不一样，所冲泡出来的口感就不一样。除此外，对于茶叶的不同理解，喝出来茶的口感也不一样，他还由此随口吟诵《红楼梦》中曹雪芹笔下关于普洱茶的诗：

普洱茗茶喷鼻香，饮茶谁识采茶忙。
若怜南国采茶女，忍渴登山与茶尝。

安康对于普洱茶并不陌生，也经常在旅游团上讲关于普洱茶的知识以及关于茶马古道的故事，但对于齐白方和罗吉祥这样深入地品味茶文化，他还是插不上几句嘴，只是附和着他俩聊天。

罗吉祥与齐白方多年前就认识了，那时两人都在带团。又有共同的爱好，都喜欢中国的传统文化，喜欢道教禅茶之学，两人的友情便一直延续下来，他俩还时常一起去古城拜访孟先生，与孟先生交流书法知识。

这不，前些日子，春节来临，很多人都喜欢到市场上购买工厂所生产出来的套装春联用品，而传统手工书写的春联只在一部分人中传承着。

罗吉祥喜欢手写春联的方式，每年春节都到孟先生书斋请求书写春联。恰巧春节前写春联时，也让孟先生帮齐白方写了一联春联。把春联送给齐白方时，他拒绝齐白方所支付给他的垫付的润笔费。他说："都是哥们，仅一两包烟钱的事，还计较这个干啥？"

欠钱易还，欠情有负担，齐白方请罗吉祥喝酒，恰巧今日，罗吉祥有空，便相约在罗吉祥的麻雀窝酒店见面。

因巧合，相请不如偶遇，安康在此遇见齐白方，受齐白方及罗吉祥邀请，一起喝一杯。尤其是齐白方盛情邀请道："都是导游，别计较那么多，一起呗。"

他们三人来到餐厅。餐桌上，酒过三巡，便开始畅谈人生。罗吉祥手捻着佛珠说道："带团也好，经营酒店也好，都是一个悟的过程。"

至于悟到什么，他借用六祖慧能的偈语缓缓道：

菩提本无树，明镜亦非台。

本来无一物，何处惹尘埃。

吟诵完这首偈语诗后，安康觉得似乎有道理，又似乎很模糊，云里雾里的，他向罗吉祥讨教其中哲理文化。

罗吉祥侃侃而谈，从拈花一笑、到南顿北渐，把禅宗讲得平淡而不平凡，还把禅学文化结合生活的方方面面悟得貌似很透彻。于是乎整个晚餐期间，谈话基本上都是围绕着罗吉祥的那串佛珠和禅宗而进行的。

罗吉祥把佛教的苦、集、灭、道四圣谛对应为十二个字："面对它、接受它、处理它、放下它。"这让安康感受深刻。散席后，安康回到酒店房间，嘴里还不忘念叨着那十二个字，当抬头看看房间里的墙壁上的挂钟，时针已经指向 11 点了，才闭嘴躺到床上准备睡觉。

一个人挺空虚的，想起一直没有给沙洁回信息，安康便给沙洁发短信："亲爱的沙洁，睡了吗？"

等了 10 多分钟，未收到回复的信息，猜想沙洁应该是睡着了，安康起身，在床上抽了支烟，把心思转移到团队上，琢磨着明天如何讲解，才能打响春节第一炮。

回想这个团的成员构成，给人印象深刻的便是接团第一天就接到电话问出发时间的自称是长居海外的华侨游客。直到今天晚上客人入住前，他才弄清楚，这一组游客说是海外华侨，其实就只有其中一对夫妻在国外，还有四人中一对夫妻都戴着红宝石戒指，另外两人是表姐妹关系。据他们讲这6人是大学时期要好的同学，多年未见，便相约出来旅游，图方便报了旅游团。

这6人是整个旅游团中穿着打扮最好的，引用翡翠术语来讲，便是：水头好、毛色好。一路下来，这6个人给安康留下的印象是：在餐厅吃饭时，华侨夫妻总会带头用开水烫一下碗筷才吃饭；在景区游览排队时大家从不插队，遵守时间；华侨男子脖子上总挂个相机，喜欢拍照，还不时地给安康提出带团建议。

讲到购物时，除华侨夫妻在私底下和他抱怨过，说他们的旅游团费高，不喜欢购物。而其他4人对购物倒也不反感。

基于此，安康预先判断，要提高这个团的购物金额，离开不开这6人的支持。于是他在脑海中盘算如何让这6个人参与购物，直到第二天带着旅游团进入翡翠购物店后，也时不时地关注着这6个人。

进店20多分钟过后，游客挺支持工作，大都在销售人员的引导下去柜台看货，他放松情绪，走到购物店门口外的吸烟处，点燃一支烟。

"刀导，好久不见。"话音刚落，一个女子站在安康面前，给他一个红包，祝福道，"新春快乐，团团大卫！"

女子短发淡妆，戴翡翠耳钉，穿工作服。她望着有些许疑惑的安康说道："不记得我了？我是卓巧燕呀，外号是'小燕子'的卓巧燕。"

安康挠挠后脑勺，反应过来，惊喜道："真的是小燕子吗？你不是在洛明吗？什么时候跑到乾泸来的？"

小燕子说道："洛明的旅游购物市场不好做了，团量减少，收入减少，而且还常拖欠工资，我还有3个月的工资没有领到，想着继续待下去，意义不大。刚好，我一个朋友在乾泸这家购物店做客户经理，她怀孕一段时间了，请假安心养胎，便把我介绍到这家翡翠店上班，暂时接替她的工作，做客户经理，主要与导游对接。我想，反正在洛明那家购物店也是半死不活的，还不如趁着春节旅游旺季，来乾泸这家购物店上班，挣点钱。"

两人叙旧一会儿，安康走进店内，遇到红宝石夫妻说他们想买近20万的货品，店家不打折也没有优惠，索性就不买了。而身材像模特一般的销售员，认为客人在装腔作势，便放弃跟单，转而去传家宝区和店长接待新客人了。

就在这时，西瓜姐从安康面前走过，于是安康便请西瓜姐帮忙接待这对夫妻。他随即也找到小燕子来帮忙。在共同努力下，还是挽回了红宝石夫妻。

成交之际，模特销售员出现了，她抢过西瓜姐手中的货品和包装盒帮红宝石夫妻包装起来，并靠近西瓜姐用方言小声说了一句："这对夫妻是我的客人，是我先接待的他们。"

弄好一切，安康和小燕子亲自把客人送到停车场后又回到店门口。此时传来声音："有人打架了。"

大春节的，购物店里有人打架，对购物店来说可不是什么好兆头，会影响到整个购物氛围。安康关心的是打架的人是否会对他的游客有所影响，他又转回店里，寻找其他游客，希望促进更多游客购物消费。

与此同时，小燕子往聚集的人群处走去，只见销售员、游客，还有两三个导游围着两个穿工作服的销售员。她一眼认出来是西瓜姐和模特销售员。只见模特销售员扇了西瓜姐一耳光。瞬间，西瓜姐的脸上出现了红色的印子，她不甘示弱，伸出双手往模特销售员的脸部抓去，又顺势揪住模特销售员的头发，两人张牙舞爪扭打在一起。

小燕子挤进人群去劝架，没能把两人拉开。在劝架过程中，还不知道被谁碰了一肘子，眼睛都冒星星了。约莫两分钟后，两个男销售员加入劝架队伍，费尽力气，才把西瓜姐和模特销售员分开。

两人蓬头散发，脸部和脖颈处都有被指甲抓出来的血印痕迹。她俩彼此大声地骂爹骂娘，想继续斗殴，引起了越来越多的顾客和销售员围过来。此时，店里除少部分人还在正常购物外，大部分人被影响到了，没有心情购物，转而往购物店门口走去。

见此情形，两男销售员分别硬拽着西瓜姐和模特销售员，离开了购物大厅，将她们拽到行政办公室。没有主角，戏就无法继续观看下去，围观客人也在小燕子和其他销售员的引导下回归购物状态。

两人吵架，拳脚相向，再到被两男销售员拉去行政办公室，总共不过是七八分钟的时间。可偏偏这短短的时间，影响了整个购物店的大盘，影响了导游的团队购物业绩。受影响最大的，是对业绩要求最高的带购物团的导游了。

报低价购物团的多数游客本身就是图便宜才参团的，对于购物本身就有抵触，遇到导游所给的压力，不得不应付式地购物。遇店里的人员打架，他们便以此为借口凑热闹，悄悄地溜出购物店，逃避购物。

客人不购物，导游没有业绩，就没有团带，压力随之而来，所以每个导游都想提升购物业绩。

安康也不例外，他所带的团是典型的低价高品质购物团，这种团比普通的购物团多了规范，诸如酒店标准、用餐标准、购物次数等都在合同中做了明确约定。高品质购物团不像普通购物团会接二连三地进多家购物店，因此，这种团一般只进一个翡翠大店，翡翠大店的购物金额决定总业绩，故此，高品质购物团比普通购物团的压力大。

在西瓜姐和模特销售员吵架时，安康在店里迅速绕一圈，看到团队中的一组游客正在挑货，他凑过去时，才了解到，这组游客在犹豫到底要买8800元的翡翠如意叶子，还是要买6800元的平安扣，一直未下决定。他准备给一些建议时，吵架声变成了打架声，这组客人受影响，无心购物，想去看热闹，硬是被安康和销售员留在柜台处。

打架平息后，这组客人还是拿不定主意，到底要买叶子还是平安扣，最终放弃购买，离开柜台，还扔下一句话："我们又不是在菜市场买菜，而是买珠宝翡翠，这里搞得乱七八糟的，谁还有心情购买？"

显然，客人是在为不购物找借口，安康千方百计挽留客人，可还是无计无事。

客人刚离开，小燕子出现在他面前，向他说道："打架的销售员是因为争抢你的客人单子，还要麻烦你到办公室帮忙说明一下情况……"

"那是你们店里的事情，跟我也没有关系，我去也起不到什么作用，没有必要吧。"安康哪还有什么心情去说明情况呀。

"麻烦你了，刀导，就一会儿的工夫，帮忙协助一下就行，拜托了。"说话间小燕子就当是安康默认了，拉着他的袖子直往办公室走去。她告诉安康，店长因为店员打架非常生气，还向安康暗示，模特销售员和店长的关系暧昧不清。

到达办公室，小燕子向店长介绍安康后，给安康和店长各自倒了一杯茶水，坐到西瓜姐的旁边。

店长起身给安康递过来一支烟后说道："刀导，出现这样的事情，是我们店里管理的问题，耽误你几分钟的时间，和我们一起回顾一下事件的前后经过。"

安康点燃香烟，指着模特销售员说道："最初是这位美女销售接待我的客人，但是没有出单，还放走了客人。我再次把客人拉回来时，去找你帮忙做单，那时你正和这位美女销售做其他客人的单子。"

他停顿，吸口烟，指向小燕子和西瓜姐继续道："后来，就是卓经理和另外这位销售做成的单子。当已经开单时，美女销售又过来了。至于后来的事情，你问卓经理和这两位销售就清楚了。"

说完后，安康问道："请问下店长，你和美女销售做了多大金额的单子？"

店长镇定道："惭愧，被那几个顾客忽悠了。"

这可是个"好消息"，安康故意斜睨美女销售和店长一眼，似乎在说："不好好接待我的客人，不重视我，怎么样？你们的大单不也没有做成吗？"但他还是理性地说道："现在的单子不好做，客人越来越精了。"

此时的西瓜姐满脸委屈，见到安康看向她，她又打起精神，强颜微笑。这使得安康不禁想起第一次进这个购物店时，自己差点酿成大祸，若不是这个西瓜姐，那个团怎么可能会有业绩。

而今天，也是自己主动让西瓜姐帮忙的，她二话不说就全心全意服务好了自己的客人。如此这般，不能让她吃亏，至少应该帮她说句公道话。

安康转向店长说道："恕我直言，这个单子要是美女销售从头到尾就跟好单，也许就不用给客人优惠那么多，也不用弄出这么个事来。至于你们怎么处理，那是你们店里自己的事情。"接着，他指向西瓜姐又说道，"但以我的角度看，我想说的是，如果不是这位'大气小姐姐'稳住客人，以及卓经理帮忙做单，就不会有这个单子了。"说完，安康离开了办公室。

店长训斥道："你们两个销售员真是了不起了，为个人一点儿鸡毛蒜皮的小业绩，公然在店里大打出手，成何体统！你们知道吗？因为这事，今天上午的销售额至少损失 6 位数以上，更严重的是这会对我们公司造成多大的负面影响？你们有考虑过后果吗？要不是现在没有 VIP 顾客，谁还有空来处理这些事情？"

店长瞅西瓜姐一眼，说："小芳，公司一开业，你就在这里上班了，是老员工了，怎么还弄出这种事情来……你说怎么办吧？"

西瓜姐说道："客人走后，姚湖莉就跟我说，客人一进店，她做了很多工作，客人所买的货也是她帮忙挑的，不能让我白捡便宜，这个单子要算成她的，谁也别想抢。我不同意，她骂我并且上前动手打我。"

"不用说事情经过了，你直接说，这事怎么办吧。"店长压低语气又说，"姚湖莉才进公司不到一个月，总不能说我们欺负新员工吧。"

没等西瓜姐回复，店长紧接着批评模特销售员几句后，又向西瓜姐说道："这个单子不是还有卓巧燕经理的帮忙才成交的吗？你也没有付出多大努力。这样吧，你就别争这个单子的业绩了，以后优先安排你接待优质的顾客，这么大的公司，不会让你吃亏的。"

西瓜姐站起来，说什么都不愿意放弃这个单子的业绩。而模特销售员也毫不相让，两人又吵起来，吵到激烈处，模特销售员蔑视道："死胖妹，吃饱了撑着，不好好接你的客人，来搅什么乱？"

西瓜姐不甘示弱："我胖怎么了，我喜欢胖就胖，我不吃你的，不用你的，也不出卖自己，我胖得有尊严。哪像你，靠着脸蛋和某些男人鬼混，每天都优先占着精品区、传家宝区耀武扬威的，货卖得不好不说，还多次放走好客人，你这是占着茅坑不拉屎，你好意思吗？公司的人谁不知道呀，你是怎么巴结领导的，不要脸，臭婊子……"

两人指手画脚地开骂着，又要打起来。

"啪"的一大声，原来是店长往桌子上一拍。两人停止了声音，整个办公室安静下来，店长让模特销售员先出去，转而征求小燕子的处理意见。

小燕子说道："今天这事吧，主要是因为导游让我帮忙做单，我不好推辞，才帮忙做的单，没想到却发生这样的事情。而且，我主要是负责和导游的对接、沟通等事务的，对店里的经营事务不好发表什么意见。"

店长站起来，直接宣布："小芳呀，你作为老员工，公然在店里和新员工姚湖莉打架的事，我不追究和处罚了，至于这个单子，就算姚湖莉的了，你不要再多说了。"

西瓜姐双眼含着泪珠，她想和店长争论，被小燕子拉着手臂离开了办公室，并走到店门口，在一角落停留下来。

小燕子给西瓜姐纸巾，擦拭了即将流出来的泪珠，向西瓜姐抱歉道："小芳，我也知道店长这样处理是不公平的，他明显是在祖护姚湖莉，让你吃亏，至少今天这个业绩应该算每人一份才对。奈何我也是进公司不久，说话分量不重，况且你也知道店长和姚湖莉的那种关系，就算我说这个单子是你的，也等于白说，我想帮你也心有余而力不足呀。打工的都不容易，你就当是这个单子喂狗了。"

小燕子动之以情，晓之以理地对西瓜姐进行劝说："打工的人总要受委屈和受到不公平的待遇，有些事情忍忍就算了，多一个单子不会富，少一个单子也不会穷，别太较真了。"

小燕子还跟西瓜姐说，洛明市的旅游购物店比乾泸更黑、更乱，不公平的事情数不胜数，忍气吞声的普通员工还不是照样待得好好的，那些硬要讲死理的，没有几个会有好下场。

西瓜姐认为小燕子所说的"忍"是懦弱的表现。她说她自己是一个较真的人，凡事都应该讲个"理"，再说这可是 20 万多的业绩呀，虽说提成不多，但也不少呀，相当于兼职发传单半个月的收入了，不能就这么算了，一定要找个说法。另一方面，店长明显是在护着他的"小情人"，自从这个姚湖莉到了公司后，店长的私心越来越重，要是店长不给她个说法，她就把这事向总经理反馈，并且把店长的不法勾当一同反馈给总经理，大不了鱼死网破，不干了。

小燕子劝服不了西瓜姐，便不再勉强。就在此时，安康出现在了她俩的面前，小燕子问道："刀导，这个时间，你不是应该已经出发带客人去餐厅吃饭了吗，怎么还在这里？"

"你们销售员把我客人的商品条码弄错了，还好客人在这个时候发现，要是离开乾泸发现，那不是麻烦了？这不，我现在帮客人拿来更改下，更改好了就去餐厅吃饭。"

"你告诉我要改哪里，我拿去帮你改，你就在这里等我就行。"小燕子从安康手里拿过销售票据，记录了需要修改的商品条码信息，前往收银处去重新打印票据了。

看西瓜姐的眼睛泛红，安康问道："你的眼睛怎么了？"

"沙子进眼睛了。"西瓜姐揉揉眼睛，满眼委屈。

"刚才的事情搞定了吗？"

控制不住情绪，西瓜姐也不管是否合适，就告诉安康"她的辛苦打水漂了"，还爆出公司的争斗和潜规则，以及店长的种种不是，说到情绪激动时，她愤愤不平地说："店长这样不公平，我绝对饶不了他。"

听此，安康想着，要是没有西瓜姐，可能就没有这个业绩了，这个单子怎么说也应该是西瓜姐的。但客观来说，前半段的工作确实是模特销售员完成的，就算分给模特销售员一些业绩也是人之常情。

想不到的是，这个店长竟然把全部业绩给模特销售员，这样做，确实太过分了。可他一个导游怎能去插手购物店的内部管理，于是对西瓜姐说道："这个单子是我的客人购买的，更是你做的单，若是需要什么配合，尽管给我打电话。"

安康把电话号码留给了西瓜姐。小燕子也打印好票据走了过来。安康接过票据走向了停车场，上车后直接去餐厅吃中午饭。

吃过午饭，安康将团队交接给乾泸导游走后段行程后，深呼吸一口气，暗自开心："春节的这个团总算是有所收获了。"

业绩好，赚到钱，安康没有必要乘火车回洛明了，不如坐飞机回去吧，他便掏出手机，准备在网上订票。

正在查询票务时，电话响了，他接通电话，是西瓜姐。西瓜姐在电话中就问了一句话："刀导，今天上午，你的客人买的手镯和手把件是不是我卖出去的?"

"是呀，怎么了?"

安康刚说完，只听到电话那头一阵乱哄哄的声音，一种不祥的预感充满了他的全身。当他再去查询票务时，手机显示查询异常，不知是手机问题还是订票网站出了问题。

于是他离开餐厅，坐上出租车，前往麻雀窝酒店，计划午休两个小时，再订票，要是实在订不了机票，那就乘夜卧火车回洛明。

到达麻雀窝酒店房间后，他在床上翻来覆去，十多分钟后终于睡着了。

第二十二章　夜生活

话说，安康带着旅游团离开购物店后，西瓜姐带着委屈去洗手间，遇到模特销售员。真是冤家路窄，模特销售员不屑地对她翻白眼，鄙视她，得意扬扬道："长得美就是优势，不像有些人，像个肥猪……"

说着，模特销售员用双手在腹部前比画出胖胖的样子，然后将手遮住嘴角发出"嘁、嘁、嘁嘁嘁"的声音，又从鼻孔里挤出"哼"的气声，头一扭，走开了。

西瓜姐本想为了长远的工作，冷静下来，把委屈打掉，把牙齿往肚里咽也就罢了。这下又被模特销售员侮辱她的身材，是可忍孰不可忍，她咬牙切齿道："欺人太甚了，你等着，让你好看。"

走出卫生间，西瓜姐拨通一个电话："老公，我被人欺负了……"

约 30 多分钟后，两辆越野车和一辆面包车停在了购物店附近的停车场，十一二人下了车，还有些人持有短棍、匕首。其中一个高大粗犷的光头大汉与保安认识，两人交谈了几句，保安便离开了。

这个时间段，购物店里的游客也已基本离开了。销售员无所事事，便在店门口、停车场等地晒太阳，见到此阵势，感觉不妙，慌忙地散开了。

西瓜姐走过来，向人群中一瘦高男子说道："老公，你来了……"与瘦高男子嘀咕了几句，西瓜姐又向瘦高男子旁边的男子道："阿雷，我们一定要跟他们讨个说法。"

瘦高男子吩咐其他人在停车场等候，其他人应了声："听你的，塔哥。"

原来，瘦高男子便是西瓜姐的老公阿依塔。阿依塔接到西瓜姐的电话，放下手中的事务，立即给阿雷打电话，约光头大汉几个人匆匆到达购物店，为老婆打抱不平。

阿依塔和阿雷、光头大汉，在西瓜姐的带领下进入购物店。

在传家宝区的接待区，店长一边泡着茶，一边和模特销售员有说有笑地聊着天。见到有人过来，店长看形势不对劲，站起身来，还没有说话，那光头大汉一个跨步，就揪住店长的衣领，向西瓜姐确认道："是不是他？"

见状，阿依塔立即对光头大汉说道："光哥，松手，先看看他们怎么说？"

光头大汉松开手后，店长整理好衣服，只见他的面前站着3个男子：凶神恶煞的光头大汉、脸部有疤痕破相了的阿雷、瘦高的阿依塔。店长伸出手，指向西瓜姐，又立即缩回手道："小芳，你够厉害的呀，你知道你的行为将造成什么后果吗？"

西瓜姐充满怒气："店长，我觉得早上的单子不能白白地被姚湖莉给抢了，我需要公平公正。"

说话间，店里的部分销售员围过来，店长让他们各自散去，又将西瓜姐等人带到办公室，并叫人通知，让小燕子也到办公室。

一时间，购物店里的销售员都在窃窃私语，猜想要发生大事情了。

办公室内，吵闹一番后，西瓜姐说："经理，我现在给刀导打电话，如果他说这个单子不是我的，你怎么处理，我都认了，但要是他说单子是我的，我一定要个说法。"

西瓜姐给安康打电话，并打开免提，结果是意料中的，店长非常难堪。但店长还是在阿依塔等人的威慑下，劝说西瓜姐等人离开，答应会给西瓜姐一个满意的答复。

既然店长已表态，阿依塔问光头大汉："光哥，你说怎么办？"

光头大汉抓起办公桌上的一包烟，抽出一支将其点燃，叼着烟对店长说道："你以为我们是白来的，现在就必须给一个说法，不然我几号兄弟都在外面等着的。"

店长生气道："国有国法，家有家规，一个公司也有公司的规章制度。我们公司100多号人，无规矩不成方圆，我作为店长，也算是个中层管理者，我有我的管理方法，凭什么要你来指使我该怎么做。我虽然不是本地人，但在这个地方混，谁还没有后台？谁怕谁？你们要想来硬的，我就奉陪到底。"

光头大汉冲向店长就要动手，模特销售员挡在店长的前面，才没有酿成大祸。

争吵中，小燕子到达办公室后，一直在劝解，当她得知阿依塔和阿雷也是导游后，说："都是旅游人，早不见晚见，大事化小，小事化了。"

听此一说，从进入购物店一直沉默不语的阿雷发话了："店长，别啰唆，你考虑清楚，就一句话吧，这个业绩算不算成我嫂子的？"

"可以给她业绩。但是，水往低处流，人往高处走。不服从管理的人员，我们用不了，请另谋高就。"店长做好了鱼死网破的准备。

阿雷接过话问店长："你的意思很明白了，要么拿这个单子的业绩走人，要么遵守你们公司管理，是不是这个意思?"

小燕子听此，替西瓜姐向店长求情道："店长，没有必要吧?"

店长火气未消，依然生气道："你觉得他们一群人来公司闹事，就有必要吗?"

阿依塔走到店长面前，指着店长的鼻梁发狠道："小子，你够狠。但我们是有骨气的，人活一口气，不干就不干。"说完，牵着西瓜姐的手和其他人走出了办公室。

小燕子追到停车场对小芳说："店长已经跟财务说了，会把你这个月的工资和提成打到你的工资卡的。"

西瓜姐和小燕子告别后，上车和众人离开购物店。

在车上，阿雷说听刚才打电话的人的声音很熟悉，问西瓜姐购买手镯的客人是哪个导游带的，当西瓜姐说是叫刀安康时，阿雷便打电话给安康："兄弟，务必别急着回洛明，晚上不醉不归。"

阿雷告诉安康，他和阿依塔在购物店处理事情，并说，今天购物店出大单的销售是阿依塔的老婆。至于晚上在哪里吃饭，回头再给安康打电话。

安康接到阿雷的电话，有一种不祥的预感，西瓜姐是阿依塔的老婆，而阿雷和阿依塔又是好朋友，既然阿雷出现在购物店，那这个事情是不是有些复杂了? 想到此，他竟然有些担忧："不会是出什么大事了吧?"

他迅速下床，到洗手间用冷水冲了脸，使自己清醒了许多，又打电话给酒店前台，将下午的钟点房改为续住一晚。随后，点燃香烟。

整个下午他坐立不安，房间里烟雾缭绕，桌子上的烟灰缸挤满了一截一截的烟蒂。熬到太阳落山时刻，接到阿雷的电话通知，在乾泸味道餐厅见面。他刷牙，洗脸，换了套衣服，走出酒店房间，来到了乾泸味道餐厅。

站在餐厅门口，突然有人拍拍他的后肩膀，转头一看，是阿雷。两人一同进入餐厅找到位置坐下来后，理清了购物店从出单到西瓜姐离职的前后经过，阿雷还说阿依塔送他老婆回家了，稍后就到。

两人点了菜，等候着阿依塔的到来。在这期间，安康好奇地问阿雷："为什么阿依塔和他老婆一个那么瘦，一个那么胖？"

阿雷笑道："阿依塔的老婆以前还是很标致的女人，听说，她生孩子的时候，在农村老家坐月子。而那时他们经济窘迫，阿依塔不得不坚持带团，因而没有照顾好他老婆，他老婆就这样产生了月子病，后来就越来越胖了。"

"她婆婆或妈妈应该帮忙照顾呀。"安康说道，"生孩子时，所有家人，不是都应该把精力放在孩子和孩子妈妈身上吗，尤其是阿依塔，再忙也要照顾好老婆呀。女人一生能生几次孩子呢……"

"那时，他们刚买了房，要还房贷，而且他们也没有什么依靠，赚钱养家的压力都落在阿依塔的身上，加上那个时候吧，钱也不好赚，孩子、房子等各方面的压力都堆在一起了……"

阿雷还告诉安康，阿依塔和他老婆的夫妻关系不好，只不过阿依塔老婆给他生了儿子，以及阿依塔想弥补对老婆月子期的照顾不周的愧歉，所以表面上一直很爱护他老婆，其实呀背地里，常犯天底下大多数男人都犯的错。

至于今天这事吧，阿雷说："这份工作是他老婆生孩子后，闲了好几年后的第一份工作，没有想到却弄成这个样子……"阿雷摇摇头，叹声道，"家家都有本难念的经呀。"

正聊着，阿依塔到了，他的脸颊到脖子处有清晰可见的抓痕，而且眼神无光，很是疲惫的样子，他坐到桌边二话不说，径自倒了一杯酒，一饮而尽，随后又将酒杯倒满，准备再喝第二杯时，被阿雷拦住，劝他不着急，慢慢喝，并问他："是不是又跟你老婆吵架了？"

"死婆娘，臭婆娘……"阿依塔骂骂咧咧地把他老婆骂了一通，又将与他老婆吵架之事一吐为快："我和死婆娘回到家，她失去工作，心中有气，反倒责怪我办事不力。她还理直气壮地说：'我在气头上给你打电话，你怎么就不会安慰我？还火上浇油，你会不会做个有主见的男人呀？'听到这种话，我也生气呀，都是老夫老妻的了，她给我打电话，干吗不直说让我安慰她几句就行了，何必怒气冲冲的，弄得事态很严重，我总不能让人欺负我老婆吧。

"再说了我请光哥和他小弟出面，还不是花了钱的，还不都是为了她。跟她讲道理，她不仅不听，还说我和社会混混同流合污，乱花钱，就这样发生了争吵……"阿依塔摸摸抓痕，"被那个死婆娘，抓成这个样子，真丢人。"

将心中的怒气说出来后，阿依塔的心情平复了很多。

阿雷对于阿依塔和媳妇吵架的行为似乎已经习以为常了，听阿依塔说的那些话，他反而开玩笑道："你这种男人，活该被打。"

阿雷和阿依塔碰了几杯酒后，偶尔也会开导说："想开点吧，谁叫你亏欠人家那么多？再说你不是家里红旗不倒，外面彩旗飘飘，你就知足吧。"

安康心里倒是挺过意不去，怎么说都是因为他和他的游客间接导致了西瓜姐的失业，还影响他们夫妻感情。虽然他得到了业绩，但是胸口却像被一块石头堵住了似的，闷闷不乐。

"对不起，塔哥，都是我的错，早知这样，这个单子，我宁愿不做了。"说着，安康端起酒杯向阿依塔敬酒致歉，"我连喝三杯算是赔罪了。"

"这不怪你，这是我们夫妻的事情，别想太多。"

阿依塔与安康碰杯，一饮而尽。接着，他自己倒酒喝，越喝越多，说话时也重重复复，啰里啰唆的，一直说着："今晚不醉不归。"

冰冻三尺，非一日之寒，就算没有安康的出现，阿依塔和西瓜姐的夫妻关系也像汽油与火柴，一旦触碰，立刻会燃烧爆炸。

可安康还是过意不去，喝下去的酒，直刺心脏。他想起方如意在乾泸一家特产店做主管，如果能将西瓜姐介绍到那里，或许能弥补一些歉意。

他站起身，拿着电话走到餐厅门外一角落按下方如意的电话。突然想起，因中秋节请教方如意送礼之事，自己还欠方如意一顿感谢的饭，再请她帮忙，就欠得更多了。于是他迅速挂断电话，回到餐桌一杯接一杯地继续喝酒。

头晕眼花后，借着酒劲，他犹豫再三，还是走到餐厅外，拨通方如意的电话："方主管，好久不见，最近可好？"

接到安康的电话，方如意挺惊喜的，调侃安康一番后，问安康怎么想得起给她打电话，难道不怕他女朋友吃醋吗？

这样的说话方式倒使安康轻松许多，他苦笑道："我在乾泸，女朋友在洛明呢，两地相距 600 公里，女朋友生气拿我也没有办法呀。"随后，他向方如意说想介绍一朋友到那里上班，不知方如意能否帮忙。

方如意先是说公司这段时间不招人，随后改口说："要是能力强、有工作经验的话我们可以破例聘用，何况你刀大导游都发话了，这个忙一定帮。"她还来了一句亦真亦假的玩笑话，"帮你这个忙，记得欠我一个情，要还呀。"

"是是是，欠你一个情，一定还。"安康没大没小地笑道，"你要是不嫌弃，大不了，以身相许。"

"去你的，都谈女朋友了，还像以前一样，没正经……"

结束通话后，安康回到餐桌，将方如意所在特产店的情况介绍给阿依塔和阿雷，并建议让西瓜姐到那里去上班。但阿依塔说什么都不同意。他说："安康兄弟，你说的那个特产店，我和阿雷都知道，还是不错的，只不过，你的好意，我心领了。我那臭婆娘失业了最好，让她好好在家带孩子，让我省心些。"

"信不信我打破你的葫芦！"阿雷说道，"人家安康兄弟，也是一片好意，再说，到那特产店上班有什么不好的？基本都是面对游客做销售，你老婆又有这方面的工作经验，而且上下班时间跟在翡翠店差不多，不影响带孩子，再说你媳妇上班比在家里让你省心呀。好歹你得征求你媳妇的意见吧。"

说着，阿雷抢过阿依塔的手机，给西瓜姐打电话说明了情况。西瓜姐倒是没有拒绝，说可以试试。于是阿雷把电话拿给安康，让安康把方如意的电话告知西瓜姐。

表面上，阿依塔执意不让老婆去特产店上班，但内心还是默认了让她去特产店上班。喝完酒，阿依塔说不想太早回家，说去哪里娱乐下。

"你是不是色心又犯了？"阿雷调侃阿依塔道。

酒醉心明白，阿依塔不能再犯错误了，安康劝说阿依塔："早些回家，别让嫂子太担心了。"

话音刚落，阿雷说道："你别管他了，他又不是第一次晚归了。"

借着酒兴，安康晕晕叨叨地说："既如此，两位大哥，想去哪里，我请客，今晚不醉不归，我们一起醉生梦死。"

三人坐上一辆出租车，途中，阿雷给夜总会的熟人打电话定了包房。约 20 分钟后，出租车在一家不起眼，如果不细心看，都会错过的夜总会门口停下。

夜总会门匾上方是闪亮的霓虹灯英文大写字母：WELCOME。他们三人进入夜总会，扑鼻而来的是一种香艳的味道。

楼上下来一位美女，她身材高挑，穿着短得不能再短的黑色迷你裙，诱人的大腿上套着黑色网状的丝袜，配上黑色的高跟鞋，更显示出美女的高挑，敞开的黑色风衣下，隐约可见呼之欲出的胸部藏在白色的花边衬衣下。

她摆动着前凸后翘的身体迎过来，向阿依塔打招呼，又向安康微笑，然后熟练地去挽住阿雷的手臂，媚笑道："雷哥，盼星星，盼月亮，盼到地老天荒，终于盼到您来了，美女都急不可耐了。"

阿雷搂住她的腰，伸头就要亲她的脸，被她用手挡住了嘴，说道："雷哥，别急嘛，待会让美女们好好地陪你们开心。"

阿雷的手不闲着，往美女的臀部拍一巴掌道："娟娟，有没有想哥？"

"哎哟，雷哥你讨厌。"娟娟紧搂住阿雷的手臂，"就盼着雷哥来捧场，怎么能不想呢？"

她紧搂住阿雷的手臂上楼，阿依塔和安康跟着进入了一个包房。这一切发生得自然、恰到好处，像是在告诉安康，阿雷和阿依塔是这里的常客了。

进入包房后，娟娟安排阿雷一行3人就座，这时进来了一位男服务员，阿依塔立刻呵斥道："他妈的耍我们呢，给我们安排男服务员，什么意思？"

娟娟忙解释道："春节放假期间，很多女服务员都还没有回来上班呢。"

解释没有用，她还是给换了一个女服务员过来。安抚阿依塔的情绪后，她走出去约5分钟，带着一群女子过来，站在包房中间，吩咐女子向阿雷等人问好。

那几名女子站成一排，一齐鞠躬且声音洪亮道："贵宾，晚上好!"

安康本是闭着眼睛侧靠在沙发上的，都快睡着了，如果让他躺在无人打扰的床上，他早就进入梦乡了。被这声音惊醒，他睁开迷迷糊糊的双眼望过去，一排女子站在那里，她们整齐划一的穿着粉红色的包臀连衣裙，上身披着特制的白色绒毛披肩。

在披肩下，连衣裙上身的拉链处藏着呼之欲出的诱惑，显得女子们妖艳妩媚、风骚撩人。安康不好意思盯着女子们看，下意识地低下头，咽了咽口水，接着点一根烟来转移注意力。

第一次到夜总会的安康，后来才知道，这群女子在各地有不同的称呼，在乾泸则被优雅地称呼为"佳丽"，她们负责陪喝、陪玩、陪客人开心，并促进酒水消费。而服务员则被称为"包房公主"，主要是做服务工作，诸如点歌、倒酒等服务。

佳丽们从左到右简单地介绍了自己，有来自北方的、南方的，也有当地的。她们的名字大都是叠字，让人一听便记住了，有叫"莎莎""娇娇""菜菜""秀秀"的。

突然，安康似乎听到了一个熟悉的声音："贵宾好，我叫翠翠，来自洛明。"他立即抬起头看向女子，她和自己记忆中翠翠的模样、体态、身形都很像，唯独看不清她的"美人痣"，他不敢确定那人是不是害他被打到住院的翠翠，只是看着她，回忆起了翠翠第一次到他房间借打火机的情形。

期间，阿依塔选择了一个看似温柔善解人意型的佳丽坐在了他旁边。

阿雷说什么都不想选择佳丽，非要娟娟陪他，并生气道："今天你不陪我，以后不来了。"

娟娟坐到阿雷旁边往他伤疤上亲一口，又凑阿雷耳边不知说了什么，然后，从佳丽群中拉出一个看似18岁的女子交代道："菜菜，服务好雷哥，绝不能让雷哥失望，知道吗？"

菜菜点点头，坐到阿雷的旁边。

该是安康选择佳丽的时候，他向娟娟说道："我一个都不要，都出去吧。"

话一出口，阿雷以为安康是不愿花钱，故说道："兄弟，这里是我的主场，今晚我来安排，一定要玩开心。"

"阿雷，说好了我安排，你可不能抢风头呀，主要是……"安康顿住了。

阿依塔接过话说："兄弟，不要纠结了，你不玩，可就没有意思了。"

"哥，我帮你选择一个吧，保你满意。"娟娟从这群佳丽中拉出翠翠，又道，"哥，让这位美女陪你，包你满意，怎么样？"

娟娟不愧是做夜场的，练就了和导游一样甚至高于大多数导游的察言观色的本事。就在她为阿雷和阿依塔挑选佳丽的过程中，她还不忘观察安康的神情，并捕捉到了安康不时地偷看翠翠的神态。她断定安康对翠翠应该有"意思"。

未等安康点头，娟娟轻轻一推翠翠，翠翠差点撞上玻璃桌台，一个趔趄扑倒在安康怀里，两腮泛红。

细看，安康确定这就是他认识的翠翠，只不过浓妆艳粉盖住了"美人痣"，不易觉察出来。

翠翠略显尴尬，坐在安康的身旁，并熟练地倒啤酒，装作不认识般向安康敬一杯酒，又分别向阿雷和阿依塔敬酒后，回到座位上，主动引导安康玩游戏、喝酒。

在这样的场合，伴随着音乐声，一杯又一杯的啤酒下肚，大家玩得越来越嗨。酒味、烟气、女人味、音乐声，把包房弄得乌烟瘴气。

喝着酒，玩着游戏，众人很嗨、很惬意。而安康像个不解风情的木头，傻愣愣地漂在水中。阿雷和阿依塔劝说了他几句，没有用。

菜菜和另外一位佳丽也向安康敬酒，还调戏、打击道："一表人才的人，像个黄花大闺女。"

此时的包房乱哄哄，烟气、酒味、歌声、劝酒声令安康心乱了。他喝一杯酒后，又喝一口浓茶，大口大口地吸着烟。此情景正是：

独角烟雾缕，伊人举杯起。

歌酒向狂处，浓茶泛涟漪。

想静却静不下来的安康的脑海中出现了沙洁的身影。他的负罪感油然而生。翠翠主动讨好他，他敷衍；挑逗他，也提不起他的兴趣。

哪怕翠翠是"热脸贴冷屁股"，仍然对安康保持着热情，也可以说是保持着职业热情。无奈，激不起安康的热情，她点播了一首名为《舞女》的歌，一开嗓，所有人安静了下来，她磁性的嗓音配合着音乐、歌词，吸引众人的目光，她索性站起来扭动腰部唱道：

多少人为了生活

流尽血泪

心酸向谁诉

啊……有谁能够了解

做舞女的悲哀

暗暗流着眼泪

也要对人笑嘻嘻

啊……啊，来来来来跳舞

脚步开始摇动动
就不管他人是谁
人生　是一场梦
……

唱到高潮部分，大家都跟着哼唱了起来："啊……啊，来来来来跳舞，脚步开始摇动，就不管他人是谁，人生是一场梦……"

听着翠翠唱歌，就连天天泡在包房里的包房公主，都赞道："翠姐，以前从没听你唱过这首歌，你唱得太棒了，我听着差点都哭了。"

接着翠翠又唱一首《舞女泪》，听着那"伴舞摇呀摇，搂搂又抱抱，人格早在酒中泡……"等写满无奈的歌词，安康生出怜悯之情，对翠翠少了一丝冷漠，但也不热情，而是"正正经经"地玩游戏和喝酒。

互动到动情处，安康不敢入戏太深，便唱歌分散注意力。可再怎么分散注意力，房间里始终散发着荷尔蒙的味道。一本正经的安康与房间的氛围格格不入，正所谓：

酒神带他到夜场，再见姑娘揭旧伤。
莫笑男儿不风情，初涉红尘甚慌张。

到午夜，娟娟第 3 次过来敬酒，所见到的情形基本都是阿雷、阿依塔二人和佳丽们喝着酒、玩着"动手动脚"的游戏，发出各种笑声，而安康还是"假正经"地和翠翠玩骰子、喝酒。娟娟便再次交代翠翠："一定要伺候好阿哥，可别让阿哥失望。"

听娟娟的吩咐，翠翠紧紧拽住安康想往回缩的手，头靠近他耳边说道："你再躲躲闪闪，我就要被批评，被下岗了。"

此时，在一首快节奏的高音量歌曲的干扰下，安康听得模模糊糊的，准备问翠翠说了些什么。

突然，音乐声停止，包房公主将灯光调到最暗，把3位佳丽叫到一旁，在她的安排下，音乐声再次响起时，3伴佳丽表演起诱人的肚皮舞，那舞姿就像《西游记》里的天竺少女般充满诱惑、欲擒故纵，使人瞪大眼珠，不舍得转动。

阿雷和阿依塔配合着音乐和佳丽的舞蹈节奏喝彩着，安康却被眼前的景象弄得不知所措，说不看吧，却受不了眼前的诱惑，说他在看吧，眼睛却又东张西望的，嘴里还一杯一杯地喝着酒。

佳丽们将欲望点燃到最高点，就像烟花在空中绽放一般，绚丽多彩，肆意绽放。阿雷和阿依塔加入佳丽的舞蹈中，扭动身体。

翠翠走到安康旁边，拉起他的手，使他无法抗拒，就在他从沙发上站起来时，突然倒向了翠翠，接着一阵反胃，胃里的食物涌向口腔，他强忍着含住呕吐物，跑向包房的洗手间，趴在洗手台上吐个稀里哗啦。

翠翠跟在他身后，头扭向一边，捂着鼻子，拍着他的后背，直到他一口接一口地吐完，翠翠又抽几张纸巾帮他擦嘴后，扶着他回到座位上……

音乐停，灯光亮，阿雷坐到安康旁边问道："兄弟，有没有事？"

听到回复说没事，休息一会儿就好后，阿雷又和菜菜互动了一会，然后对阿依塔说了声"老规矩"，便掏出钱付给菜菜服务费。

安康拦住阿雷说道："阿雷，你这是干什么？说好我请客的，到服务台，我统一刷卡。"

阿依塔掏钱付给陪同他的佳丽，又对安康道："刀兄弟，你请酒水就行了，美女们的陪唱费不能请客，各付各钱，这是规矩。"

安康不再坚持，也掏出现金付给翠翠。

翠翠看安康一眼，犹豫七八秒钟后收下钱，并扶他起来和众人一起离开包房。在包房公主的带领下到服务台，安康刷卡支付包房酒水后，和其他人一起下楼到夜总会门口。

阿雷和阿依塔在包房里喝的啤酒也不少，但似乎比没喝啤酒前更清醒，他俩约着两位更换衣服过后的佳丽说还要去吃烧烤，并征求安康如何打算。

"你们去吧，我酒喝多了，头晕，打车回酒店。"安康回复。

翠翠扶着安康道："哥，你住哪里，我送你回去吧。"

"不用，我没有醉，自己能回去，你走吧。"安康拒绝了，又在等出租车，可迟迟打不到出租车。

翠翠说："这里不好打车，你等我一下，我去帮你叫辆车。"说着跑上楼，再下来时，已经更换好衣服，跟在包房时的形象判若两人。

等候三五分钟，车到了，翠翠扶着安康进了车，来到麻雀窝酒店房间，推开房门，安康这回是真的醉得彻底，直接躺在床上，抱着枕头，嘴里发出模糊不清且断断续续的念叨："沙洁，沙洁……我愿意，我要和你……和你……和你结婚。"

听到模糊的"沙洁""结婚"两个词组，翠翠摇摇安康道："你再说一次，什么结婚？"

得不到任何回应，她摇摇头去洗手间拿来热毛巾帮安康擦手、擦脸后，坐在床边，伸出纤细的左手往安康脸颊抚摸，自言自语道："没有想到还能再次遇见你，竟然是以这种方式，可是你醉了……"

翠翠闭上眼睛，发出长长的一声："唉……"

第二十三章　骨头参和炒米线

　　翠翠扭动着身姿，从床尾爬向床头，掀开被子坐在安康腰上，解开发夹，头发散乱，香腮泛红，两眼魅惑，她拨弄头发，脱掉衣服，低头俯向安康。双唇即将触碰，突然有人冲进房间，甩给翠翠一个大耳光，骂道："不要脸的骚货，贱人！"

　　"沙洁，你听我解释。"安康起身坐在床中央，大喊一声，"醒了。"他额头上全是汗珠，原来是做了一场梦。

　　他迅速起床，跑到洗手间，用冷水冲脸，使自己清醒了许多。拉开窗帘，阳光照到房间，他坐到床沿，脑袋瓜禁不住浮现的出昨夜在夜总会狂乱热舞的画面。

　　他只记得自己在夜总会的洗手间吐得稀里哗啦，后面的事情怎么努力都回忆不起来，还引得脑袋微微阵痛。

　　打开手机查短信看，有2000多元的消费记录，他确定这钱是昨天在夜总会花的钱。又打开钱包去看，总觉得少了几百元钱，可这些钱花去了哪里，记不清，想不起，好心疼，他慌乱了。

　　"一个晚上花费2000多块钱，而且花得莫名其妙的，并且连怎么回的酒店也不清楚，这算怎么一回事呀？"

　　他拿起床上的外套闻闻，烟气刺鼻，于是又换回没有烟味的衣服。他拿起电话打给阿雷，说中午一起吃饭，并让阿雷打给阿依塔叫他一起过来，阿雷答应了。

反正都要吃饭，都要花钱，前天晚上，跟着齐白方、罗吉祥去"混了顿饭"，不如就一起回请吧。那次吃饭时，罗吉祥说，他一般很少出来吃饭。于是安康便只给齐白方打了电话，得到回复，齐白方送客人到机场后，11点左右就下团了，可以一起吃饭。

　　挂了电话，安康通过手机预定返回洛明的机票，洗澡，填写报账单，把单子装到包里。他给沙洁打电话，得知沙洁已经回到洛明，很是惊喜。

　　通电话时，沙洁正忙着，仅说了回到洛明的大体时间，便挂了电话。

　　安康站起身，看时间，快11点了，便下楼到酒店前台办理退房，顺便问服务员："你知道我昨晚是怎么回来的吗?"

　　服务员笑笑说："一个美女扶着你回来的。"

　　"你知道她什么时候离开酒店的吗?"

　　"昨晚你回来时，我趴在桌子上迷迷糊糊睡着了，听到声音，睁开眼睛看了一眼，又趴在桌子上继续睡了，而且酒店的门只是关着，没有上锁，没有注意那美女是什么时候离开的。"

　　没有继续追问，安康在酒店茶台处自个泡茶，喝几杯茶后，脑袋清楚了很多。

　　此时，齐白方到达，他坐下喝几口茶后，听说安康昨晚喝过酒，还微醉、头疼，便推荐了附近的一家名为"蝴蝶酸辣鱼"的小餐馆，说那的酸辣鱼是正宗的海月口味，用手掌一半大左右的小鲫鱼，配以木瓜、姜、蒜、洋芋、豆腐等调料，通过一系列的烹饪而成，汤味浓郁、香气诱人、酸辣可口，还能解酒。

　　听到是家乡的菜品，安康再熟悉不过了，但经过齐白方这个文化人一描述，这道普通的菜品立即变得高端、大气、上档次，正合安康意。

于是安康便和齐白方一起走出麻雀窝酒店，到达"蝴蝶酸辣鱼"坐下来，并给阿雷发了餐厅位置。

齐白方说道："现在的导游不好做了，就拿我今天送飞机的这个团吧，全程一个导游走 4 天 3 晚的行程。从接团到送团，要求多，购物少，旅行社还要求必须要做好服务，不能投诉。可气的是，这个团在雪山的中餐是没有包含在套餐里的，给他们推荐'雪山牦牛火锅'套餐，仅 48 元/人，他们不吃就算了，还说导游拿回扣，更让人吐血的是，为省几毛钱，预防高原反应的氧气不带，景区电瓶车不坐，真是十足的'辣子'。"

"那购物怎么样?"安康问。

"什么都没有买。"齐白方继续说，"翡翠、银器、雪山保健果，所有的购物为零。被我骂了几句后，在美丽特产店，每人才买了一大袋，不过都是些不值钱的小特产。30 个人的直飞团呀，人均消费不到 100 元，说出来都丢人。"

听到美丽特产店，安康问齐白方："认识店里的销售主管方如意吗?"

齐白方说："认识呀，这个主管不错，从开始带团进她们店，她一直都是尽心尽力的，这个团要是没有她，可能客人都不会买。"

看安康听得认真，齐白方继续说道："听说她以前在洛明卖精油，失恋了，才来乾泸的。怎么，安康兄弟，你也认识她吗?"

以安康对方如意的了解，并未听说过方如意在洛明有男朋友，怎么可能会失恋呢? 要是跟他吧，仅仅是暧昧关系，哪算得上恋人呢?

算了，不想不该想的了。

安康告诉齐白方，自己以前在洛明带一日游认识的方如意，后来她来乾泸了，联系不多。又把昨日发生之事大体讲一遍，说欠方如意一个人情。

说罢，安康拿起电话就给方如意打电话约她来吃饭，不过方如意回复，说店里忙着，不来赴约了。

齐白方在一旁笑道："都要上菜了，你才给她打电话，是不大合适，显得没有诚意。"

"都是朋友，她应该不会计较这些吧。"

"我不清楚你和她的关系怎么样。但是，按常理来讲，如果只是普通吃饭，自然什么时候都可以，但若是涉及'人情'，还是要提前邀请，方显诚意。"

安康点点头，表示恍然大悟。

交谈间，阿雷到达，第一句话便是："阿依塔这家伙，又跟他老婆吵架了，不过来了。"

安康听后，说："是不是昨天回去太晚的原因？"

"他不是第一次晚归了，不用管他。"阿雷回复。

见到齐白方，阿雷抱怨地说："老齐，你这几个月，很少出来喝酒，除了带团，就躲在家里研究什么诗词歌赋，也没有见研究个什么成果来，反而像小脚娘们了。"

齐白方回应道："这你就不懂了，文化是一个人的精神支柱，没有文化的人跟行尸走肉有什么区别？就拿我这个团来说吧，购物不好有各种因素构成，但不管怎么说，虽然白辛苦，赚不到钱，但还可以写点东西安慰自己。"

说着，齐白方打开存在手机里的文字，念道：

东拍照西拍照稀里糊涂拍东西；
南溜达北溜达晕头转向溜南北。

阿雷竖起拇指哈哈笑道："你这个假文化人还能写出对联，

厉害，送给你4个字的横批：垃圾游客。"

阿雷笑过，正经说道："用文化带团不管用，游客不吃这一套，还是耍脾气管用，至于是不是好团嘛，一句话：垃圾导游带垃圾游客。"

阿雷一针见血地指出导游带团的残酷现状：一个导游的购物业绩越好，越受旅行社重视，旅行社便会安排素质更高、购买力强的团队，那购物就会更好，如此下去，便良性循环；而如果一个导游一段时间内，无论何种原因，连续3个团业绩未达标，旅行社便会安排差的团队，如此业绩更差，更赚不到钱，只会恶性循环。

试想，攒了一辈子钱，并且五大三粗，没有文化的人，能指望他去买玉，去消费多少钱呢？阿雷建议齐白方："老齐，你要是团不好，就换个旅行社吧，以你这个假文化人的能力，要去带素质更高的团队才能赚到钱。何必只在一个旅行社窝着不动——在一棵树上吊死呢？"

"算了，团有好有差，保持正常心态吧。"齐白方说道，"这家旅行社还是比较照顾我的，虽然赚不了大钱，但团型也适合我的现状——接送孩子这些都方便。就先待着吧，而且旅行社管理不严格，淡季时，允许在外兼职带团，也不错了。"

阿雷调侃道："也对，还真羡慕你呀，娶个地主家的女儿，不缺钱，何苦要像我们一样奋斗。"

"得了吧，还地主女儿，要是我老丈人不重男轻女，能对几个孩子公平对待，好歹我也能换辆好车，沾老丈人的光……"

齐白方感慨一番后，拿起酒瓶给安康和阿雷加满酒，向安康和阿雷劝酒，岔开他团不好的话题，将话题引导到海月至乾泸高速公路的建设进展，以及明年通车后，对乾泸旅游发展所带来的积极推动上……

酒足饭饱，阿雷执意带着安康和齐白方去泡脚，说是正规足疗店。

安康拒绝不过，去泡了脚，感觉挺棒。被技师按着脚，很舒服，很困，不知何时，已经进入梦乡，美美地睡了一觉，醒来后，安康便和阿雷、齐白方告别，去了机场。

安康回到洛明时，太阳已经落山了。

他回到归心小家，打开房门，沙洁向他扑过来，先是快速地亲吻了一下，又拉着他冲向卧室，热烈地狂吻。

"等一下。"突然，沙洁停止了动作，围着安康左闻右嗅，绕身一圈，吸吸鼻子问道，"你身上怎么有一股奇怪的味道？"

自和沙洁同居深交以来，沙洁总能把两个人的生活收拾得干干净净。安康渐渐地习惯了沙洁干净的生活习惯，并且改掉了睡前不洗脚、不洗漱、饭前不洗手等陋习。

这次回来，安康本来已经计划好，先洗澡，再把浑身烟味的脏衣服丢进洗衣机。可没有想到，沙洁的冲动激情打乱了他的计划。

他心跳加快，心慌意乱地回答："这不就是烟味吗？"

刚说完，电话响了，是计调孔玉秋通知他明天带团的电话，大体意思是：本来是让他后天接的，但是，因为他刚结束的团队业绩不错，就把明天一个很合适的团调整给他了，还说明天的团跟上个团很相似，加油，继续保持好的业绩。

电话来得太及时了，他推开沙洁，一手接着电话，一手拉开行李包的拉链，扯出衣服丢进洗衣机。待通话结束后，他又说先去洗个澡。

沙洁挡住他，再闻了闻他身上的味道，说："老实交代，是不是干什么坏事了？"

沙洁爱干净，十有九次和安康肌肤之亲前都要洗澡。安康以进为退，抱住沙洁做出要脱她衣服的动作，假装像以往调情一般，嬉皮笑脸道："好几天没洗澡了，让你尝尝'臭男人'的味道。"

沙洁感觉味道奇怪，又见安康像和往常般的"不正经"，便暂时放过了安康。待安康洗完澡，吹干头发，两人和往常般滚床单后，沙洁去做晚饭。

安康去晒完衣服后，主动去帮忙摆碗筷，被沙洁夸奖道："你今天表现不错呀，主动洗衣服不说，还会下厨帮忙了。"说着亲吻他脸颊一口。

安康露出笑意，打开电饭锅，一种肉与药材混合的特殊香味沁香入鼻，穿进肺部，似乎往他胃部"踢"了一脚，他的肚子"咕噜咕噜"直响，嘴不争气地津出口水问道："这是什么菜呀，这么香？"

"这道菜叫作'骨头参'，是我家乡的特产，是我妈妈腌制的。"沙洁说道，"记得小时候，我妈妈把上好的排骨和骨头磨碎后，放入盐、白酒，以及磨碎的生姜、八角、草果、花椒等食材搅拌均匀，装入土陶中放置至少一个冬天，待酒气蒸发完，就大功告成了。想吃的时候，有很多种吃法，最简单的是蒸吃，如果人少呀，在煮饭时，将盛入瓷饭碗的骨头参，放入电饭锅蒸笼，当米饭煮熟时，骨头参也可以吃了。这种骨头参呀，营养丰富，补钙补脑，当地人称其为'骨头中的人参'。"

"这么好的菜，我得喝口酒。"

安康小心翼翼地把骨头参端到餐桌上，摆好碗筷，给自己倒酒。尝一口骨头参，细细的骨头粒在口腔中，有嚼劲又有嚼不碎的粗糙感，安康觉得很棒。

沙洁把最后一道菜端上桌后，解下围裙，坐在餐桌前，对安康色眯眯地说："按我们那的风俗，吃了我们家的骨头参，就要做我们家的姑爷了。"刚说完，觉得不对劲，拿起桌前的一双筷子，双手分别紧握筷子两端，表情突然严肃，紧皱眉头，对着安康说道："不对呀，你平时下团回来，都是往沙发上一躺，我弄好菜了，叫你吃饭，你才起身的。今天这么主动，不会真做了什么对不起我的事情吧？"

把即将到口的酒杯往桌子一放，安康表示绝对没有做出对不起沙洁的事。

"咔嚓！"一声，沙洁折断筷子，"啪"的一声重重地拍在桌面上："你要是敢做出对不起我的事，下场就跟这筷子一般。"

"沙洁，你疯了！"安康吼道，"筷子是不是跟你有不共戴天之仇？"

这是安康第一次大声地吼沙洁，若在平时，安康经常被沙洁"欺负"，他认为：同居前，男人被女人欺负是一种考验；同居后，被欺负是一种爱的表现。再说一般都不是什么原则性的大事，生活嘛，踏踏实实，平平凡凡，过得去就行了。

沙洁的眼眶瞬时湿润，眼看眼泪就快要流出来了，安康抽了桌上的纸巾去帮沙洁擦拭泪水，并教训道："沙洁，你知道吗？小时候，我妈妈教育我们孩子几个，中国人吃饭是由筷子送到嘴里的，筷子就像是衣食父母一般，任何时候，都要尊敬筷子，不能乱扔乱放，不小心掉到地上了，要及时捡起来，更不能随意折断……"

沙洁不想听大道理，委屈道："那你也不能吼我。"

安康接着又安慰了沙洁几句，看起来她没有那么生气了，安康紧接着又说："还记得，我跟你讲过一个极其讨厌的旅游车师傅，他不尊敬粮食，不敬畏碗筷，被旅游汽车公司淘汰的事吗？"

沙洁点点，她记得，那是有一次，安康回归心小家，讲起和开旅游车的杜师傅的冲突，并怒气冲冲地指责杜姓师傅的品行，那天她赞同安康道："老公，你做得对，那个师傅活该得不到你的红包。"

那事过后，沙洁对安康的了解又深一层，多了一份欣赏和敬畏，而此时，她竟然违背了安康所认为不该触碰的原则，于是她更委屈道："谁叫你的行为跟平时不一样，就觉得你哪里不大对劲。"

女人的第六感很是强大，安康自知逃不过沙洁的敏感，在洗澡时想到的对策派上了用场，他说："沙洁，主要原因是，这个团的总购物金额近 20 万元，我能赚不少了，如果我带的团一直这样好下去，到年底就可以实现首付，买个小户型的房子，我们俩就能有个真正属于我们的小窝了。还有呀，这个团操心太多，下团后，就和乾泸的几个朋友去做了足疗，像电视剧里演的足疗小品一样，没有乱七八糟的服务，再说导游每天走那么多路，都经常去泡脚的，不信，你可以问问小浅浅，导游是不是经常去泡脚。"

听到一个团能赚不少钱，沙洁的眼神里充满对安康的崇拜，她憧憬着和安康未来的美好生活，但她没有表现出来，还是疑惑地问道："身上的味道怎么解释？"

"你刚才闻到的味道呀，可能是足疗店里中药泡过脚留下的味道。"安康推了沙洁的额头一下，说道："谁叫我的乖宝贝鼻子这么灵，连泡脚留下的味道都落个逃不脱的下场。"

"那你为什么这么主动帮我的忙？"沙洁穷追不舍地问道。

"傻宝贝，你不是给我发了个愿不愿意娶你的短信吗？我是太兴奋了，心疼你才帮忙的，要是你不开心，我还巴不得不跟你抢洗衣做饭的功劳呢。"

沙洁打破砂锅问到底："你说的是真的吗？"

"当然是了！"

得到肯定的回答，沙洁心里乐开了花。在老家时还愁着，安康既没有钱，也没有稳定的工作，而平时带团虽然有时赚得还行，但没有特别让人兴奋的团，而今天安康带来的这个消息，让她看到了希望，坚信自己选择安康没有错。

她主动认错："对不起，老公，我错了。你这么辛苦赚钱，我不应该发脾气的。"

"来，给爷满上！"安康故意挑逗沙洁，屋子里又充满了欢声笑语。

爱情就像阴阳太极图，强中有弱，弱中有强，在时空的运转中，不断在变换角色和强弱。这一次小吵架，爱情的主导地位像天平一样偏向安康。他意识到，表现得太过软弱，很难得到心爱女人的芳心，而强势和谎言反而会征服女人。为什么曾经追求沙洁时，全盘托出的爱反而得不到爱的回应？那是因为真爱也要讲技巧的。

吃过饭，安康要去酒店拿寄存的团单，便约着沙洁陪他去拿团单，并联系了客人。之后两人打车到洛明老街散步。

夜里的洛明老街，因为有些外地老板回家过年而关了店铺，因此，这条街没有往常那般吵闹，只有三五个人走在街上，这反而使老街显得宁静而幽美。

沙洁挽着安康的手，优哉游哉走在路的一侧，路过百年米线店，当店里的香气飘出来时，似乎在说："每一种吃过的美食都藏着一份回忆。"这种回忆似乎就发生在昨天，所不同的是，那时是安康追求沙洁，两个的感情青涩、懵懂。

安康清晰地记得，两人第一次坐在一起吃饭，就在老街的百年米线店，第一次，安康选择了一套标准的"举人套菜"过桥米线，沙洁则来了一碗脆旺米线。

那是安康第一次吃过桥米线。从那次后，两人经常来这家店吃各种类型的米线。不过今晚，他们并没有进店里吃米线，只是谈及往事，随风而笑。

俩人走到距离百年米线店七八十米的长椅坐下休息，沙洁问安康："小浅浅问过你过桥米线的故事吗？"

"怎么提起了小浅浅？"安康没有正面回答问题，不知沙洁怎么会突然提及小浅浅。

"你还记得吗？以前听你讲过桥米线的民间故事，你讲得挺好的。刚好有一次我和小浅浅在逛街时，小浅浅说书上讲的过桥米线故事不够生动，想听民间版的，我还跟她说过：'你遇见安康时，让他讲给你听。'"

安康笑道："读书那会，我们班有一个蒙自的学生，他家就是开过桥米线店的，经常给我们讲很多过桥米线的故事，所以我就略知一二而已，哪能跟书上的相比呀。"

他凑到沙洁耳边悄悄说道："不瞒你说，虽然读书时听过了过桥米线的故事，但第一次吃过桥米线是和你在这家店吃的。"

两人叙述着往事，沙洁的电话响了，是小浅浅打过来的，说："郭姐姐，我已经订好机票，明天就从家里回洛明了。"

"怎么不在家多待几天呢？"

"我爸妈天天对我唠叨我教育我，再待下去，我要发疯了，还如早回去呢。"

沙洁打趣道："你怕是想着你的情哥哥吧。"

两人通电话中，小浅浅得知沙洁和安康在外面散步，于是说道："明天中午我就到机场了，明天下午见面。"便结束了通话。

听说小浅浅从家里回来后，就要去乾泸会阿雷了。安康觉得这事挺突然的，怎么也想不明白，小浅浅可爱、纯洁、有灵气，怎么就跟阿雷这个人扯上关系了。尤其想到昨天在夜总会，阿雷和佳丽们的熟悉程度，可见阿雷是个情场浪子。发自于内心，安康真不愿意小浅浅和阿雷在一起。

他替小浅浅担忧起了未来，间接地责怪沙洁："你怎么不挽留下小浅浅？在洛明不是挺好的，你也多个闺密呀。再说，你不是见过阿雷吗？都破相了……"

"那是你不知道浅浅和阿雷的浪漫爱情故事，他们呀……"

沙洁话说到一半停下了，她此前向小浅浅承诺过："浅浅，你把和阿雷的浪漫秘密都跟我说了，我一定保密，谁都不说。"

想到此承诺，沙洁话锋一转："每个女孩都有自己的选择，浅浅从外省到洛明，再从洛明去乾泸，真的不算远，也许那里是个幸福的天堂呢？也许阿雷真的是浅浅的真命天子呢？"

安康不再接话，站起身说道："我俩回去吧。"

从老街回归心小家的路上，俩人在出租车中都不说话。

自和沙洁同居以来，安康主要精力放在了带团赚钱上，很少去关注其他事了，偶尔在景区遇到小浅浅也没有聊太多。但小浅浅即将离开洛明，虽有不舍，但想着可能如沙洁所说："也许那里是个幸福的天堂呢？"对未来的选择，正确与否，谁又会说得清楚呢？

而对于沙洁，虽然和小浅浅刚建立起来的闺密友谊就要分别，她很不舍，但她又佩服这个小姑娘说爱就爱、说走就走的勇气。

回到归心小家，已是 10 点半了，安康接到毛姐的电话，问孔玉秋有没有通知明天团队的情况。

"已经通知。"安康回复。

毛姐像是不放心又重复交代明天团的情况后，鼓励道："安康，加油，再创辉煌。"

大夜里的接到导管的电话，说明安康的业绩引起了导管的重视，这给了他很大的力量，他自信心爆棚，和沙洁分享着喜悦，俩人睡在床上，聊着当下，憧憬着未来。

沙洁枕着他的手臂，啵地亲他一口，翻身趴在他身上含情脉脉地说："相公你太棒了，娘子要好好服侍你。"

如果是平时，安康一定像猛兽一般，而今夜，他第一次拒绝沙洁的热情，他心想，明天还要带团，不能纵性过度，必须保持精力充沛，带团时的语言才能感染他人，才有具有煽动性，只有如此，方能争取再创辉煌。

有所克制，方能有所收获。

果不其然，他把保存的精力用在接下来的旅游团队中，全力以赴地认真做好每一个细节。在毛姐的鼓励下，在沙洁的期待中，他不辱使命，当团队从乾泸的翡翠店购物店里出来时，业绩凑够了6位数，虽然比不了上一个团，但客观分析，该出的单子都出了，客人的满意度也高，付出与回报是成正比的。那一刻，他心底充满了能量，犹如脚下有风火轮，在助力他快速奔跑。

他开始明白，作为一线地接导游，抱怨是没有用的，唯有奋斗，唯有拼搏，加上一点运气，就能像大鹏鸟一样飞翔九千里。他回首往事，从门外汉、一日游、低端团、旺季停团、团款烂账等等，所发生的事一件一件如幻灯片般地在眼前闪过，一路走来不易。再到此时，他成为名副其实的职业导游了，他完全有能力靠导游这份工作养家糊口，展望未来了。

他迫不及待地想把内心的那份喜悦又复杂的心情与沙洁分享，下团后，他立即订机票，从乾泸飞回洛明，飞奔到归心小家。

他打开房门，沙洁不在，于是给沙洁打电话，得到回复，沙洁和小浅浅在一起，让他自己搞定晚餐。

安康问道："你和小浅浅在哪里，我请你俩吃晚餐，尽管选择好吃的，贵的，不要客气。"

"等下，我问问小浅浅。"电话那头沙洁征求小浅浅意见后，说道，"去火车站附近的铜锅牛肉馆，就是店里挂牦牛头的那家。"

味美价廉的牛肉馆，安康再熟悉不过了。带一日游团时，他经常和导游师傅朋友们在这家店吃牛肉；带长线团后，因为行程等原因，仅去过一次，那还是沙洁说想吃牛肉而想起这家店的。若不是今天小浅浅再提及，他也许三年五载，也许永远都不会再去这家牛肉馆吃饭了。

半小时后，他们3人几乎是同时到了那个熟悉的牛肉店，店里装修、布局都没有变化。坐下来后，安康和小浅浅话题并不多，小浅浅看看墙上的牦牛头，若有所思地说："康哥，我明天下午就离开洛明了，这座城市比较留恋的就是这牛肉的味道，还记得第一次跟你的团之前，我们就是在这里吃的牛肉，你还在这里给团取了个号叫'牦牛团'。没想到，我就要离开了。我对这座城市有太多的回忆和依恋。"

小浅浅露出可爱的小虎牙，继续说道："此时呀，对这座城市的人还有一个期待。"

"对谁？有什么期待？"安康问道。

小浅浅俏皮的语气："当然是对你了，对你，还有一个期待。"

小浅浅此话一出，安康心里咯噔一下，他曾经猜过小浅浅的心思，可他已经明确把小浅浅当成是妹妹了。小浅浅不会吃错药，乱说话吧。

他喝了口茶水说道："你去乾泸和你的心上人比翼双飞了，还对这座城市留恋什么呀？"随后，安康偷看沙洁一眼，沙洁正在吃菜，没有注意到他的目光。于是他又故意开玩笑说道，"你不会是期待洛明的哪个情哥哥吧？"

"你说什么呢？浅浅既然选择了去乾泸，就表示她的心就属于那个阿雷了。"沙洁突然插话，她放下筷子，用手戳安康，又接着安康的话调侃小浅浅，"浅浅，快说，你还对安康有什么期待？"

小浅浅笑笑："准确来说，是对你们俩的期待，期待能早日喝到你们的喜酒。"此话一出，安康笑了，沙洁脸红了。

吃完饭，安康回归心小家。沙洁骑电动车载小浅浅回她今晚所住的酒店。她的房间里堆了一些物品，细数下来，也不多，大件物品不过是一个大箱子和被褥，以及可爱的黑白熊猫抱熊。

"郭姐姐，真的感谢你。"小浅浅说，"要是没有你的帮忙呀，我一个人不知道要收拾到什么时候呢。"

小浅浅说的并非虚言，她从湖南家里回来后，处理好所有事务，并且退了所租的房子，房东今天过来拿钥匙前，交代要把所有的物品搬离。在沙洁的帮忙下，两人把物品收拾好，搬到了酒店，处理好所有事情，刚巧接到安康的电话，才去牛肉店吃饭。

"你的雷疤哥哥什么时候到这里？"沙洁问道。

"他中午从乾泸开车出发时，给我发了信息，说进洛明城后给我打电话。"小浅浅看看手机时间说道，"现在应该差不多进城了吧。"

正说着，阿雷打电话来了，说道："我已经进城了，按导航提示，预计20多分钟后就到了。"

小浅浅脸上像是开了一朵花，依依不舍地挂断电话，期待阿雷赶快到来。

"浅浅，你现在还有机会选择留在洛明，一旦过了今晚，就再也没有机会了。"沙洁还是有一丝丝替小浅浅的选择担忧，女人一旦选择错误将会悔恨终身呀。

"放心吧郭姐姐，纵使前路是刀山火海，我都相信雷疤。"小浅浅说道，"如果雷疤不来接我，或许我还会犹豫。而他说到做到，真的开了几百公里的车来接我，如此诚心诚意，我又有什么理由不敢把幸福交给他呢?"

"你说的也是，这样的男人爱得坦荡、勇敢，祝你和阿雷幸福。"沙洁伸个懒腰说道，"你的雷疤哥哥快到了，让他好好陪你吧，我该走了。"

小浅浅也站起身道，"那好吧，我送送你，咱俩一起出去。"

"不用了。"沙洁说，"今天你都累一天了，就在酒店等你的情哥哥吧。"

露出可爱的小虎牙，小浅浅说道："就让我送你吧，顺便到附近给阿雷准备些吃的。他开了近 10 个小时的车，肚子应该饿了。"

"还没有成为他的媳妇，就这么为他考虑了，你真是一个合格的小娘子。"沙洁拿小浅浅开着玩笑，两人走出了酒店，骑着电动车到了在一个名为"建水烧烤"的店门前，沙洁停好电动车，让小浅浅下了车，她依依不舍地道别："就在这里分别吧，记得有空常回洛明来看看我。"

"一定会回来的，一定会经常回来的。"小浅浅顿感忧伤，双眼泛红圈，抱住沙洁，"郭姐姐，康哥是个好男人，你一定要珍惜，好好加油。"

"我一定加油。"沙洁重复小浅浅的话后，说道，"你可记着我俩的约定，我结婚时，你一定要回来做我的伴娘呀。"

随着微风一吹，烧烤摊的香味飘到两人面前，满脸络腮胡的老头，祥和微笑地向她俩发出邀请："两位姑娘，外面凉，到店里坐，今天的烧烤可新鲜了。"

老头的话音落下后，沙洁骑电动车离开了。

小浅浅走进烧烤店，点了烤鸡腿、烤鱼、烤鸡爪、烤洋芋等，又点了一份炒米线加荷包蛋，并交代荷包蛋一定要嫩嫩的，并且其他烧烤弄好后，再做炒米线和荷包蛋。

老头记录好所点菜品，正欲离开，小浅浅向他又说道："等一下，给我拿 4 瓶啤酒吧，和烧烤一样，打包带走。"

"小姑娘，带这么多酒，是给你的男朋友吧，真羡慕你们年轻人。"老头笑笑一句，忙活去了。

烧烤弄好后，小浅浅走回酒店时，远远地看到酒店停车场入口处，一个保安拦住一辆车，像是和驾驶员发生了争执。

她往前走几步，看清楚是阿雷带她去雪山脚下时开的那辆车。走过去，原来是保安看阿雷并不面善，便拦截下来核实是否为酒店客人。

阿雷正准备给小浅浅打电话，没想到小浅浅便出现了，确定身份，保安放行了。

阿雷将车停好后，跟随小浅浅到酒店前台登记好身份证，准备进入电梯，隐约听到前台两个服务员嘀咕道："这么漂亮的姑娘，就被这种流氓给糟蹋了，唉，真是男人不坏，女人不爱呀。"

转过身，阿雷怒气冲冲返回前台，伸手指向服务员挤出："你们说什么呢？是不是欠揍?!"

其中一个服务员吓到了，颤抖道："没……没有说什么，我们没有说你。"

"你管人家说什么呢，我们快上楼吧，烧烤冷了就不好吃了。"小浅浅将愤怒的阿雷拽回电梯里，来到了房间。

打开烧烤和啤酒，阿雷对着酒瓶一口气喝了半瓶，接着吃几口肉串，赞扬味道不错。小浅浅又帮他打开炒米线，将嫩嫩的荷包蛋液摊于米线中，看着就好吃。她将米线盒递给阿雷。

看着阿雷狼吞虎咽的样子，小浅浅确定阿雷饿极了，提醒他慢慢吃，并给阿雷讲起她和炒米线的故事："有一次带团，我遇到超级欺负人的游客，送走他们后，原想是解脱了，没想到，却收到旅行社的电话说我被投诉了，还不分青红皂白地臭骂我一顿。

"当时，我觉得世界都是灰暗的，一个人走在马路上，天下起了暴雨，我躲到了一个小吃店，没有胃口吃东西，进店仅为避雨。店里的老头没有驱赶我，还倒了一杯热水给我，主动和我聊天，听我痛骂了那个团的游客。

"我的情绪得到了宣泄，心里舒畅多了。就让老头随便来个小吃吧，老头给我做了炒米线，并加了一个嫩嫩的荷包蛋，我用筷子戳破蛋液，搅拌着米线吃，浓稠的美味至今无法忘怀。"

"今天的炒米线味道也不错，你尝尝。"阿雷将米线盒连同筷子递给小浅浅。

小浅浅接过米线盒，尝了几口，也赞道米线不错，又将米线盒和筷子递给了阿雷，说道："你猜那老头还跟我说了什么？"

"说了什么？"阿雷扒光餐盒中的米线问道。

"他说：'荷包蛋的蛋黄就像太阳一样发光发热，充满能量，无孔不入，你们做导游的呀，也要像蛋黄蛋液一样浸入到米线中，无孔不入，那样，就能像阳光一样温暖万物，打动游客的心，怎愁没有收获呢？'也巧了，老头刚说完，雨停了，太阳露出了笑脸，你说是不是很神奇？"

阿雷喝着酒，吃着烧烤，笑笑道："是挺神奇的。"

"今天烧烤店的老头和那个老头都是留着络腮胡，看着面熟、面善，我就点了这份炒米线给你尝尝。一来呢，你开那么长时间的车来接我，肯定饿了、累了，给你补充能量。二来呢，我选择了你，把身体和灵魂都交给了你，期待你像荷包蛋一样充满能量，对我的爱和照顾细致入微、面面俱到、无孔不入。"

阿雷伸出一只手托起小浅浅的下颌，闪闪眼皮，色眯眯地笑道："吃完烧烤就对你无孔不入，好好地照顾你这个小宝贝。"

"你讨厌。"小浅浅的脸蛋泛红，站起身抡起小拳头往阿雷的臂膀锤去，小嘴配合着小拳头直说，"雷疤大坏蛋，讨厌，讨厌，讨厌，讨厌雷疤大坏蛋……"

第二十四章　天高任鸟飞

沙洁回到归心小家，坐在沙发上，对安康说道："现在阿雷应该到洛明了吧，你要给他打电话，现在就可以打了。"

此前，在牛肉店时，安康得知道阿雷开车到洛明接小浅浅已经在路上，便给阿雷打了电话，生气道："阿雷，你太不拿我当朋友了吧，到洛明来都不给我打个电话，好让我为你接风洗尘。"

阿雷道了声抱歉后，解释道："明天就回去了，不想打扰朋友。"

因开着车，两人没有说多少话，约了到达后再联系，便挂断电话了。

听沙洁提醒说阿雷应该到洛明了，安康给阿雷打电话："阿雷，无论如何都要留一天再回去，怎么也得让我尽地主之谊，请你喝杯酒吧。"

"兄弟，你的好意心领了，不瞒你说，我是借我堂哥的车来的，他后天要用车，明天晚上务必得回到乾泸。"阿雷道出实情后，又继续说道，"在乾泸也是经常见面的，见面时再聚吧。"

挂断电话，安康点烟，走向阳台，望着周围住户，除了能看到部分零星的灯光，大部分住户已经进入梦乡了。

而他却睡不着，曾经也是这样的时间段，他和小浅浅一起走在大马路上，没有邪念，歪歪晃晃，不顾形象地放声吼歌的情形浮出眼前，此刻竟生出哀伤。他无法左右小浅浅这妹妹去追求幸福，可想起和小浅浅的点滴，竟然有些不舍，他甚至想和小浅浅称兄道弟，可小浅浅毕竟是姑娘家……

他天马行空的思绪被燃到手指头的香烟星子打断了，"哎哟"了一声，烟头掉落于地。他弯腰将烟头丢进垃圾篓，起身时，打了个大大的喷嚏，准备再抽支烟。

"老公，小心身体，注意着凉。"沙洁站在他身后，给他披了一件外套。

扶正了外套，安康心生温暖。在这样的夜里，有这么贴心的女朋友，还有什么可以追求的呢？童话中的幸福也不过如此吧。他伸出右手将沙洁揽入怀中，凝视前方说道："沙洁，在这样的夜里，是不是每个人都希望有个归宿，有个家？"

"当然了，谁不想有个家，有套房子呢？"

沙洁依偎在安康怀中，没发现安康的惆怅，也不曾猜想安康在想什么，只觉得依靠在安康的怀中，很温暖，很踏实。她很享受，片刻后，直起身说道："老公，夜深了，回去休息吧，明天你还要去旅行社开会呢。"

安康和沙洁回到卧室床上，沙洁枕着安康的手臂，不一会儿就入梦乡了。安康轻轻抽出手臂，双手抱头平躺着，望着漆黑的天花板，想着：小浅浅和阿雷能走多远？是会结婚，或者分手？阿雷常留恋于风月场，会给小浅浅带来多大伤害？

转念又想道：小浅浅是自己的什么人呢？管她那么多干吗？是不是自己想得太多了？

他萌发刨根问底的深度思考，这种思考将影响他未来的职业、爱情、友情等各方面的生活。从小浅浅的离开，又思索明天到旅行社开会，毛姐会说什么，这次会议有什么意义，对自己的带团会有怎样的影响……

这是安康和沙洁谈恋爱以来，第一次失眠到凌晨 3 点多钟才睡着。入睡得晚反而起得早，第二天，安康做好了早餐摆在桌子上。

沙洁起床后，见到桌子上摆放的两碗煮饵丝、两杯牛奶，和一碟水腌菜，她以为是自己还没有睡醒，揉揉眼睛，确定是真的后，坐到餐桌前，开口便问："老公，这是你做的早餐吗?"说着，往安康脸部亲一口，拿起筷子就开吃。

安康笑笑："去洗脸后再来吃吧，从小老师就教育我们，先洗脸再吃饭。"

沙洁停下来说道："起床就能吃到难得的爱心早餐，是多么幸福的一件事呀！我要抓住这幸福时刻。"接着，她喝一口牛奶，又说，"人家是牛奶配面包，豆浆配油条，你弄的是饵丝配牛奶，有创意。"

看着沙洁那种小小的得意感、满足感，安康笑笑："慢点吃，待会我送你去上班。"

"老公，你太好了，爱死你了。"

沙洁此话一出，整个早餐期间两人都沉浸在和谐的氛围中。

吃过早餐，两人收拾好衣装后出门，安康骑电动车载着沙洁，送她到了公司楼下后，交代道："沙洁，下班后，我再来接你。"一转身，安康继续骑了 20 多分钟的电动车，到了天水水旅行社办公楼下的电动车停车处准备停车。

只听到"咝、咝、咝……"长长的刹车声，约六七十米处，一辆奔驰车停在机动车停车处。安康望过去，只见从副驾驶上下来一位姑娘，约 21 岁，肤白貌美，手指甲染成红色，不像本地人。

接着从驾驶室中下来一男子，安康在景区和餐厅见过这男子几次，谈不上认识，只知道他三十五六岁，有着火红色的短卷发，皮肤干裂，像一捆竹篱笆，外号为"火把哥"，他是天水水旅行社知名大大刀导游。

大大刀导游赚钱的能力和速度是普通导游的十倍、百倍，甚至更多，有些大大刀导游和蔼可亲，有些大大刀导游看不到旅行社所提供的平台，自认为天大地大，唯他最大，因此非常自负和傲慢。

火把哥对安康露出鄙视和不屑的眼神，他绕过车身，帮红指甲姑娘拎着包，往顺通旅游大楼入口处走去了。

安康停好电动车，也进入大楼，坐上电梯，到达天水水旅行社导游办公室。环视一圈，在场的人中有孙武贵、火把哥、红指甲姑娘，还有不认识的3位男导游和1位女导游，令安康惊喜的是，欧阳坤平也在。

安康站到欧阳坤平旁边，彼此点头，算是久别的问候。

此时，毛姐带着孔玉秋走到门口说道："这个办公室小，不太适合开会，咱们转到小会议室去吧。"

众人起身，跟着毛姐来到小会议室。小会议室里椭圆形的会议桌中心摆放着3小盆精心修剪过的铜钱草，每个桌位前都摆放了一瓶矿泉水。毛姐坐下来后，孔玉秋和孙武贵分别坐在她两旁，其他人挨着她们依次坐下来。

毛姐的眼珠转向陌生的红指甲姑娘，向众导游问道："这位导游是——?"

火把哥站起来介绍道："毛姐，这位是我之前向你推荐过的导游。她去年从旅游学院毕业，在学校里学到了扎实的理论知识，近期一直在跟团学习。不瞒你说，春前节47A的那个团，是她以我的名字带的，还有几个单子不错的团，也是她在车上讲解的，我觉得她完全有能力带全国大散了，正好今天开会，我就把她带过来介绍给你认识。我相信以她现在的能力，业绩不会差的。"

听到 47A 这个数字的时候，众人不约而同地将目光移向红指甲姑娘一眼，似乎在说："谁知道火把哥说的是真话还是假话，再说一个刚毕业的学生跟了大大刀导游几个团，就想通过这样的关系带全国大散，她能带得起吗？还有公平可言吗？"碍于火把哥的大大刀地位，没有人说话，又将目光看向毛姐，看她如何回复。

没有人能猜透毛姐的想法，也许令她生气的是，火把哥先斩后奏，未经旅行社允许，擅自将团转交给红指甲姑娘去带，还在导游会议时，直接将红指甲姑娘带来旅行社，他的眼里到底还有没有导管？如果她接纳红指甲姑娘这个导游，就助长了火把哥嚣张的气焰，导管的权威无从谈起；如果不给火把哥面子，旅行社会受损失，毕竟这种导游能为旅行社创造大大的效益。这种人本事大、脾气大，自信又自负，如果他搭错哪根筋而离开旅行社，必然是导管的一大损失。

毛姐不得不权衡利益、权威和面子三者的主次关系，不得不权衡导管和大刀导游的微妙关系。她简短地对火把哥说道："好的，我知道了。"又斜看红指甲姑娘一眼。

只见红指甲姑娘向毛姐和众人尴尬微笑，随后拿起桌子上的矿泉水喝了一口。

毛姐简单地介绍大家认识，当介绍到欧阳坤平的时候，她特别强调："欧阳是非常优秀的老导游了，前段时间因有事，离开了一段时间，现在又回来了，大家欢迎他回家。"

众人附和鼓掌后，毛姐继续说道："春节旅游旺季结束了，恭喜各位都取得了不错的成绩，赚到了钱，也期望各位继续努力，再创辉煌。今天把大家召集在一起呢，主要是有两件事情。第一件事，是要告诉大家一个好消息，咱们的副总去开辟他自己的'新事业'了，天高任鸟飞，海阔凭鱼游，我们在这里祝福他越做越好。"

大家跟着毛姐鼓掌后，她接着说："第二件事，副总走后，有一部分导游跟着副总走了，从情感上，我们尊重那部分导游的选择，但更恭喜留下来的导游。大家也都知道，咱们集团公司的业务已经稳定了，尤其是集团公司下的旅行社业务更是发展良好。当然，无论哪个旅行社，最高端、最赚钱的团，无非都是那么几个核心导游在带团。而各位已经成为咱们旅行社的佼佼者，所带的团怎么样，各位心知肚明。这就是为什么公司的专职导游和兼职导游共100多人，却只邀请各位来开会，这说明各位能力强，以及和公司合得来，要是换到其他家，又要重新适应别家的线路、政策，还要有磨合期。

"从现在起，我期待在座各位能和我一起努力，只要是服从公司管理的，公司绝不亏待他。我相信在公司这片小天空下，如果你是雄鹰，定能展翅飞翔；而如果你是鲲鹏鸟，有逍遥游的翅膀，我也由衷地祝福你：天高任鸟飞。"

讲话期间，毛姐特别注意火把哥及另外一位男导游的眼神动作。对于这些曾经是副总的人，她所传达的是留下来最好，但要服从管理、专心赚钱、别耍脾气；若留不下来，大路通天，各走两边。

毛姐导游出身，拿准导游心理：带团的目的是赚钱，忠于利益，那些所谓的跟着谁混、和谁关系好只是一种掩饰而已。刚做导管时，她的权利并不大，时常受挫，到今天自己挤走副总，争取到导管权利的最大化，她在导管这个职位上已经可以做到游刃有余了。

她说："除了两三位本应该到场的但因在团上没有到场外，各位在座导游都是大刀。为了让各位更上一层楼，赚更多钱，我给各位介绍两个人，为大家的带团保驾护航。第一位是，孔玉秋，大家都认识了，她以前所操作的旅游团队比较多、比较杂。从今年开始，她被提升为计调部经理，除操作一部分像各位所带的高端团外，就是做管理和行政工作了，但是和计调及行程相关的人或事，都可以随时和她沟通联系，她一定会全力配合大家，为大家做好后勤工作，大家只要用心带团出单就好了。"

孔玉秋站起来，向众人稍稍鞠躬后说道："我一定全力以赴，配合好各位的工作。概括来说，各位在酒店、餐厅、旅游车、报账审核等方面的事宜我都会优先对待……"

孔玉秋坐下后，毛姐又介绍孙武贵，赞扬孙武贵曾经是跟着副总混的，现在也是"弃暗投明"了，是一个"识时务者为俊杰"的人，并强调："孙武贵除做最后一站的扫尾巴工作外，现在主要还做售后保单工作，只要出现客人在离洛明前，对购物、对导游、对行程等不满意的情况，都由他处理。有时候因工作需要，他会扮演'恶人'角色，这个大家都懂，我不必多说……"

孙武贵接着毛姐的话，说几句好听话，又站起来离开座位，绕桌一圈，分别给大家发好烟，除孔玉秋和 1 男 1 女导游不抽烟外，其他人接过烟，点燃了。

孙武贵回到座位后，大家抽着烟交流五六分钟后，孔玉秋因有事提前离开了。

毛姐道："这段时间大家都辛苦，也知道导游喜欢玩，晚上我请大家吃饭，再让孙武贵带大家去 K 歌，娱乐娱乐。"

"毛姐，你去不去?"没等毛姐回答，火把哥接着说，"毛姐去，我们就去。"

毛姐话中有话地笑笑说道："我去，你们就不好玩了。"

大家似乎听出了什么，都跟着笑了。这时，毛姐说："如果大家不介意去量贩 KTV 的话，那我就舍命陪君子了。"

火把哥带头说道："我们就喜欢去量贩 KTV 唱歌。"

"那好，就这样安排吧，晚上见。"说罢，毛姐交代孙武贵安排晚上吃饭和唱歌的事宜。

会议结束后，安康和欧阳坤平一起离开旅行社。两人久未见面，又是午饭时间，就在一个小餐馆坐下，随便点了一两个小菜。因欧阳坤平开车出行，且又是大中午的，没有喝酒，两人聊的也是工作和家常。

欧阳坤平讲起他去清象市的这段时间所发生的故事："刚去的前 3 个月，团量虽不大，但导游少，团质好，基本每天都带团，特别赚钱。后来，旅行社加大团量，扩大导游队伍，而且越赌越大，购物又不好，旅行社入不敷出，客人质量下降，团越来越差了，继续待下去，只会更差，我就选择春节前两三天回来了，在家陪老婆、孩子，好好地过了一个春节。而那些春节期间还在清象市带团的导游呀，连账都报不出来了。"

欧阳坤平不是说毛姐这里不好吗，怎么转眼几个月不见，他又回来了？而且想走就走，想来就来。走之前还怨气冲天，而这次回来时却一副势在必得的模样。安康发自心底佩服欧阳坤平的社交能力。他说道："欧阳哥，你真厉害，来去自由。这次，怎么又回到毛姐这边带团了？"

欧阳坤平坦言："简单来说，就是天水水旅行社内部人员发生变动，再加上受'利益'二字驱使，所以我就回来了。至于其中过程，一言难尽呀。"

随后，欧阳坤平祝贺安康已经能带公司的全国大散团了，他说："安康兄弟呀，你感觉到了吗，带这种能赚钱的团，可不比普通团呀，不仅要业绩好，还要关系好，里面有很多名堂呢！"

"是呀，你之前教过我，要学会烧香拜佛。"安康想想，那不就是多给导管好处呀？

"这只是其中一个方面，里面还有很多门道。两个人表面非常要好，可能只是表象；而表面关系不怎么样的人，实际上可能反而关系最好。只有拨开雨雾，方见本质。当前，在不明确谁和谁是一伙时，尽量装憨就行了。我这次回来，虽然也认识那些导游，但和他们走不到一起，我也是势单力薄，总之，我们以后经常交流，相互帮助就对了。"

安康仅有两个团的业绩较为突出，便被不明真相的导游称之为大刀，其实他还是知道自己有几斤几两的，他知道自己距离名副其实的大刀还有非常大的距离。但比起曾经的自己，他现在的带团能力和赚钱水平，已经上升了一个档次。

他决心要抓住这次机会，争取多赚些钱。可他今天见到火把哥及办公室开会时的种种现象，隐约觉得要想一直带好团，并非易事，但又不知道如何从模糊中探究到本质。于是，他相信欧阳坤平所说的，选择和欧阳坤平站在同一战线上。

到晚上吃饭的时候，毛姐和孙武贵彼此间都不怎么说话，然而又显得非常老道自然。回想曾经和毛姐、孙武贵、孔玉秋吃饭那次，孙武贵和毛姐的种种表现，他判断毛姐和孙武贵的关系是亲近了不少。

而孙武贵除了向火把哥等人敬酒外，还主动向安康敬酒，可见社交能力相当强，虽然他知道这些是虚情假意，但谁又不想听被恭维的话呢？连安康自己都对讨厌的孙武贵表面恭维道："孙总越来越厉害了，以后团上的售后和相关服务，还请孙总多多费心。"

存在是有原因的，只是有些人发现，有些人没有注意到而已。安康开始注意到这些现象，并开始去迎合、去利用这些潜规则时，他的心态已经迈向合格的导游了。

然而，他的带团本事却与大刀导游相差甚远，他想多赚钱，便在晚餐中引入带团技巧话题，这可是导游能产生共鸣的话题了。

餐桌上，火把哥认为带团玩的就是人性，人性本恶。而另一导游却说："人性太复杂了，简单来说吧，好的客人要对他们更好，而糟辣子，就当他们是茅坑里又硬又臭的石头，对待他们只有一种方式，往石头上撒尿拉屎，尽情地侮辱他们。"

听到"茅坑"二字，众人愣了，这加快了晚餐进行的速度。随后，大家商量如何前往距离餐厅约3公里的量贩KTV。

红指甲姑娘驾驶火把哥的奔驰车，可以再带3个人，另外一个不喝酒的导游也表示他的SUV车可以坐4人，由此，话题由车到酒驾，再到基金、股票、投资、房子、奢侈品等，大家聊得不亦乐乎。

安康是既没有车也没有房的导游，没有就算了，关键他不会装腔，不会做表面工作，还掏出20多元的自认为还过得去的香烟，传给那些导游，有人直接就拒绝了，还有人掏出好烟反传给他，让他接也不是，不接也不是，只有被他人无情地"打脸"，无意地冷嘲热讽。他甚至想扇自己一巴掌，不会做足面子，难道花120元买包好烟会死吗？不发烟会死吗？不说自己没有车、没有房会死吗？撒个谎会死吗？

吃好晚餐，孔玉秋不去K歌，打车离开了。毛姐、孙武贵坐上火把哥的车出发了，其他人也坐上熟识朋友的车，还有人叫道："欧阳坤平，你喝酒可不能开车呀，这里还有一个位置，要不坐我们的车一起出发吧。"

欧阳坤平说："我跟安康骑电动车去，你们先走吧。"

还在犹豫是要坐出租车，还是硬着头皮挤进其他导游的车，又或者选择骑电动车的安康，听到欧阳坤平回答他们的话，心里涌起一股暖流，感动的心无法言语，比带一个大卫星团还感动，他在心里念叨道："此份面子情谊，定铭记于心，永不忘记。"

欧阳坤平走过来，扶着他的肩膀，骑上电动车的后座，和他一起前往了 KTV。

到达后，一种熟悉的气味扑面而来。安康带一日游的时候，只要是团好，或者开心的时候，他常和方如意等人到这里 K 歌。这里环境好、音响不错、收费合理，经过发展，这家 KTV 在洛明已经有 4 家分店了，但很多人还是习惯到这个老店来玩。

安康和欧阳坤平到达时，毛姐等人已经点好酒水进入包房了。他俩跟随服务员的引导进入包房，找个位置坐了下来。

毕竟都是导游，气氛不到一会儿就活跃起来了。毛姐率先唱一首歌后，大家都鼓掌喝彩，并向她敬酒，尤其是火把哥带着红指甲姑娘不断给毛姐敬酒。

约半个小时左右，火把哥带着红指甲姑娘悄悄离开了。其他人等连同欧阳坤平都主动向毛姐恭维敬酒。大家基本都是一杯干，而毛姐只是象征性地抿上一口。

期间，安康去敬了毛姐一次酒，再去敬酒时，被其他人打断了。随着酒精发挥了作用，他懒得管那么多了，反正围在毛姐身边敬酒吹捧的人多，唱歌的人少。于是乎，他点了歌，唱了起来，越唱越进入状态，感觉越来越棒。

安康唱歌时，毛姐去上了一次洗手间。回来时，看安康唱得那么深情和投入，她似乎看到了一段故事，又或许哪句歌词触动到了她，她索性拿着话筒和安康一起唱起来，配合还挺有默契。

趁众人不注意看时，毛姐凑近安康耳朵，悄悄地说："安康，你投入唱歌的样子好帅、好'男人'，姐都被你迷住了。"

安康被毛姐吓得不知所措，歌都唱跑调了。

"嗓音不错！"毛姐露出笑意，向安康竖起大拇指，接着，切换了颇有年代味的情歌《心雨》和安康对唱，吸引其他人接二连三热烈地鼓掌。

玩到深夜 12 点多钟，毛姐似醉非醉地说："你们继续玩着，我先回家了。"

毛姐刚离开，众人也想跟着离开，但在孙武贵的劝说下，导游们又继续留下来喝酒 K 歌。而安康觉得待下去没有意义，连同欧阳坤平跟着毛姐一同走出了包房。

刚到停车场，毛姐的宝马车已经开始启动了，隐约可见开车的是一名男子，毛姐走过去打开车门钻进车里，摇下车窗，挥手向安康和欧阳坤平说再见，随着轻轻的发动机声响起，宝马车驶进车水马车的街道，不见踪影。

"欧阳哥，你怎么不再多玩一会?"安康问道。

"没有意思，都是逢场作戏。"欧阳坤平说，"你知道吗? 一般情况下导管只和他身边关系好的人出来玩，这次毛姐能请我们唱歌，也算是对我们的重视了。"

说话间，他招了一辆出租车，和安康道别："导管都走了，我们待下去没有意义，还是早回家舒服。我回家了，你也早些回去，路上注意安全。"

目送欧阳坤平上车离开后，安康骑着电动车回到归心小家。想着沙洁应该已经睡觉了，不想打扰到她，安康便轻手轻脚地打开房门，借着手机的亮光坐到沙发上，抽出香烟叼到口中，打火机"嗒"的一声响过后，卧室的门打开了。

沙洁迷迷糊糊地走出卧室，发出模糊的声音关切道："老公，怎么到这么晚才回来?"然后，她去了卫生间小解，回卧室时又说，"快上床睡觉吧，我给你暖着被子呢。"

安康脱去外套，简单洗脸后，钻进温暖的被窝，瞬间被沙洁的体温所温暖，他的心就像 KTV 里的冰啤，有些冷，情绪有些失落，然而被窝却是温暖的。冷热冲击着脑袋，一时间，他头脑疼痛，就如鸡蛋被铁锤子敲击，却敲不破的样子。每敲一下，便是一个画面：发烟遇鄙视、餐厅谨慎敬酒、电动车载欧阳坤平、KTV 与毛姐情歌对唱……

突然，安康想呕吐，却吐不出来；想睡觉，又睡不着。他心乱如麻，忍住疼痛，度过漫长的一夜……

职业生涯，起起落落，哪有过不去的坎坷？太阳升起，光明出现，每一天都是新生活的开始。手机需要充电，方能联通世界；人生需要学习，方能提升灵魂。

一夜后，安康醒来时，正好沙洁准备出门上班。他让沙洁拉开窗帘，打开窗户。外面一缕阳光照进房间，他立即起床穿衣，迅速地钻进卫生间，又从卫生间里出来，嘴里满是牙膏的泡沫，对沙洁说："等我洗漱，送你上班。"

往常安康不带团时，基本上都睡懒觉，昨天送我上班，是因为恰巧公司开会也要早起，今天没有听说他有什么安排，安康葫芦里卖的什么药？沙洁感到很疑惑，但既然安康要送她，又何必琢磨安康的心思？享受这份爱意就行了呗。她心里美滋滋地等着安康一起出门。

"傻姑娘，还愣着干吗？像花痴一样，走吧，出门了。"说话间，安康已经顺手拿过沙洁手中的电动车钥匙，率先打开房门了。

"别着急，还早呢，上班不会迟到的。"

沙洁跟在安康后面，下楼到电动车停放处，坐上后座，搂住安康的腰，哼着小曲，到了她们公司楼下，她下了车，猛地亲安康一口，继而哼着小曲上班去了。

目送沙洁走进办公大楼，安康骑车前往城市公园，到达后停好电动车，走到一长椅前坐下来，打开来的途中在路边摊购买的烤饵块。闻到饵块散发的米香味，时光似乎又回到了自己初入社会的那段时光。

那时，他每天出门上班，都会在路边摊买份烤饵块。摊主将直径约和足球大小、厚度如一元硬币般的饵块，置于炭火架上烤出焦香味，涂抹香辣酱，将烤油条置于其中，卷成长条状，用牛皮纸包住一头，拿在手上，咬一口，饵块柔糯、油条有嚼劲、酱味咸香，那种混合的美味，品过方知，可言不可喻。

近几年，随着城市的发展，流动摊贩生存环境越来越困难，有些饵块摊主不得不改行。然而饵块毕竟是边境省的知名小吃，被列为边境省十八怪之一，俗称：粑粑叫饵块。有商业头脑的人士经过投资运营，洛明城出现了"某某烤饵块"连锁店，遍布城市各个角落。但安康做导游后，仅吃过一次连锁店的烤饵块。

今日，遇到饵块摊贩，摊主是一位背着小孩的妇女，她背上的小男孩眼珠像玻璃球般大大的、亮晶晶的，脸部轻微干裂，着实可爱，许是被小孩吸引了，安康买了一份烤饵块。

他吃着饵块，回忆着过去，望着城市公园上空飞舞的红嘴鸥，想起带第一个长线团时，曾跟小浅浅开玩笑说过："飞鸟总比游鱼强。"而今，小浅浅、方如意、小燕子都去了乾泸，算不算飞翔呢？

"施主，你面色暗沉、气色不佳，将有大事发生。"

突如其来的声音分散了他的注意力，他本能地看看面前的这个人：穿着棕黄色套服，手腕串着一把珠子，光头，右眼戴了黑色的眼罩，仅左眼可见，且眼珠忽上忽下、不停转动，神色扑朔迷离。凭简单观察和直觉，他料定此人——独眼侠，不是正规的僧人或是道者，倒像个江湖术士。

他默不作声，没有理会独眼侠，想着独眼侠自讨没趣，便会自动离开。可独眼侠嘴一直在动着，说着他听不懂的话。他想开口驱赶："不感兴趣，别影响我，快快离开吧。"可话到嘴边，反而想起五年级寒假的某天下午的豆腐皮往事。

那天，他和弟弟妹妹围着厨房灶台，等着妈妈给孩子几个吃新鲜的豆腐皮。

弟弟刀安乐眼快，见一位拄着拐杖、衣衫褴褛的老人，牵着一个脸部脏兮兮的小女孩，站在院子中间，刀安乐即刻告诉妈妈："乞丐来我们家了。"

孩子几个跟着妈妈从厨房走到老人面前，只见老人用外地口音颤颤地祈求道："好人家，施舍些吃的吧。"

妈妈搜出为数不多的零钱给了老人，老人转身要离开，妈妈让老人稍等，并交代安康和安乐搬凳子给老人及小女孩坐下，随即走进厨房，双手分别端出一碗热腾腾的豆腐皮，请老人和小女孩吃完再离开。

事后，妈妈教育孩子们："看这个老人多可怜，我们给他几张零钱或者冷菜剩饭，是一种正常的积德行善。今天，他到我们家吃豆腐皮，我们更要平等地对待他。你们孩子几个好好思考，但凡这个老人的家里过得去，他又何苦风餐露宿地在外奔波呢？"

那时，安康接过妈妈的话："乞丐用我们的碗，多脏呀！"

妈妈把3个孩子拉到一边，语重心长地让孩子们记住："碗脏了，可以洗干净；心灵脏了，不如猪圈里的猪。"

孩子们似懂非懂地点点头，妈妈又道："孩子们，以后长大了，遇到在外奔波的乞讨人，不能直呼'乞丐'。如果是老人，可以称呼他们为老爷爷、老奶奶或老人家；如果是年纪小的，可以称呼他们为小兄弟、小妹妹；如果是同辈或不好称呼的，可以称他们为'讨生活的人'或是'乞讨人'都可以。总之记住：人的外表、穿着可能不一样，但灵魂都是平等的，每一个灵魂都应该受到尊重。"

豆腐皮往事像小木棍一般敲打安康的头，提醒他"每一个灵魂都应该受到尊重"。难道面前的独眼侠的灵魂就不应该是平等的吗? 光天化日之下, 独眼侠又能怎么样呢?

他向独眼侠说道: "你说吧, 珠子多少钱一串, 我直接买就行了, 不浪费你的时间, 也不浪费我的时间。"

说完后, 看着独眼侠伸出两根手指头, 安康问: "是不是20元?"

独眼侠点点头, 分开手中那把珠子的其中一串递给了安康, 等待着收钱。

不巧的是, 安康身上面值百元以下的现金, 仅有两张五十的和几张一元的, 他拿出一张面值五十元的给了独眼侠, 并说: "不用找零了, 你就给我说几句好听吧。"

接过钱, 独眼侠问安康是否听过: "淑容美女反招愚拙之人, 俊秀儿郎却配貌丑之妻, 此乃命也, 运也。"

再普通的正规导游, 都会对中国传统文化有所了解, 诸如阴阳、五行、八卦、宗教、建筑与风水等, 安康哪能不知道"命运"的概念呢。有时, 他带团时, 也会根据团队性质讲解"一命二运三风水, 四积阴德五读书"的相关故事, 游客的认可度非常高。他猜想术士下一步, 想引导他"算命", 于是冷笑道: "你要是能说几句好听话最好, 要是不想说, 就走吧。"

"施主, 观你言谈举止, 非同寻常, 是个见多识广的人。"独眼侠问道, "你是做什么工作的?"

安康随口笑道: "一个小导游而已。"

"导游好呀, 全国各地跑, 将祖国大好河山尽收眼底, 人间世俗风情尽可体验。从本质上看, 导游和我们化缘人是一样的。"

带团需要经过国家导游资格证考试, 取得带团资格, 经过培训, 方可上岗, 难道在世俗眼中, 导游的地位如此不堪吗? 一个江湖术士都敢比肩导游, 安康倒想听听独眼侠所谓的本质是什么。他冷笑道："导游的入门很低呀，以你的江湖经验，都可以去带团了。"

"你可误会我的意思了。"独眼侠发表见解，"所谓的本质，就两个字，道和术，万事万物都离不开道术。有道无术，术尚可求也，有术无道，止于术，且以道驭术，术必成，离道之术，术必衰……"

安康没有插话，漫不经心地听独眼侠一口气讲完他的道术理论。

独眼侠讲完他的道术理论，接着媚笑奉承导游职业和安康后，找到合适的机会，说道："施主，观你面相、气色，你今年有一个小小的劫难，化解了，好运随之而来。要是不认真对待，也许……"

独眼侠摇摇头转身，欲擒故纵，做出离开的样子。

"也许……也许会怎么样？你能不能别胡说八道？"安康留住独眼侠，让他把话说完。

独眼侠不愧是跑江湖的，挺有本事，一根烟的功夫，又套到安康的生辰八字，通过手指头拨弄一番，说一些貌似有理的话术，勾住安康的心，说到重点时暗示安康再给钱。

无奈，安康将余下的 50 多元钱塞给独眼侠。

既似微笑又似奸笑地收起钱后，独眼侠说："你有两次婚姻机会，一次是今年，另外一次就是 40 岁之后了。建议你今年结婚，如若不结，会有烂桃花影响你的事业和命运。"

自己跟谁会有烂桃花呢？

翠翠的职业难于启齿；和方如意有暧昧，但没发展到恋爱阶段就结束了。安康犯不着和独眼侠解释、争论。他站起身，去买鸥粮，喂过红嘴鸥，看看时间，已经是 9:30，他骑上电动车，几分钟后，到了新知图书城。

停好电动车，他奔着昨晚几个导游聊天时讨论的好书《红楼梦》《鬼谷子》而去。书架上，《红楼梦》及相关书籍很多，他随意翻了几本，都还不错，就拿了两本，而后，往导游类图书区去寻找合适的书籍。

这时，电话响了，是方如意的电话，安康不自觉地想到独眼侠所说的"烂桃花"。不过，直到和方如意通话结束，都没有涉及爱情话题，谈话都挺客气。原来是前几天他请方如意帮忙，把西瓜姐介绍到美丽特产店上班，到目前，所有入职手续都已办妥。方如意打电话过来主要是反馈办事结果，毕竟，受人之托，终人之事。

听到安康在图书城买书，方如意还笑道："认识你这么长时间，第一次听说你在图书馆，真是个好学生。"

"我的带团水平怎么样，你又不是不知道。"安康自嘲道，"现在游客越来越厉害，我一个小导游知识匮乏，能力不足，带团受挫，又没有大师引路，只有通过读书来学习，来提升能力了。"

说出这段话，方如意哪猜想得到，安康是因为昨晚和那些大刀导游做了对比。物质比不过别人，尚能找到诸如年龄不大、入行短、团不好等等的借口。但是交流带团时所涉及的专业知识都插不上几句话，那他就自惭形秽了。

就比如导游经常把油腔滑调、抠门、素质低，以及讨厌的游客称为"辣子""油辣子""超级油辣子"，可这些词虽被大多数导游使用，却从未有多少人深究其原委。昨天听了一位导游所讲，他才知道，原来这个词出自《红楼梦》中的《林黛玉抛父进京都》一章，所讲的是：王熙凤第一次和林黛玉相见时，贾母开玩笑将八面玲珑的王熙凤称为"凤辣子"。

时过境迁，小说中一个玩笑的词汇，在 21 世纪的导游界被当作贬义词使用，要是曹雪芹泉下有知，会做何感想？推此及彼，旅游界中的驾驶员为何被称为"师傅"？出单好的导游为何被称为"大刀"？等等。安康想，这些问题或许通过读书能找到答案。

幸而，安康在虚岁 26 岁的年纪明白这些道理，还算未晚。他在买单付款时，办理了新知图书公司的会员卡，种下了读书的种子。

接下来的时间里，安康除了正常的带团，凡有空，就捧着书学习，在书的海洋里寻找飞得更高的方法，而书也不负所望地给他带去知识。正所谓："每一本书就像一根羽毛，它丰富着追梦人的翅膀，当羽翼足够丰满时，便是追梦人实现真正的'天高任鸟飞'的时候了。"

一个周六的上午，阳光明媚，春天温暖的气息飘进窗户，令人春心荡漾，沙洁来了兴致，让安康陪她去逛公园、逛街。

安康低头认真读着一本叫作《修筑滇缅公路纪实》的书，被书中的纪实描写触动心灵，暗含悲痛，便没有及时理会沙洁。

沙洁提高声音："你这段时间天天看书，心里还有没有我？书重要还是我重要？"

"当然是你最重要了，学习不是为了成长，为了多赚钱，为了我俩结婚而做准备嘛。"

安康本就对逛街没有兴趣，他尤其不喜欢沙洁在服饰店、饰品店里看得多买得少的行为。他静下心来看书的行为，刚开始时受到过沙洁的表扬，今天却被沙洁拿书和逛街作对比，他不明白逛街和读书孰轻孰重吗？

沙洁走到他后面，帮他揉肩捶背地撒娇道："老公，陪陪我，陪陪我嘛，你陪我逛街，我请你吃过桥米线，晚上回来后帮你按摩。"

安康对沙洁的软磨硬泡没有抵抗力，他收拾好桌上的书，和沙洁出门，骑上电动车到了城市公园。只见柳絮飘飘，闲人游士来往不断。

　　期间，安康偶遇了一个女导游，那女导游无意提起了小浅浅，又说有事，便走开了。

　　听后，安康和沙洁坐到一长椅上休息，他说："这也奇怪了，按理说，我带团去乾泸，见不到小浅浅应该是正常的，但一次也没有遇到过阿雷，他俩不会是一起玩失踪了吧？"

　　沙洁笑笑道："小浅浅经常和我联系啊，她在乾泸的生活丰富多彩，天天泡在爱的阳光里，可幸福了。"

　　"哦，那就好。"

　　"你就不想听听她在乾泸的故事吗？"

　　"你想讲，就随便讲几句吧。"安康站起身，伸个懒腰，"走吧，肚子饿了，边走边听你讲讲小浅浅在乾泸的精彩生活。"

第二十五章　雕梅酒味道

话说阿雷开车带小浅浅离开洛明城，两人一路说说笑笑地到达海月，下了高速，在一家名为"永平黄焖鸡"的饭店吃午饭。

小浅浅说："就咱们两个人，随便吃些就行了，没有必要点杀一只活鸡，吃不完浪费，可惜。"

"路过海月，绝不能错过这家黄焖鸡。"阿雷介绍道，"这家店每年卖出2万多只鸡呀，生意可好了，而且都是选择2斤左右的土鸡，又舍得放佐料，最主要呀，青蒜苗混合酱黄色的鸡块，味道纯粹正宗，有些十里八乡的人还特意开车来吃呢。何况我俩路过，坚决不能错过这家美食。"

小浅浅被阿雷所说的黄焖鸡诱惑得咽口水，就不再纠结是否会浪费了。

点菜后，餐厅人员去杀鸡做菜了，小浅浅在餐桌前坐下来。转眼间，不见阿雷，还以为他去上卫生间了。

实则是，过了5分钟，只见阿雷提着两桶酒放在餐桌前。

小浅浅指了指容积10升的酒桶问道："你买这么多酒做什么？"

"当然是喝了。"阿雷指向餐厅对面的小商铺说："那个小店呀，开了至少60年。一直以来，主要卖乳扇和雕梅酒，我喜欢喝他家的雕梅酒，味道就像红酒一样。这次自然不能错过了，带两桶回去喝。"说着，阿雷给小浅浅倒了一小杯，让她尝尝。

尝了一口，小浅浅点点头："是有红酒的感觉，比红酒好喝。"

阿雷眯笑着，色眯眯地眨眼睛，说道："那就对了，回去后，我俩每晚喝半斤，好睡觉。"

服务员端着黄焖鸡往餐桌处走来，小浅浅轻轻踢阿雷一脚，轻声道："这是在餐厅，注意说话方式。"

随后，两人吃过午饭，又继续上路，到达乾泸后，去了阿雷租住的酒店，卸下小浅浅的几个箱子，搬到房间后，阿雷去还表哥的车，小浅浅在房间里整理物品。

房间里有烟的味道，衣物也是乱成一团，小浅浅耐心地收整着。发现一把鸡毛掸后，她拿着鸡毛掸去掸墙上的字画框，却发现字画很干净。她涌出一阵感动，读起来，尤其读到后两句，觉得很甜："真情不欺汉子傻，祝愿双双永白发。"

是呀，真情不欺汉子傻，小浅浅暗下决心，定不辜负阿雷这个汉子。她将阿雷的衣物收拾整洁后，打开自己带来的床单被褥，准备把酒店的床单换成自己的，可转念一想："总不能一直和阿雷住在酒店这么小的房间里吧。"

于是，她打开手机浏览器的搜索引擎，查看当地的租房信息，其中一套位于亮通小区的房子吸引了她，详细浏览网页信息后，觉得可以作为首选，便拨通房东的电话做更进一步的了解。

通话还没有结束，阿雷已经回到房间，见小浅浅在打电话，便平躺到床上。

小浅浅对电话那头道了一声："你稍等下，我问问男朋友，看他明天有没有时间陪我去看房。"

"有时间。"阿雷躺在床上说道。

小浅浅从省城洛明跟随阿雷到乾泸，未婚同居，要是换成古代，那叫私奔，是要处以大刑罚、要浸猪笼的。而时代变了，任何人都有追求爱情和幸福的权利。小浅浅一往无前地把身体和心灵都交给了爱情，这样纯洁的爱，偏偏让阿雷遇到了。

阿雷岂能不把小浅浅当宝贝一样看待？不管小浅浅在和谁通电话，说什么事情，他哪有没时间的道理？

"那好，就明天上午，我们去看房。"小浅浅跟房东预约了上门看房的时间，开心地把她在网上看房的信息告诉阿雷。

听到"亮通小区"4个字，阿雷的脸部伤疤抽搐了几下，这4个字揭开了他曾经的婚姻伤痛。他全力地阻止大脑不去想过往，而是转移到当前，转移到小浅浅身上。

送手机、雪山脚下烧烤、确定恋爱关系，阿雷从未谈及过他的婚姻，又由于往往小浅浅带团到乾泸时，两人才得以见面，连续相处的时间最长也未超过两天，因此每次短暂的相处中两人都是吃喝玩乐，腻腻歪歪，谈论的都是快乐的话题。

仅有一次，小浅浅问过阿雷的恋爱经历。阿雷闭口不谈，并且真诚、严肃、认真地表示："那些爱过、伤过、痛过的人已经成往事，不必再提。从现在开始，你就是我生命里的一切，相信我，我是单身，我会全心全意爱你，至死不渝！"

小浅浅眼里的阿雷一直都是放荡不羁的潇洒硬汉的形象，很少见他如此认真，想想一个男人有过去的恋爱史也正常，既然阿雷现在单身，自己就不是小三了，何必追问阿雷的过去呢？

单纯的小浅浅在阿雷面前就像一张的白纸，干净透明，她哪会想到单身的概念可以是未婚单身、离婚单身。阿雷离婚单身不影响两人的交往，且两人的爱情处于激情甜蜜期，对于过去，再未提及。

亮通小区的出现，让阿雷本能地想回避。考虑到小浅浅找房子也是为两个人的生活，不应该去浇灭她的热情，于是阿雷计划，先去看房，再找借口说房子不合适，重新找就是了。

也许是冥冥中注定，第二天上午，两人看过亮通小区的房子，跟小浅浅在洛明时所租的房子很相似。她一眼就喜欢上了，想立即付租金。

阿雷把小浅浅拉一边说："我们再看看有没有更合适的，如果确实没有比这儿更合适的，晚上再做决定也不迟呀。"

小浅浅和阿雷又找了几处房子，仅有一家和亮通小区有得一比，奈何租金高得离谱，于是他俩最终选择租住在亮通小区。

住进亮通小区的第一个晚上，晚餐前，阿雷将一张银行卡塞到小浅浅的手里说："这是我所有的积蓄，以后旅行社把带团的佣金打入这张卡里，现在，我把它交给我媳妇，密码是我的生日。"

"雷疤，你这是干什么？"小浅浅生气地将卡丢在餐桌上，指着卡，"你以为我跑到乾泸来就为这个吗，你小看我，这是对我的侮辱。"

用尽一切方法，阿雷将小浅浅的火气平息后，解释道："我这个人平时连自己都管不住，生活没有计划，更不用说管钱了，这张卡放在你的身上，让我安心。再说，你是我的人，我把能给你的全部给你，有错吗？"

"你把卡给我了，平时花钱怎么办？"

"放心吧，我除了旅行社的佣金，还有其他带团收入的。"阿雷捡起桌上的银行卡，再次塞到小浅浅手中。

拗不过阿雷，小浅浅接过冷冰冰的银行卡，捂在胸口，心生暖流，走进卧室放好银行卡，回到餐桌前告诉阿雷："卡放在我那件白色卫衣口袋中，那件衣服我不常穿，要是需要用到钱，你自己拿卡去取。"

阿雷倒满两杯的雕梅酒，递给小浅浅："庆祝我俩的新生活，美美满满，来吧，喝交杯酒。"

接过酒杯，小浅浅配合着阿雷一饮而尽，听阿雷若有所思地说："刚住进来，可能不习惯，慢慢应该就习惯这里了。"

阿雷是挺不习惯的，有心理阴影，总怕熟人遇到他和小浅浅而说错话。每当小浅浅提议要在小区散步，熟悉周边环境时，他都找借口绕开了。

连续五六天，就算偶尔遇到认识的人，也没有人关注他，顶多就是他自己感觉别人多了鄙视的眼神，其实一切都平静如水，他心里的焦虑和恐慌逐渐散去，也不想纠结于过去。何况他和小浅浅所租的房子，与前妻包秋艳曾经所租过的房子，相距400多米，不在同一个区域，何必把自己看得那么重要，纠结过去的事情呢？

一个傍晚，吃过晚饭后，他主动带着小浅浅在小区里散步，走到活动中心的广场上，在一条长椅上坐着，看看从眼前晃过的散步的家长和孩子们，欣赏广场旁边的人工水池，水面映着霞光，随晚风舞动波纹。

随着天黑了下来，《最炫民族风》的音乐响起，活动中心的老太太跳起广场舞。他俩起身准备返回家，一个足球飞过来，紧接着一个七八岁的小男孩跑过来，阿雷挡住了足球。

50多米处，一位女子喊话："儿子，你慢点，注意安全。"

女子牵着2岁多的婴儿，教他学走路，她另外一个七八岁的儿子突然追着球跑得很快，还以为是球打到了他人。她立即蹲下身抱起婴儿，快步走了过来，见到没什么事情，便向阿雷和小浅浅点头微笑表示歉意，并教育他儿子："叔叔和阿姨帮你挡住了球，快跟他们说谢谢。"

小男孩发出稚嫩的道谢声，捡起球和他的妈妈离开了活动中心。那女子的背影与包秋艳有几分神似，阿雷不禁想起在民政局与前妻分别的情景，心想："要是不离婚，我早就当爸爸了……"

小浅浅和阿雷并肩往家走去，她开口打断阿雷的臆想："那个大姐姐抱的小宝宝头发微卷，眼珠大大圆圆，肌肤水灵水灵的，简直像个洋娃娃，好可爱呀。"

"我们回去就造个小宝宝，一定比洋娃娃更可爱。"阿雷的手原本是搂着小浅浅的，趁小浅浅不注意，他迅速拍了一下小浅浅的屁股。

突然像触电般，小浅浅吓得跳了一下，又见有人路过，脸唰地红了，抡起小拳头就朝阿雷打去："讨厌的雷疤，看我不打死你。"

阿雷迈开小步伐向前跑，又回头逗道："来呀，我的宝贝媳妇，追得到我，让你打，往心窝里打。"

小浅浅追着阿雷气喘吁吁地回到家里，按住阿雷在沙发上"暴打一顿"后，说："以后不准趁我不注意，动手动脚地偷袭我，再被他人看见，羞死人了。"

"谁让你落入了我的魔爪呢?"阿雷嬉皮笑脸地搂过小浅浅，"宝贝媳妇生气时候，露出小虎牙真可爱，我偏偏要让你惊喜不断。"

小浅浅不再"吵闹"，依偎着阿雷："我都俩都闲一个星期多了，应该开始带团了。"

阿雷告诉小浅浅，他已经离开甲丽旅行社了，其原因是甲丽旅行社计调杨丽娟被一个新注册的旅行社老板高薪挖走去做计调兼职导管了。阿雷说："她和我都是羌族人，关系还行，她介绍我和阿依塔过去带团。听她讲，那家旅行社开发了全新的旅游线路，很好赚钱，是非常好的选择。"

"新旅行社、新线路，靠谱吗?"小浅浅问道。

"这种团是在海月组的团，第一天早上，海月导游将散客集合起来，走海月的景点，第二天上午进翡翠店，也因此海月段行程简称为 FC 段。吃中午餐后，海月导游下团，由师傅带着客人到乾泸，我们上车接团，走个古城。第三天走两个小景点，进一个特产店，中午 1 点左右送团。"

阿雷自信满满地给小浅浅介绍团队的行程，又抚摸着小浅浅脸颊上的几丝头发："这种团不上雪山，轻松，不累，可以天天带团，赚钱速度快，我们的行程称为 KK 段。带 KK 段的团队，我俩就连工作都可以天天在一起，何乐而不为？你就安心地跟着哥好好潇洒吧。"

通常特产的价格不高，佣金低，能赚多少钱呢？小浅浅还是有所怀疑，她问："新的这家旅行社真的有那么好吗？"

"放心吧，这条线路赚钱的门道多着呢。"阿雷回答道，"就连阿依塔那么聪明的人，经过慎重地分析也认为，带好这种团，就是导游赚钱的大好机会，未来不可限量，他选择和我一起带首发团，还有什么可担心的？"

"那好吧，我给一个姐姐打个电话。"小浅浅站起身，给毛姐打电话。

"毛姐，我还没有联系你介绍的那家乾泸旅行社的导管。现在我想跟你说，我找到合适的旅行社了，就不去他们家了。"

小浅浅对毛姐的感激之情，无法言表。她即将离开洛明的前两天，打电话请毛姐吃饭，毛姐因有事婉拒了小浅浅，并说："我俩的姐妹情，放心里就行，不要拘于世俗形式。"她还将乾泸某旅行社导管的电话号码给了小浅浅，并交代道，"你到乾泸后，想带团，打电话给他就是了。"

小浅浅认可毛姐曾经说过的观点："一个女人，无论到哪里，都不要单纯地指望男人，一定要独立。"她计划游玩几天后，给毛姐的导管朋友打电话带团，这样既不给阿雷添麻烦，也免去了独自找团的麻烦。

可阿雷的一句话："两个人可以天天在一起，连带团时也不分开。"让她再次感受到阿雷对她的爱。和阿雷同在一个旅行社，既可以带团轻松赚钱，又能和相爱的人在一起，何乐而不为呢？于是小浅浅改为听从阿雷的安排。

当天晚上，阿雷带着小浅浅到龙潭公园后山树林里的一颗百年古树下，变魔术般弄出扎染布蒙住小浅浅的眼睛，玩属于两个人的"躲猫猫"游戏，弄得小浅浅的心脏都快要跳出来了，直到深夜1点多钟，两人才回到家。

像这样充满兴奋、刺激、未知而新鲜的爱恋，令小浅浅担心、害怕，又欢喜、期待。她像在迷宫中一样地跟着阿雷体验新生活，在古城山巅、雪山脚下、街头巷尾都留下了他俩甜蜜爱恋的影子。

半个月的时间，两人享受着美食、郊游、睡觉、爱的腻歪、卿卿我我，就像两只蝴蝶在美丽盛开的浅黄色的波斯菊丛中翩翩飞舞，恣意得像一对神仙眷侣。

林荫水库也是他俩经常去散步的地方，在阿雷带首发团的头一天傍晚，他俩又到林荫水库。夕阳落下时，阳光照耀到雪山，并且倒映到水库中，红霞映青水，水库大坝上的柳树，随风轻扬。

他俩走在宽5米的水库大坝上，和很多当地人一样散步游玩，很是惬意。走了200多米，阿雷望见大坝休息处的石凳旁，一个熟悉的身影站在哪里，走到近处停下来，此人是齐白方。

原来齐白方被一对零购物的游客"欺负"了，他说："有一对45岁左右的夫妻，嫌弃茶叶不好喝、牦牛肉不合口味、玉器太贵，全程零消费。还使用卑鄙手段把其他游客带坏了。要是换作3年前的我，遇到这种游客肯定会对他们冷嘲热讽，逼着他们消费，至少是因为他先不仁，我才不义。可现在我不想这么做，我相信人心是肉长的，更相信付出有所回报，更重要的是，无力改变世界、改变他人，能做的只有改变自己了。"

"改变个屁，你一个假文化人跟那些辣子能讲文化和素质吗？"阿雷跟着气愤道，"你应该换个方式带团了，要改变心态，转换思维方式，提升拍辣子的能力，把你装文化人的那套方法和'流氓'方式结合去带团，你的力量才会强大，才会有杀伤力。听说过吗？流氓不可怕，就怕流氓有文化……"

阿雷替齐白方抱不平，数落齐白方一番后，说道："有个旅行社急找导游，我们一起过去带团，寻找更好的出路。"

阿雷将新旅行社的情况、线路、政策等介绍给齐白方，希望齐白方能和他一起去新旅行社共同带团，他说："明天首发两个团，我和阿依塔去打头阵。如果购物业绩好，每天会增加到8张车左右。而且这个旅行社是小旅行社，由计调直接派团，导游需要的不多，核心导游10个人就够了，现在去是最好的机会。"

齐白方坐到石凳上，说考虑一下再做决定，随即拿起放在石凳上的一盒炸土豆问阿雷和小浅浅要不要吃。

阿雷倒不客气，用盒子里的牙签戳几块土豆吃，又独自拧开石凳上的矿泉水盖，喝了半瓶，笑笑道："你倒是挺有意思的，学小女人吃炸洋芋。别告诉我，这也有诗情画意。"

"当然了，一草一木皆诗意，就连你俩走在一起，也是充满了诗情画意。"

"那你说说，我和我的女人有什么诗意？"阿雷扣住小浅浅的手掌，往小浅浅的脸颊轻吻一口，使得小浅浅想脱手，可挣脱不开，她捏阿雷手臂，略显害羞地脸红了。

齐白方见状，笑笑道："你俩可算得上是'美女与野兽'的组合了，都不知道含蓄。"说着打开手机屏幕说道，"看看我写的心情后，再给你俩写首诗。"

阿雷盯着屏幕，只见屏幕上显示着一副对联：

孤独人，一瓶水，土豆陪伴，面向雪山湖水感叹人生；
两只眼，半颗心，双脚站立，背靠夕阳杂草独自寂寞。

"看不懂，还是说说我和我女人的诗意吧。"阿雷忍住耐性，焦急地等待了约 5 分钟，齐白方才开口：

夕阳柔和微风吹，湖水坝边走不累。
晚霞唯美云做伴，痴汉陶醉佳人陪。

"用痴汉这种词语写诗，真是玷污文化人，你就是十足的假文化人，呸——"阿雷转身离开，小浅浅跟在阿雷后面问道："什么是痴汉？"

"就是痴心的汉子呀。"阿雷伸手牵住小浅浅，眯笑着眼睛凑到小浅浅的耳边，"回家后，你就知道痴汉的前世今生了。"

"坏人，不正经。"

两人打情骂俏地回到家，阿雷先联系了阿依塔约好第二天早上去新旅行社的办公室拿单子，顺便与老板见面，更深地谈论带团之事，又联系新旅行社的计调杨丽娟，问了办公室的地址，然后和小浅浅索要温柔，被小浅浅拒绝："明天你要去带首发团，要养精蓄锐，全力以赴带好团。"

"我是大老虎，有用不完的精力。"阿雷将左手伸向小浅浅的腋下至后背，将右手伸向大腿处，以公主抱的方式，将小浅浅抱进卧室，丢到床上，伴随着粗粗的喘气声，"管他带不带团，还是先带好我媳妇……"

颠鸾倒凤，直到次日醒来，天已大亮，阿雷亲吻小浅浅的额头，叫醒了小浅浅。

　　"你去带团吧，我还想再睡一会儿。"小浅浅迷迷糊糊地回应。

　　阿雷走出卧室进入卫生间，挤好牙膏，回到床边，再次吻了吻小浅浅的额头，唤醒她："起床吧，就算带团，我也要把你带在身边。"

　　那天早上，小浅浅刷牙的时间比平时多出一倍的时间，边刷牙边情不自禁地露出笑意。她感受着阿雷粗中有细的爱。

　　大部分认识她的人都不看好这个破相又粗俗的男人，觉得他怎么能照顾好女人呢？怎么满足小浅浅与众不同且诗意的爱情的向往呢？试想，一个男人既有游牧民族康巴汉子的野性，又有英国的绅士风度，有多少女子能抵挡得住这种魅力呢？

　　小浅浅爱上了阿雷身上的野性味道。如果说，要找出阿雷身上的不足，或许就是脸上的那道疤，不过任何事物都有两面性，也是因为这道疤，小浅浅反而认为别的女人会嫌弃阿雷，反倒多了几分安全感。

第二十六章　公主小导游

男人工作的时候能把心爱的女人带在身边，是一种本事。

阿雷带着小浅浅与阿依塔碰面后，一起到达新旅行社办公室，将小浅浅介绍给老板与计调杨丽娟认识。

老板肥头大耳，脖子上挂着粗粗的金项链，当地口音，友善热情，他自称"逵叔"，却被小浅浅听成了"亏叔"。不过他并不生气，反而说："早就有人把我叫成'亏叔'了，逵叔也好，亏叔也罢，都是普通话不标准造成的，反正都一样了，你们好好带团，逵叔不亏待你们。"

亏叔表示："这家旅行社是我和一个铁哥们一起投资的，铁哥们忙于其他工作，不方便露面，旅行社的事情主要由我负责。你们对外尽量不要说旅行社的名字，就说是'逵叔的团'就行了，相应合作的购物店、餐厅、车队等都会配合你们的工作的。"

送别时，亏叔特意强调："我们的旅行社，虽然是新成立的，但我们的关系和实力绝不是最差的，你们放开手脚去做吧，业绩第一，要是出任何事情，我会让人摆平。"

拿着单子走出亏叔的旅行社，3人来到了七星美食广场，在爪爪小吃店坐下来，各自点了一份盖饭，以及一份鸡豆凉粉、6只卤鸡脚。

阿雷和阿依塔拿出各自的团队行程单做交流研究，讨论如何赚钱，结果一致认为："首发团，一定要以大局为重，要为亏叔考虑，先让亏叔看到业绩。"

商量好带团策略，阿依塔开起玩笑："你这小子，泡妞水平越来越高了，省城的小阿妹都被你骗到小地方来，真不知道你给人家吃了什么迷魂汤。"

若是平时，阿雷倒也无所谓，随便怎么开玩笑都行，可今天，他十指扣住小浅浅的手，一本正经地对阿依塔说："这是我媳妇，以后不准备拿她开玩笑。"

阿依塔似乎不相信阿雷这种3天都闲不住且泡妞水平极高的人，怎么可能会"为了一棵树，而放弃整个森林"。他看看阿雷坚定的目光，转而问小浅浅："你跟阿雷是认真的?"

小浅浅点点头，端起水杯喝了口水。

这个时候，老板娘端着饭菜过来，知道他们3人是导游后，一边将饭菜放置于桌子上，一边嘴甜地说："祝你们的团放大卫星。"

吃过午饭，阿依塔站起身拍拍阿雷的肩膀："我俩的团4：30才到，时间还早，走吧，请你俩泡脚，就当是提前祝福你们的爱情了。"

阿雷和小浅浅跟着起身，坐着阿依塔的车到足疗店，泡脚、休息，一直到阿依塔的旅游车师傅打来电话说团队准备进入乾泸城了，他们才离开足疗店去往城处的小平坡接团。

小平坡是进入洛明城的主要入口之一，早在明清时期，就是一个驿马凉亭，供行人马帮在此落脚。新中国成立后，重新修建了亭子，在周围种了树，几十年来，树已经有碗口粗，可以乘凉，而亭子则已经残破不堪。要不是亏叔说，有部分同类线路的导游在此处接团，谁又会想得起这个平淡无奇的小平坡和小亭子呢?

小亭子里坐着 4 个准备接团的导游。乾泸导游圈不大，一个叫阿吉达的导游与阿雷认识，他主动问道："雷疤，是不是来接团的？"

交谈后，得知他们分别来自 3 个旅行社，在此处等待接团，线路与阿雷他们大同小异，他们表示，自己是近一个月来才开始带这种团队的，收益还行。

20 多分钟后，相隔不到 5 分钟，一辆接一辆的旅游车停下，那 4 人先后上旅游车离开了。阿依塔所带团队和那几辆旅游车到达的时间也相差不大，他待旅游车停下后，也上车带着游客离开了。

这时，阿雷接到师傅的电话，师傅说："有几个客人在路上有事耽误了行程，还要 30 多分钟才能到达，并且翡翠的购物业绩非常差，客人对这不满意，对那不满意，差点把海月导游气哭了。"

但凡是个老导游都能听出来，师傅的言外之意是："这个团不好带，要做好心理准备。"

阿雷挂断电话，心情不爽，就去最近的小商店买酒，不管小浅浅的劝告，咕咚几下半斤下肚，咧嘴发出"啊"的一声。

小浅浅帮他擦了嘴角的酒滴，语重心长地说："雷疤，喝酒不带团，你可不能冲动呀。"

"亏叔不是说了，业绩第一。"阿雷似乎已经做到了心中有底。

旅游车到达后，他带着小浅浅上车。他拿起话筒，用目光扫射游客约 1 分钟后，车里的游客安静下来，他中气十足、语气刚硬地说："我叫阿雷，当地人，少数民族。现在带你们入住酒店，你们交的钱不一样，住的酒店标准也不一样。这个团 30 多个人，分别住在 3 个酒店，每个酒店的入住时间为 15 分钟，放好行李，立即回到车上，最后一个酒店入住后，带你们游览乾泸古城。"

阿雷黑着脸，疤痕恐怖，声音大，语气蛮横、强硬，吓得人生地不熟的客人都不说话，配合阿雷办理入住以及游览古城，一切顺利。

7点多钟时到达古城中心，游客又累又饿，本以为可以吃晚餐了，阿雷却宣布："团队餐太难吃了，简直不是人吃的，晚餐和明天的中餐合在一起吃，明天吃好些，今天晚餐自理，有意见的留下来，没有意见的就地散团。"

众游客像是得到解脱般，纷纷流窜到古城的其他角落，留下来了6个五六十岁的客人，其中一个大妈还未开口说话，阿雷就问："你们是不是舍不得自己花钱去吃晚餐？"

"导游，我们不是要去吃团队餐。"大妈说，"我们忘记了酒店的名称，也不知道要怎么回去，能不能麻烦你告诉我们一下？"

"我刚才在车上不是已经交代过了吗，不会再说第二次了。"生气过后，阿雷把小浅浅叫过来，对客人甩下一句话，"让这个小姑娘把回酒店的方式告诉你。"

"阿姨，你可以回到古城口，打车10块钱就到酒店了。"小浅浅微笑道，"我刚才拿了酒店的一张名片，没有用到，正好给你。"

小浅浅掏出名片递给大妈，便跟着阿雷离开了古城中心，到一个人流量小、偏安静的小餐馆吃饭。小浅浅说："雷疤，你喝酒带团，取消晚餐，带游客像放羊一样，你就不担心投诉吗？"

"我还想投诉他们呢。"阿雷说道，"这几年到乾泸旅游的人太多了，那些游客报低价团，把自己当作上帝一样，越是让着他们，他们越是得寸进尺。还有一些人，在乾泸吃喝拉撒，产生一堆垃圾，他们倒好，拍拍屁股走人，而我们当地人却要为他们买单，凭什么？"

"不做好服务，得不到客人的认可，客人凭什么为你买单？"

"亏你还是导游，所有你对他们好的客人，都为你买单了吗？"阿雷对游客有强大的敌意，他认为很多客人是给脸不要脸。

小浅浅沉默了，带了那么多的团，被客人欺负过、气哭过，带团以来，她亲身体会过，靠服务和博取同情而换得客人的理解与消费，并非带团的最佳方法。她还遇到过有些客人说吃得好、住得好、玩得好、导游更好，但说到花钱，客人就一句话：不感兴趣、不喜欢、不购买，如果话稍稍说重了，客人还来一句："导游，你要是强制消费，我们就投诉了。"

回过神来，小浅浅带着疑惑问道："把客人弄得不开心，心情不爽，他们凭什么为导游而消费呢？"

"人性，一切皆人性呀。"阿雷笑笑，"宝贝媳妇，你别为那些游客考虑了，我们出来带团，肯定是为了赚钱的。导游界有一句话：'一切不以赚钱为目的的带团行为都是耍流氓。'明天进店出来，你就知道什么叫作'杀猪杀屁股，各有各招了'。"

"一切不以结婚为目的恋爱都是耍流氓。"这句话告诉人们要认真对待恋爱，不能耍流氓。小浅浅转移话题，露出小虎牙，望着阿雷说道："你可不能对我耍流氓呀！"

"哈哈哈！"阿雷笑道，"对不要脸的游客耍流氓，对我的宝贝媳妇也要耍流氓。"

阿雷带团的目的倒是明确：一切以赚钱为目的。第二天去接团的时候，他就给住在五星级酒店的看起来可能会购物的一家3口留了前面较好的座位。而其他住在准三星及普通宾馆的游客，阿雷将他们安排在后面不太好的座位上。

在车上讲解时，景点与景点之间的路程最长不超过30分钟，阿雷介绍的都是当地大众文化，讲老百姓流传下来的故事，来了兴致，吼上几句山歌，逗得游客开心地给他鼓掌。

进店前，他用心而富有情感地讲故事："记得我出生的时候，家庭条件不好，房屋残破，外面的暴雨随着狂风飞到屋里，去不了医院，请不到接生婆。几经挣扎，我妈流了半盆血才生下了我。可怜的我呀，哭了 3 声，就全身发烫、高烧不退。雨停后，我被送到卫生院，医生都摇摇头说送县城医院吧。那时都吃不饱饭，哪有钱呀，我只有被抱回家，死马当活马医，我妈一小勺一小勺地喂我喝土郎中的汤药，总算捡回了一条贱命。我妈希望我长大像老虎一样强壮，而在家的男孩中，我排行第二，所以我妈给我取名为雷亚虎。"

讲着故事，他还把身份证拿出来，给游客看。随后，他又说他忍受不了家里的贫穷，为了出人头地，让妈妈以及家人过得好一些，就出去闯，没有想到被骗进了传销窝，花光家中积蓄，才得以逃脱，并且把他在传销窝里所经历的一切都讲得非常细致。

他的故事像针一样戳到游客的内心，使得大部分游客不再过多在意他的外表和服务，而是对他产生了同情心。时机成熟时，他陡然将话锋转到购物上，详细介绍商品和购买保障，快下车前，他用不容置疑的语气说："山里的导游带团不容易，你们能力强的多买些，能力弱的少买些，但不要空着手出来……"

客人下车后，阿依塔的团队也到了，跟着进了美丽特产店。80 分钟后，意料之中，阿雷的游客除了两三个厚脸皮的人没有购物外，其他人都买了。阿依塔的游客也差不多，他俩所带的亏叔旅行社的首发团，算是完美收官。

吃过午饭，有些游客就地散团，而有些游客跟着师傅坐车返回了海月。应方如意的邀请，阿雷等 3 人到美丽特产店喝茶。方如意笑得像花一样，连连夸赞阿雷和阿依塔的业绩好，带团能力强，表示请他们以后要多多支持工作。

阿雷介绍小浅浅是她的女朋友后，方如意先是一愣，然后给小浅浅倒茶水道："嫂子好，你真有眼光，和能力这么强的雷哥在一起，两人还都是导游，真羡慕你俩有共同语言。"

小浅浅认识方如意时，她只不过是洛明精油店的销售员，顶多就是个小组长，没有想到，一年多不见，她竟然跑到了乾泸，还做了销售经理，可见这个女人挺厉害的。

小浅浅对方如意说道："我们以前就认识了，别说客气话了，我怪不好意思的，我的年纪也比你小，你就叫我小浅浅吧，浅浅也行。"

"那好吧，浅浅，能在乾泸见到洛明的朋友，真开心，闲暇时，我们一起逛街啊。"方如意说。

小浅浅爽快地答应了方如意的邀约，接着说："我到乾泸时间不久，先跟团几天，熟悉景点和线路后，就开始带团了，也是带亏叔的团，要常进你们家店，还要靠你们支持、配合的。"

喝了一会儿茶，西瓜姐从店外进来，走到茶台旁边，回馈方如意说，某个导游需要的特产已经送到了。她见到老公阿依塔和阿雷，并不吃惊，主动示意微笑。

方如意这时候也才知道，原来，安康介绍的西瓜姐是阿依塔的老婆，她对阿依塔说："塔哥放心吧，嫂子在这里挺好的，人缘好、业绩好。"

阿依塔看了西瓜姐一眼，发现她精神面貌不错，再回想这段时间来，西瓜姐跟他吵架的次数少了，想必在这里工作得不错。他向方如意感谢道："我媳妇经常提起这个特产店，说比在翡翠店上班舒服多了，压力不大，人也好相处，还说有个主管经常请员工吃饭，想必就是你这位方主管了，非常感谢你。"

"花公司的钱买企业凝聚力，值得。"方如意笑笑道，"员工舒服了，状态好了，企业的业绩才会更好。而且冲团的时候，需要每一位员工共同努力，才不会让每位进店的导游失望，稳定了导游，才能与旅行社长久地合作，如此这般，哪能对员工不好呢?"

说话间，店里进了一个旅游团，阿雷等人站起来和方如意告别，离开美丽特产店。

阿依塔开车把阿雷和小浅浅送到离亏叔旅行社最近的路口，他又前往甲丽旅行社去拿单子，晚上，他要接待甲丽旅行社的团队。

下车后，阿雷和小浅到达亏叔旅行社，一则是填写并交回报账单，二则是拿团单，下午继续接团。

办公室里其他人都外出办公事了，只有计调杨丽娟在上班。毕竟是熟人了，阿雷和她闲扯了几句，得到杨丽娟反馈的信息："昨天晚上接到两组客人对你的投诉，一组客人说你不给他们安排大床房，还有一组客人说你太凶了，像个土匪。"

"说我太凶，没有服务意识，我承认。但说没有给他们安排大床房的那组游客，实在是变态。"阿雷解释道，"两个小萝莉，其中一人穿着中性化，留着男式短发，差点被认为是男人了。入住酒店的时候，她俩说要大床房，酒店前台没有大床房了。接着我又看行程单，并没有标注她们的标准是大床房，就给她们安排了标间，当时，我还说了一句：'两个女孩子家，住标间不是挺好的，如果非得住大床房呀，可以自己多花钱去住其他酒店的大床房呀。'因为赶时间，她们没有要求更换酒店。今天早上，接团的时候，她俩找到我说：'昨晚她们自己到其他酒店去住了，让我给他们退房费。'当时我火气就上来了，教育了她俩几句。没有想到，这两个不正常小萝莉还玩阴的。"

阿雷一口气说完事情的前因后果，问道："旅行社怎么处理?"

"这些都是小事情，已经处理掉了。"杨丽娟笑笑又说，"我之所以跳槽到这家新成立的小旅行社，一个重要原因就是认可亏叔'业绩第一'的理念，虽然事情多一些，但奖金高呀。"

普通人工作喜欢的是看得见的收益，而非那些不切实际的口号。规模大的旅行社部门众多，制度相对完善，工作职责明确，收入相对透明。而小旅行社就灵活多了，通俗的理解就是：锅里有米，还担心碗里没有吃的吗？至于旅行社锅里的米如何得来，阿雷与杨丽娟心有灵犀。

杨丽娟还说，不仅阿雷的客人不满意，阿依塔的一部分客人也对阿依塔不满，说他占用讲解时间，以贫困博取同情，还要求游客给他的山区老家寄衣物。

"哎……"阿雷叹一口气，"这都是老套路了，但我和阿依塔时常谈及各自老家的事，对他的老家有一些了解，相信阿依塔对于山区贫苦的理解是深刻的。他利用带团的便利，借助游客的力量为老家做力所能及的事情，也是真心的。出发点好，能理解，但如果把握不好，不仅游客不买账，还会被小部分客人投诉，弄巧成拙。"

说起贫困的话题，总是能引起人的共鸣，小浅浅只是听着阿雷与杨丽娟的对话，时而点头，时而默不作声。直到拿着下午的团单走出旅行社，坐上出租车前往小平坡接团的路上，小浅浅才问阿雷："阿依塔的老家真的有那么穷吗?"

阿雷说："我认识一个人，是'平凡人公益协会'的会长，他们不定期组织爱心人士参与献血、捐资助学、助老助残、走进山区等活动，他多次邀请我参加他们的活动，因为要带团赚钱，我没有参加。要是他们哪次再组织去山区做爱心活动，我俩报名去参加一次，你就能亲眼所见山里人的真实生活了。"

出租车司机插话："'平凡人公益协会'的知名度可高了，我因认识协会中一个叫陶品德的成员，就去参加过一次他们的活动，主题是'为孤寡老人送温暖'，那次活动被《乾泸日报》报道过，合照中还有我呢。"

"师傅，你说的陶品德，就是我哥们。"阿雷说。

出租车司机接过话："陶哥为人低调，在献爱心、做公益上是我的榜样，真应该向他学习，比如那次活动……"司机有声有色地讲述他参加公益活动所体会到的心酸与不易。

出租车司机或许想不到，他参加爱心公益的经历，以及和阿雷的对话，这种爱心种子，悄无声息地埋在了一个小姑娘的心里。

到达小平坡后，阿雷和小浅浅下车，没有等多长时间，团队正常到达，阿雷上车正常讲解。从接团到送走游客，就整个带团风格来说，跟昨天的大同小异，购物效果依然是有消费能力的都买，没有消费能力的在压力下也象征性地买了。

连续两个团，阿雷业绩好，后面的团水到渠成，都不差，偶有一个团购物差，实属正常，连续带 10 多个团后，他的业绩稳定在旅行社的第一名，其他导游的业绩也不差。因此，亏叔旅行社的收入稳步提升，亏叔乘胜追击，增加了团量，稳定在每天 3~5个团。导游队伍扩大到 13 人，阿依塔也从甲丽旅行社离职，并且将卓玛介绍到亏叔旅行社，就连齐白方也加入了亏叔旅行社的导游队伍。

从那时起，以亏叔旅行社为首的乾泸 KK 线悄无声息地发展，不断地占领乾泸旅游市场。然而，像甲丽旅行社这样的大社并没有开展 KK 线的业务。也正因为被大社所忽略的 KK 线旅游市场，是一片蓝海市场，导游只要愿意受苦、愿意受累，都能在 KK 线中分到一杯羹。

在 KK 线中，导游们"八仙过海，各显神通"，想尽一切办法让游客花钱购物。齐白方和小浅浅算是 KK 线中的另类，他俩既不强制购物，也不指桑骂槐，算是 KK 线上的奇葩导游。

齐白方是文化型的导游，遇到素质高、层次高、境界高的客人，购物大为理想，反之，遇到文化和素质偏低的客人，根本听不懂他在讲什么。

至于小浅浅，她遵从自己的内心，坚持带团时以服务为主，遇到感恩的客人，服务则价值千金，遇到无情的客人，服务则一文不值。

也因此，每个星期的业绩考核，齐白方和小浅浅都只能基本及格，业绩中规中矩。哪怕像他俩这样业绩的导游，所带团的收入都比之前带的线路收入高，其中原因就在于这种团型的不成熟，直接让导游可以在景区中推荐自费项目和销售商品给游客，赚取回扣和佣金。

古语有言："德不配位，必有灾殃，人不配财，必有所失。"KK 线的大部分导游未婚单身、学历不高、目光短浅，且没有导游证，在这条线路上带团来钱快，某些团量大、业绩好的 KK 线导游一个月的收入是普通工薪阶层半年以上的工资。

当物质收入与精神文明不匹配时，直接导致了他们的膨胀。有些人逐渐有了"老子就是老大"的想法，且飘飘然地视金钱如粪土。麻将室、夜总会、不正规的洗浴中心等地经常能见到 KK 线导游的影子，反正钱花出去了，再出去带团，钱就来了。KK 线导游大多花钱如流水。

如果说正常娱乐消遣也就罢了，可偏偏由于导游职业的特殊性，经常遇到一些借着旅游名义来寻找艳遇的单身男女。单身男性男艳遇的概率较小，而单身女性则时常落到男导游的手中。有些男导游的艳遇经历多了，在一起聊天时喜欢"炫耀功绩"。更有甚者在女导游、购物店女销售员面前肆无忌惮地开黄腔，甚至还勾肩搭背，像兄弟姐妹一样。

这种现象，小浅浅很反感，她跟阿雷说过："爱情是神圣的，不能滥情，讲荤段子应该注意场合，尊重女人。"她和阿雷在一起时，倒很少有人说过分的话，但阿雷不在身边，有些对她不熟悉的男导游，依然不考虑她的感受，会说一些出格的话，毕竟不是直接针对她，她只好装作听不见。

　　之后发生了一件事，令小浅浅既愤怒又感动。

　　那天上午 9 点左右，KK 线的 20 多个团队在游览龙潭公园，大部分导游给游客规定上车时间后，就在停车场旁边的树荫下等候游客上车。树荫下有一块差不多和双人床一般大的石头，大石头两侧每隔 3 米，有稍小的石头，可供人坐在石头上休息。

　　和往日一样，可以看到，有站着的，有坐在石头上的，一些导游聚集于此角落，等候游客上车。小浅浅安排客人进入龙潭公园后，她和卓玛导游在交流带团经验，旁边七八米外，齐白方、阿依塔等三五成堆的导游也在场。他们交流带团经验，有时也闲扯男女趣事。

　　卓玛指向不远处一个男导游的背影，悄悄对小浅浅说："那个导游叫拉吉奋超，混混出生，以前是雪山线的大刀，转来带 KK 线时间不长，基本上天天放卫星……"

　　拉吉奋超转向她俩走来，他鼻尖赤红，叼着烟，和卓玛闲扯几句后，两个小步，挤到小浅浅和卓玛的中间，很自然地左右手分别搭在她俩的肩膀上，小浅浅毫不犹豫地甩开他的手，瞅他一眼，避开两三步。

　　卓玛轻轻推开拉吉奋超的手，耍笑道："拉吉哥，你天天放卫星，吃香喝辣的，可不可以去跟你的团学习，让我长长见识，大刀是怎么带团的？还有呀，听说你们昨晚喝得很嗨，以后喝酒给妹子打个电话呀，别偷着喝。"

　　这时，也有些导游过来，与拉吉奋超套近乎，主动发烟给他，吹捧他，说要向他学习"拍打"客人的技巧。

他洋洋得意地炫耀了几句带团经验，便将话题转移到荤段子上，半真半假地说着如何与单身游客艳遇，如何让女人开心。他言语自大，表情夸张，不时逗得大家笑了起来，唯独小浅浅对此话题"不感冒"。

拉吉奋超没有面子，长长地吸一口烟，靠近小浅浅的脸部，向小浅浅喷出连绵不绝的烟气，哈哈笑道："这个小导游看着不像本地的呀，是不是哥的笑话不好，不能让你笑起来呀？"

"咳咳，咳咳，咳咳！"小浅浅被呛得发出难受的咳嗽声，气得她使劲地把拉吉奋超推开，后退两步，怒骂道："你干什么？！"

拉吉奋超还没反应过来是怎么一回事，脑袋被打，一阵猛痛，眼冒"星星"，跟跟跄跄地连连退步。站稳后，他才看清楚，除了小浅浅推了他一下之外，更有阿雷从天而降，甩给他两拳头。

原来，昨晚阿雷陪几个优质游客吃饭，酒喝多了。早上起不来，他让小浅浅带他的团队，先走距离市区最近的龙潭公园。他计划，晚些起床后，打车到龙潭公司与小浅浅会合，再带着游客走其他景点和购物。

碰巧的是，他到达龙潭公园停车场，刚下车，就看到拉吉奋超正在调戏小浅浅。瞬间，他的大脑中出现了两年前在城北诊所，与前妻包秋艳、秦医生所发生的惨痛事故的画面。失去理智的他，不管三七二十一，冲上去就打了拉吉奋超两拳。

拉吉奋超发起反击，与阿雷拳脚相向，他的体型不及阿雷强壮，不占上风，说时迟，那时快，他拔出随身携带的匕首，就要刺向阿雷。阿依塔、齐白方等导游拽住了他，但他依然像条恶犬般向阿雷咆哮："雷疤，你的脑袋被驴踢了吗？居然敢打老子！"

拉吉奋超和阿雷都是阿吉达共同的朋友，两人只在一起吃过一次饭，对彼此的了解不多，拉吉奋超便不知道小浅浅和阿雷的关系。许是平时放荡任性惯了，他并未发现自己的行为不妥，就像蛇不知道自己有毒一样。

他继续指着阿雷："都是雪山神庇护的乾泸人，为了这个外地小导游，敢打老子，你也不打听打听老子以前是干什么的。"

"敢动我媳妇，就算天王老子吃了熊心豹子胆，老子也要打掉他的两颗门牙。"阿雷盖过拉吉奋超的声音，挣开阿吉达、卓玛及众导游的拉拽，伸手指向脸上连续抽搐凸起的疤痕，突然压低声音，从牙缝里挤出一句话，"看清这张脸，要是我媳妇少根汗毛，老子弄得你全家不得安宁。"

阿雷从未正式地跟任何人提起过伤疤的由来。他的朋友知道他有个堂哥在乾泸混得风生水起，而且阿雷跟堂哥的关系好，经常带朋友到堂哥餐厅捧场，当有些朋友关心他的伤疤时，他就以一句"都是以前不懂事造成的"回应，被朋友们理解成这是阿雷跟着堂哥打拼时，跟人打架留下的疤。

"打架留下的伤疤"被慢慢传开后，所谓三人成虎，很多人见到阿雷的伤疤，自然就联想到他以前是个狠角色。

众导游都在劝架，阿吉达说："拉吉你是狼，雷疤是虎，可你们两位都是我的兄弟，两虎相争，必有一伤，不看僧面看佛面，算了，就此停住。"

卓玛说："拉吉哥，听说小浅浅在阿雷心中是个公主，他可以不惜一切代价保护公主，都是导游，早不见晚见，算了，别打了。"

齐白方说："拉吉，你都弄不清开玩笑的对象，就随意下手，快把刀收起来。"

听得出来，在场大部分导游的劝说言语中都偏袒着阿雷。拉吉奋超语气没有之前那么强硬了，但他依然握住匕首，对阿雷说："我真不知道她是你媳妇，只不过是开个玩笑罢了，何必那么认真呢？"

停车场内的游客围了过来，场面越来越热闹，在双方的僵持下，龙潭公园警务室的警察闻讯赶来，将他俩带走了，并通知当事人小浅浅，以及旁观者卓玛、阿依塔等人安排好团队，立即到派出所录口供……

晚上，小浅浅和阿雷喝过两杯雕梅酒后，早早地躺到上床。她对阿雷淡淡地说："雷疤，你为了我和他人打架，我很感动，但是下次，不要冲动了，打架斗殴总是不对的。"

"谁让那家伙搭你的肩膀，用烟气调戏你。今天在派出所，要不是他主动道歉和解，我非宰了他不可。"阿雷吻了吻小浅浅的额头，"你是我的女人，我绝不让任何人欺负你，更不会让你受任何一丁点儿的委屈。"

在洛明时，小浅浅被孙武贵欺负那次，安康出手相助，尚且正常。这次由小事引起，阿雷毫无征兆地和拉吉奋超大打出手，这种爱太强烈了，是该庆幸还是懊恼呢？小浅浅挪向阿雷，紧紧地和他贴合在一起，柔声细语地说道："明天你帮我向亏叔请个假，我要休息几天。"

7 天后，各大景区门口、停车场、旅游餐厅出现了旅游部门、交通部门，以及公安部门的"综合执法车"，在相互配合下，公安部门清查了部分导游随身携带管制刀具带团的行为。

当天晚上，亏叔旅行社召集所有导游召开紧急会议。亏叔说："我们已经收到相关部门的通知了，禁止导游带团期间携带刀具，发现一例，查处一例，绝不姑息。我们旅行社虽然导游不多，但同样具有影响力，拜托各位一定要遵纪守法，听政府的话，绝不能携带管制刀具去带团。"

从那以后，乾泸市导游在带团期间，光明正大地将刀具亮相在游客面前的行为越来越少，直到完全消失。

开会当天，小浅浅没有到场，她和卓玛、方如意3人半个下午都待在理发店。5点左右，理发师向小浅浅宣布："小姐姐，你的发型弄好了。"

对着镜子，小浅浅前后左右地细看，前额几缕发丝到眉头的刘海隐约可见，长度到脖子的头发染成了浅棕色，发尖微卷。

方如意赞美道："这种空气刘海样式的发型配上你洁净的脸蛋，清新自然，你就是个清新小导游。"

走出理发店，卓玛也夸道："是不是今天发型师小哥人帅嘴甜，你才下决心改变发型的？"

"哪有呀？"小浅浅不好意思地回复。

方如意就接过话，咯咯地笑着说："人家'公主小导游'心里只有'护花汉子'好不好，哪像卓玛姐姐喜欢帅哥猛男。"

马路上，一辆发动机声音特大的公交车轰鸣而过，方如意继续说道："现在不是要去吧A啦饰品店买扎头绳吗？路对面的那家奶茶店有一种'圣洁雪山奶茶'很好喝，我过去买，我们边走边喝。你俩就不用过马路了，在这里等我。"

方如意穿过了马路，小浅浅转动黑黑的眼珠问卓玛："谁是'公主小导游'？谁又是'护花汉子'？你们说的是什么呀？"

"当然是你和阿雷了，阿雷在龙潭公园为了你和拉吉奋超打架的事，在KK线已经人尽皆知了，很多人都羡慕你像公主一样得到男人的保护，就给你取了优雅的外号——公主小导游。"卓玛笑着将"优雅"二字的吐字拉得长长的。

小浅浅做出欲哭无泪的可爱样，又问卓玛其他人对这件事的看法。

卓玛把听到的传言都讲给小浅浅："有说你是红颜祸水，害得阿雷和本地导游打架，败坏导游形象，破坏团结；又有人说找男人应该找像阿雷一样的，霸气有安全感……总之，褒贬不一。"

　　说话间，方如意带着奶茶过来。3 个人喝着奶茶，往吧 A 啦饰品店走去。10 分钟的路程，除谈论几句奶茶、小吃、发型外，大都是围绕着阿雷和拉吉奋超打架之事展开的。

　　方如意说："我们购物店有些女员工经常被拉吉奋超和一部分自以为是的男导游骚扰，得罪他们又怕影响业绩，只能忍受，自从阿雷打了拉吉奋超后，这种现象少了很多。"

　　卓玛跟着表示："以前呀，一些好色的男导游，见到年轻漂亮的女导游，就随意搭讪，言语轻浮，甚至动手动脚。这两天，我发现他们不像以前那么嚣张了，至少会先对女导游是否结婚、男朋友是干什么的有个了解，确定不会莫名其妙地被打，才敢出口成'脏'了。"

　　小浅浅喝过最后一口奶茶说："是吗？这么说，雷疤打架反倒是拯救女性，成为错误中的正确了。"她将奶茶杯扔进路旁边的垃圾箱后，又说道，"因为打架这件事情，我都不好意思带团见人，听你俩这么说，再难过十天半月也值得了。"

　　"拿别人的过错惩罚自己，不值得。"方如意说，"下午，你给卓玛姐打电话时，刚好她在店里，不然，我都不知道你对这件事情这么伤心。"

　　卓玛接话道："是呀，我们平时要多联系，我有事没事常到如意她们店里的，既可以免费喝茶，又可以交流如何让业绩更好，顺便逗逗他们店里的小帅哥，一举多得。"

　　方如意笑笑："卓玛姐，我们店的小帅哥都心甘情愿被你祸害，欢迎你去祸害他们。"

　　接而，方如意又对小浅浅说："讲真，我刚到乾泸的时候朋友少，不习惯，差点打退堂鼓回洛明了，待时间长了，朋友多了，我才渐渐喜欢上这座城市。咱们三姐妹第一次碰在一起，今晚我和卓玛姐带你去能让人放松筋骨的地方，让你彻底甩掉压力。"

"去哪里?"小浅浅充满期待地问道。

方如意示意卓玛先不要透露信息，转向小浅浅故作神秘："去了你就知道了，我相信你去一次，还会去第二次，第三次，第 N 次的。"

"搞得像做贼似的。"小浅浅率先进了吧 A 啦饰品店。

见到是老顾客光临，老板娘介绍，新货还要 5 天才到。因此，她们在店里便没有待多长时间，仅仅是小浅浅买了一包扎头绳、一根银杏叶黄的发带和一些小饰品，3 人便走出了饰品店。

她们漫无目的地又闲逛了服饰店、皮具店、化妆品店等。虽然小浅浅意犹未尽，奈何肚子不争气，咕噜咕噜响几声，她们便选择在就近的麻辣菜小餐馆坐下吃饭。

吃过饭，天黑下来，小浅浅准备给阿雷打电话，还没有拨出号码，反倒是先接到了阿雷的电话说："宝贝媳妇，旅行社会议结束后，亏叔组织 K 歌，晚些回去，你早点睡，手机电量不足，先挂了。"

通话结束，小浅浅 3 人乘坐 10 多分钟的出租车到达目的地。

"哇，是溜冰场，太好了，我要好好地放飞自己。"小浅浅激动地跳了起来。

刚进入溜冰场，卓玛接了一个电话，离开了，她说："我老公打麻将输钱了，要给他送钱，我先提前回去，你俩玩得开心。"

卓玛走后，她俩依然玩得很嗨，小浅浅把一切抛诸脑后，畅快飞翔，直到筋疲力尽，回到家时，两脚已经动弹不得，直接瘫倒在了床上。

第二十七章　祖传见面礼

昨晚玩得太晚、太累，小浅浅一觉睡到了天亮，这种感受棒极了。她习惯性地翻身到床的另一侧，摸几下，毛茸茸的，睁开眼睛，摸到的是抱熊。

"难道阿雷早早起床了，这跟往常不一样呀。"

同居以来，若两人都不带团，醒来后，阿雷后背斜靠抱熊，会吸上清晨的第一口香烟。小浅浅则侧靠在阿雷的右肩上，喜欢用手指甲划过他健硕的胸肌，两人腻歪得差不多才起床。

小浅浅稍有失落，掀开被子下床，穿着睡衣，拖着拖鞋走出卧室，叫着雷疤的名字，依然没有听到回应。

雷疤昨晚什么时候回来的？今早又是几点钟出去的？小浅浅竟然睡得死死的，全然不知。她摸着小脑袋打开饮水机，接兑一杯温开水，喝了两口，把杯子放在客厅的茶几上。

"嗒!"的一声，房门打开，吓了她一跳。

阿雷提着一袋早餐回来，见到小浅浅，先是一愣，注意力全放在小浅浅蓬乱的新式发型上。他两眼放光地赞美道："我的天呀，圣洁的雪莲花，太美了。"

小浅浅眉开眼笑，接过袋子，是豆浆和油条。她"啵"地亲了阿雷一口："亲爱的，你太好了，这么早就出去买早点回来了。"

"昨晚，我没有回来呀。"阿雷说道，"昨晚开会结束之后，亏叔带着导游去唱歌，从 KTV 店里出来，有些导游回家了。亏叔又带我们几个导游去'雪山神泉水汇城'。我准备回来时，已经是夜里 2 点半了，这不，他们一个都不回家，也劝我说太晚了，回去也只会影响媳妇休息。我思来想去，亏叔的面子总要给吧，就在那里过夜了。"

阿雷若无其事地坐到沙发上，喝了茶几上小浅浅没有喝完的半杯水，看向小浅浅一眼，说道："宝贝媳妇，别站着，快把豆浆、油条拿过来，肚子饿了。"

小浅浅把袋子放到桌上，站在沙发旁，脸色瞬时"晴转多云"，像一只受委屈的宠物贵宾犬默不作声。

阿雷拉住小浅浅坐到身边，打开袋子，拿出油条喂到小浅浅嘴边，却被小浅浅扭开了头，如此反复三次后，阿雷自己咬了一口油条，边嚼边说："我的宝贝媳妇是不是想歪了？我们去的都是正规地方，你要是不相信，今晚下午就带你去看看我们去的地方，你会看见很多女人都去的。"

"把手伸出来。"说时迟，那时快，小浅浅拉过阿雷的右手，将手指塞进嘴巴，两排牙齿像拉锯子一样左右磨动，刺痛得阿雷嘴里的油条渣渣一块一块地掉下来，使得阿雷求饶道："快松开你的虎牙，疼死我了。"

小浅浅加大力气磨动牙齿，阿雷脑袋偏向一旁，继续求饶道："我的姑奶奶，你别像乌龟王八一样，咬住就不松口。"

小浅浅扑哧一笑，松开牙齿，捶阿雷两拳道："你才是乌龟王八呢。"

小浅浅握着阿雷的手腕，只见食指、中指、无名指 3 个指头上有着深深的牙印，紫红色的皮肤快要破皮了。她既心疼，又后悔刚才的行为，轻轻地吹着阿雷的手指头，噘嘴说道："以后，不可以让我一个人睡觉了。"

自此后，阿雷去和朋友吃饭、唱歌等等，通常会带上小浅浅。偶有例外，每个月少则一次，多则三四次，他单独行动，有时是因为小浅浅在带团，有时他则说"应酬，不方便"。但不管再晚，他都不在外面过夜。

时间会让人产生感情，小浅浅渐渐适应并喜欢上了乾泸这座城市。忙时带团，闲暇时，她会跟着阿雷去和阿依塔、卓玛、阿吉达等 KK 线导游打麻将。除此外，她还时常和方如意、卓玛，以及新朋友杨丽娟一起逛街、染指甲、做美容，生活过得像小甜糖一般，甜到了 9 月 22 号。

这天，阿雷去小区门口小餐馆买饭菜了。小浅浅站在窗前，打电话给沙洁："郭姐姐，我遇到事情了，不知道要怎么办才好，你帮我做个决定。"

"有你的情哥哥在，还有解决不了的事情吗？"沙洁在电话里开着玩笑，"你都快一个月没有给我打电话了，是不是忘记我这个姐姐了？"

"哪有呀，我听一个游客说过，逢人且说三分话，未可全抛一片心。在这里的时间不长，我都不敢和新朋友托心交肺。还是在洛明好呀，遇到事情可以向郭姐姐请教，还可以和你一起去老街吃脆旺米线，还可以一起……"

"停住。"沙洁说道："你今天的嘴是不是抹蜂蜜了？有什么事情说吧，姐姐帮你参考。"

"前两天，雷疤心情不太好，像有心事，在我的追问下，他道出实情，说想家。我查看过地图，乾泸城距离他老家也不远，交通方便，当天可以往返，但他想家却不愿回去，问他什么原因，他又不肯说，好像有什么难言之隐。我把他逼急了，他说，我跟他一起去，他就回去，否则免谈。今天我看了日期，再过一个星期就是中秋节，应该让他回家去看看他父母，但是……"小浅浅纠结道，"我到底要不要跟他回去过中秋呀？"

"你就去呀，早去早做人家儿媳妇。"沙洁给出建议。

"去人家一趟，就儿媳了，没有那么严重吧？"

"上个星期周末，我跟安康回他老家了，人家真把我当儿媳妇来看待了。"

"等等。"小浅浅从窗户旁边走两步，坐到沙发上，盘住腿，笑嘻嘻地露出小虎牙，"给我说说你见公婆的精彩故事呗。"

沙洁笑笑："上个星期周末，我抽空和安康回他老家了，有3件事情令我特别感动。第一件事情，我们到达他家时，已经是晚上9点了，安康爸妈等着我们到达了才一起吃晚饭。吃过晚饭，安康妈妈都不让我进厨房洗碗，就催着说：'你们一路辛苦了，早点去休息。'"

"晚上你们住一起吗？"小浅浅问。

"嘻嘻，你猜！"沙洁笑了一声，继续说道，"第二件感动的事呀，可有意思了，第二天午饭后，安康带着我在他们村子走了一圈，下午4点多钟回家，才到家门口，就有一群孩子围过来嚷着：'姐姐好漂亮，姐姐好漂亮。'幸好安康提前告诉我一些基本的当地风俗，我提前准备的大白兔奶糖，派上了用场。

"给小孩分发了糖果，我和安康走进堂屋，家里坐了好多亲戚，他们把注意力放在我身上，有两位大妈索性走到我身边，从上到下，前后左右打量，有两个人的悄悄话被我听到了，弄得我的脸红彤彤的，不敢看他们。"

"什么悄悄话？"小浅浅问。

"说我长得标致、珠圆玉润的，尤其屁股大，定能生儿子。随后，他们像查户口一样，问这问那，我应接不暇，都不记得回答了他们什么。快要吃晚餐时，一部分人离开了，留下吃饭的人有两桌。安康告诉我，离开的是左邻右舍，留下来的都是亲戚。吃过晚饭后，这些亲戚在离开时，硬要塞给我红包。"

"你太幸福了，他们都给你多大的红包?"小浅浅问道。

"有 666、1066，最大的有两个 2066，安康说这是他们那里的习俗，准媳妇第一次进婆家，根据血缘关系，都会按高中低 3 个档次送红包，让我记住那 2066 的红包是二婶和三婶给的，其他亲戚，以后自然就会熟悉了。"

"那你的未来婆婆给你送了多少红包呀?"小浅浅迫不及待地问道。

"一分钱也没有给。"沙洁淡淡一笑。

"那你是不是很失望?"

"虽然收到红包本已是意料之外的惊喜，可安康妈妈没有动静，依然和亲戚们谈天说地，当时是有几分失落。直到送走最后一位客人，安康和他爸喝了不少酒，各自提前进房间睡觉了。我陪安康妈妈收拾好最后一个茶杯，扫完地，也准备进房间睡觉了，她叫我等一下，然后走进卧室，手握着一个檀木盒子出来。"

"让我猜猜盒子里是什么物品。"小浅浅笑笑说道，"听说边境省的习俗，文化传承，婆婆要送给儿媳妇手镯，我猜想十之八九是翡翠手镯，对吗?"

"这都被你猜到了，你真是小机灵。"沙洁说道，"安康妈妈放下盒子，打来一盆清水，清洗干净双手，打开盒子取出手镯，放在手中端详起来，白色部分像冰块一般透明，绿色飘花部分像波纹般环绕手镯三分之一，整只手镯在灯光下闪耀独特的玻璃光泽，充满灵气、生命。但凡爱美女人，都会怦然心动。

"我虽然不懂玉，但听安康讲过翡翠的种、水、色、工等术语，也翻阅过他买的翡翠书籍，还有呀，我姐戴着一只翡翠手镯，隐约带绿，透明度、反光率、灵气都不及这只的十分之一，听说那还是我姐夫花3个月工资买的，综合各因素，我断定这支手镯是高档精品，价值不菲。

"安康妈妈告诉我，这是她初嫁到刀家时，她的婆婆送给她的，当时婆婆对她交代了很多，大多数都忘记了，重要的一句不敢忘，她重复多次：'美玉，美玉，文化载体，传承家国文化；手镯，手镯，守身如玉，守住万代千秋。'我听了之后，也能半字不差地念出来。

"安康妈妈将手镯戴到我的手腕，那圈口、厚度、颜色恰到好处，浑然天成，像是我身体的一部分。安康妈妈说了一句：'孩子，欢迎你成为刀家人，从今天开始，你就是这只手镯的主人了。'吓得我连忙去摘取下来，可那中手镯不听话，弄疼我的手，大拇指处红肿，就差破皮了，可就是摘取不下来。安康妈妈反而更高兴了，说跟30多年前，她婆婆送给她时的感觉一模一样，一切都是缘分，命中注定。"

小浅浅笑嘻嘻地说："那你是不是立即改口称呼她为'妈妈'了。"

"我当时都慌乱了，六神无主，哪想那么多？就先戴着了。直到离家回洛明那天，安康的三婶给我俩送来一些腌肉，见到手上的手镯，又听到我叫安康妈妈为'伯母'，她直言道：'手镯是改口信物，应该改称呼了。'我不傻，既然决定和安康在一起，他家人又如此诚心诚意待我，在最后离家前，我喊了一声：'阿妈，您回去吧，我和安康下次再来看您。'"

"哇，好羡慕你呀，郭姐姐，你都是有婆家的人了。"小浅浅继续问道，"还有最后一件让你感动的事是什么？"

"第三件感动的事呀，就是一种感觉了。"沙洁顿了顿，说道，"在安康老家——应该说是我的准婆家了。在我婆家呀，我有一种说不出的感觉，很平淡、真实、温暖，准确来说，应该是归属感和安全感吧。"

"不害臊，还没有过门，就认婆家了，让人羡慕、嫉妒、恨。"小浅浅笑了笑，"本来是我向你请教帮忙做选择的，反倒是听了丑媳妇见公婆的故事。故事听完了，你快帮我做选择吧。"

"明天，安康和我回我家一趟，见见我家人，不出意外，我和他今年就结婚了，你说过的，要回来当我的伴娘，我可记着的，你不能食言呀。"

"我记着的呢，巴不得你俩明天就举办婚礼。"小浅浅继续刚才话题，"你快说吧，我到底要不要去雷疤家?"

"我支持你去，说不定，你未来的婆婆已经准备好珠宝美玉，等着他们未来的儿媳呢。你去了回来，有什么收获一定要第一时间告诉我呀。"

小浅浅噘嘴道："我才不稀罕呢。"

"咚咚咚。"听到外面有敲门声，小浅浅忙说道："雷疤回来了，他没带钥匙，我去开门了，改天再给你打电话。"

通话结束后，小浅浅打开门，的确是阿雷外带着晚餐回来了。她接过餐袋，说道："雷疤，陪你喝两杯雕梅酒。"

"雕梅酒不是早已经喝完了吗?"阿雷疑惑。

小浅浅把餐袋放到厨房餐桌上，蹲下身，从一个橱柜角落拿出一瓶玻璃瓶装的雕梅酒，在阿雷面前晃晃。

阿雷接过酒瓶，直接打开瓶盖，咕咚喝了一口，道："我的小宝贝，这是什么时候私藏的? 我怎么没有发现?"

"谁叫我俩一个月就下厨房三五次，洗碗时，我顺便收藏了一小瓶放在碗柜里。本想着你哪天主动洗碗时，让你收到意外的惊喜。今天开心，不用等到你洗碗了，我俩现在就把最后这瓶雕梅酒给消灭了吧。"

"告诉你一个好消息。"阿雷说道，"平凡人公益协会今年冬季要去大山里做爱心活动，我已经帮你报名了。"

"那你去不去？"

"陶哥说，这次要去一个非常偏远的山村小学，得借助矮脚马驮着物资才能到达，要让我们做好心理准备。我担心你这块小身板，恐怕连马都跟不上，何况还要爬山过坡的，要是在路上有擦伤、碰伤，岂不是像割了我的心头肉一样，我去的目的就只有一个，做你的护花使者。"

"雷疤，你太好了。"小浅浅举起酒杯，"为中秋回你老家，为爱心之行，干杯。"

确认没有听错，阿雷兴奋道："傻媳妇，中秋节，你真的和我回老家？"

小浅浅点点头作为回应，而阿雷兴奋地举起酒杯，一杯接一杯，喝得非常尽兴……

话说，远在洛明的沙洁，结束与小浅浅的通话，独自吃过晚饭，准备好了明天要带回家的礼物，之后提着健身包出门，骑着电动车，来到甲鱼线健身房，在前台出示会员卡后，进入更衣室。

从更衣室走出来时，本来身材就很好的她，当衣服换成丁香色的瑜伽服后，更显得匀称紧实，她发髻上插着安康给她的古风式银色发簪，身上散发着似有似无的清香味。

她经过器械区，一个戴眼镜的男子看着她，咽下口水，故意将手中的哑铃甩落到地板上，撕心裂肺地发出一声"啊……"；经过跑步区，一个男子只顾看她，差点从跑步机摔下来……

没有理会旁人，她向前直走，拐弯走进瑜伽室，在一个角落取出瑜伽垫，弯腰铺好垫子，站起身活动手脚，做着拉伸动作。突然感觉有人从后面拍她的肩膀，转身一看是认识的人，她惊喜道："玉秋姐，好几天都没有见到你了，是不是这段时间挺忙的?"

孔玉秋往瑜伽老师处示意，轻言轻语道："快要上课了，下课后我俩再聊。"

在轻柔的音乐中，名为"美婷"的瑜伽老师宣布："开始上课。"

和其他学员一样，她俩跟着美婷老师做体式、呼吸、放松等项目，直到课程结束后，两人沐浴，换下瑜伽服，到休息区休息。

孔玉秋转动着沙洁手腕的玉手镯，两眼发光，详细观看。这种成色的手镯必定是有钱人家才买得起，以前没有见过沙洁戴贵重饰品，想必是普通人家。几天不见沙洁，竟然戴上种、水、色这么好的手镯，如果说是男人送的，谁会愿意付出这么大的代价呢? 孔玉秋猜不出来，索性问道："沙洁，你这只手镯是怎么得来的?"

怎么得来的? 让人听起来怪怪的，沙洁回复："我男朋友送的呀。"

"你男朋友太有钱了，不是官二代就是富二代吧。"

沙洁正想说，我的男朋友就是个导游，可突然想起，安康嘱咐过："社会对导游的评价不好，尽量不要透露你男朋友的职业信息，怕对你影响不好。"

她缩回手，摸着手镯，笑笑道："我做梦都想嫁给官二代、富二代，可没有那个命呀，我男朋友只是一个普通的打工仔。"

看出沙洁不想继续讨论手镯话题，孔玉秋说："富贵者也好，平凡也罢，送你如此贵重之物，可见你在他心中的地位非同寻常。恭喜你，上天赐给你三世修来的良缘佳人，赶快嫁给他吧。"

紧接着，孔玉秋将话题转到健身上，她说："沙洁，你的身材体型非常完美，马甲线都练出来了，就连同为女人的我都羡慕你。看来，你的健身效果显著呀。而我这几天琐事多，经常忙到晚上，于是健身只能三天打鱼，两天晒网，都胖2斤多了，真想把一天变成48小时来使用，好好地练习瑜伽，练好身材。"

"玉秋姐姐不仅身材好，还会夸人，你比我更棒。"沙洁说道，"玉秋姐的皮肤紧实，没有一点赘肉，并且玉秋姐坚持健身3年多，底子好，是我学习的榜样，哪像我呀，要不是误打误撞在健身房办了卡，我的思想和灵魂都停留在路上了。"

沙洁说得没错，安康闲暇时只忙着看书，没空陪她。有一段时间，她都不知道做些什么好，经常瞎逛。

6月初，她路过健身房所在的大厦楼下，自称是大学生兼职的女性销售员正在派发健身房的广告宣传单。经不住大学生的"花言巧语"，她便跟随大学生到甲鱼健身房参观，这家健身房除了普通健身房所具备的功能外，还有搏击、瑜伽、中国舞蹈等课程项目。最吸引她的是瑜伽和动感单车，瑜伽修心又塑形，增加女人气质，动感单车激情有活力，如此，她交钱办卡，成了甲鱼健身房的会员。

健身期间，她经常遇到孔玉秋和她上一样的课程，俩人从相互微笑开始，逐渐过渡到探讨健身技巧，偶尔谈工作、生活等话题。毕竟是在健身房认识的，俩人的交流基本不涉及对方的隐私或不感兴趣的话题，因此，准确说来，她俩算是志同道合的健身爱好者，走得不近不远。

她俩聊天时间最长的一次是7月初的某个晚上，那天，健身房工作人员提前发布通知，说邀请了圈内著名的瑜伽老师，从北京飞过来给学员授课。她俩和大多数学员一般，早早地做好了准备。

即将到上课时间时，传来的消息是：瑜伽老师经常在洛明和北京之间往返，最近3个月，她还到过洛明两次。而今天，她下了飞机才反应过来，洛明新国际机场已经在 6 月底通航，所有客运航班在那起降，新机场到城里的正常时间比老机场慢 2 个多小时，她没有规划好时间，迟到了，建议参加其他课程或自由练习。

课程取消，兴致全无，她俩就从机场开始，扯到旅游。孔玉秋说："在旅行社上班，最辛苦的就是计调了，每天面对一大堆的琐事，电话 24 小时开机，不敢有丝毫怠慢，去年暑假旅游旺季时，我弄错了一个团的航班时间，导致客人赶不上飞机，当时呀，组团社、导管、导游不停地给我打电话，弄得我直接崩溃。妥善处理好团队后，产生的机票损失从工资里扣不说，还要扣我的工资买特产给客人赔礼道歉，那个月，我领到的工资只够买两桶方便面。

"今年我们旅行社的计调部增加新员工，分担了我的工作量。有时间时，我就在想，有些导游也不怎么样，运气好时，一个团就顶我一个月的工资，为何我不考个导游证做导游呢？就算做不成导游，出去旅游也可以免去一些景区门票呀，反正技多不压身。"

计调是旅行社中运筹帷幄千里之外的人物，胆大心细，能力强者能胜之。孔玉秋已经是计调部经理，但她还那么努力，坚持健身，百忙之中参加导游资格证考试，可谓是平凡励志的榜样了。

沙洁自惭形秽，以孔玉秋为镜子，照出自己，既没有学历，也没有突出的技能，总不能靠安康一辈子吧？要是能考个导游证当上导游，既可以分担安康的压力，又多一条谋生的技能，何乐而不为？

她向孔玉秋咨询报考导游证的事宜，得知当前对学历的要求不高：中等专业学校、高中或以上学历就有资格报考了。未来可能至少要求是大专以上学历，甚至可能要求"旅游相关专业"才能报名，思来想去，她决定报名。

当天回到家，在安康的协助下，沙洁打开电脑，进入旅游局官网，填写资料，报名成功。接下来几天，她携带证件照，打印报名表等资料，在安康的陪同下，于7月30号报名截止前，去旅游局提交了报名资料。

转眼间，都快到中秋节了，今晚安康对沙洁说和导游培训交流，会晚点回家，而沙洁不运动不健身就浑身没劲，于是乎，她就来健身房打发时间了。

孔玉秋问道："还有一个多月就要考试，你准备得怎么样了？"

对于考试，沙洁焦急万分，没有立即回答，而是反问："玉秋姐，你呢？准备得怎么样了？"

"我把《边境省导游基础知识》和《导游业务》这两本书看了3遍，做了历年试题，及格应该没有问题。《全国导游基础知识》的宗教、建筑、风物特产这几部分，重要的知识点我还需要加强，诗词楹联部分勉强看得懂，主要客源国概况涉及的国家太多，就拿'竖起大拇指'而言，不同国家有不同的解说，诸如此类，需要记忆的太多了。《旅游政策与法规》这本书我只粗略翻过一遍，里面的内容不容易理解，而且大部分法律条文要死记硬背，只能像老鼠啃大馒头一般慢慢地吃，慢慢消化了。"

沙洁惭愧，像完不成功课的学生，说道："我一遍书都没有看完，什么阴阳八卦、五行历法、地质地貌等等术语，就已经把我弄得云里雾里的了。考试时间越来越近，我能凭运气去蒙题了。"

"你可以参加培训呀。"孔玉秋说道，"我的导游朋友知道我要考导游证，都建议我参加培训，说参加培训的学员通过率达

80%以上，可我要上班，哪有时间参加培训呀？只有努力自学了。不过我相信，我把重心放在考前学习上，付出百分百的努力，应该可以一次性考过的。"

沙洁受到鼓舞，说道："我也没有时间参加培训，也只能靠个人努力了。"

"我俩留个电话吧。"孔玉秋主动说道，"从今天开始，我一个星期最多来健身房一次了，咱俩也不一定相遇。留个电话，要是通过考试了，彼此祝贺道喜。"

互留了电话，沙洁离开健身房回到归心小家时，已经快10点了。她给安康打电话，伴随着嘈杂的音乐声，听到安康说："这里太吵了，待会我就回去了。"

大晚上的，安康还不回家，沙洁有失落、有怨气地躺到床上，翻开《导游业务》，其中一段内容呈现在眼前："导游服务是一种社会职业，对大多数导游人员来说，它是一种谋生的手段。"

看到这些文字，沙洁想：这段时间，安康为稳定业绩，持续带好团，努力读书学习知识。带团时需要和客人斗智斗勇，下团后又要和导管及大刀导游混在一起，搞好关系、学习经验，何不是一种谋生手段呢？

此时此刻，她读着书中的文字，心头一阵触痛，特别心疼安康。放下书，她给安康发了一条短信过去："老公，少喝酒，保重身体，老婆暖着被子等你回家！"

第二十八章　培训导游

话说，毛姐直接领导并管理天水水旅行社的核心导游，将其余导游分成红蓝两组，让业绩最好的火把哥和欧阳坤平，分别对这两组导游进行业务提升培训。两组导游的购物总业绩，按月计入组长奖金，外加公司发放培训补助，算起来有小几千元。

几千元的收入，对他俩来说是鸡肋，食之无味，弃之可惜。奈何，俩人都是争强好胜之人，既然毛姐安排两组人员进行 PK，他俩的个人月购物业绩平分秋色，难分上下，那就只能在组员的总业绩上争个高下了。

欧阳坤平经常邀请他身边的大刀导游，组织蓝组导游不定期培训交流。

安康在沙洁和小浅浅通话前的 1 个多小时，受欧阳坤平邀请，早早地就出门了。这是他第三次参加欧阳坤平组织的培训交流，去给蓝组导游们分享带团技巧。

前两次受邀时，蓝组导游的带团水平不怎么样，给他们分享带团经验，压力不大。一段时间后，在红蓝两组的竞争下，各导游的能力提升很快，购物报表的数值也呈曲线上升。

这次受邀，再给他们分享经验，安康自知力不从心。他先是拒绝道："欧阳哥，我的业绩也就是勉强过得去，以现在的水平，能讲出来的不过是重复了多次的导游词罢了，没有什么杀伤力，更没有新的知识分享给你的组员了……"

　　奈何，经不住欧阳坤平诚心相邀，他答应最后一次与蓝组导游分享带团经验。

　　下午 6 点半，他和欧阳坤平一起在小饭馆吃晚饭，喝过二两白酒后，他问欧阳坤平："你既然不愿意做组长，干吗不推辞掉呢？"

　　"人在江湖，身不由己呀。"欧阳坤平感慨，"你知道为什么历史上擅长帝王权衡术的皇帝，总会默许让实力相当的人物相互争斗吗？比如秦始皇身边的李斯和赵高，康熙身边的索额图和明珠。当然，把这种帝王权衡术用到极致还要属女人了。"

　　帝王权衡术？女人？这跟带团，做组长有什么关系呢？安康问道，"你说的女皇帝是武则天吗？"

　　"武则天挺厉害的，她驾崩后留下无字碑，功过由后人评价，我们暂且不论。"欧阳坤平笑笑道，"我所说的这个女人是孝庄皇后，虽然没有皇帝之名，却辅佐成就了皇太极、顺治、康熙 3 位皇帝。尤其是她把自己的毕生经验教给康熙，成就了康熙大帝。她常用的帝王术之一便是权衡之术。"

　　"快说来听听，孝庄是怎么利用权衡之术的？"安康来了兴致。

　　欧阳坤平笑笑："简单说来，顺治驾崩后，8 岁的康熙登基做皇帝，那些位高权重的文臣武将坐不住了，各怀鬼胎。孝庄的权衡术就发挥作用了。她挑选索尼、鳌拜、遏必隆、苏克萨哈 4 位顾命大臣来辅佐康熙。他们 4 人的实力相当，相互制衡，使清朝的江山得以稳固，直到索尼去世后，平衡被打破，鳌拜成了实力最强大的一方。不过那时，康熙已经深得孝庄的真传，不仅掌握了权衡之术，还掌握了更多的帝王之术，对付鳌拜不在话下……"

　　安康似懂非懂："既然你都知道毛姐的用意了，为何还要选择做这个组长?"

"你听说过阳谋吗?"欧阳坤平说道,"比如二桃杀三士、推恩令之类的阳谋。"

"阴谋诡计听过不少,阳谋这个词很少听到,更别说二桃杀三士了。"安康又把欧阳坤平和他自己的酒杯满上了,并端起酒杯递给欧阳坤平,说道:"欧阳哥,你的历史知识太丰富了,每次和你喝酒都有新的收获,你就说得简单易懂些吧。"

欧阳坤平接过酒杯与安康碰杯子,嘬了一口,接着说:"孙膑利用'围魏救赵'之计打败庞涓,救了赵国;毛泽东写下《论持久战》,公开发表在各大报纸上,并利用持久战之计,积极影响中国人民抗日的决心,最终赶跑了日本侵略者。这些计谋都是公开进行的,敌我双方都知道是计谋,却又无法破解,这就是光明正大的阳谋呀。"

"太厉害了。"安康感慨道,"我明白了,你是说处在你的角度,哪怕是清楚毛姐的用意,也是拿她没有办法,对吗?"

欧阳坤平点点头:"你现在明白了吧?为什么我一开始就感慨,人在江湖,身不由己?既然我在天水水旅行社带团,导管是毛姐,谁有几斤几两还是很清楚的,规则都摆在那里,谁都不愿捅破那层纸,尤其像我这样干了多年导游的人,和导管之间,彼此都不玩虚无缥缈的东西,只讲利益。"

说着,欧阳坤平举起酒杯与安康一饮而尽,原本两人计划每人喝二两酒,不知不觉间,又多喝了二两,本还想再喝两杯,奈何时间短促,距离8点钟的培训交流会只有半个小时了,两人起身离开小饭馆,来到天水水旅行社会议室。

会议室里近20名导游,有三分之一是新面孔。欧阳坤平做了介绍,就把时间留给安康。

安康带着酒味分享他的带团经验,进行到五六分钟时,带着微微的醉意，就像带团一样进入了最佳状态，使得蓝组的导游小伙伴们听得津津有味，甚至，有几人还在笔记本上做记录。

培训将近结束时，安康又道："有一次，我带团到海月湖时，为了卖弄和拔高自己，向游客说道，有些人看见湖中水草边的飞鸟时会说：'哇，好多鸟呀。'如果有导游在，听到的就是'落霞与孤鹜齐飞，秋水共长天一色'的诗情画意'，顿时，车里响起热烈的掌声。

"到了自由活动时间，一位50多岁的阿叔靠近我说道，刀导呀，唐代诗人王勃，才华横溢，被称为初唐四杰，《滕王阁序》耗尽他所有的才华，留下千古名句'落霞与孤鹜齐飞，秋水共长天一色'，便与世长辞，天妒英才，可惜可恨呀。他还有一句流传千古并且中国人都知道的名句，我一时想不起来了，你能告诉我吗？这个客人故意探知我的知识储备，明知故问。但可悲的是，我真不知道王勃的千古名句。这件事情对我的打击很大，我本想炫耀导游的作用，却是班门弄斧，弄巧成拙，那时我用了术，却缺少道，活该出尽洋相。"

台下的一个导游问道："中国人都知道的名句是哪一句呀？"

"我知识浅薄，查询资料才找到千古名句，才幡然悔悟，只怪书读少了。"安康故弄玄虚，没有立即说出千古名句，给蓝组成员留个悬念，他笑笑道，"我相信在座的肯定有人知晓这诗句。"

"这有什么难的，不就是'海内存知己，天涯若比邻'吗？"一个学院派导游嘀咕道。

安康向学院派导游点头表示赞扬，继续说道："照葫芦画瓢，学会的是招式，是术的范畴，遇到内功强大的客人，招式就无效了。只有导游的内功强大，才能兵来将挡，水来土掩。导游的内功是扎实的知识，这便是道……"

讲着道术，安康的耳边似乎响起了独眼侠说过的话，他套用道："用古人的话讲，有道无术，术尚可求也，有术无道，止于术，且以道驭术，术必成，离道之术，术必衰。咱们带团，何尝不是道术的运用？既要有道的知识，同样也要有术的技巧，两者结合，便能产生源源不断的方法。更通俗地说，道是深井里源源不断涌出的水，而术是从井里打出装在水缸的水……"

40多分钟的培训结束，台下响起热烈的掌声。安康将自己超常的发挥归功于酒，虽说四五两酒并未超过他的酒量，不过四五两酒也不容小觑，像孙悟空钻进铁扇公主的肚子一般，拳打脚踢玩弄他的肚子，让他毫无隐瞒地把带团经验吐出来，分享给蓝组导游。

余下的时间是自由交流环节，大家七嘴八舌地交流着带团经验，不过那些都是术的环节。安康交流几句后，发现在会议室门口处不起眼的椅子上，不知什么时候，毛姐已经坐到了欧阳坤平的旁边。他走过去，主动问候："毛姐，你什么时候到会议室的？我都没有注意到你。"

毛姐笑笑道："我回办公室拿文件，就顺道进来看看你们的培训交流，见你讲得那么认真、那么投入，就没有打扰你。"说着，毛姐向安康竖起大拇指，"我听过很多导游所讲的带团经验，但像你这样毫无保留地讲出来的，很少见，为你的无私分享点赞。"

安康挠挠头："酒喝多了，也不知道讲得对不对。"随即又转向欧阳坤平道，"欧阳哥，自由讨论时间，我就不参与了，还有事，先回去了。"

刚说完，毛姐紧接着向欧阳坤平说道："我就是无意路过的，见你们的培训交流如此认真，怪不得组上的业绩提升得如此之快，原来你是发挥了身边导游的作用，这招挺灵的，非常棒。今晚亲眼所见你们的培训交流，我很欣慰。"

"三个臭皮匠，胜过诸葛亮，我一个黔驴技穷，力量有限，只得有求于身边的兄弟姐妹帮忙了。"欧阳坤平说话间拍拍安康的肩膀，向毛姐说道，"尤其感谢安康兄弟，都第 3 次给蓝组成员分享经验了。"

毛姐笑笑道："说得对极了，团队的无量是巨大的，感谢你为旅行社的发展做出的贡献，我也先回去了，你们继续交流吧。"

毛姐和安康一起离开会议室，走进下楼的电梯。

"安康，你把简单的带团道理提升为道术结合的应用，你估计会有多少导游能领悟到精髓，并且运用到带团中，起到显著效果？"

安康挠头，显得不自信地回复："我哪懂什么道术？都是瞎讲呗。"

电梯下降到一楼，安康按动开门按钮，让毛姐先走出电梯，他紧跟其后。

走出大楼，毛姐停下来，从手提包里掏出香烟盒子，放到嘴里一支，又掏出一支递给安康，问道："你带打火机了吗？"

安康接过烟，从口袋里掏出打火机，准备帮毛姐点烟，毛姐接过打火机，说道："还是我自己点吧。"

毛姐点燃香烟，将火机还给安康，又上下打量着安康说："安康，姐今晚想喝酒，你能陪我吗？"

曾经为了带好团，安康好几次邀请毛姐吃饭，都是以失败告终，要不是破冰送出那 1 万块钱，带高端团从何谈起？既然毛姐主动邀请，哪有不答应之理？安康不假思索地回应："平时求都求不到毛姐出来喝酒，既然毛姐有兴致，我定当舍命陪君子。"

"陪女子罢了。"毛姐笑笑，表情有点不自然，似乎话中有话。

两人走到停车场，毛姐把车钥匙递给安康说："安康，你来开车吧。"

安康尴尬地拒绝："我不会开车，就算会开，也是醉酒驾驶，还是毛姐开吧。"

"一个大男人怎么能不会开车呢？"毛姐打开车门，坐到驾驶位，摇下车窗，扶着方向盘，对安康说道，"有空时，去考个驾照吧。"

安康迟疑了一会儿，绕到副驾驶处，打开车门，上车。车辆启动后，安康和毛姐闲扯一些跟带团无关的话题，慢慢地，车内安静了下来，两人都不说话。

毛姐打开车里的收音机功能，主播刚讲述着一个离婚女人的故事。故事即将结束时，背景歌曲响起，带着淡淡的忧伤，音量由小到大，那是一首熟悉的歌曲：

> 我的思念，是不可触摸的网
> 我的思念，不再是决堤的海
> 为什么总在，那些飘雨的日子
> 深深地把你想起
> 想你，想你，最后一次想你
> ……

毛姐会心一笑："记得和你合唱过《心雨》这首歌，想不到你一个80后，也能把70后喜欢的歌曲唱得那样有感情。"

"小心电动车！"安康提醒道。

话音刚落，车前一辆电动车疾驰而过，毛姐立即踩下刹车，骂道："骑个破电动车那么嚣张，找死。"话刚说出口，看到副驾驶上的安康神情尴尬，于是松开刹车，轻点油门，车辆再次起步，她将收音机声音调小，又看了安康一眼，"你觉得培训对导游有用吗？"

这个问题似乎不好回答。若说有用吧，其实带团都万变不离其宗，若说没用吧，有些人参加过导游培训后，业绩呈直线飙升。安康听欧阳坤平讲起过，某导游工作室组织过一次全封闭式的培训。对参加培训的导游，要求有带团经验，对培训内容保密，而且经熟人介绍才能参加。在培训期间，除了学习导游相关知识外，还邀请神秘人物来授课。参加过那次培训的导游，无一例外都成了大刀，但这样的培训，费用也不低，半个月的时间就需要培训费用5万元。

鉴于此，安康回复："怎么说呢？应该有用吧。"

"是的，对于大多数导游，参加一些培训交流，肯定是有用的。"毛姐话锋一转，"但是，对于想赚大钱的导游，仅仅靠培训是不够的。"

对这句话，安康感同身受，今晚本来是受欧阳坤平邀请，分享带团经验给蓝组导游成员的，自己却反而从欧阳坤平身上了解到了对阴谋、阳谋的论断。而毛姐似乎对培训又有着不一样的见解，何不听听她的理解？于是安康顺着毛姐的话："想赚大钱，仅仅是培训是不够的，此话怎讲？愿听毛姐高见。"

"导游常讲'没有卫星导游，只有卫星团队'，可是又有多少导游更深入地去理解这句话的含义？说得直白些，想带品质好的团队，还不是导管说了算。"毛姐举例，"你想呀，同样是两天半的团，把经济条件最差的团队派给最牛的导游，他把单子做到极致，至少人均1件货，可单件金额不足500块钱，总业绩也惨不忍睹；而把最好的团队派给能力弱的导游，哪怕只买3件货，但单件金额能达到5万以上。如此对比，立见高下。"

"把好的团队给最牛的导游，那不是利益最大化吗？"

"小旅行可以这样做，也必须这样做。但大旅行社不一样，要考虑全局，如果一些导游从来没有机会带好团，旅行社留不住人。因此要考虑全盘。但是如何调整，完全是由导管说了算。"毛姐又看安康一眼，"我觉得你的业绩完全可以再上升一个层次。"

安康觉得毛姐话中有话，但猜不到她到底想表达什么，想着是不是自己送的礼金少了，于是试探性地问："毛姐，我这人不聪明，是不是我哪里没有做到位？请您明示。"

"我记得是在丙皮皮旅行社认识你的，后来你跟着我到天水水旅行社带团，对你的了解越来越多，觉得你挺有前途的，年轻有活力。多努力，多付出，以后你就是天水水的一哥了。"

从未想过要争第一的安康，听毛姐如此说，吓得只好连忙回应："能安心带团过好日子我就心满意足了，一哥的位置从来没想过，更不敢去奢求。"

"多努力，多付出，把格局放大些，我支持你。"车子驶离繁华市区，毛姐加快了开车速度。

"好的，毛姐，我一定加油，争取业绩更上一层楼。"

"对了，这段时间正是带团赚钱的好时节，你还请假，是不是有什么重要事情？"毛姐问。

"小事而已。"安康随便编了个理由，俩人的话题也由导游话题岔开了。不一会儿，车子到达魅惑夜都停车场。

90年代初，抢劫、色情、敲诈勒索等犯罪活动经常在魅惑夜都发生，有民间俗语概括那时魅惑夜都的繁华："魅惑夜都是漂亮女人发家致富的江河湖海，是有钱人男人畅快淋漓的天上人间。"

经过多年的整治，魅惑夜都的商家营业均有规范了，现在这里几乎看不到犯罪分子，安全得到了保障，一些都市白领、商务人士等等的三教九流，均把魅惑夜都作为休闲的好去处。

停好车后，安康跟随毛姐在"蓝夜猫酒吧"门口停下来，两人并排站着。相对于酒吧内的音乐喧嚣声，酒吧外略显安静，双方不需要喊着说话，也能听得清楚。

吸一口烟，毛姐说道："自从做了导管，好久没有来过这个酒吧了，也不知道能不能找到昔日的感觉，但愿今晚能一醉解千愁。"

"毛姐，我……我……我不习惯泡酒吧。"安康吞吞吐吐地说，"我突然有些不舒服，要不，就先回去了，明天还有事情。"

毛姐吐出烟雾，将大半截烟扔到地上，抬起脚上的黑皮短靴，立起脚尖将烟火踩灭，装作若无其事的样子，若有所思地说："没事，我喝醉了，一个人打车回去。"说完，她迈开步伐，头也不回，走进酒吧。

望着毛姐进入酒吧后消失的背影，安康像是迷路的小羊羔，不知该往哪个方向走。酒吧里诱惑的气息随着音乐声不时地向他招手，似乎在说，快进来吧。

他抚了抚额头的发丝，掏出香烟，叼在嘴里，刚要点烟，一名男子扶着一个黄毛小子走出酒吧门口，只听到黄毛小子断断续续的声音："兄弟，那少妇正点，我去办了她……"

话音未落，黄毛小子猛地撞向安康，将安康手中的打火机撞掉，落在地上，并且骂道："你活得不耐烦了？找死呀，好狗不挡道。"

"对不起，对不起，他喝醉了。"扶着黄毛小子的男子立即向安康道歉，并架着黄毛小子走开了。

安康捡起打火机，点燃香烟，犹豫再三，进入酒吧。

酒吧左前方是吧台，两侧靠墙处是卡座，卡座上方墙壁上有两块 LED 显示屏。坐在卡座处，可见到舞池，以及舞池中央高起到腰身处的长方形大舞台。舞台上一个穿着黑色比基尼的女子在舞动身姿跳钢管舞，舞池中的人随着闪动的灯光和高亢的音乐扭动着身体。

安康走一圈，发现了毛姐，坐到她的对面，只见桌上摆了一打风花雪月啤酒。

毛姐拿着酒瓶，咕咚咕咚一口气喝了一瓶，从桌上拿一瓶递给安康后，又叫住刚路过的服务员，吩咐再拿一打酒过来。

此种阵势，看样子，毛姐是非醉不可了。酒吧里很吵，想说话都得凑到对方耳边喊着说才行。安康不大喜欢喝啤酒，尤其不喜欢啤酒、白酒混在一起喝，这样特别容易醉。他和毛姐碰瓶时，只是小口小口地喝，哪想到，半个小时后，头已经晕了。酒桌上的两打啤酒已经喝了一大半。

突然，灯光暗到极致，音乐声停了，许多人站起身走到舞台中。伴随着节奏感很强的迪斯科音乐响起，LED 显示屏上显示出身材超棒的 3 名舞女呈三角形阵势，站在舞台中开始扭动身体的画面。一阵喧哗尖叫声，舞池中，男男女女混合在一起，有人学着舞女的动作，有人随意摆动。

"走，一起跳舞。"毛姐指向舞池，站起身，脱下外套，走进人群中。

声音太大，安康听不清楚毛姐所说的话，只见毛姐扯下扎头绳，披头散发地随着音乐节奏在摇动，不一会儿，一名男子走到她面前，和她一起跳舞，两人不时还有身体上的接触。

安康拿起一瓶啤酒，一口气喝完，站起身，猛地歪倒在座椅上，他扶椅子站起身走进舞池，靠近毛姐，学着舞池中的人扭动身体，动作幅度非常大。他的出现吸引了毛姐的注意力，毛姐牵住他的手，两人手舞足蹈，放开狂欢。

跳累了，狂躁的音乐也停下来。毛姐看着安康的眼睛，向前挪动一步，额头快碰到安康的鼻梁时，她又轻轻踮起脚，头一偏，在安康耳朵旁喘着粗气说道："安康，你好帅。"

说完，她松开安康的手率先回到座位上，拿起那喝了半瓶的酒，"咕咚、咕咚"一口气喝完，然后抽起桌上的纸巾往嘴角擦拭喝漏的酒滴，却见安康也回到了座位旁边，又对服务员吩咐："再来一打啤酒，把瓶盖全部打开。"

酒精、烟气和音乐陪伴他俩到深夜 12 点半，毛姐起身拎着包说该结束了。安康帮她拿着外套长衣，摇摇晃晃跟着她走出酒吧，耳根立即变得清静。

此时，毛姐要去停车场，翻半天找不到车钥匙，差一点儿就跌倒在路上。

"毛姐，你醉了，明天再来开车吧。"安康扶住毛姐，将外套披给她，"快穿上衣服吧，别着凉了。"

"我没有醉，开车回家没有问题。"毛姐往停车场走去，安康拽住了她，说什么都不让她酒后驾车。

毛姐突然推开安康，傻笑几声，蹲下身，双手捂住面部，开始啜泣。夜风吹来，她打了个喷嚏，轻拭眼角，抚过头发，继续捂头啜泣。

这时，一对小情侣路过，其中女生用右手在鼻子前扇动几下，左手挽着男生的手臂加快脚步离开，嘴里发出声音："这两人的酒味臭死了。"

常言道"男人酒醉心明白"。安康不放心毛姐，拦了一辆出租车，将毛姐扶进出租车后座，自己跟着坐了进去，问道："毛姐，你住在哪里？我送你回去。"

"豪庭人家 A 区。"毛姐说，"进入小区后，往左绕弯走到底就到了。"

安康问司机是否知道那个地址和行车路线，师傅启动车辆，回应道："我们开出租车的，街头巷尾的小道都能找到，何况那么著名的住宅区了。你们去的豪庭人家 A 区呀，很好找的，都是一栋一栋的别墅。不会错的。"

"那就麻烦你了。"安康回应。

"不麻烦，晚上不堵车，半个小时就到了。"司机回头看看歪靠在安康身上的毛姐，以及斜靠着座椅的安康，笑笑道："你俩喝了不少酒吧？休息会儿，放心吧，绝对不会走错路的。"

司机播放了舒缓的轻音乐，与人会车或遇到红绿灯口都提前减速度，安康坐在车上，觉得很舒服。这使得安康对比："为什么有些出租车平易近人，能为乘客着想，有些则自私狭隘，像个井底之蛙？从本质上来讲，旅游车师傅和出租车司机不是一样的吗？为什么同样都是当导游，有人就能做上导管，有人则还在前线带团？为什么同样是毛姐，酒前、酒后会判若两人？……"

出租车缓缓停了下来，毛姐摇下车窗，只见保安点头微笑，打开栏杆。出租车驶入豪庭人家 A 区，停在别墅门口，毛姐阻止安康付钱，她从钱包里掏出 300 元付给司机。

司机接过钱，连声说谢谢后，又立即下车帮毛姐打开车门，待两人下车后，司机驾驶着出租车离开了。

安康搀扶着毛姐走向别墅大门，随即问道："毛姐，正常车费顶天不超过 80 块钱，有必要付给他那么多吗？"

毛姐没有回复安康，伸手从包里摸出钥匙，打开别墅大门后，只见一条长约 5 米的鹅卵石铺设成的小道直通房门。小道左侧靠近墙角处，七八株黄色的菊花在月光映照下争奇斗艳；小道右侧樱桃树下，户外秋千摇椅前，长方形的桌面上，放置着打火机、半盒香烟，以及透明玻璃烟灰缸，烟灰缸里有散落的 3 根烟蒂。

走过小道尽头，打开房门，在微弱的月光下，可见房间内一套黑色的真皮沙发置于客厅中。安康扶着毛姐走向沙发。一声响，只见毛姐将包扔到一旁，迅速脱掉外套，双手扣住安康的脖子，亲向安康的嘴唇。

说时迟那时快，安康像触电一般，身体怪怪的、麻麻的，嘴唇由清凉变得湿润。他瞪大眼珠，满脸通红，浑身发热，本能地搂住毛姐的腰，回应突如其来的激情。

粗声喘气地狂吻中，俩人的衣服一件一件飘落到沙发上。安康由被动变为主动，从毛姐的嘴唇吻向颈部再吻向锁骨，他的双手在毛姐后背的黑色蕾丝吊带衫上来回抚摸。

就在激情即将爆发的时刻，安康腰间的皮带被毛姐连弄几下都没有解开。

倏地，安康好像听见沙洁的声音传过来："牢牢地拴住你的腰，绝不能便宜任何女人。"

安康立即停止在毛姐身上的所有抚摸，把毛姐的手快速推开，猛地将毛姐推倒在沙发上。他则捂住额头和眼睛，低着头沉思片刻，又抬起头，看着毛姐，歉意道："对不起，毛姐，我该回去了。"说罢，他捡起衣服，走出房门，往别墅大门口跑去。

"站住！"

毛姐追过来，站到他面前，披头散发，整理了一下吊带衫上的肩带，身上散发着无法阻挡的诱惑，见安康将头扭向一边，不敢看她，她拉住安康，轻声恳求："安康，别走，留下来陪我，好吗？"

见安康怵着不动，毛姐拽拽他的手，再次恳求道："安康，别走，别让我丢面子，就今晚，好吗？"

最终，安康还是离开了别墅，在没有人的道路上，月光透过树梢照出影子，不离不弃地陪着他，此情景正是：

　　夜，静悄悄，
　　心，空寂寥，
　　愁情凡事堵心头；
　　月，挂树梢，
　　情，守住腰，
　　去留之间皆笑谈。

第二十九章　色字头上一把刀

　　安康回到归心小家，生怕惊动沙洁，他轻轻打开房门，脱下外套，蹑手蹑脚地走进卫生间，刷牙，洗脸，然后像猫一样进入卧室，脱去衣服，轻手轻脚地掀开被子一角。

　　"老公，你回来了。"沙洁模糊的声音说道，"快进被窝来，被窝暖和。"

　　钻进被窝，安康顿感全身温暖了不少，尤其是沙洁身上那熟悉的清香味，也让安康倍感熟悉和亲切。

　　"老公，你身上怎么有奇怪的味道？"沙洁突然问道。

　　"今天酒喝多了。"安康心跳加快，身体轻微颤抖。

　　"闻着像女人的香水味，又有说不出的味道，臭死了。"沙洁的一只手搭在安康的胸膛，朦胧的声音变清晰许多，"你怎么全身在发抖？"

　　"今天酒喝多、喝杂了，又喝了一些饮料，回家前吐了一地。"安康转过头朝沙洁轻哈了一口气，"是不是有这个呕吐过的味道。"

　　"难闻死了，以后少喝酒。"沙洁转过一边，稍过几秒，又回过头来催促道，"早点睡吧，明天还要早起呢。"

　　安康紧紧抱住沙洁，说道："喝酒后太冷了，我都冷得抖起来了，有乖老婆暖着被子，真好，真幸福，我要抱着乖老婆睡。"

说完，安康抚去沙洁前额的发丝，深情地吻了一下。

沙洁嘴角轻微一扬，露出笑意，轻声说道："老公，晚安。"不一会儿，她翻身到一侧，咂咂嘴，发出均匀的呼吸声。

对于安康喝酒应酬，偶尔的晚归，沙洁虽有意见，也会耍小脾气，但由于安康"动之以情，晓之以理"，以维护朋友及同事关系等为理由说服了她，使得她渐渐理解了安康晚归的行为。

此前，当安康外出未回归心小家时，她所做的仅仅是等待，等安康回来。一般而言，安康回来的时间都还是比较早，一般都不会超过深夜1点钟，而此时此刻，虽说安康晚归了，但她未发现不寻常之处。

安康却不同，往常回来较早时，和沙洁"腻歪"，大汗淋漓后，酣然入睡；回来晚时，钻进被窝，也能跟着时针转动进入梦乡。然而，今夜的安康，换几个睡姿还是无法入睡，满脑子都是毛姐。

那一句："安康，别走，留下来陪我，好吗？"温柔得让人心都融化了。另一句："安康，别走，别让我丢面子，就今晚，好吗？"却不得不让人产生更多的联想。

"就今晚"三个字，难道不是代表着赤裸裸的一夜情吗？而"别让我丢面子"这句话，却让安康想不出所以然。不管怎么样，他总觉得，自己像是亏欠了毛姐。

自打认识毛姐以来，在安康的印象中，她漂亮、独立、带团能力强，当毛姐做了导管后，给人的印象既强势又随和，既专注又善变，变得不可琢磨。

安康回忆起和一些导游聊天时，偶尔听到的毛姐的私人生活。

据说，毛姐曾经被一位有钱的商人欺骗过，那人给她投资开店，对她很好。为此，她放弃带团很长时间。耸人听闻的是，她未婚先育，为商人生孩子，更劲爆的传言是，孩子出生不到半年，商人的老婆出现了，她变成了小三。孩子被商人无情地"夺走"后，给她留下的仅仅是一张冷冰冰的 VIP 银行卡。

又有人传言，毛姐曾为某旅游界大佬打过胎，她之所以能做导管是靠身体上位。

各种版本的传说，权当娱乐娱乐罢了，安康所相信的是，逢年过节给毛姐送的大礼，都能在旅游团队中得到回报，这就够了，如果这种平衡不被打破，坚持带团两三年，在洛明立足安家，奔小康，过幸福的生活还是指日可待的。

至于能和毛姐增加更深的感情，当然是锦上添花，如果不能，保持导游与导管的关系，不远不近，也还是过得去的。可是今夜，巧遇毛姐，酒吧狂欢，莫名地发生不该发生的一幕，难道是上天的安排？安康的脑海里又浮现出毛姐那件黑色蕾丝吊带衫，以及那丰腴的身体里散发出的强烈的雌性荷尔蒙气息。

"有色心没色胆的家伙。"

安康对自己骂道，同时又勾起了自己不为人知的回忆。此前，他和网络公司同事飞杰出差到某县城办事，事未办成，心情不好，俩人喝很多酒后迷路了，进入不熟悉的街道。

那条街道的店铺名称大同小异，基本上都写着保健按摩、足浴养身、美容美发，而店里的灯光，全部都是清一色的柔红色。店门口站着打扮娇艳的女子，抽着烟，向路人招呼："帅哥，要不要来按摩？保证舒服。"

他俩走进了一家按摩店，选择了 198 元的按摩服务。按摩女分别带他们进入不同的房间，在按摩床上，他被按摩女从头到脚地按捏，忽然裤子被扒开了，吓得安康阻止了按摩女，跑出了按摩房。

那天，飞杰还笑话他："白花了钱。"可是没有想到，飞杰因"按摩之事"，全身起红色的小疙瘩疱疹，请假 7 天去医院吊针水。

自从那事之后，安康看到"不正规的女人"，就像看到病毒和魔鬼，心里会产生莫名的恐惧。

随着思绪飘散，安康脑海里又浮现出在乾泸 WELCOME 夜总会的丑态，他想到了翠翠，接着又想到到了毛姐身上。安康不想玷污毛姐在自己心里的地位，于是内心发出声音："毛姐就是毛姐，怎么能跟翠翠那样的女人做比较呢！"

如果没有逃跑，也许自己和毛姐已经是干柴烈火。再说哪个男人不贪恋美色呢？安康竟然产生一丝悔意。他又想起毛姐所说的"就今晚"三个字。如果真的和毛姐发生关系了，难道就真的仅仅一夜吗？难道不会受到特殊对待吗？难道自己就能凭借那"阴暗关系"而带团吗？

想到暖被窝的沙洁，全心全意地信任自己，还准备嫁给自己。庆幸，安康没有越过那道德的底线，这样负罪感就不会过于强烈。安康真的应该感谢沙洁送他的皮带，还有"牢牢地拴住腰"那句话，那条皮带何止是拴住自己的腰呀？更是拴住了安康的身体、心灵和道德底线。

带着矛盾的心理，安康不断地重复深呼吸，想尽快入睡，可事与愿违，但他又不忍心吵到熟睡中的沙洁，便放任自己胡思乱想，想到筋疲力尽才勉强睡着。

刚睡着不久，安康口干舌燥，头晕目眩，他迅速掀开被子，跳下床，打开卧室门，突然"噗"的一声，满口的呕吐物喷射到地板上，溅到从厨房走过来的沙洁身上。

"刀安康，你干吗？弄脏我了。"

听着沙洁愤怒的声音，安康冲到卫生间里，趴在洗漱台上，像哮喘般地发出"咳咳咳……"的声音，直到吐得嘴角流出苦水，再也吐不出任何东西。

沙洁也跟着走进卫生间，拍打着安康的后背，直到安康舒服多了，并做出停止的手势，她又把安康扶到卧室床上，给安康倒了一杯温开水。

　　回到客厅，沙洁找来扫帚和簸箕，头扭向一边，忍住呛鼻的馊味，去清理呕吐物，又用拖把来回拖地数次，看上去，地板已经干干净净了，她又回到卧室换了一条裤子，再从衣柜子里找出安康的比较体面的衣裤，轻轻放到床的一侧，抱着脏衣裤走出卧室，丢进洗衣机。待衣服洗好后，她叫安康起床。

　　起床后的安康，洗漱后稍做整理，拎着沙洁整理好的行李箱和沙洁一起出门，坐上出租车，直奔客运站。途中，安康连声向沙洁说抱歉，还解释他一旦混喝两种以上的酒就会"隔夜醉"。但从来没有出现过像今天早上这种控制不住，直接就吐了出来的情况。他还直夸沙洁是个好媳妇，并表示以后一定要注意控制酒量。

　　安康毕竟吐了一地，早上又没吃任何食物，他双眼疲惫，面部肌肤暗黄，整个人看上去精神面貌并不理想。拖着蔫不拉几的身体，他和沙洁到了客运站，买票，上了车，找到位置坐下来。

　　车辆启动后，沙洁再次提醒安康："我爸妈虽然离了婚，但他们都是非常疼我、爱我的。对于婚姻大事，我爸爸尊重我的意见，只要你过了我妈妈这关，我俩后面的事就会非常顺利了。"

　　"还有，要搞定你姐姐，让姐姐帮忙说话。"安康接过话说道，"你已经重复好几次了，我都能倒背如流了。"

　　"那就好，老公，你睡会儿吧。昨天被你吵醒了，我也要休息会儿。"沙洁搂住安康，头靠到他的肩膀上，闭上了眼睛。

　　一个多小时后，车辆终于到达沙洁家所在的县城。安康迷迷糊糊中醒来，和沙洁走出客运站，乘坐出租车七八分钟后，便到达了沙洁家门口。伴随着微风，他闻到了鸡肉和药材混合的香味，他凑到沙洁耳边，轻声猜道："咱丈母娘这是做三七炖鸡吗？

好香呀。"

"你怎么知道的?"沙洁问。

"作为药材宝库之乡的导游,连三七味都闻不出来,那不是白混了?"安康轻吸鼻,又凑到沙洁耳边,"这不会是专门为我俩准备的吧?"

"别猜了,进门吧。"沙洁走在前面,提高声音,"妈,我到家了。"

安康犹豫了一下,虽然有准备,可当要真正拜见未来的丈母娘时,他还是六神无主。这可比带团难多了,再难带的团队,无非就是忍耐几天,团队结束,就彻底解放了。拜见未来丈母娘则不同,要是表现不好,可能连老婆都娶不上。

"刀安康,别站在门口,快进来呀。"沙洁催促。

打起精神,鼓足勇气,安康跟着沙洁进入家门。

家里就郭母和郭姐,他俩对安康的到访表现不同。郭母表现得很平淡。而郭姐虽然算不上很热情,但她的存在让气氛活跃、舒缓了很多,她给安康倒了一杯水,叫沙洁:"快来厨房端菜,马上可以吃饭了。"

沙洁跑进厨房,掀开那冒着热气的锅盖问:"是不是三七炖鸡?可香了。"

"小心烫手。"

郭姐侧身看看客厅里正在谈话的郭母和安康,回过头来小声说道:"这是川芎和当归炖鸡。入秋以来,妈妈经常偏头疼,经期不顺畅,莫名为小事发脾气。我给她买了药,她经常忘记吃,这不,家里有川芎和当归还放着,我就把它拿来炖鸡了,给妈妈调理身体,我们也喝两口汤,沾妈妈的光。"

"别没反应地愣着,在想什么呢?"郭姐端起灶台上那盘"虎掌菌炒火腿"递给沙洁,"赶快端到桌子上,准备吃饭了。"

厨房里两姐妹忙碌着，而客厅里，郭母从头到脚打量着安康，使得他浑身不自在，如坐针毡。终于，安康还是等来郭母从年龄、职业、收入等等的"审问"，就像警察审问犯人一般，生怕错过哪个细节。

安康不敢怠慢，如实地应付着，直到沙洁从厨房里出来叫吃饭了，安康才松了一口气。到了饭桌上，郭母给安康舀一大碗鸡汤，不满意地说道："多喝鸡汤补补，才二十五六岁的孩子，看起来精神那么差。"

川芎和当归对年轻人有没有补助作用另当别论。喝鸡汤都要数落几句，安康心里很不是滋味，他接过鸡汤品一口，假意赞扬实则抗议道："谢谢阿姨，喝了美味的鸡汤，我的精神状态一定会更好的。"

从语气上都能听出，安康有意见。这时，沙洁搛一块火腿到郭母碗里："妈，安康只是昨天晚上酒喝多了，没睡好，平时他精神面貌可好了，生龙活虎的。"

"年轻人，尽乱喝酒。"

郭母教育安康，又提起她前夫醉酒后的丑事："那个没有良心的，就是因为被狐狸精灌酒灌醉了，才丢弃了我们母女3人。"说话间，郭母黯然悲伤起来。

郭姐提醒郭母不能失态，稳住了当时的场面，午饭草草结束。

饭后，几个人又在谈论沙洁和安康的婚姻大事。沙洁所表现出来的意思是，这次带安康回家，不管母亲同意与否，就是宣布一定要嫁给安康；而郭姐则表现出中立的态度，既让沙洁听郭母的话，同时又让郭母理解、尊重沙洁的选择。

"三个女人一台戏"，安康根本无法插话，直到她们3人安静了下来，沙洁说要带他去宾馆，才得以解脱。

走出家门，沙洁带着安康在离家 300 多米处的友谊宾馆开了一间房，进入房间后，沙洁抱怨安康："为什么你死活不愿意住我家里？是不是怕我妈把你吃了？"

安康解释道："今天精神状态不好，我不是怕对你影响不好吗？"

"以后可不能这样了，住宾馆哪有住家里舒服？还浪费钱。"沙洁接着说道，"我妈妈早就知道我俩同居了，还把我彻头彻尾地痛骂了一顿。现在呀，她已经默认我俩的关系了，她让我带你回家，也就是走个形式，想看看她未来的女婿是什么样子的。"

俩人在酒店交谈一会儿，沙洁让安康睡午觉，醒来后再给她打电话。然后，搂着安康亲吻一下，回家了。

老人言："离异的女人可悲、可怜、可恨。"

安康回想和郭母的谈话，总感觉她是关心和爱护沙洁的，希望沙洁能嫁个好男人，能幸福。但她爱的方式又欠妥，凭什么藐视农村出身的孩子？凭什么看不起导游这种不稳定的职业？凭什么言谈举止高高在上？自己又不是抢了她的夜明珠。

躺在床上，安康嘴里默念道："这个婚姻失败的丈母娘，有什么资格教育她的女儿如何选择人生伴侣呢？只要我能给沙洁幸福就行了，管她那么多的，又不是吃她的，喝她的，还好没听沙洁的，住在她家，要不然睡午觉都不踏实。"

安康摸摸不时还隐隐作痛的脑袋瓜，想着可能是喝到假酒了。以他以往喝酒的经验，就算是再糟糕的隔夜醉，一般到 10 点多钟，基本也能恢复了。可这次，他还没有完全恢复过来，真后悔昨夜喝太多酒了。

想到喝酒，安康又想到了毛姐。毛姐的黑色蕾丝吊带衫阴魂不散，像勾住了安康的魂，很难驱赶。可昨夜，他怎么就去到了毛姐家？又为何没有跨越过那道德的底线？难道他真的高尚，是正人君子吗？还有无论怎么回忆，都回忆不起来细节，安康像放电影般不断地重复播放昨夜的画面，渐渐地，蕾丝吊带衫的形象变得模糊，他闭上眼睛睡着了。

睡到自然醒，安康起床，伸个大大的懒腰，发出一声："啊，太舒服了。"随即，拉开窗帘，外面阴暗一片，实则天阴，他以为自己睡到了太阳落了，拿起手机要给沙洁打电话，打开手机屏幕，有一条孔玉秋发来的短信。

正常来讲，计调给导游打电话、发信息无非就是团队上的事，要么是接团信息，要么之前带过的团有投诉，除此外，很少有第三种情况发生。安康带着不祥的预感，打开短信内容。

"刀导，毛姐安排你明天上午 10 点接待一个 VIP 团队，单子做好后，会帮你寄存在酒店，记得拿到单子后，先跟全陪联系，收到请回复。"

"有没有搞错，我不是已经请假了吗？怎么还会给我派团？"安康在房间里来回踱步。

难道毛姐忘记了他请假的事？还是毛姐故意的？出于什么居心呢？管不了那么多了，安康拨通孔玉秋的电话，说明情况。

孔玉秋向安康回复："派团的事，我做不了主，你要是不接这个团，直接给毛姐打电话。还有呀，这个团，你要亲自到机场接飞机。"

明天上午接团，今晚就得回到洛明，就得去拿单子，就得提前做准备。若是这样，就算沙洁能理解，怎么向她妈妈交代？还有她姐姐又如何看待他这个未来妹夫？如果明天早上回去，就算有车，那也是赶时间，倘若路途中有意外怎么办……

安康经过思想斗争，还是不愿意去接这个团，他按下手机通讯录中毛姐的名字，等待着毛姐接电话。

"咚、咚、咚!"

敲门声响起，安康断定这是沙洁来了。若平时，他都是正大光明地和任何人通电话，正所谓："不做亏心事，不怕鬼敲门"。此时此刻，他心里多了秘密，小心脏"砰、砰、砰"地跳不停，要是在电话中，毛姐蹦出他料想不到的话语，而被沙洁听到，可如何收场？

门口敲门声又响起，接而传来沙洁声音："老公，还在睡觉吗？"

沙洁来得真不是时候，可沙洁有错吗？还是怪毛姐勾引他吗？或者怪自己昨夜不应该喝酒。安康心慌了，他第一次体会到"色字头上一把刀"那种悬而未决的痛，更担心毛姐这个"不定时炸弹"会在什么时候出现。

安康迅速挂掉未接通的手机，平复心跳，再用颤抖的手，将来电通知调成静音模式，又到卫生间快速冲洗面部，拿着毛巾边擦脸，边去打开房门。

沙洁提着一个袋子走进房间，在安康面前晃晃道："我给你带了'红牛'和土鸡蛋，你休息会儿，喝了'红牛'，我俩出去走一圈，就该是吃饭时间了。"

"知我者沙洁也，太棒了。"安康欣喜若狂，接过袋子，打开红牛，倒进杯子中，又将生鸡蛋打入红牛中，接着，点燃一支香烟，抽了几口后，将明天接团的信息告诉了沙洁。

果不其然，沙洁生气了，抱怨安康连请假都没有请好，如果匆匆忙忙离开，肯定会使得妈妈不开心的。但她又理解导游工作的不确定性，终究还是同意让安康今晚回洛明，她明天下午再回去。

获得沙洁的理解，安康既欣慰，又内疚，更自责，他将烟头摁灭在烟灰缸，伸出双手紧紧地抱住沙洁，深情地表达："乖老婆，谢谢，谢谢你。"

"你这是怎么了？抱得我都喘不过气了。"沙洁轻轻推开安康，指着杯子，"蛋白已经泛白花，蛋黄也是半凝固状态了，应该可以喝了吧。补充好能量，我俩现在回家，带好你的物品，立即到客运站买车票，争取不要错过今晚的班车。"

安康拿起杯子，将鸡蛋连同红牛吞入腹中后，编辑短信回复孔玉秋："明天可以接 VIP 团。"随即，他以最快的速度在酒店洗澡后，又出现在沙洁家。

郭母听说安康今晚要赶着回洛明，很生气，无论如何都不让安康立即动身回去，并且下令让安康至少明天再回去。

无奈之下，郭姐劝说安康道："来都来了，就算一定得今天回去，也没有必要就现在出发呀，坐最后一趟班车回去也来得及呀。回洛明的班车每半个小时发一趟，最晚的是 7 点 30 发车，早些吃晚饭，你坐 7 点或 7 点 30 的班车回去，时间应该来得及的，只是这样么，比较累而已。"

于情于理，安康都应该留下来吃过晚饭再出发。他答应留下来吃过晚饭再出发，为保证不错过班车，他和沙洁先去客运站买了车票，回到家，郭母和郭姐已经准备好饭菜了。

吃饭时刻，安康的精神状态很好，就像带团一样，能稳控全场，不时地还能让大家开怀一笑。郭母也没有上午那么冷淡了，还感谢安康家送给沙洁那么高档的手镯。这顿饭吃起来，倒还挺舒心的。

吃过晚饭，临别之际，郭母对安康语重心长地交代："安康呀，该说的，我都跟你说过了，我再说几句，你别嫌我啰唆。"

"阿姨，您尽管交代，我好好听着呢。"

"我的婚姻是失败的，没有资格去指点任何人如何选择对象。但是作为母亲，谁不希望自己的女儿嫁个好人家。既然我女儿认定了你，还没有结婚就跟你……唉，这女儿也真是的。"郭母欲言又止，停顿三五秒接着说道，"都怪我，没有给女儿树立好榜样，没有教育好女儿。现在想管也没法管了，由她去吧。但是既然你要娶她，我还是有要求的。彩礼可降低，车子可暂放一边，但至少得让她有个家吧。你什么时候能在洛明买房，就什么时候再谈你俩结婚之事吧。"

安康保证道："阿姨，您放心，我一定不会辜负沙洁的，我一定努力赚钱，争取尽快买房，尽快和沙洁结婚，给她一个家。"

离开沙洁家，安康坐 7 点钟的班车回到洛明，去酒店拿单子，回到归心小家时已经快 10 点了。坐到沙发上，他打开团单，是 16 人的团队，加上全陪共 17 人。

客源地显示这个团以江苏省的客人为主，其次还有重庆、河南、北京、浙江的身份证号，他将团单扔向茶几，莫名来气的是，团单上竟然还有一个边境省的身份证号。

更气的是，这么久一直以来，自己所带的团队基本上是全国大散，而且已经驾轻就熟，只要看到客人名单，基本能判断赚多少钱。哪怕再差的全国大散，都比他所带过的什么保险团、地产团、考察团要强。退一万步说，购物再差的团，至少还能随心所欲地控团，还可以拿客人撒气。

更让他崩溃的是这个团的乾泸行程，仅有古城和购物两个项目，行程结束就在乾泸送飞机。这就意味着全程就他一个导游带 4 天的时间。在接团备注中还多了从来没有见过的要求：晚上，要带客人去乾泸酒吧一条街，带客人喝酒尽兴。

人比人，气死人；团比团，气烦乱。都已经接下了团，就像吞到喉咙的黄连，再苦只能往肚里咽。该做的事还得做，按接团程序，安康得和全陪韩冰雪提前对接事宜。他点燃香烟，连吸 3口，拨通韩冰雪的电话，按下免提键。

"妈妈，我要听孙悟空打妖怪的故事。"电话那头先传来小男孩可爱的声音，接着又传来一个男子的声音，"宝贝，爸爸带你玩游戏，不要打扰妈妈。"随后就是韩冰雪的声音，她普通话标准，声音有磁性，逻辑清晰。

韩冰雪概括了团队的基本情况，和安康核对了旅游景点、用房数量、用餐地点、购物安排等等的行程，最后交代道："这家公司的大股东兼董事长和几个高管，曾跟我的团去过新马泰，他们还是很认可我的，这次指定让我出全陪，我不能让他们失望。"

"当然了，谁都不愿意失望，我们地陪导游更不愿意失望。"安康打断了韩冰雪。

自从事导游以来，安康遇到过也听说过，有一些全陪导游为了让客人满意，明里暗里地煽动客人不购物，认为这样客人就会满意，这实则是损人不利己的事，毕竟客人满意度是各个维度的综合评分，并非仅仅是单一的购物，但购物团导游不同，评价他们优秀的标准就两点：购物好，无投诉。

也因此，挡人钱财的全陪导游总会受到排斥。安康担心韩冰雪为了不让客人失望，而傻傻地引导客人不配合购物。基于初次通话，他不能武断判定韩冰雪是什么样的全陪，而且还要带团4天，若与韩冰雪发生较大矛盾冲突，未必是好事。

稍做思考，安康开门见山地说："该做的服务，一定会做的，但这个团有安排购物，我的压力可不小呀。"

"都是做导游的，我理解你们地陪导游的不容易，刀导，放心吧，行业规矩我都懂，我会全力配合好你的工作，但是，咱们千万千万不能给客人脸色，一定一定要做好服务，这些都是见多识广，吃软不吃硬的客人，客人满意了，这个团不会差。"

安康又仔细看了详细的行程安排要求：全程五星级酒店，指定餐厅，不得强迫购物，全程车内讲解至少4小时以上，全程要求巡餐、巡房等等。看得他心烦意乱，所有备注要求中，唯独没有导游服务费。

综合分析，这个团来不得半点马虎，若是搞砸了，也许会让组团社丢失客户，天水水旅行社也可能失去合作伙伴。安康长叹一声："唉——注定要束缚着手脚去带团了，祈求老天同情同情我吧，不要当炮灰，不要死得太惨了。"

和韩冰雪通话结束，安康又照着团单上的师傅号码进行拨号，11 位号码还未输完，手机显示出黄师傅的名字。当电话接通时，确实是黄师傅。时隔快 2 年，安康竟然碰到了自己带第一个长线团时所合作过的黄师傅，他惊喜万分，本想和黄师傅聊会儿天，可考虑到已经很晚了，便只约定了明天出发去机场的时间和地点，结束了通话。

无论是导游或旅游车师傅，彼此合作一次后，有厌恶对方的，也有想着能再次合作的。但不管如何，在边境省，能遇到两次及两次以上的师傅，这种概率不大，完全要靠巧合。安康能再次与黄师傅合作，对他来说是一个好消息，就像是买彩票中了666 块钱。

他哼着小曲，泡一杯红茶，拿出笔记本，规划着团队的行程安排。刚规划好第一天的行程，接到沙洁的电话，沙洁向他诉苦："老公，我好委屈呀。"

"怎么了?"

沙洁说："老公，今天晚上，我妈妈去跳广场舞后，姐姐告诉我，妈妈认识了一个单身老头李叔，那个李叔时常来我家和妈妈做饭吃。姐姐还说妈妈挺不容易的，为了俩姐妹，从未考虑个人问题，现在认识李叔，挺好的。"

"是挺好的呀。有什么不妥吗?"

"刚开始，我也觉得挺好的，可是和我姐姐聊了一会儿，我觉得我太对不起我妈妈了。"沙洁道出委屈，"直到我姐跟我说了我妈的很多不容易，我恍然领悟到，妈妈就是因为我才一直没有嫁人。她怕影响我，便一直克制着她的情感需求，想等我嫁人后，再考虑找个伴，要不是我姐说到李叔，可能我还像长不大的孩子……"

听着沙洁诉说，安康吸着烟，安慰沙洁不要想太多。这时，沙洁语气柔和下来，向安康说道："在一个父母婚姻不幸的家庭中长大的孩子，得承受太多的不理解和委屈。安康，我突然发现，以前我太不懂事了，现在我真不想让我妈为我操心了。你答应我，咱俩尽快结婚，你要永远陪伴我，好吗？"

"乖老婆，我一定会努力赚钱，争取早日买房，给你一个踏实的家。"安康安慰道，"别想太多了，快睡觉吧。"

通完电话和规划好行程，已经快到 12 点了，安康没有睡意，反而浑身充满力量。他下定决心，要努力带团，绝不放弃任何赚钱的机会，哪怕是只有百分之一的希望，也要尽百分百的努力。他想给未来丈母娘一个交代，让自己和沙洁在洛明城有一个小家。

他再次拿起笔记本，检查好规划的行程：第一天住洛明；第二天住海月普风陀温泉酒店；第三天住乾泸及泡酒吧；第四天，购物、送飞机……

直到认为行程规划已经很完美了，他才放下笔走进卧室，躺到床上，而潜意识还不忘把睡前所想当作夜梦中的添加剂。直到第二天早上 7 点的闹钟响起，他的脑海里还残留着如何让这个 VIP 团花钱购物的规划。

关掉闹钟，立即起床，安康做好一切准备，走出归心小家，打车到花店买了 17 支玫瑰花，又匆匆到达与黄师傅约定好的会合点，上了一辆崭新的宇通旅游车。

安康坐到导游位置上，把玫瑰花和包放到一边，屁股还未坐热，电话响了，是毛姐拨打来的。

第三十章　打仗思维

往常安康和毛姐通话，基本上是带团话题，很少涉及个人生活。他带着一丝忧虑接通电话："毛姐，早上好。"

"早上好，准备出发去机场接团了吗？"

"是的，刚出发，已经在大巴车上了。"

"这个团是公司最新接到的渠道团，是其他团型无可比拟的，可以说是公司最牛的团队了，比全国大散强十倍以上。我觉得由你来带最合适，就派给你了，好好带，会有回报的。"

"放心吧，毛姐，我会尽力的。"

"下团后，给我打电话，为你准备了庆功酒。"毛姐拉长了"庆功酒"这三个字。

毛姐怎么就能断定这个团一定能出大单？怎么就想着喝庆功酒？毛姐为何故意拉长了"庆功酒"的声音？安康不傻，猜想毛姐话中有话，但又不知道毛姐葫芦里卖的是什么药。

"对了，这种渠道团，最近已经定下 3 个团了，你这次带的是第一个团，后面还有两个团，你要是想带，就……"毛姐故意停顿一下，说道，"就好好地把单子打出来。"

安康受宠若惊，宠的是，毛姐把认为能出大单的渠道团安排给他，惊的是，毛姐只字未提前晚发生过的事，但又好像在暗示什么。这种模糊的表达方式不也正是导游惯用的伎俩吗？他开始隐约地担忧起和毛姐的关系。

当务之急，还是应该想着如何带好团，为转移注意力，安康递给黄师傅一支烟："黄师傅，好久不见，你又换新车了，怪不得昨天，我看到行程单上的车号不是你之前的那辆车，之前的那辆车呢？"

"到机场下车后再抽了。"黄师傅接过烟，放到一旁边，说道，"车队长交代过，这个团非常重要，车上不能有异味，要是遇到挑刺的客人要求换车，给旅行社和车队添麻烦。"

"也对，待会儿再抽烟。"安康收起香烟和打火机，一路和黄师傅谈笑着前往机场。

黄师傅告诉安康，近两年来，他跑车的收入还不错，趁热打铁，花钱雇人开着那辆旧车。他则和车队长合股购买了新车，并由他驾驶。黄师傅还骄傲地说，车队长的业务扩大后，自从和天水水旅行社建立合作关系以来，觉得不错的高标准团都会优先关照他。

聊了一会儿，黄师傅问道："兄弟，我俩第一次合作时，跟你的徒弟，那个小姑娘，现在怎么样？"

"她不是我的徒弟，是好朋友而已，现在，她在乾泸带团。"安康问道，"怎么想得起提到这个姑娘。"

黄师傅笑笑，说起了小浅浅被游客欺负的那个早上："她上过一次我的车，挺有意思的……"

安康听得津津有味，心想："这小浅浅和阿雷竟然还有那么精彩的故事。"

"我觉得这个小姑娘还是不错的，但要是真的跟了那个脸上带疤的导游，那太可惜了。"黄师傅又说，"刀导，当初，你怎么不跟她发展一下？"

安康回复道："这姑娘是不错，不过吧，对她没有恋爱的冲动，总觉得缺少点什么。"

两人交谈着，时间过得很快，转眼就到达了机场。安康下车前往接站口去接待游客。

接站口处，皮总和孙武贵也在那，安康想回避已经不可能了。孙武贵率先发现了他，主动和他打招呼，他回应且连同问候皮总："皮总，您怎么亲自到机场来了?"

皮总告诉安康说是来接待一个重要的客户，又说道："安康兄弟，你看呀，孙武贵虽然没有在我这里干了，但还经常来我办公室喝茶，有事能相互帮助。倒是你离开1年多了，也不念念你这个老哥，也不回来看看我。"

安康心想，欠着我团款呢，让我怎么回去? 不过，他却说："这不是忙着带团讨生活嘛，有时间一定去你的办公室喝你的好茶。"

皮总打量着安康说道："听说，你现在带团可厉害了，也不奢求你再回来我这里带团，但是只要你愿意，随时欢迎你回来，就算不来带团，办公室的大门随时向你敞开，茶随便喝。"

"嘀……"的一声，打断了他们的谈话，安康打开手机，是全陪韩冰雪发来的到达短信。他停止和皮总及孙武贵的交谈，闻闻玫瑰花香，准备迎接这个VIP团了。

凡事预则立，安康因为昨晚提前和韩冰雪有了沟通，从机场接待到客人，再到餐厅吃饭，都比较顺利。下车进入野生菌养生餐厅时，被韩冰雪称为马总的50多岁的男子，还拿着安康接机送的玫瑰说道："小伙子，不错，这玫瑰挺香的。"

安康本想立即纠正马总，应该按车上所介绍的边境省习俗称呼自己，称呼自己为刀导或安康导游，但想想，也就是小事而已，没有必要较真，保持点中庸之道吧。

接团前，安康做了团队行程的规划，又有黄师傅的配合，从第一次用餐开始，游玩洛明城的景点，再到海月普风陀温泉酒店，都没有出现任何问题，一切顺利。

在普风陀温泉酒店前台，安排好客人后，安康本想等客人全部上楼后，和韩冰雪交流一下，探探这个团的底，但韩冰雪却和马总、董事长等人一起进入了电梯。

"这个全陪到底在干什么？"安康无奈地摇摇头走出酒店大堂，叫上在停车场的黄师傅，坐到一辆小轿车中。

小轿车是接待安康他们去小民宿入住的。小民宿老板是福建人，他来海月旅游后，喜欢上了这里，便租当地人的房子做成民宿，并把他妻子带过来帮忙管理。老板做生意的方式独特，只要住在他的小民宿，凡是海月市内的，他都免费接送，不足处仅仅是房费比同类同标准的其他民宿稍高出二三十元。

很多人图方便，愿意多出钱而减去打车的麻烦，便选择住在这个小民宿。安康也是经朋友介绍后，每次带团到海月时，如果和客人住同一个酒店，陪房费用太高时，他就会选择住小民宿，这一来二去，和小民宿的老板倒也混熟了。

老板还是像往常接待安康一样，和安康聊天，他说："刀导，你这个团住这么高标准的酒店，应该是大卫的团了。"

安康给老板和黄师傅各发了一支烟后，说道："感觉还行，只是这个团的全陪整天到晚都和游客在一起，她好像有意避着我，想和她了解客人的情况，也没有机会，真不知道是何原因。老板、黄师傅，你俩能不能帮我分析下，全陪到底是怎么想的？"

老板说："我对旅游就懂表面，更深的我不懂。"

"甭管全陪，只要她不捣乱就行了，客人好，团会好的。"黄师傅说，"从这个团客人戴的穿着打扮来说，感觉还不错。你在车上讲解的时候，我从后视镜观察了他们，大家都听得挺认真的。"

俩人说了等于没说，这不是安康想要的答案。他抽着烟，寻找着答案。到了小民宿后，办理好入住，才9点多钟，电视看不进去，在房间里又闷，安康便下楼，准备去小民宿一楼的休闲区透透气。

休闲区靠墙处是一个长约7米，共5层的多功能书架，各层书架上配合摆放着一些装饰品，诸如花瓶、木雕貔貅和低端翡翠山水摆件，书架顶端是一排绿萝常青藤，常青藤垂落于书架两端，别致养眼。书架正面摆放着三套长桌椅，正中间那张桌子处，有两位姑娘坐着在小声讨论书本内容。

安康走过去，正准备在其中空着的椅子上坐下，一位姑娘合上书本，向他挥手："刀哥，你也是住在这个酒店吗？"

"你是……"安康看着这女子觉得脸熟，却想不起在哪见过。

"我是李艳呀，也是天水水的导游，是欧阳哥那组的导游，你上个星期给我们组分享过带团经验的。那天，我还有个问题想请教你，不过你提前离开了。能在这里遇到你，真是太好了，正好向你请教。"

李艳坐到另一姑娘的那条椅子上，给安康让出一个宽宽的位置，待安康坐下后，又介绍说旁边的姑娘是她的同学，也想到天水水旅行社带团，这次是跟着她的团来熟悉行程的。

接着李艳说道："刀哥呀，我经常会遇到有一类客人，不管你讲什么，他都来反驳你，总想跟你对着干，你方不方便教教我，应该怎么对付这种客人？"

"能让这种'杠精'闭嘴最好，如果不能就忽略他们。总之，不能让他们的思维带着我们走，不能被他们绕进去，更不能去和他们讲道理。"安康拿起一支烟举例道，"就比如我们常说，吸烟有害健康，有人就反驳我那个身边的谁谁谁，90多岁了，天天抽，还是活得好好的；再比如说'祖国美不美，全靠导游一张嘴'说明的是导游服务的重要性，但又有人反驳'导游还能把3A 景区说成是 5A 景区呀'。所以吧，那些人要么真傻，要么根本不认可导游，他们都没有弄明白他们旅游的目的是什么，直接把导游当成小白兔呢。我们导游要关注大猎物，忽略'杠精'，正所谓'将军赶路，不追小兔'。"

李艳点点头，又请教安康如何对付"杠精"以及一些新导游带团常遇到的问题和解决方法。安康倒也不隐瞒任何经验，直接将技巧教与她俩。

3 人攀谈一会儿，安康问道："你俩在这里做什么?"

"很多导游不是说带团就像打仗，要掌握打仗的本领。我们在学校也没有学过如何卖东西，如何打仗。而欧阳哥建议我们多看书，今天下团早，我们就在这里找找，看看有没有教人打仗的书。"

"那你们找到了吗?"

"找到了，不过太高深了，看不懂。"李艳把一本 32K 的复古深蓝色封面的小册子递给安康，并说，"刀哥，你看看，这本《孙子兵法》怎么样?"

接过书，安康随意翻几页，有古文注释，看起来并不是那么费力，他说："这本书挺好的，以前就听说过书名，可是一直没有时间拜读过，没有想到在这民宿竟能遇到这本书，真是难得呀。"

"这本书真有那么好吗? 我怎么觉得对带团起不到多大的帮助。"李艳说，"我看这本书十五六分钟了，看不出所以然来，正准备放回书架上呢。"

"交给我吧，待会我帮你放到书架上去。"安康如获至宝。他到前台给李艳 2 人买了饮料，给自己买了一瓶'红牛'，然后对李艳说："我先看会书，我们回头再聊。"

他在旁边的空桌位坐下，打开'红牛'喝一口，翻阅起《孙子兵法》来，有时低头思考，有时点头表示认可。

过了约40多分钟，李艳说："刀导，我和同学先回房睡觉了。"

安康感觉身体有一些寒意，也起身，带着书走到服务台向老板娘说："这本书挺好的，我还没有看完，借到房间去看看，明天早上还回来。"

回到房间，安康放下书，到卫生间洗澡，冒着热气的水淋过头发，淋过全身，热乎乎的，而他脑海里浮现的都是："兵者，国之大事，死生之地，存亡之道，不可不察也……"

导游带团关乎着旅行社、导游、游客等各方利益，往大的讲更是关乎当地景区、城市，甚至是国家的形象，这是何等的大事？难道不像将军带兵打仗一般，关乎着胜败生死？怎么能不细致观察呢？

衡量导游打胜仗最基本的标准，无非是游客满意，旅行社满意，导游有收入，并且相关人员都满意。如果在此之上，导游能成为当地的宣传大使，能促进当地的发展，这可就是大获全胜了，可见导游肩膀上的责任重大。

安康全身涂满沐浴露，在《孙子兵法》这本书中寻找打胜仗的方法，忽然，模糊不清的文字闪到他的脑海中，安康快速冲洗身体，吹干头发，裹着浴巾走出卫生间，坐到床上，拿起床头柜的书本，查找刚才出现在脑海中的文字。

原来是《孙子兵法·计篇》的文字："兵者，诡道也。故能而示之不能，用而示之不用，近而示之远，远而示之近。利而诱之，乱而取之……攻其无备，出其不意。"

合上书，安康轻轻一笑："全陪有意疏远自己，亲近客人，是在玩计谋。"这种感觉只有带团经验丰富，并且会思考的导游才能感同身受。原来古人诗中的"书中自有黄金屋，书中自有颜如玉"并不是随意乱写，而是来源于对生活的总结。看来得活到老，学到老呀。

这本仅有6千多字的《孙子兵法》回答了导游为什么把带团称为打仗的问题，原来是因为带团要有打仗思维。安康顿悟：韩信、诸葛亮、毛泽东，这些厉害人物的身上都能找到《孙子兵法》的思维。

那带团又何尝不是一样的道理？安康把对书中的理解作为思想指导，检查团队哪里还没有做到位，这一检查发现还有特别重要的事情没有落实，那便是，明天晚上客人泡酒吧的安排。

这可是大事，如果客人酒喝多了，无精打采的，势必会影响购物；但客人喝不开心，会影响心情，也会影响购物。如何做才能让客人开心而又不影响购物呢？安康犯难了，虽然通过这本书找出了问题，可是这本书并没有给出答案。

找到了问题，还担心没有答案吗？

安康把书暂时放一边，看了一会儿综艺节目，身心都放松了，关灯，安安静静地睡到闹钟响起。这可是安康近几天来睡得最美的一觉了。

客人出发的时间定在8点30，安康和黄师傅提前坐上老板的小轿车到普风陀温泉酒店。他象征性地巡查早餐时，无意听到一对客人聊天说："昨晚安排的温泉项目，很舒服、很有意义，有韩导陪着我们一起泡温泉，还给我们夫妻拍泡温泉的合照，这可是很有意义的旅游呀！"

当见到韩冰雪时，安康也仅是微笑而过。这微笑好像在说："一个女人，有老公，有孩子，还出来做全陪，为的是什么？难道是好玩吗？难道是找诸多借口而出全陪吗？说到底还不是为了钱。如果是富贵人家，何必出来受苦？如果能靠老公吃饭，自己还有必要出来吗?"

从餐厅出来,有些客人已经在车上了。等待数分钟后,所有客人上车,安康带着客人按行程计划结束了上午的行程,吃过中午饭后,又带客人到三塔寺,规定了上车时间,让景区导游带着客人游览。

他到达导游休息室,放下包。听到几名导游谈论乾泸导游的种种不是,这使得他找到了破解客人泡酒吧的难题。他给阿雷发了条短信,问阿雷是否在团上,如果有空的话,有事请教他。

短信刚发出不到 3 分钟,就接到阿雷打过来的电话。安康接着电话走出导游休息室,在一个安静的角落,将团队要泡酒吧所面临的难题说给了阿雷,请教道:"你是乾泸导游,对于客人泡酒吧之事,如何处理?"

"兄弟,你算是问对人了。"阿雷将部分黑心酒吧的黑幕及市场潜规则告诉给安康,又给安康介绍了一个酒吧,"你就放心地去这个酒吧吧,等你的好消息。"

反正都是泡酒吧,旅行社又没有规定必须去哪个酒吧,就听阿雷的建议吧。在接下来的行驶途中,安康做铺垫:"乾泸古城酒吧一条街在整个中国都非常出名,但同时问题也不少,存在酒托、卖假酒等现象。这样的问题已经让很多不知情的游客上当受骗,损失的何止是精神,更是时间。既然各位是通过旅行社报团来的,又是我们公司的 VIP 团,我一定遵循旅行社安排,给各位贵宾安排靠谱的酒吧……"

毕竟安康和游客接触了两天,团里大多数游客基本信任安康,但那个马总还是去征求韩冰雪的意见。韩冰雪说:"我一年前来过乾泸古城酒吧,正如刀导介绍,酒吧比较混乱,咱们就听刀导的安排吧,入乡随俗。"

马总点点头,其他人等附和着马总,行程一切顺利。

吃过晚餐，进入古城，安康带客人到达距离古城中心300米处的大石桥，交代了注意事项，并规定："8点钟在大石桥集合，然后去泡酒吧。"说完，客人就地解散，三五成群地自由活动去了。

　　大石桥旁边挂有红色灯笼的手工酸奶店的斜对面，有条可以休息的长条石凳子，安康坐在上面休息。这时，接到毛姐的电话，问对这些客人感觉如何，以及对明天的购物有多大把握。

　　安康回答："该讲的都讲了，至于明天的购物，心里没有底。"

　　安康说的是大实话，对于没有给客人购物压力的团队，怎么敢说"把握"这个词语呢？无形的压力像乌云般压到头顶，不知什么时候，韩冰雪已经站在他的旁边，还送给他一个鲜花饼："尝尝，这是刚烘烤出来的，味道不错。"

　　"才吃过晚饭不久，肚子不饿。"安康推辞。

　　不过，韩冰雪还是把鲜花饼塞给安康，接着说道："刀导，现在客人自由活动了，咱俩聊聊旅游团的事呗。"

　　韩冰雪说，这个团是由董事长的公司员工、客户和董事长朋友组成的团队，他们是做互联网金融投资的，赚钱多、赚钱快……

　　"都是做投资的人，而且这些人都四五十岁了，怎么会选择泡酒吧呢？真想不通。"安康发出疑问。

　　"据马总说，董事长女儿一年前来过乾泸古城，回去后说乾泸古城酒吧好玩，就推荐给她的父母，因此，旅行社就在行程中增加了酒吧项目。谁叫这里的旅游业发展得这么好，连酒吧都沾旅游的光。既然都已经安排好了，咱就不要纠结了。还是把团队特别要注意的相关信息提供给你吧。"韩冰雪说道，"你只需要特别注意3个人，一个是你的老乡，他总觉得作为边境省的人，不懂翡翠是件丢人的事情，但他真的就是半瓶子，半懂不懂，多捧捧他，发挥他的作用；第二个是马总，他话多，人不坏，是个活跃型人物；最后就是董事长夫人了，他夫人有福气，是个家庭妇女，抠门又顾家，她想买一串珠链，预估 2 万元左右吧，可以从她的身上打开购物局面。"

"唉。"安康感慨道，"真没有想到，那个穿运动鞋配西裤的男人，看起来没有什么过人之处，竟然还是董事长，真是人不可貌相呀，还娶了个看起来挺贤惠的老婆。"

"可不是嘛，大智若愚。"韩冰雪认同道。

俩人谈论了一会儿，韩冰雪说："我在网上的旅游攻略看到，古城有一个店铺叫七彩民族服饰，主要售卖少数民族衣服和披肩，我查询过地图了，离这不远，趁集合时间不到，我想去看看。"说完，她离开了。

安康拿着手中的鲜花饼，暖心一笑，顺着大石桥水流的方向漫步了 20 多分钟，再回到大石桥时，已经有小部分客人在等候，当所有人到齐后，他带着客人走了七八分钟，到达"金沙依然"音乐酒吧。

酒吧是由一座三坊一照壁的老房子改建的，可以容纳 20 多人。原老房子的正房改成了一个唱歌的小舞台，露天庭院做成散台区，庭院照壁已经被拆除，变成了高度不足 1 米的白墙，白墙外可看到有灯光投射到河流中，呈现出微波粼粼的斑斓色彩。白墙一侧开了一个通道，吧台服务员介绍，客人可以在那儿放许愿河灯，这也是酒吧的所提供的附加项目之一。

据阿雷此前介绍，金沙依然酒吧区别于古城中大多数激情燃烧的酒吧，老板反其道而行之，结合古城慢节奏的特色，经营理念就一个字——"慢"。来这个酒吧的人以喝酒谈心、唱歌消遣为主。并且这个酒吧没有酒托欺骗消费等乱七八糟的项目，虽然才经营半年时间，却深受当地人的欢迎，并且形成口碑效应，收获了一批忠实的回头客。

安康带客人一齐进入酒吧，安排好客人后，又吩咐服务员按计划给客人上了酒，并做相应交代。然后，他走到小舞台处，跟一个长发的男吉他手小声说了几句话。

吉他男歌手停下手中的吉他，把话筒交给安康。

接过话筒，安康说道："各位尊贵的朋友，该交代过的，我都已经交代了，如果哪里交代得不清楚，各位可随时找我。"说着，他举起啤酒瓶，"我先干为敬了。"

喝酒时，电话铃声响了，他看都没看是谁打来的，直接按成静音，直到喝完酒后，他擦掉遗留在嘴角的啤酒沫子，继续说道："最后，祝愿各位在乾泸古城、在金沙依然酒吧，喝得开心，有所收获，不虚此行。"

他将话筒交还给吉他手，离开小舞台，走到服务台处指向全陪，并告诉服务员："他们若是再产生消费，就找那个女人收钱就行了。"然后，他付了该付的钱，又跟韩冰雪打了个招呼，说要去打个电话，需要找他的话，走出酒吧左拐 100 米，他就在那里打电话。

走出酒吧，安康掏出电话，查看刚才的未接电话，是小燕子打来的。他回拨电话过去，和小燕子通话了 20 多分钟。

再回到酒吧时，一个女客人在吉他手的伴奏下，拿着话筒唱着歌曲《小城故事》："小城故事多，充满喜和乐，若是你到小城来，收获特别多，看似一幅画，听像一首歌……"

她唱完后，马总接着来了首《军港之夜》，其他客人也轮流上台，唱《橄榄树》《美酒加咖啡》等富有情怀的歌曲。

此时在这里响起的歌声，不像在 KTV 里的嘶吼乱调，不像在慢摇吧、迪厅那样充满诱惑，更不像在夜总会般低俗，每一首歌都有情感、都有生命，仿佛古城河道那潺潺流水在诉说一段一段的故事。

安康坐到一个没人注意的角落，听着客人唱歌，配合着给客人鼓掌。当董事长夫人唱完一首《牵手》后，台下响起热烈的掌声，接着马总鼓动道："跟董事长来一首，好不好？"

　　在其他客人的期待下，夫人和董事长合唱《浪漫的事》，夫人温柔、感性的嗓音和董事长磁性的男中音构成动听的旋律，场面非常和谐，就连几个自己进到酒吧的年轻小伙子都望向他俩，而安康也不例外，他仿佛从歌声中看到了一对白发恋人坐在秋千上安享晚年的画面。

　　歌声结束时，又响起了最热烈的掌声，夫人示意让各位安静。她有感而发："时间过得很快，两个多小时转眼就过去了。时间虽短，但我很开心，这一趟旅游很有意义。借此机会，感谢我丈夫的同事、合作伙伴及家属，我们能有缘一起出游，祝我们的友谊长存。还要感谢韩导的全程陪同，感谢刀安康小兄弟的安排，感谢大家。"

　　又是一阵掌声后，夫人说道："都说乾泸古城的生活节奏慢，但今晚的时间过得很快，其实快慢就是一种对时间的主观感受。我想起木心先生的《从前慢》，这首诗非常贴合我现在的心境，在这里，我把这首诗朗诵给我们团上的人，也送给在座的每一位陌生的朋友。"

　　　　记得早先少年时
　　　　大家诚诚恳恳
　　　　说一句，是一句
　　　　清早上火车站
　　　　长街黑暗无行人
　　　　卖豆浆的小店冒着热气
　　　　从前的日色变得慢

车、马、邮件都慢

一生只够爱一个人

从前的锁也好看

钥匙精美有样子

你锁了，人家就懂了

    董事长夫人歌唱得好听，会说话，还会朗诵诗词，怪不得她的男人能成为董事长了，真是应了那句话——成功男人背后一定有一位成功的女人。

    安康对夫人刮目相看，简直不敢相信她是家庭妇女。

    离开酒吧之际，最后的项目是放河灯许愿，安康优先安排夫人放河灯许愿，再次是董事长放河灯，他向董事长吹捧道："阿叔呀，您夫人歌唱得动听，朗诵富于感染力，普通话又那么标准，吐字清晰，简直可以与播音员 PK 了，您太厉害了，能娶到这么厉害的妻子。"

    董事长接过许愿灯，笑笑不说话，他将河灯放入河道中。随后，马总等其余人等，逐次将手中的河灯放入河道内。河道内的河灯闪着红光，承载着每个人的愿望，顺着河流，流呀，流呀，流呀流……

    客人许愿时，安康心里何尝不是有一个当下的愿望，他在心中默默念到："明天大卫、明天大卫、明天大卫。"他不知道许愿有没有用，但他相信行动，相信努力才能实现愿望。

    团队回酒店的途中，他做当天的行程总结，预告了明天出发的时间和行程，并特别指出，明天上午主要就是购物。

    快到酒店时，他刻意补充道："外出旅游，追求开心快乐、有意义、有收获，是理所当然的，然而这一切都建立在安全的基础之上，而承载着咱们安全的就是无名英雄黄师傅，哪怕像今天到了这么晚，黄师傅也没有任何怨气，并且一直到明天的行程结束，都是黄师傅为咱们的安全保驾护航。各位尊敬的贵宾，对于服务咱们的朋友，咱们不应该小气，不应该吝啬……"

说到这里的时候，安康停顿了两三秒，其言下之意是："无论是导游还是师傅，其服务一定要有所价值，游客该花钱，一定要花钱。"

他观察游客的面部表情，也基本判断得出来，大部人还是听懂了他的潜台词。但他没有直接说花钱，而以婉转的方式来表达，他提高声音，慷慨激昂地煽动客人："咱们用热烈的掌声，送给黄师傅！"

话音刚落，客人中响起了一片热烈的掌声，全陪、董事长夫人等人还发出声音说："辛苦了，黄师傅。"

"谢谢大家，谢谢大家。"

黄师傅提高声音回应客人的掌声。他紧握方向盘，降低车速，将车停在酒店大堂门口，客人就地下车，大多数客人都对黄师傅表示感谢。还有一部分客人对黄师傅、对安康都说了一些感谢的话语。

所有客人带着物品下车进入酒店后，待安康检查车上的座位，确定没有物品遗落，黄师傅又启动车辆，离开酒店。将安康送到麻雀窝酒店后，他开着车去往他自己提前预订的酒店。

目送黄师傅的车离开，安康提着行李箱进入麻雀窝酒店所定好的房间。休息了两三分钟，他在笔记本上记录团队信息，对前几天行程进行查漏补缺，找到需要弥补和改进之处，并做了记录。当一切工作做完后，他伸个大懒腰，发出："啊，今天终于完美地结束了。"

是的，今天已经结束，明天就是发起总攻，决战胜败的打仗了，为了明天，早睡早起，加油吧，刀安康！！！

第三十一章　天降礼物

　　小浅浅移开阿雷的手臂，揉揉眼睛下床，拉开窗帘，向阿雷说道："雷疤，太阳晒到屁股了，快起床，我俩还要去买东西呢。"

　　"还没睡够，天就亮了，这天亮得太快了吧。"阿雷抱怨两句，跟在小浅浅后面起床后，打车到乾泸味道餐厅，借了堂哥的车，去超市买了礼盒装月饼、烟酒、水果等等，然后，开车直奔老家。

　　车辆行驶三分之二的路程，小浅浅指向一条宽阔的河流问道："雷疤，这就是传说的金沙江吗？"

　　"是的，这就是长江的上游金沙江，小时候，我经常到江中捉鱼和游泳，还去捡江中各种形状的石头，可好玩了。"

　　小浅浅打开车窗，双手做成喇叭形状，朝向缓缓流动的金沙江喊道："金沙江，我爱你！金沙江，我爱你！"

　　"谁像你这么喊的，要是被当地人听到，肯定会笑话我的。"

　　"又不是你喊，为什么会笑话你呢？"

　　"笑话我不给你介绍当地的风土人情呗。"阿雷说道，"我们当地人对金沙江有复杂多样的情感，通常是用歌声来表达情感的，哪有像你这么喊叫的？"

　　"有什么感情？你给我说说吧。"小浅浅缠着阿雷讲关于金沙江的故事。

阿雷望向金沙江，回过头来，讲述起流传一代又一代的故事。

民国初年，秋天。江边镇的一个猎人，他上山打猎物，看到江对面的一只豹子悄悄逼近一个正在捆柴的姑娘，而姑娘却没有察觉危险逼近。猎人操起土枪，扣动扳机，打死豹子，救下了姑娘。

姑娘从此爱上猎人，他俩在对应的山头隔江相望，通过歌声传达着爱，每月的月圆之夜，猎人不顾江中寒冷，还游泳到对岸去和姑娘约会。

快乐的日子总是短暂的。有一天，姑娘用歌声向猎人哭诉，地主老爷向她家人逼债，可家里拿不出钱，地主老爷延期了三天的债期，如果还拿不出钱，她只能成为地主老爷的五姨太了。

猎人想帮忙，可是没有钱，他只能拼命地打猎赚钱。三天后。姑娘被迫出嫁的前一天，猎人卖掉心爱的土枪和家传弓弩，勉强凑够银圆。他游过金沙江，把钱丢在地主老爷面前，可是利滚利的高利贷增加了利息，根本还不清。

姑娘出嫁那天，她悄悄地准备了一把剪刀，就在她举起剪刀，准备刺向自己心脏那一刹那，听见有人喊："抢婚了，抢婚了……"

猎人出现了，他拉起花轿中姑娘的手，拼命逃跑到金沙江边，可是江上没有桥，身后地主的家丁和狼狗正追过来。情急之下，两人跳进金沙江中，往对岸游过去，游到江中，猎人的头部被地主的家丁扔到了石头，鲜血不断地流到江中，他坚持游着，快到岸边时，耗尽最后一丝力气，将姑娘推上岸，而他沉入金沙江中永远地消失了。

阿雷讲完故事感慨道："如果当时金沙江上能有座桥，也许他们就能早早地在一起；如果金沙江上能有座桥，也许他俩就能成功逃脱。可是没有也许，只有让人惋惜的一对年轻人，这只能怪这该死的金沙水。所以，江边镇的人唱情歌时，有这么两句'该死的金沙水，隔断对面有情人'。"

悲惨的故事感动小浅浅，她抽了两片纸巾，擦去湿润的眼角，正是意犹未尽之时，她和阿雷都收到了明天下午接团的信息。她问阿雷："我俩明天都接团，是今晚回去，还是明天回去呢？"

"看情况吧，最好是明天回，我俩今晚可以住在镇上的小旅馆。"

"听你的。"小浅浅笑笑感慨道，"在你的地盘，你说了算，反正明天下午接团，我俩不赶时间，不像以前在洛明接长线团，有时为赶时间，又累又辛苦，还赚不到钱。"

说到洛明和长线团，阿雷想起安康咨询过他酒吧的事宜。这个时间应该是安康进店结束的时候了。他想了解安康所谓的 VIP 团的业绩如何，便让小浅浅拨通了安康的电话，按下手机免提键。

电话那头，传来安康的声音："喂，小浅浅，好久不见，怎么想得起给我打电话？"

"我和雷疤在车上，他开着车，是用我的电话开免提打给你的。"小浅浅说道，"让雷疤和你讲吧。"

阿雷接话道："兄弟，昨晚的酒吧怎么样？客人满意吗？还有呀，今天购物好不好？"

"太感谢你了，阿雷，你介绍的酒吧非常好，客人玩得很尽兴。我现在还在购物店，客人基本上都买了东西，这个团也是非常好，放卫星了，这是我带团以来最好的一个团了。"

听语气，安康非常兴奋和激动，恨不得让全世界都知道他放大卫星了，小浅浅插话道："康哥，你快说，买了多少？"

"具体数字还没有出来，粗略估算，已经上 60A 了。"安康兴致勃勃地报出数据，接着说道，"阿雷，我能大卫，离不开你的大功劳，感谢你，晚上一起喝酒庆祝呀，我 5：35 送完飞机就结束了。"

"今晚可能没有时间，到时再电话联系吧。"阿雷说。

"好的，我送完飞机，给你俩打电话。"

通话结束不久，车辆上了山，行驶一段土路，在一户人家门前的空地停下来，那便是阿雷家，沿着空地那条土路稍抬头望去，可见五六户人家，再往远一些，看到的集中房屋，便是村子中心了。

阿雷家的正大门没有上锁，他们推开门就进家了。小浅浅提着月饼礼盒和烟酒等礼物跟着阿雷进屋。房屋是土砖瓦顶的老旧房子，堂屋、厨房、猪圈和院子里可见散落着的三五只鸡，小浅浅收回目光，未见任何一个人。

女孩子第一次到男朋友家中，应该会受到欢迎，或者说男方父母应该帮儿子把把关，看看人家姑娘是什么样的人，合不合适在一起。阿雷父母怎么就这样不关心他们的儿子呢？为何连人影都没有？

小浅浅将手中的物品放在堂屋桌子上，她感到很失落，拉着阿雷出门回到车上，说道："你不是已经跟你爸妈说过了今天要带女朋友回家吗？既然我如此不受待见，我俩还是回去吧。"

父母去哪里了呢？阿雷掏出电话打给阿妈。原来是今天村里的亲戚建房子请客，雷父雷母都去帮忙了，忘记了通知他们。

事情弄清楚，阿雷哄小浅浅不生气了，带她到亲戚家吃喜宴。阿雷介绍："这家亲戚属于宗族里的亲戚，也是姓雷，房子主人是一对夫妻，男人在外打工，女人守在家里带孩子……"

到达时，很多人都围着新建好的木架房等待着上梁，他俩找两个空位坐下。当上梁的鞭炮声响过，房梁上的木工师傅宣布上梁完成，喜宴正式开始。小浅浅准备动筷子，新房处传来妇女的山歌声。

　　夫呀夫忙外，妻呀妻主内，盼望着好日子，
　　忙忙碌碌哟，节节俭俭哟，盘算着好生活，
　　日积月累攒下钱，为家居哟，不忘志。
　　机呀机缘到，亲呀亲朋庆，良辰来好日子，
　　热热闹闹哟，贺礼满堂哟，见面道声吉，
　　震耳欲聋呀鞭炮响，安家了哟，心美滋，
　　安家了哟，心美滋，心美滋，心呀心美滋。
　　……

正在吃饭时，雷母走过来，和阿雷说了几句话，转向小浅浅歉意道："姑娘，对不起了，今天帮忙的人太少，我实在是脱不开身，你和亚虎吃饭后，回家等我，我忙完马上就回去。"

小浅浅不敢相信这位头发花白且有些许凌乱，皱纹很深又慈祥的老人就是阿雷的母亲，她站起身，竟然不知道该如何称呼对方，仅回答了"好的"两字。

目送雷母步履蹒跚地往厨房走去，小浅浅坐下来继续吃饭。

同桌的一位40来岁的农妇，搛给小浅浅一块上好的香辣排骨，主动和小浅浅搭话，问她和阿雷交往多长时间了，什么时候结婚呀等等。同桌的人也对这个肤白貌美、小巧可爱的姑娘好奇，一并参加到话题中来，探听她和阿雷的故事。

虽说这些人素质不高、说话声音很大、表达方式粗暴直接，但人都很纯朴，作为导游的小浅浅和他们对话，游刃有余。她们探听不到关于她和阿雷的任何隐私，吃饭过程仍有说有笑。

旁边的另一桌人喝着酒，一个粗嗓音的男子的说话声传了过来："顶天兄弟，你比亚虎大 10 岁吧。人家第二个女人都那么年轻漂亮，你连女人的手都没有牵过，去敬亚虎几杯酒，向他学习学习怎么泡妞……"

名为"顶天"的男子长得五大三粗，是个"实在人"，快 40 岁了，还是个单身汉。他走到阿雷旁边："亚虎兄弟，我敬你一碗酒，你是我的偶像，学习的榜样。"

阿雷当然知道顶天是什么样的人，说难听点，就是傻，大伙都是拿他寻开心，他竟然真的来敬酒，都是一个村的人，大家开心就好，阿雷端起酒碗，象征性地抿了一口。

同桌的人、旁边桌的人看阿雷不生气，不约而同地向他敬酒，夸奖导游很厉害，是见世面的人，夸奖他找了个小美女。逐渐，言语越来越大胆，竟说男女之事，拿他和小浅浅开过分的玩笑，甚至口无遮拦，说些低俗的话。

小浅浅拽起阿雷，回到家门口的车旁边，生气道："雷疤，那些人说话那么难听，你为什么不制止他们，还纵容他们拿我开心？为什么你们这的人，大白天就在喝酒？"

"大家说说笑笑，何必当真？再者，跟山里人讲得透文明吗？"阿雷气冲冲地回应道，"犯得着那么生气吗？再说了，你当着那么多人的面，把我拉回家，让我的面子往哪搁？"

吵架后，小浅浅坐到车上，立马就要求阿雷开车回乾泸，而阿雷默不作声地在车旁抽着烟，两人冷战。

这时，雷母回家路过车旁，见他俩的脸色非常难看，尤其是小浅浅跟吃饭时见到的样子判若两人。她不明白吃饭时还好好的，现在怎么这样，便主动说道："亚虎，你这不懂事的孩子，别在外面待着，快带姑娘进家呀。"

说完，雷母进了家门，去给猪圈里的猪喂猪草了。

"宝贝媳妇，求你进家坐一会儿吧，或者我俩跟阿妈打声招呼再回乾泸，回去后任你杀任你剐，你别生气了，好不好？"阿雷主动认错道歉，他不希望再让母亲伤心。

"哼"的一声，小浅浅扭头说道："早干吗了？我不仅生气你不阻止别人谈论我，还生气你凶我，不容忍我的脾气。"

"对不起，我的宝贝媳妇，我错了，以后再也不凶你了。"阿雷伸出手道，"我对天发誓，如果再凶你，就让我找不到媳妇，单身一辈子。"

不看僧面看佛面，总不能跟着阿雷第一次回家，就让他母亲觉得这个姑娘不懂事吧。小浅浅勉强露出小虎牙和阿雷进屋，在堂屋的火塘边坐了下来。

阿雷扒开火堆，火堆里冒出火星，他加了柴火，搁上烧水土陶，说道："山里比城里冷很多，在我们这个山里呀，火堆是神圣的，一年四季都不灭，已经传承千秋万代了。"

火燃起来后，阿雷往土陶里加了水，跑出去上厕所了。

这时候，喂完猪草的雷母，从火塘旁边的桌子上，打开牡丹花图案的老式保温壶，给小浅浅倒了一杯水，又坐下来，从上到下仔细端详小浅浅。

水不烫，是温的，小浅浅将玻璃水杯放在一边，想象雷母会问自己什么，可是雷母在吃喜宴时还挺朴实、热情的，现在倒是一言不发。

小浅浅低头，弄着柴火，注意到雷母左脚布鞋拇指处通了一个筷子粗的洞，隐约可见土黄色的袜子。作为晚辈，要敬重长辈，她说道："伯母，快中秋了，我和雷亚虎给您二老带了中秋月饼，也没有其他事情，待会儿我们就回去了。"

打开了尴尬局面，雷母的话也多了起来，她没有问小浅浅年龄、身份等信息，只是在谈论阿雷，说阿雷这孩子苦，经历了太多，不容易，只求阿雷能平平安安的就行。她的言语间甚至有恳求的意思，请小浅浅多理解阿雷，多包容阿雷……

"伯母，我听阿雷说，他刚出生的时候，就生了一场病，是这样的吗？"小浅浅曾经听过阿雷带团时讲过出生的故事，听着好可怜，一直记在心中，这次她想求证是否真有这回事。

"阿雷出生的时候呀，身体可好了，生龙活虎的，才给取名叫亚虎呢。"雷母讲起阿雷小时候的事，眼里充满了爱，她说，"亚虎倒是生过一次病，那是 7 岁那年，他和几个小朋友到江里游泳，被江里的水怪吓到了，回家后神志不清，请神婆做法叫魂后，才醒过来……"

这时阿雷上完厕所，从屋外走着进来。

趁着阿雷未到堂屋，雷母迅速收住话题说道："阿雷被水淹过的事情，长大后就逐渐淡忘了，谁要是跟他旧事重提，他就跟谁翻脸。"

"你们在聊什么呢？"阿雷脸上露出笑意，打开礼盒箱子，拿出苹果，削了一个递给小浅浅，又削一个递给雷母。

"我现在不吃，想吃的时候，我再自己削。"雷母向阿雷说道，"亚虎呀，我们家的那 3 头猪喂养一年零两个月了，张屠户来过两次，给的价钱也不低，我都不舍得卖，你说说，是把它卖了，还是养到明年？"

"你自己看着办吧。"阿雷咬一口苹果，看了小浅浅一眼，又向雷母说，"阿妈，你也是的，说点什么不好，在人家姑娘面前说起猪来，人家姑娘年纪小，又是外地大城市来的，哪懂什么猪呀。"

雷母不再说猪，将话题转移到村里村外的事、大儿子的餐厅生意、老伴的身体状况等，东拉西扯了十来分钟。

阿雷站起身："妈，在家好好的就行，少操心些。这几天忙，我们该回去了。"

"雷亚虎，你先去发车吧。"小浅浅对阿雷说，"我和伯母有几句话要说。"

阿雷走出屋外后，小浅浅将包里所带的全部现金 2753 元塞到雷母手里，恳切道："伯母，不管雷亚虎有没有寄钱回家，但这个是我的心意，来之前没有准备，我身上就这么点儿，您别让雷亚虎知道，也别嫌少。这是给您买双鞋子的，还有呀，家里的保温壶不够热，有空也换一下吧。"

雷母推辞不过，收下钱，她让小浅浅先到车上等她，接着，她走进厨房，提着一扇腊排骨和一袋土鸡蛋，到车旁边，将物品放到车内，交代阿雷几句。直到车辆启动驶离村子，她还向小浅浅不停地挥手，直到车辆渐渐地消失在视线中。

回乾泸途中，阿雷开车非常快，几个转弯处，都让小浅浅身体左右摇摆，回程的速度也比平时快很多。俩人原计划要很晚才能回到乾泸的，却是因为吃了一顿不愉快的喜宴，下午 3 点多钟，就到达了亮通小区。

小浅浅下车拎着腊排骨和鸡蛋回家，阿雷开车到乾泸味道餐厅还车。只见几个服务员在打牌，而另一个房间里，堂哥雷大鹰和两个外地人不知道在商谈什么。

阿雷走过去，将钥匙交给堂哥，转身走出餐厅，堂哥叫住他，介绍道："这两位是我的朋友，去年开始做玛咖生意了。今年和农户合作种植，扩大了规模，造成了资金的短缺，他们在找人投资入股，我看是个好机会，你要是愿意，也可以参与投资……"

玛咖是从印第安传到中国的具有保健功能的食品。不知何时，在旅游购物店中，悄无声息地出现了玛咖，有传言道："种植过玛咖的土地，3 年内再也种不出其他作物，说玛咖的吸收力强大。"更有甚者把玛咖吹捧得神乎其神，说："男人吃了女人受不了，女人吃了床受不了，男女都吃了邻居受不了。"

近段时间来，阿雷也向游客售卖玛咖，还小赚了七八千块钱，因此，他对玛咖并不陌生。既然堂哥引荐入股，有机会赚钱，又不用参与管理，岂能错过机会，他毫不犹豫地答应堂哥，愿意入股 10 万块钱。

说干就干，他返回亮通小区，停车后，匆匆往家里走去。刚到门口，碰到穿着运动装的小浅浅，他说明了来意。

小浅浅回屋拿银行卡给阿雷，两人一起出门，小浅浅说："你送我到步行街，我约方如意在那儿见面，待会儿和她还要去溜冰场玩，明天的团单，你去拿一下。"

"好吧。"

阿雷送小浅浅到步行街，又在附近的银行取了钱，开车到乾泸味道餐厅，堂哥说朋友已经回玛咖基地，让阿雷明天过来签入股合同。

"哥，你帮我全权处理得了。"

阿雷将钱交给堂哥，离开餐厅，来到亏叔旅行社拿团单。

刚好亏叔在办公室，他对阿雷说："雷疤兄弟，中秋节连同国庆一起，我们的团量特别多，不仅你要天天套团，你的小媳妇也要天天套团的，要是能帮忙介绍几个导游过来最好。"

"亏叔呀，你哪知道，有导游证的导游都习惯上雪山，根本没有几个人愿意带这种景点差，整天就是购物的团，害怕投诉。"

阿雷说得有几分道理，短、平、快的 KK 团对导游的要求非常高，如果没有独门带团技巧，没有办法让客人花钱购物，就只能用最简单、最粗暴的方法，威胁客人购物。近半个月来，又有两伙客人投诉阿雷强迫购物，并要求赔偿。

他向杨丽娟拿过团单，问道："我的投诉处理完了吗?"

"今早处理完结了，赔偿客人团款和道歉送礼，一共是 3840 元。"杨丽娟说，"单子已经交给财务了。"

"这些客人都应该被拉出去枪毙，只知道白吃白喝。"阿雷转身对亏叔说，"老板呀，再这样赔钱下去，我都要到古城摆个破碗要饭了。"

"得了吧，我还不清楚你的收入呀，天天吃香喝辣，比老板还舒服，还会在意这点小钱吗？"亏叔开过玩笑，拍拍阿雷肩膀，"要是不想赔钱呀，多想想带团方法，别净给我弄些投诉，你也要帮我考虑，旅行社收客多不容易，得罪一个组团社，得损失多少客源。"

旅行社为了抢客源，把价格压到冰点价，亏本接团。要想弥补亏损并且赚钱，得有几员出单能力强的大将。亏叔非常明白这个道理，对于如何驾驭导游，他有着自己的方法。他送阿雷到办公室门口，交代道："好好带团，等团少下来，带你们好好地去潇洒放松。"

走出办公室，阿雷给安康打了电话，两人约好在麻雀窝酒店大堂碰面。酒店距离步行街近，阿雷给小浅浅打电话，说一起吃晚饭后，再去溜冰场，让小浅浅和方如意去麻雀窝酒店等候。

小浅浅接到电话时，和方如意刚进入吧 A 啦饰品店，她一边回应老板的招呼，一边看看方如意，并没有明确回复要不要和阿雷他们一起吃饭，而是征求方如意的意见。

"刀安康还欠我一顿饭呢。"方如意说，"等他请我不如偶遇了，待他们定好餐厅后，我俩直接去餐厅吧。"

小浅浅回话给阿雷，结束了通话，又和方如意谈及安康，说他放大卫星了。

在旁边的店老板听到她俩的谈话，夸大其词地赞美她们做导游的厉害，带一个团的收入就相当于她两三个月的收入了，很是羡慕。店老板还说，现在开店，房租高、运营成本大，很不赚钱，还寻思着要不要转行呢。

店老板哪里知道导游收入的浮动性，小浅浅也不解释导游如何如何苦，只是淡淡一笑，继续挑选饰品。

走出饰品店，小浅浅和方如意上了一辆出租车，将阿雷发来的餐厅地址告诉师傅，不到一会儿，到了雪山三文鱼餐厅下车，在服务员带领下，上了二楼，进入包厢。

包厢内有阿雷、安康、黄师傅，还有小燕子和一个小伙子，他们有些互不认识，安康简单做了介绍，接着说："咱们都是旅游人，怎么开心怎么来，对大家只有一个要求，吃好喝好。"

阿雷站起身，端起酒杯说道："今天安康兄弟放大卫星，我们好好地为他庆祝。"

其他人等跟着阿雷站起身，举起杯子向安康祝贺，气氛逐渐升温……

"今天要不是小浅浅约我，都没有机会和大家一起吃饭。"方如意说，她在特产店上班，没有客人时，闲着也是闲着，便报考了导游证考试，但凡有空，都在刷往年导游证考试试题，希望一次性考过。

小燕子接话："我们店里也有人在悄悄地报考呢。"她问安康，"是不是有个导游证特别吃香？"

近年来，旅游市场欣欣向荣，很多人接触到导游职业，崇拜导游"上知天文，下知地理"，以及在游山玩水的过程中就把钱给赚了，很是羡慕导游。

两个月前，安康协助沙洁报考导游证时，听沙洁提起过，在健身房认识的人也报了导游证，如此分析，想必有个导游证应该很吃香吧，他问道小燕子："你不会也想要加入导游队伍吧？"

"我就随便问问，也没有想过要做导游，就不去操那份心了。"小燕子说，"这几年来呀，我都在跟珠宝翡翠打交道，早已经和这个行业融为一体了。而且吧，帮助客人挑选合适的美玉，看他们脸上露出的笑，既有成就感，又宣扬中国玉文化，挺好的，我没想过要转行。"

阿雷说道："想做导游也没必要考证呀，我们旅行社这几天到处找导游，只要有带团经验，能出单，什么都好说，大家看看乾泸导游市场，那些赚大钱的，有几个是有证的，不都说，黑猫白猫抓到老鼠就是好猫吗？"

大家你一言，我一语地交流着导游工作，交流着旅游购物。

相互劝酒期间，黄师傅吃过两碗米饭，抽过一根烟后，对安康说："明天早上我要返回洛明去接团，我先回去了。"

"好的，黄师傅，我明早在麻雀窝酒店等你，跟你一起回去。"

送别黄师傅，安康和大家喝到酒足饭饱，起身离席，下楼到餐厅一楼。他率先走到收银台去买单，被告知有个小伙子已经付过钱了。

吃饭期间，只有跟随小燕子而来的小伙子走出过包厢，谁都能猜得出来是他付的钱。小伙子是跟随小燕子而来，必是小燕子安排干的事，安康责怪小燕子道："都说好了，我请的，你太不给我面子了。"

小燕子笑笑："你每次打仗后，都不在乾泸停留，打那么多次电话，都请不到你吃顿饭，今天你大卫，我代表店里的人为你祝贺，哪能让你请客呢。"

吃顿饭的事，纠结谁买单，岂不是丢导游的面子。都是经常在一起打交道的人，你来我往纯属正常，但他不想欠人情，于是有了主意，对小燕子说道："要不，咱们一起去 K 歌吧，我安排。"

听到 K 歌，未等小燕子回应，方如意率先拒绝道："刀安康，我和小浅浅本来要去溜冰场的，却溜到你的饭桌上来了，喝过酒，想也去不成了。还有 1 个来月就要考试了，我得回家抓紧时间看书、刷题了，至于 K 歌，我就不去了，你们去吧。"

在洛明带一日游时，安康曾和方如意有过 K 歌的回忆，若是方如意去 K 歌，也算是重温往事。既然她为了考试，放弃娱乐，也好，安康说："那好吧，祝你通过考试。"

"拿到证了，来和你跟团学习，你可不要拒绝呀。"方如意拦一辆出租车，上车关上了车门。

"当然不拒绝了。"安康挥挥手送别了方如意。

小浅浅不希望阿雷因喝酒而影响明天的团，她硬是拉着想去 K 歌的阿雷，也上了一辆出租车。

三个人去 K 歌，意义不大。小燕子非得要送安康回酒店。于是他们走向餐厅停车场，上了车。小伙子人不错，遵守国家法律，因要开车，在吃饭时没有喝酒，行驶速度稳中带快，不到一会儿，车子就停在麻雀窝酒店门口。

安康下了车，对小燕子说："谢谢你请吃饭，有机会我又请你。"

"你等我一下。"小燕子跟着下了车，打开后备厢，拎出一大盒月饼礼盒，送给安康，并说："中秋节快到了，提前祝你中秋快乐。"

与旅行社合作的购物店、餐厅、酒店等等，在节日期间以送礼维护关系，是旅游行业的潜规则了。安康接过月饼，正要往麻雀窝酒店大堂走去，小燕子又递给安康一个厚厚的红包。

给红包是什么说法？他问："小燕子，你这是什么意思呀？"

"哎呀，都怪我，之前没有给你介绍过，这是我们公司对大卫团的额外奖励。"小燕子将红包恭敬地塞到安康手中，说道，

"以后，还期待着你多放大卫星呢。"

安康确实不能怪小燕子，只怪他带长线团以来，从未突破20A以上的购物，这又怎么能额外收到红包呢？

去年的中秋节，安康在探寻怎么给导管毛姐送礼，而今年中秋未到，就已经收到了他人送来的礼物，而且是大礼，这种心情，也许只有有相同经历的人才能体会到吧。

那厚厚的红包，装的何止是钱呀，像是装着一片湖泊，又像是装着一片大海，安康就像被人倒入深水的鱼，看见了很深很深的水……

回到房间，安康收到韩冰雪的短信："刀导，我们已经到家，谢谢你这几天的付出，有空来我们家乡玩，给我打电话，祝你工作顺利。"

韩冰雪发短信报平安属于正常。安康不做过多理会，只忙着去拆月饼的包装盒。短信声接二连三地打扰他，促使他放下手中的月饼盒，拿起手机查看短信，都是客人发来的信息，内容主要是报平安、表感谢、送祝福之类的。他通过短信数量和团队结构算出，这个团的每个客人都给他发了短信。

游客回到家，发短信给导游报平安，不足为奇，但整个团队无一遗漏地给导游报平安，纯属少见，甚至有些导游在整个职业生涯中都从未遇到过这种团队。

这是什么样的全陪？这又是些什么样的客人？安康还会再遇到这样的团队吗？他点燃一支烟，想到了毛姐。

第三十二章　龌龊的游客

　　下午6点多钟，黄师傅在洛明城入城岔道上停车。安康下车与黄师傅分别，搭上出租车，给沙洁打电话说半小时左右就到归心小家了。

　　接到电话，沙洁放下手中的招聘广告，进入厨房，开始炒菜。

　　最后一道菜——油炸干巴，快下锅时，敲门声响了，沙洁放下锅铲，解下围裙，快速洗手并擦干，迫不及待地打开房门，给安康一个深深地拥吻。

　　"老公，你太棒了，一个团能赚那么多钱，相当于我一年的工资了，我准备了好酒好菜，为你好好地庆祝一下。"她接过安康手中的月饼礼盒，又赞道，"购物店真有钱，送你这么大的月饼礼盒，我们公司只有送给大客户，才送这么大的。"

　　安康脸上乐开了花，他进门坐下，饭菜的香味使得肚子咕噜作响，往桌上看，有肉鸽炖火腿、蒸骨头参、凉拌猪耳朵、家常豆腐，以及韭菜炒鸡蛋。

　　人的肚子怎么能跟猪八戒相比呢？就算4个人也吃不了那么多菜，何况是两个人了。安康有点后悔，真不应该提前告诉沙洁放大卫星，看把沙洁乐得像只勤快的小蜜蜂，做那么多菜，像是迎接大英雄似的。

"老公，你先喝酒，吃其他菜，油炸干巴马上就好。"

沙洁开开心心地把准备好的饭菜端上桌，给安康倒上一大碗满满的白酒，转回厨房倒腾几下，走出来将油炸干巴搁到桌上，坐到安康一侧，说道："你最喜欢的下酒菜来了。"

安康喝过一大口酒，捡一块干巴，嚼在嘴里，觉得不对劲，若是往常团好的时候，顶多就是两荤一素一汤，沙洁还劝他少喝酒，说喝多了伤身体。

多炒两个菜能理解，肉鸽炖火腿也正常。但是沙洁一改往常，用大碗盛酒给他喝，这葫芦里卖的什么药？安康问道："不就是放了个卫星嘛，看把你开心成什么样子，怎么还用大碗喝酒？"

"从今天起，你在家里想怎么喝都行。"沙洁说，"在家喝酒用大碗喝，醉了，有我照顾你；在外面用小杯子喝，要少喝，如果像前几天那样喝多喝醉，我担心。"

"好！学学武松大块吃肉、大碗喝酒，来个十八碗不过岗。"安康来了兴致。

武松喝酒打倒老虎，安康的兴致却被电话铃声打乱了。他从衣服口袋掏出手机，看到来电姓名是毛姐，犹豫一下，将手机调成静音，装回口袋中。

"这是谁打的电话，怎么不接？"

沙洁眼里生出疑惑，安康从来没有在她面前拒绝接听过他人的电话，就算收到保险公司的电话或骚扰电话，通常也只是顺势将手机放在桌子上。今天，安康的动作有点不对劲呀。

"嗐……催着我交单子呢。"安康带着忧虑，不敢接听毛姐的电话，像是两人有什么奸情似的，但不知道如何回答沙洁，临场编了一个借口，"这是导管毛姐的电话，今天回来时，她已经催我好几次了，说我这个团急着做账，回到洛明后，让我赶快把单子交到办公室。"

"那你干吗不接电话？"

"先不用管毛姐，吃完饭再说。"安康说，"天大地大，吃饭最大，再说老婆做了这么可口的饭，哪能受影响呢？"

越是不想接电话，这铃声又响了，还是毛姐。安康心里清楚，如果不是有重要的事情，毛姐一般不会给任何导游连打两个以上的电话。再者，不接电话，会不会让沙洁产生不好的想法？

他站起身，走向一边，接通电话，立即说道："毛姐，我刚到洛明，正和女朋友吃饭呢，待会儿我就去交单子，再给你打电话。"

"吃饭没有必要跟我报告呀，安康说些什么呢？"毛姐嘀咕两句，好像听出话中有话，回复道："那好吧，你先吃饭。"

面对一桌子的菜肴，安康已经没有了胃口，囫囵几下，就说吃饱了饭，匆忙填好报账单，走出归心小家，骑上电动车到达寄存单子的酒店。

寄存好单子后，他一个人坐在酒店大堂，掏出手机看着毛姐的名字。什么酒吧、别墅、吊带衫、给面子、庆功酒等画面和字眼出现在脑中，他纠结要不要给毛姐打电话，如何去面对毛姐所说的"庆功酒"。

安康不好去请教导游界的同行或前辈，如何处理跟异性导管的关系，便打电话给飞杰，寒暄几句后，他把自己的情况幻化成一个刚结婚的朋友，想听听飞杰的看法和意见。

飞杰问道："你那个朋友如果和导管发生'关系'，会得到什么？失去什么？"

"当然是得到好团，赚更多的钱；至于失去，最坏的结果就是失去伴侣吧。"安康说，"我那个朋友，既想带好团，又不想失去伴侣，他什么都想要，让我给他出最好的主意，该怎么办？"

"天下哪有这么好的事情?"飞杰说道,"你那个朋友太异想天开了,说好听些是被是职场潜规则,说难听点,就是小白脸,害人害己,败坏社会风气。"

"这么严重吗?"

"比这更严重的还有呢。"飞杰举例道,"我的一个女客户,她是国企下属单位的领导,滥用职权,私生活混乱,后来染上艾滋病。单位三分之一的男人都往医院跑,被弄得妻离子散。我都幸运自己逃过了魔爪,可惜,5万元的尾款拖半年多了,还是没有收回来。那次事件后,我才深切理解别人所说的'女人一旦尝到权力的滋味,犹如黄河泛滥,比男人更猛'这句话的内涵。"

"你什么时候改邪归正了?"安康笑着说道,"以前你可是很风流呀,我都差点被你带坏了。"

"过去的事情就不提了。"飞杰说,他现在结婚生子后,不敢像以前一样任性了。

对于"安康朋友"之事,飞杰给出总结性建议:"人要脸,树要皮,男人要尊严。这种事情可不比一次性买卖,走错了,一步错、步步错、终身错,失去的不仅是家庭,更是尊严,男人顶天立地的尊严。你的朋友怎么选择都没有对错,只有利弊得失,但是选择了就不要后悔。"

飞杰结婚后,肩上有担当,心里装家庭,事业谋长远。安康这一通电话感悟颇深,幸而,他以朋友之名请教飞杰,不然,都要被飞杰鄙视了。

回到当前,安康打电话给毛姐,吞吞吐吐地说:"毛姐,我……我……我出来了,就一个人。你刚才给我打电话是团队的事,还是……还是其他事?"

"刚才本想为你开庆功酒,祝贺你放卫星的。"毛姐话锋一转,"既然你和女朋友在一起,那就改日吧,改日给你打电话。"

"毛姐，我下个团是什么时候带？"安康说出这句话，立即后悔，他做出扇自己脸庞的动作。

　　按毛姐的派团规律，明天，最迟后天应该带团了。可是安康还没有接到出团信息，正常说，问问什么时候接团，本身没有错。可是，又有多少导管喜欢主动要团带的导游呢？怎么派团，导管自然会有所安排。

　　安康放个卫星就主动问带团之事，他恐毛姐多心，紧着说道："毛姐，我是想说，如果明天不接团，我请毛姐吃饭，感谢毛姐派了这么好的团给我。"

　　"明天下午吧。下午事情不多，下班后，我给你打电话。"自己竟说错了话，安康想扇给自己一耳光。

　　回到归心小家，他从厨房里端出剩菜，凉拌猪耳和油炸干巴放到桌上，拿起小酒杯，又开始喝酒。

　　看着安康的脸色和不对劲的行为，沙洁不声不响给他热了下酒菜，把小酒杯换成碗，并倒满酒，依偎着他，心疼柔和地说："老公，喝吧，喝醉了，我陪你。"

　　沙洁陪着安康喝醉了，把安康扶到床上，盖好被子，把垃圾桶放在床边，坐在床沿轻抚安康脸颊。沙洁找个理由暂不入睡，她说道："老公，你先睡，我有个导游证考试的知识点弄不懂，要请教下浅浅，打完电话就来陪你。"

　　沙洁走出卧室，拉上房门，去收拾酒瓶碗筷，估算安康至少喝了1斤半的酒，这可是他平时酒量的两倍以上呀。看起来，安康像是开心而喝酒，但安康的脸色、言行都带着忧伤，难道真如他所说："做一个导游好难好难。"

　　沙洁身边除了安康，只有小浅浅一个导游朋友，她给小浅浅发信息："浅浅，你睡了吗？我想和你聊一会儿天。"

　　小浅浅收到短信那会儿，正和阿雷在沙发上观看偶像剧，被剧中情节感动得流着眼泪。她把遥控器递给阿雷，立即拨通沙洁的电话："郭姐姐，你太过分了，我又不是皇后娘娘，想和我聊天都要提前发信息。"

"我怕影响你休息，"沙洁保证道，"下不为例。"

"这样才是好姐姐的样子，么么哒！"

"浅浅，我想问你呀，做导游是不是特别累，特别疲惫，特别让人压抑……"

一连好几个关于导游的问题，弄得小浅浅好生奇怪，两人认识那么长时间了，沙洁又不是不知道导游是什么样的。她问道："郭姐姐不会是怕苦怕累，想放弃导游证考试吧？"

"不是。"沙洁说，"我看刀安康有时带团回家挺辛苦，挺疲惫的，就想问问。"

听完沙洁所讲的安康回到洛明后的情绪反差，小浅浅说道："带长线团是挺累的，以前我带长线团时，经常被游客欺负，哭过好几回。现在不同了，在乾泸带团，想怎么带就怎么带，甚至，我都学会骂人了。"

"你这么可爱，竟然会骂人，真的吗？"

"我平时不骂人，只有遇到特别特别难对付的客人，我才骂的。今天我就教育了一个客人，心情特别畅快。"小浅浅说道，"今天下午，我和雷疤各接一个团，约好在古城下团后，一起回家。走完最后一个点，行程结束后，我准备原地等待雷疤，有个挎着老旧破相机的男游客叫住我，让我陪他去吃饭，去泡酒吧，还要送他回到酒店，才算行程结束。"

听到这里，沙洁得出判断："这个游客目的不纯，想把你骗到酒店干坏事。"

"我看他头发很少，戴着眼镜，样子猥琐，还挎个破旧相机，见到单身女游客，就胡乱拍照。我猜出他的目的不纯，但作为导游，我还是耐心地跟这个破相机男人解释，说已经超出我的工作范围了，可他竟然说……"

"说什么？"沙洁迫不及待地问。

"他无耻到极点，竟然说，我是他的导游，已经被他包了，要陪他到夜里12点，如果钱不够，让我随便开价。他这是侮辱我的人格，把我当作'小姐'。是可忍，孰不可忍。我立即跟他吵了起来，可是我的声音没他大，气得我直跺脚。幸而，雷疤下团比我早，及时赶到，揪住他的衣领，吼道：'你他妈的把谁当小姐呢？老子弄死你。'那破相机被雷疤吓得直哆嗦，连忙解释、道歉。看他从嚣张到不敢说话，我才让雷疤饶过了他。"

小浅浅意犹未尽，想讲更多的带团趣事，电话那头的沙洁说安康喝多了，好像要吐了，便挂断电话进入了卧室，去照顾安康。

而小浅浅，挂断电话后，回到客厅抢过阿雷手中的遥控器，继续看偶像剧。然而，她和阿雷对破相机游客的行为已经埋下祸根，危险像魔爪般悄然伸向他俩。

第二天进店前，小浅浅在车上像往常一样介绍特产。车上27人要么低头装睡，要么看向车窗外，甚至，一个50岁左右的麻脸婆跟旁边人小声地说："一个小丫头能拿我们怎么样？"

一般来说，在车上不认真听导游讲解的游客，就别去指望他们能买多少东西。这种人，只要不影响讲解，不影响其他游客，就当"为人民服务"了。小浅浅发出善意的警告："阿姨们，我一个小女生，嗓门小，讲解挺辛苦，我们还有10分钟就到店了，请大家保持安静，好吗？"

就是这么个提醒，不仅起不到效果，反倒推波助澜，使讲话的人越来越多，声音越来越大，听讲解的人寥寥无几。

小浅浅坚持讲解到美丽特产店，并借以中秋节之名，希望大家都带点特产回家送人。讲解结束，她率先下车，可是客人都待在座位上，纹丝不动。

她又回到车上说："咱们行程有约定，这站是购物 1 个半小时，请各位叔叔阿姨、大哥大姐下车配合工作。"

经小浅浅恳求，客人下车，发出叽叽咕咕的声音，不到三分钟，有十三四个人走向卫生间，麻脸婆和七八个人漫不经心地走进购物店。

看着兵分两路的客人，小浅浅心神不宁。

"浅导，你那么大的旅游车，怎么游客不多呀？"方如意出现在小浅浅面前，困惑地说，"前天，你说过要带人数近 30 人的团，但看着这稀稀疏疏的人数，怎么都数不出有 30 人呀，可能连 20 人都没有。"

"方主管，是这样的，客人不怎么信任我，还有几个人捣乱，这个团指望不上我打感情牌了，你交代销售员多费心，做好服务。"小浅浅还准备继续说下去，旅游车师傅打电话来，像是一封必须立即打开的超级信件。

论职责说，旅游车师傅主要是开车，保证游客的安全。只要客人不破坏车内座椅、安全带、话筒等设备，以及没有特殊情况，师傅基本不会和游客有太多交集。师傅和导游的交集同样如此，除非有特殊情况，不然师傅不会轻易打电话给导游。

小浅浅不敢怠慢，立即赶到停车场，找到师傅了解情况。

"这些客人就是畜生。"师傅咬牙切齿地讲述，"有几个不下车的客人待在车上，我不敢走开，万一物品丢失了，谁负责。于是，我请他们下车，说要休息，有个戴眼镜很猥琐的人，竟然骂我就是个卑贱的车夫，做的是奴才的工作……"

戴眼镜很猥琐的人，这人百分百是那个破相机，他居然不进购物店，待在车上。再结合师傅的述词，小浅浅脑海的第一反应是，这个破相机是故意这么做的，难道是为报复昨天傍晚的事情吗？她带着一丝不安走上旅游车去面对客人。

天啊！但凡有点素质的游客都不可能做出这样的行为，眼前的景象刷新了她对游客的看法。仅仅七八分钟的时间，待在车里的7个人的座位处，随处可见揉成团的纸巾、瓜子壳、果皮，还有各种食品袋，他们简直把车当成了垃圾场。最可恶的是，破相机叼着牙签，剪着指甲，正和其他人等嘻嘻哈哈。

这种客人不是来旅游，是来找事的。既然遇到了，总要面对吧。小浅浅对他们说："我们在这里要呆七八十分钟的时间，你们还是下车吧，让师傅休息会儿，待会师傅还要开车，我们尽量不要影响师傅休息。"

谁料到破相机冷笑道："不就是想让我们下车购物，拿回扣嘛，我们偏不下车，你能怎么样？"

就算不下车说得过去，但把车里弄得脏乱不堪、臭气熏天，待会其他游客上车，没有意见才怪。小浅浅考虑到整个团队，她说道："能不能请各位停止在车上吃零食，我们的团还没有结束，车内空间要靠大家共同爱护。"

"有哪条法律条文规定，车上不能吃东西了？"破相机一边弯腰去弄鞋子一边说道，"这鞋带系得太紧，硌脚，给脚松松气。"

拿破相机没有办法，小浅浅又劝其他客人下车。奈何，他们像是吃了破相机的迷魂汤，都跟着破相机行动。

面对车上这几个刁难的客人，哪怕是绞尽脑汁还是想不到解决之道，下一步应该怎么办呀？带着委屈，小浅浅无奈地下了车，暂不管破相机等人，当务之急，应该先搞定进店的客人，希望他们能买东西。她打电话给方如意，了解店内情况。

"不容乐观。"方如意接着电话，来到停车场找到小浅浅。综合分析团队后，得出结论："客人'抱团'有预谋地对付导游。"

她建议道，"就算客人零购物而没有业绩，就当是积德行善了，'放生'吧。"

"方……方经理……店里有客人吵……吵起来了……"西瓜姐出现在两人面前，上气不接下气地说道，"有个女人就是个泼妇，已经……已经影响到……其他团队的客人了，你快去看看吧。"

原来，以麻脸婆为首的那几个客人更可恶。她们进店后，我行我素，对商品评头论足，说商品价格比外面贵一百倍，说虚高的价格都被黑心导游赚去吃撑了。不仅如此，她们还鼓动旁边人退货，并且，不时地发出哈哈的大笑声。

是可忍，孰不可忍，麻脸婆的言行举止，受到一个貌美肤白的年轻小主管的阻止。她说道："阿姨，您来到我们店里，我们欢迎。看得上，您就买；看不上，不要影响我们做生意，请您出去！"

"这是赶顾客出门吗？你们怎么做生意的？老娘偏不出去！"麻脸婆扭曲小主管的善意，故意叫起来，"你们这是强制购物，我要投诉！我要投诉！！我要投诉！！！"

两人因此吵起来，店内顿时变得闹哄哄的。以麻脸婆为首的那伙人，围着小主管推推搡搡。

忙着销售的西瓜姐见此状况，放下手中货品，过来劝架解围，可是她只见得到人，根本挤不进人群，就算能挤进去，她一个普通的销售员也起不了作用呀。

她环顾四周，店里不见经理方如意，又跑到停车场，找到方如意，说明情况，等待方如意的指示。

"你先回去，转告姐妹们稳住各自接待的客人，我马上就到。"方如意打发西瓜姐后，转向小浅浅说，"希望不是你团上的客人在吵闹。"

"但愿吧。"

小浅浅抱着那芝麻大的侥幸心理和方如意回到店里，刚进入门口，就接二连三地有阿依塔、齐白方、卓玛，以及其他旅行社的阿吉达、拉吉奋超等导游急着找方如意，为的是共同的事情——他们的游客无法正常购物。

阿依塔对方如意说道："谁带的客人影响到我们的客人购物了？导游是干什么吃的？连团都控不好。"

拉吉奋超更是说话难听："客人有问题，导游躲着不出现，这种导游是不是吃屎了？带个鸟的团，把老子的一个客人整废2000多块。"

"大家先别急着发火，先让方主管去看看情况。"齐白方建议，"当务之急，是先冷静处理问题。"

这时，阿雷也过来了，他松开咬着的上嘴唇，挤出："一颗老鼠屎搅坏一锅汤。"

作为销售经理的方如意，不仅管着销售，还得跟导游处好关系，她清楚导游的想法，也知道自己不能去得罪任何一个导游，哪怕是个垃圾导游，也得尊重客气。她窝着的一肚子火，又向谁发泄呢？

"小浅浅，对！只有可能是小浅浅的客人了。"

在众导游吵嚷声中，小浅浅已奔到吵架处，只见货架上的鲜花饼、雪山保健果、螺旋藻、药材等散落一地。十来个销售员不让麻脸婆逃跑。

"我们持有正规营业执照，光明正大地开店，你弄坏商品必须赔偿，还敢污蔑我们是黑店，你不赔偿，休想离开。"

听对话内容，麻脸婆弄坏了商品，想赖账。小主管不放麻脸婆，索要赔偿，双方就此僵持对峙，围着他们的是一群吃瓜游客。

麻脸婆见到小浅浅，将怒火转向她："你这个导游怎么干的？带我们进黑店，我让你吃不完兜着走……"

这个臭婆娘，泼辣、赖皮、不要脸，就像茅坑里的石头——又臭又硬。

方如意过来处理，考虑到和小浅浅的私交，事情闹大了对谁都不好，弄坏的商品就当是喂狗了，方如意作无奈之举，放过了麻脸婆，商场慢慢地恢复了平静。

小浅浅忍着满腔怒火，在方如意的帮助下，一齐安抚好麻脸婆等人，得以喘息会儿，她跑去卫生间小解。

在洗手台处，一对夫妻同时背对着她洗手，女子说道："我们为了逃避购物，跟着北甸市那个眼镜男一起对付导游，真不应该。你观察到了没有，小导游擦过眼泪，回过身，坚强地安排我们上车，多可怜，多令人心疼呀。咱们闺女做销售，如果也被这样欺负……唉——我们这车人被人利用了……"

"别说了，快走吧，别耽误了上车时间。"女子丈夫发现了小浅浅，带着女子急忙去上车了。

原来是破相机带团上的客人故意搞事，小浅浅得知事情真相，满身委屈，满腔怒火，她走出卫生间，直接和阿雷撞在一起。

"媳妇，我都知道情况了，别怕，天塌下来有老公顶着呢。"

小浅浅抱住阿雷，瞬间，眼泪像庐山瀑布一样飞流直下三千尺，她崩溃了！根本不顾旁人，哭泣起来……

阿雷陪着小浅浅上了旅游车，从车头走向车尾，在倒数第三排处靠窗位置，瞅瞅低着头的破相机，又回到车头说道："大家好，我是你们小浅浅导游的老公。你们现在去吃中午饭，饭后就返回海月了，我郑重提醒一句，谁他妈的敢闹事，我对他不客气！"

好汉不吃眼前亏，在这种情况下，还敢说话顶嘴的，要么是真牛的人，要么是没有吃过亏的人。麻脸婆应该就是这样的人，她说道："你又不是我们导游，关你什么事？"

原本垂着头的全车游客都抬起了头，想知道阿雷面对麻脸婆这种又臭又硬的石头会怎么办。

阿雷放下话筒走到她的座位旁边，磨着后牙根，脸疤不停地抖动，他突然往前一凑，眼里放出眼镜蛇般的寒气，直射麻脸婆的眼珠。他将声音压到一字一词："之前的事，我暂且放过你。从现在起，你胆敢再欺负我媳妇试试，你看我会不会动手打女人。"说完，阿雷举起手，做出要打麻脸婆的样子。

常言道，秀才遇到兵，有理讲不清。阿雷的形象及气场像导游，又像流氓土匪，真是应了"流氓不可怕，就怕流氓有文化"那句话。当他真正发狠起来，用他的话讲："我狠起来，连他妈的我自己都害怕！"

泼妇骂街、悍妇耍赖的行为在他面前行不通，麻脸婆低下了头。自此，全团客人像温顺的小绵羊，跟着小浅浅去餐厅。

送走小浅浅后，阿雷紧急集合他的游客，遇到在店门口唉声叹气的阿依塔、齐白方、拉吉奋超等人。他们想责怪小浅浅控团不力，碍于阿雷面子，转而指责现在的客人太坏，影响了整个购物大盘。

拉吉奋超说道："雷亚虎兄弟，我俩不打不相识，说实话，我拉吉奋超看得起你。今天主动和你搭话，我不丢人，因为我敬你是条爱媳妇的汉子。但是，你媳妇被那些客人整哭了，你就轻易放他们离开，说实话，我真佩服你的胸怀！"

阿依塔紧跟着对阿雷说道："趁那些游客还没有离开乾泸，还有机会教训他们一顿，想动手，算我一个。"

"我自己会处理的，不用你们操心了。"阿雷怒气冲冲地去找客人。

齐白方似乎听出拉吉奋超怂恿阿雷去干冲动的事，他追上阿雷劝解道："阿雷，听我的，吃完中餐，送走客人，团队结束。只要客人不为难你媳妇，就到此为止吧。"

"你个假文化人不懂，跟刁民是讲不通道理的。"阿雷回应齐白方，"车上有几个刁民，是很难对付的。我要抓紧时间去餐厅了。"

阿雷以最快的速度集合客人上车，又让师傅加快车速，比小浅浅提前到达餐厅。他把客人交给餐厅后，回到餐厅停车场，听到小浅浅叫住他："雷疤，你带我的客人去安排下午餐，我签个证明再到餐厅。"

客人恐惧阿雷，依然像小绵羊似的，安排午餐倒也快。他再次回到停车场时，却是小浅浅、破相机和师傅都在等待。破相机等着师傅开行李仓，师傅等着小浅浅发话，小浅浅在等着破相机签字。

"雷疤，他不给我签离团证明。"小浅浅指着破相机对阿雷说，"按行程，吃过中餐后，他返回海月，行程结束。但他现在就要脱离团队，不肯签离团证明不说，还要退不应该退的费用。"

"我就问你一句话，签还是不签？"阿雷只给破相机一次机会。

签离团证明后，就意味着，所有行为跟旅行社没有任何关系。破相机自认为小浅浅和阿雷都很在意这份离团证明，以为只要他不签自动离团证明，就有把柄在手中，想必这两个小导游不会对他怎么样。他扶正眼镜，把不签字当作要挟，他说道："浅浅导游，我不是自动离团，我们是在商量离团，你要给我退旅游费用的！"

"商量个你他妈的头！"

伴随着吼声，阿雷往破相机腹部直接踹上了一脚，紧接着一个右勾拳，打得破相机一个踉跄，眼镜掉在地上。接着，阿雷冲上去左勾拳、右扫腿，将破相机撂倒在地上。

破相机双手抱头，蜷缩着身体，疼得直喊："救命啊，救命啊，救命啊！打人了，打人了，打人了……"

如果不是师傅力气大拉住阿雷，以及小浅浅挡在阿雷面前，也许破相机会被打得满地找牙。随着劝架的人越来越多，阿雷已经没有机会用武力教训那个猥琐破相机了。直到警察出现，他还指着破相机瞪眼发出吼声："你他妈的惹错人了。"

破相机和阿雷，究竟是谁惹错人，众说纷纭。但是，阿雷打游客受到旅游局的特别重视。其处理结果令人深刻，阿雷被列为黑导典型，亏叔旅行社受到严重处罚，美丽特产店停业整顿，小浅浅被暂扣导游证 3 个月……

打架当天下午，小浅浅和阿雷从派出所回到家，大吵了一架。这次阿雷没有哄她，竟是摔门而去，她流着眼泪给沙洁打电话诉说心中之积郁。

她说，她被这个团弄得不清不楚、不明不白。难道破相机就仅仅是为报复吗？还是他是个心理变态？她更不清楚破相机用什么方法，驱使半车以上的客人来对付她；更不明白为何那些笨蛋游客，甘愿被破相机利用，特别是麻脸婆，她讨厌这个外表丑，心灵更丑的死婆娘，没有被男人宠爱，胖得像猪一样的死婆娘。

她更难受的是，阿雷为了她，用武力解决问题，这到底是爱还是占有？她千里迢迢地来到阿雷身边，究竟是为了什么？

这些心里话憋着难受，不吐不快，她向沙洁直倒苦水。

听闻此事，沙洁心疼并同情小浅浅，觉得小浅浅受到了天大的委屈。她安慰过小浅浅后，又开始担心吃过午饭就出门的安康。

快吃晚饭了，安康没有回到家，沙洁有一种预感："难道安康遇到了烦心事？"

沙洁对安康的心思，能否抵得过安康面对的诱惑呢？这个问题，只有在网吧打着电脑游戏的安康才能回答了。

第三十三章　一无所有

安康有一个习惯，身心疲惫以及想逃避现实的时候，会躲到网吧角落，进入游戏平台，和网友们在游戏中对战射击，寻找存在感。

从事导游职业初期，带一日游团时，安康带团水平差，隔三岔五被旅行社教育，被旅游车师傅指责抱怨，他便躲到网吧疗伤。后来带了长线团，他把心思都花在带团上，加之收获了爱情，就再也没有来过网吧。

长久没练习，手指都不灵活了，好几场游戏都是刚开场七八秒，就被对手一枪毙命。曾经的他，被网友们称为神枪手，他在游戏里得到虚荣的满足感，因而也非常在意输赢。而此时，他只想找一种感觉，一种虚拟的、曾经的感觉。

"切，这场游戏又输了。"

他的语气很平和，喝口'红牛'，准备再战。电脑右下角提示预存金额不足，提醒他需要缴费了。

他不像以前一样，选择继续在"魂网帅帅"网吧里自欺欺人。这次，他果断地离开，坐出租车到毛姐提供地址的西餐厅。见到毛姐时，他的第一反应是认错人了。

毛姐珠光宝气，倾国倾城，穿着一袭改良版的秋冬旗袍——主色调为酒红色、立领、手工盘扣，披着和旗袍配套的孔雀绣花纹披风斗篷，再看毛姐身上的首饰：纯银发簪、阳绿翡翠耳钉、高冰种蓝水翡翠镶钻吊珠、柿子红亮抛光南红珠串。

毛姐应该不会不知道，吃西餐穿什么最合适吧？她的打扮标新立异、博眼球。可不得不承认，这在雅座内，她独一无二，像是玫瑰与牡丹的结合体——鲜艳、华贵、魅力四射。

"是不是不习惯？"毛姐看出了安康的心思。

毛姐惊艳万分，活脱脱是个有气质的尤物。安康看过毛姐一眼后，再也不敢抬头看毛姐，更别说和她眼神有交流了。安康低着头说道："还行吧。"

在有钢琴的西餐厅用餐，光看周围人的服饰，就知道这里高端、大气、上档次，应该有很多讲究。安康虽然参加导游培训时学过西餐礼仪，也吃过西餐，但此时此刻，他假装外表轻松，实则内心澎湃。

"既来之，则安之。"他在心里默默念叨。

上了牛排和红酒，听着舒缓的音乐，毛姐说："你对西餐的礼仪怎么看？"

运动鞋、牛仔裤、韩版黑色外套，安康看看自己的穿着，羞愧到极点，自认为毛姐因他不够重视"庆功宴"而生气。

"对不起呀，毛姐，今天来得匆忙，跟这餐厅格格不入。"安康脸上写满歉意。

"礼仪、规矩重要又不重要。"毛姐一口喝干高脚杯内满满的红酒后，叫服务员上白酒。

服务员用诧异的眼神看着她，礼貌性回复："没有白酒。"

毛姐赏给服务员 1000 块钱说道："可不可以有白酒？"

服务员收过钱，请示餐厅经理，不到一会儿，就提着两瓶二锅头放到桌上，面带微笑地离开了。

"看见了吧，规矩、礼仪就是王八蛋！"毛姐将白酒倒入高脚杯中，不屑地说道，"说什么吃西餐要讲究这、讲究那的，那都是表面，其实一切还不是源于金钱。"

"愿听毛姐高见。"安康微微抬起头。

毛姐说，她付出了青春和代价才悟出社会规则，比如说："西方列强撬开中国的大门后，大量西餐传到中国。最早接触西餐的那些权贵人士学会了西餐礼仪，就在同胞面前显示出他们的与众不同，而大众都学着去适应那些规矩、礼仪，殊不知，普通百姓跟上那些条条框框后，老外又弄出更多的名堂……"

"毛姐，你是想说，规矩不重要吗？"安康反问。

"重要也不重要，得分情况。"毛姐举例道，"就说中国人的饭局吧，如何讲究，如何讲规矩，有用吗？"

"呵呵。"毛姐自问自答，接着说，"有个鸟用，人家有求于你，向你敬酒，你不喝酒，他还得求你；人家无求于你，或者说你有求于人家，人家说'你不喝就是不给我面子'，就算喝得胃出血而住院，事情也未必能办成，那到底喝还是不喝呢？"

穷在闹市无人问，富在深山有远亲，不信但看杯中酒，都是先敬权贵人。安康向毛姐举起酒杯："受教了！毛姐，我敬你。"

"带团也一样，公平、公开、公正，可能吗？哪个导管是傻子，把好团交给跟他毫无关系的人，哪怕这个人能力再强也不可能。打破规矩的导游能带到好团，赚到更多的钱，我希望你是这样的人，也希望你跟着我在天水水旅行社能赚大钱。"

眼前的毛姐，在安康面前不断地说着不着边际的话，像是教安康做人做事，又像教训安康。

这女人简直是漂亮的罂粟花，有毒。安康经不起拐弯抹角，他说："感谢毛姐给我派的好团，跟着你一起赚钱，规矩我懂的。"

"别谈钱，伤感情！"

安康和毛姐既然不是亲戚朋友、同学战友，能有什么关系呢？谈业绩吗？那得有好团，还不是导管一句话。那还能谈什么呢？

什么叫作女人是老虎，安康此刻显得如此卑微，本已经不自然的神情更加凸显出来，他低着不能再低的头说道："毛姐，那晚的事，我……我……我错了，对不起。"

毛姐理解的"对不起"和安康口中的"对不起"是两个概念。她起身叫住最近的一个服务员，扔给小费，嘀咕几句，说是要弹钢琴。然后，服务员走开去安排了。

随后，毛姐解下披风斗篷，走向钢琴处，风姿绰约，风情万种，令人遐想。她开始弹琴，手指像在键盘上跳舞，弹奏出哀婉的旋律，似乎在述说一个女人的寂寞与心碎的故事，又似乎令人听到梅艳芳那沧桑而低沉的嗓音在歌唱《女人花》。

吃西餐的人，不约而同地望向钢琴处，停下手中刀叉，瞪大眼珠，看旗袍，看珠光宝气，看绽放的"花朵"……他们中有人跟着毛姐弹奏的旋律哼鸣道：

我有花一朵，长在我心中，真情真爱无人懂
遍地的野草，已占满了山坡，孤芳自赏最心痛
女人花，摇曳在红尘中，女人花，随风轻轻摆动
只盼望，有一双温柔手，能抚慰，我内心的寂寞
女人花，摇曳在红尘中，女人花，随风轻轻摆动
若是你，闻过了花香浓，别问我，花儿是为谁红
……

热烈的掌声扰醒了仿佛听故事听得津津有味的安康，他灌入嘴里满满一口白酒，放下酒杯，脑海里又浮现了毛姐弹奏钢琴的

画面。

　意犹未尽时，毛姐已经回到座位，拾起披风斗篷说道："别人口中有我的千万个版本，那都是道听途说，流言蜚语。如果你愿意当听众，我家里有深藏的美酒和故事，我愿意讲'女人花'的故事给你听，那才是真实的我。"

　放下尊严，追求金钱，只需要一个念头即可。安康的屁股像涂满了胶水，怎么也站不起来。他的脑袋里像是有一群人在打架：未来丈母娘说，想娶她女儿就得有车、有房、有钱；沙洁说，在外面不要喝醉迷路，家里的酒随便喝；毛姐说，想带好团，就得付出……

　男子汉大丈夫能屈能伸，古有晋文公忍辱负重，大器晚成；今有玉柱东山再起，正非创业成功。这些似乎都在告诉安康："男人可以忍耐，可以屈辱，但绝不能受制于他人，何况是一个女人。"

　人活世上，哪能事事如意？堂堂七尺男儿，没有过不去的坎，为沙洁、为男人尊严、为无愧于心，安康艰难地做出选择，正是：

　　　　行走江湖人在外，拼杀多年不言败。
　　　　身在异乡本是客，醉生梦死又一载。

　拒绝了毛姐的"美酒和故事"，安康再次来到"魂网帅帅"网吧，点击网页搜索"男人失意时最值得看的电影"，搜索结果显示的《肖申克的救赎》吸引了他，影片简介正合心意，他需要救赎，于是点击播放影片。

　140多分钟的剧情结束后，他意犹未尽，又点播一部《当幸福来敲门》。影片中，一位父亲在篮球场对想成为篮球明星的儿子教育道："别让他人告诉你，你成不了材，即使你父亲也不行。

如果你有梦想的话，就要去捍卫它；如果你有理想的话，就要去努力实现。"

精彩之处得细嚼其中的哲理意味，安康按下影片暂停键，咕咚几口啤酒下肚，靠向座椅，轻闭眼睛……此时，一只温柔的手搭在他的肩膀上，转过身，是饱含深情的沙洁。

沙洁和小浅浅结束通话，去健身后回家，未见安康，打电话、发信息都不回，便亲自到网吧"接"安康回家。

两人回到归心小家，安康听了小浅浅与阿雷因为游客吵架的事。他特别赞同阿雷暴打那个猥琐男游客的行为，他说："打得好。"

但理性分析整个事件，又怎么能分出对与错呢？他今晚的心情同样堵塞，在归心小家待了一会儿，他又约沙洁出去喝酒吃烧烤。

"我看你在网吧时，不是喝过了4瓶啤酒了吗？怎么还想喝呀？"

"听你讲小浅浅遇到那种垃圾客人后，就想再喝点。"

"就在家喝吧，我出去给你打包烧烤回来。"沙洁走出去，带着烧烤回到归心小家，看着安康吃肉，喝酒。

"你也一起吃呀。"安康说道。

"我健身，不敢吃。"沙洁说，"晚上不能吃肉，尤其是烧烤类的食物，容易胖，影响健身成果。"

陪男友吃，自己却不吃，多好的姑娘呀。近几天来，安康发生诸多不如意，却又不能见谁都诉说，只能往肚里咽，幸而沙洁一直默默地、温柔地陪伴着他。这令他心里有愧疚，同时为拒绝毛姐的"好意"而感到明智，不然，怎么对得起如此好的姑娘？

"老公，小浅浅打算明天去腾冲、德宏、瑞丽散散心，问我能不能和她一起去。"沙洁说，中秋国庆是旅游旺季，安康应该没有时间陪她，既然小浅浅想去散心，她也想一起去。

安康站起身，走进卧室，拿出银行卡对沙洁说："早就要把财政大权交给乖老婆了，都怪我好几次都忘记了，刚好现在想起来。"说着，将银行卡交到沙洁手中，交代道，"该花的钱，随便花。"

接收到财政大权时刻，沙洁盘算，如果安康每个月能有一两次的大卫星，那支付首款买房结婚，一年半载可待；就算不放卫星，正常带团，先结婚再买房，也不过是推迟两三年而已。出去一趟，节约点，应该花不了多少钱。

再说，她曾经跟小浅浅去海月和乾泸的时候，小浅浅根本不考虑是否会对团队造成不利影响，也未经旅行社同意，就擅自带上了她，而那次跟团，她的收获很大。还有更重要的一个原因，多去旅游，对她考导游证也会有所帮助。

既然小浅浅想出去散心，她又逢中秋国庆假期，没有理由不去玩五六天。她立即给小浅浅打电话，约好明天在腾冲碰头。

腾冲位于云南省西部，有机场，交通倒也方便。沙洁定好性价比最高的航班，到达腾冲机场时，小浅浅已经在机场等她了。

贵为导游，小浅浅可以通过经验规划最合理的线路，但出行仓促，面对人生地不熟的环境，找酒店、找餐厅、找车子、找景区等等都很麻烦。出来散心的，何必再因为攻略伤神费脑，两人图方便省事，在当地一家旅行社报名跟团旅游。

鉴于导游身份，小浅浅考虑到导游带团的辛苦，如果报名购物团而不购物，对不起当地导游，更对不起神圣的导游职业。基于此，她俩报名《腾冲、德宏五天四晚高品质纯玩团》，这个团还有一个好处：全程不更换导游。

旅行社门市阿姐很热情、很专业，解释得清清楚楚。收过钱后，阿姐强调："您二位的跟团时间从明天10月1号开始，5号下午六七点回到腾冲，行程结束。今天晚上和 5 号晚上的酒店属于帮忙代订，不包含在跟团行程内，属于额外服务。"

这个旅游团是纯玩团，费用相对较高，哪怕是国庆旅游旺季，人也不多，仅 19 人。导游寸导是个 30 岁出头的男导游，腾冲荷花乡人，傣族。他的知识底蕴厚实，为人谦虚，服务专业，浑身充满正能量。

团友们像一群孩子一样跟着他，听他讲腾冲的万年火山热海、千年古道边关、百年翡翠商城、腾冲抗战英雄等，听他讲德宏边境风情、瑞丽一寨两国的趣事、傣族泼水节传说……

五天的时间，过得非常快。行程即将结束时，他吹奏葫芦丝《人们向往的地方》，作为分别礼物送给团友们，期待团友们介绍身边的亲戚朋友到滇西旅游。有人表示会再来滇西的，有人和他拍照，有人记下他的电话号码，还有人留他旅行社的地址，说回家后要给他寄锦旗……

跟寸导"再见"后，小浅浅和沙洁在寸导推荐的一家名为"梁河罗岗火烧肉拌米线"的小餐馆吃晚餐。店家推荐"火烧肉拌米线"，这种用柴火烧肉、豌豆、米线、傣家酸水、特制佐料等混合做成的美食，味道很棒，就连健身的沙洁也跟着小浅浅吃得撑撑的。

最让人吃得踏实的是，这里收费合理，并不像某些网站上的旅游攻略所讲："导游推荐游客的餐馆又贵又差。"

吃过晚餐，回到酒店，两人总结这趟旅游为两个字：超值！

"明天就要分开了，你有什么打算？"沙洁问道。

"先回乾泸再做打算了。"

小浅浅对沙洁说，她和阿雷住在一起后，才知道他没有导游证，都是靠关系带团，出那么大的事，没有旅行社敢冒着被重罚的风险给阿雷派团了。

出游之前，小浅浅说没有头绪，心乱如麻。这几天来滇西旅游一趟，她心情舒畅多了。准备回到乾泸后，再和阿雷从长计议。

　　小浅浅问沙洁："不说我了，说说你，准备什么时候结婚？"

　　"我父母的婚姻对我影响很大，我对伴侣的要求并不高，有车有房不花心，一心一意对我就可以了。"

　　"康哥没有车，没有房，你怎么就愿意嫁给他呢？"

　　"说来话长了，我给你讲讲我和刀安康的故事吧。"沙洁给小浅浅简述道，"我和安康认识的时候，他在网络公司上班，愣头愣脑地追求我。看他人长得还不错，我就尝试着和他交往了。

　　"有一次，我急需用钱，他连5000块钱都拿不出，我和他大吵一架后，他消失了，我给他打了好几次电话，他都不接，发信息也不回，反正他什么都没有，消失就消失吧，他走他的阳光道，我过我的独木桥。

　　"分开的期间，追求我的人倒不少，但我大都看不上眼，能看得上眼的少数人，又不靠谱，不足以托付终身。

　　"分开两年后，我记得应该是前年年底了，我整理衣物时，刀安康送给我的一条丝巾从衣柜底下冒出来，似乎在说'要拴住我一辈子'。我居然主动跟他联系了，就是那次主动，我发现他变得不再愣头愣脑，变得对生活充满信心，变得有些'花言巧语'，总之，变得跟以前不一样了，他竟然说，做导游是为了我。

　　"可他接我的电话，但却不愿意见我，说还赚不到钱，给不了我幸福。直到那天，他住进医院里，我再次见到他，才发现，他真的吸引住我了，曾经和他从来没有过的心跳，在那医院小小的病房里，满血复活。

　　"那天，我记得清清楚楚，你也去了医院，并且叫了我一声'嫂子'，真心话，那天我心里美滋滋的。从那天起，我和刀安康的关系就迅猛发展了。"

沙洁说"迅猛发展"时，有点不好意思。

"怎么迅猛发展了？"小浅浅贼笑贼笑地问。

"当然是——"沙洁正要回话，听着语气不对，松开拉住小浅浅的手，往小浅浅的腋窝挠去，弄得小浅浅边说笑边躲向一旁。

沙洁在和小浅浅吵闹时，殊不知，安康正在归心小家焦急烦乱着，像热锅上的蚂蚁。母亲沈彩凤打来电话说："康儿，你父亲的旧伤复发了，医生建议最好在一个星期内动手术，最迟不得超过 20 天。"

安康离家去读大学时，父亲开心过度受过伤。然而，他所不知道的是，当时家里没有钱，医生只对父亲做了简单的小手术，因而留下隐疾，随时可能复发。

安康了解母亲，如果不是重要事情，她是不会给儿子打电话的，尤其母亲还轻描淡写地说："弟弟在外省打工一时回不来，妹妹又在上学，如果你一时回不了家，动手术也不急于这几天。"

这几天来，安康一直没有收到带团信息，在等待接团信息时，他恍然发现身边的人都变了：飞杰变稳重、小燕子变世故、方如意变自律、沙洁变温柔……变化最大的是毛姐，她变得可怕，这种可怕对他最直接的影响是——比他的预料更可怕。

他预料过，毛姐顶多不会给他安排好团，最差的话，派稍差的团，自己也能接受。可是等到中秋国庆假期只剩最后一天了，都没有任何动静。旅游旺季，他都收不到接团信息，可以确定，毛姐放弃他了，或者说他没有拜倒在毛姐的石榴裙下，使得毛姐没有面子而生气了。

"可恶的女人，跟画皮一样，内外不符。"安康在心里骂道。

可话又说回来，能责怪毛姐吗？失业就失业吧，重新找旅行社也不是什么难事，带团的事再从长计议吧。

明天，沙洁就回来了，就算今晚在电话中，把父亲即将手术之事告诉沙洁，也起不到任何作用。安康收拾回家的物品，让朋友帮忙代订明天回祥目老家的火车票，一根接一根地抽烟，抽到半夜，焦躁不安地熬呀熬，终于熬到"咚、咚、咚"的敲门声响起。

沙洁回来了。

接下来发生的事情并不愉快。安康这几天没有带团，窝在家里，地板有瓜子、烟灰等，厨房洗碗池里堆叠着未洗的碗筷，垃圾篓里净是方便面盒子，卫生间飘出酸臭味。

沙洁抱怨两三句后，从大袋子里掏出"青龙过海汤""腾冲饵丝""德宏辣腌菜"等特产，嘴里直呼这次旅游有多好，有多大收获。

看到沙洁满满的收获，如果仅是小事，安康真不愿意让这不幸的消息像雪水般浇灭沙洁的热情。事关父亲的生命健康，安康纠结后道出实情。

听后，沙洁脸色立即变了，极不情愿地接受安康要立即回家的事实。她将未焐热的银行卡甩到安康面前，嘟嘴耷脸道："刀安康，我俩还要拍婚纱照，还要攒钱买房结婚，你得为我俩的前途考虑呀。"

安康拿着银行卡，一言未发，带上物品，踏上了回老家的路。

坐在火车上，像是进入黑黑的隧道，好黑好黑，安康睁眼闭眼都是黑，他不知道火车行驶了多久，像是半天，半个月，半年，甚至更久的时间，更像是行驶到了宇宙之外……

白驹过隙，日月如梭，时光到了2012年12月21号。

安康再次回到阔别两个多月的归心小家。推开门，沙洁还未回来，他早上没有吃早点，肚子呱呱作响，提醒他该吃饭了。

在火车上和沙洁通电话时，沙洁仅说，她在和朋友逛街，要晚些回家。

安康只得自己动手下厨房做饭。他打开冰箱，仅见到一把青蒜苗，细细查看，没有鸡鸭鱼肉，又找寻厨房其他角落，除了常用的油盐酱醋，以及大蒜、干辣椒外，就是一堆土豆和半把面条。

"家里的菜怎么那么少呢?"

安康心想："沙洁为巩固健身成果，或者为节俭生活，也犯不着这样委屈自己吧。"他竟心疼起沙洁来。

安康摸摸口袋，所剩钱财不多，担心起了未来的日子。带团只得刷信用卡垫团款了，而且什么时候能带团还不明朗。能省则省吧，他无奈地深吸一口气，卷起袖子，煮一碗素面，放两根蒜苗，独自吃起来。

吃的是面，嚼的是焦虑，咽下去的是无助。两个多月没有带团，他又得重新出发了。如果和毛姐关系好，不要说请假两个月，就算请假半年，再回归带团，也不过是一句话而已，当下，想回到毛姐麾下，可能性为零。

难道安康要回丙皮皮旅行社带团吗? 虽说皮总的团差，赚不到大钱，但至少有带团机会，而且，皮总欠着他未报完的团款，只要脸皮够厚，只要不在乎"好马不吃回头草"地向皮总开口要团，会有团带的。纠结再三，他还是选择不吃回头草。

安康拿着电话，打给了欧阳坤平，以及一些平时有交集的导游，他需要了解近期哪家旅行社在招导游。得到的反馈基本上是这段时间大旅行社团量还行，能满足他们本旅行社的导游带团，团队基本不外派，小旅行团量不多。安康要找团带，只得静待机会。

旅游市场就这样，旺季有带不完的团，淡季有闲不完的时间。聪明厉害的导游，旺季使劲赚钱，淡季带团不强求，能赚多少赚多少。安康只能顺应市场，如果有朋友介绍带团，只要能报账，一定不推辞，到春节旺季时，再想办法找到合适的旅行社稳固下来。

打完电话，他去菜市场买了少量肉、菜、饺子和白酒，准备在冬至，这个白昼最短的日子里，和沙洁迎接玛雅传说中预言的世界末日。

2012年12月份较热门的话题是"世界末日"。玛雅预言说，2012年12月21日夜晚来临之后，第二天的太阳将不会再升起，那是世界末日的来临。听说玛雅预言曾经预言的事基本都应验了。

这种没有科学性的猜测，安康心里自然是不相信的，不过要是以千万分之一的概率应验了，该怎么办呢？安康做好心理准备，想和沙洁长眠到地老天荒、世界毁灭。

可笑的是，第二天的太阳公公宣布："它没有迟到，世界末日的预言就是个笑话。"

新的一天来临，安康准备把银行卡只剩4位数的消息告诉沙洁，却被沙洁抢先发布了不好的消息：她的合同截至12月31号，公司不再与她续签合同，12月份的工资破例提前发放，让她让出位置给学历高、工资低的新入职大学生。说直接些，就是提前给她工资，让她提前滚蛋。

如果安康正常带团，沙洁失业对两人的影响可以忽略不计。就算此时沙洁失业，节约地过生活，也能逐渐向好的方面发展。可是以两人现在的状况，结婚的计划不得不暂停，不仅如此，拍摄婚纱照也得搁浅。

逃避是懦夫的行为。作为一名导游，安康所带过的游客中，给他印象深刻的有经历过"文革"、饥荒灾年的夫妻，一路走来，他们还不是风雨同舟、夫妻同心，熬到了光明的曙光。既然那么多的夫妻可以携手一生，他相信自己和沙洁一定可以共渡难关，摆脱困境。

两人走出归心小家，安康骑着电动车载沙洁到达城市公园，买面包喂红嘴鸥，累了便在长椅上休息，他感觉沙洁心情还不错，便说道："乖老婆，你听我说件事，可别生气呀。"

"你说吧。"沙洁想着还能有什么比失业更坏的消息。

安康将银行卡余额报给沙洁时，沙洁脸上的笑容瞬间不复存在。她预料到安康为他父亲花钱治病，应该花了不少钱，可是竟然花得只剩几千块钱，这太出乎她的预料了。

顿时，沙洁游玩的心情全无，她板着脸，起身说道："我们回家吧。"

"怎么说走就走呀？"安康起身跟着沙洁继续说道，"虽然现在我俩到了最难的时刻，但我相信，只要……"

"刀安康，你考虑过我的感受吗？"沙洁挤进了一辆公交车。

安康骑着电动车紧随沙洁回到归心小家，解释花钱的无奈，可是沙洁头扭到一边，不听解释，两人吵了一架。

说是吵架，其实就是沙洁吵，安康挨骂。当沙洁把情绪发泄够之后，两人冷战了三五天。

12 月 26 号，沙洁一大早收到了孔玉秋的导游证考试合格的消息。她挂完电话后，怀着忐忑不安的心情查询了成绩。结果，口试成绩合格、地方导游基础知识合格，其他科目不合格。她的心情一下子失落到了最低点，2012 年最后的一点希望宣布落空。

"明年再考，压力就不大了。"安康安慰道，"今年合格的科目可以保留到明年，明年再考三科，只要努力，一定能通过的。"

"我怎么那么没有用？呜……呜……呜……"

沙洁哭了一个上午，只得继续先找工作。可是她能做的工作实在是太少了，好不容易遇到合适的岗位，可薪资低得可怜，工作的意义不大，她希望安康多带团赚钱。

　　可沙洁却不知道为什么，安康从老家回来后，仅在欧阳坤平的介绍下，28号接了一个两天半的团，后来就再也没有接过团。两人待在家里，大眼瞪小眼，开始为鸡毛蒜皮的事斗嘴吵架。

　　每一次小吵架都像一个小小的鞭炮，炸出成一个小伤口，当小小的伤口变得越来越大，疼痛难忍时，再往上扔一颗鞭炮，终将使人崩溃，爆发出炸弹般的力量。

　　这天，沙洁面试一家公司回来，走进卧室，掀起被子，向床上的安康嚷道："我都出去又回来了，你怎么还像猪一样睡着，赶快起床。"

　　不用说，沙洁面试又失败了。安康忍住性子："又不带团，早起晚起不都一样吗?"

　　"就知道吃了睡，睡了吃。"沙洁一边骂一边把被子全部掀开，"厨房的碗筷堆叠成山，不知道洗；地板那么脏，不知道拖……就知道躺在床上……"

　　沙洁喋喋不休，像念紧箍咒，使得安康头痛欲裂，他穿衣起身，往门口而去。

　　"不准走!"沙洁跑到门口挡住安康嚷道，"你要是出了这门，永远别回来!"

　　"你有什么不开心的，可以坐下来，慢慢说，何必动不动就吵架呢?"

　　"刀安康，你以为你是谁呀，你心里根本就没有我，你把钱花光了，我以为你还能再赚。可是你死不要脸，还骗我说离开天水水旅行社，能赚更多的钱，钱呢? 钱在哪里?"

　　"我什么时候骗过你?"安康反驳道，"我不是跟你说过，这天水水旅行社不适合我。你怎么就不相信我呢?"

沙洁摇头甩发,咆哮道:"好好的旅行社待着不干,就你这样,还想赚大钱,你让我用什么相信你?你倒是去带团、去赚钱呀!"

"你能不能把目光放长远些?能不能不要开口闭口就提钱?旅游旺季来临时,我会赚钱的,这段时间是淡季,不闲着,还能做什么?"

安康天真地认为沙洁经常听他讲导游的故事,应该对旅游行业不陌生,应该明白什么时候能赚钱。他为了沙洁,为了俩人的幸福生活,拒绝了毛姐。这种苦,这种无奈,该向谁诉说?谁又能理解?

望着沙洁,安康觉得既熟悉又陌生,他的眼睛里蹦出求理解、求尊重、求消停的信号。

"啪!"一声响,沙洁的巴掌甩在安康脸上,留下红通通的巴掌印,这是沙洁第二次打安康。

第一次打时,安康拿不出5000块钱帮助沙洁,他怪自己能力不足,挨打毫无怨言;而这一次,他怎么也想不明白,为何沙洁如此狠心,如此冲动。

他举起手,准备打回去,可是他下不了手,在他的观念里,打女人算什么男人。他拽开沙洁,摔门而去……

走在城市的街道上,安康像是一只迷途的羔羊,完全没有方向地走呀走。走累了,他在一个公交车站台停下来休息,手机短信响了,是沙洁发来的信息:"限你十五分钟内,给我滚回来!"

看着短信,安康心里痛到顶点,往日温柔的沙洁对他"老公来,老公去"地喊得多亲热,可是沙洁生气起来,用最伤人的语言刺得他的心窝直流血。他悲伤地随意挤上一辆公交车。

公交车上,忙碌的人群推来挤去,挤出他的回忆。那时,他刚毕业，每天早上挤两趟公交车上班，换乘站点叫"城市公园"。有时下班后，他会独自一人去城市公园散步，他喜欢坐在长椅上看来往的人群。

那时的他，除了对城市公园独有的情愫外，一无所有，此后，换工作，认识了沙洁，他也经常去城市公园。再后来，做了导游，他有时间也去城市公园。可见，他对城市公园的情感从未变过。此时此刻，对比以往的他，除了年龄增长和经历丰富外，他还是一个人孤单难受，一无所有。

在城市公园站台下车，他走到长椅处坐下来，正午的阳光照射到身上，温暖火热，很舒服。因为是正午，游人不多，红嘴鸥也躲起来休息。反倒是湖中心拱桥处，有人摆造型指着湖中景色拍照，而距离长椅不远的湖中，有位清洁工乘着小舟在打捞湖中的物品，额头流出汗珠，看上去很累，看此情景，安康的心情是：

远方桥上游人快乐赏景，近处湖中船夫苦恼想停。
借问人生一世追求何物，苦求沧海天涯放我畅行。

在城市公园待到下午，安康捋顺吵架的前后经过。沙洁没有错，找不到工作，向男友生气，不是挺正常的？难不成向其他男人生气吗？虽然言语过激、行为过分，但男人应该有胸怀，应该能包容。

安康买了一只烤鸭回到归心小家，在门口时就做好了打不还手，骂不还口的准备。他轻轻地打开房门，地板很脏，厨房依然是堆叠的碗筷，床上散落着他的衣服。衣柜空了一大半，沙洁的箱子不见踪影。

瞬间，安康懵了……

第三十四章　大山里的五星红旗

"离家出走，玩失踪，搞什么飞机？"

安康打电话，以及发信息给沙洁，都收不到任何回复。无奈，他打电话给小浅浅，请其帮忙打听沙洁下落。

半个小时后，收到小浅浅的电话："康哥，你是不是和郭姐姐吵架了？"

听到这样的问候，无疑，沙洁和小浅浅通过电话了。安康悬着的心落下一半，继续问道："你知道沙洁去哪里了吗？"

"这——"小浅浅难为情地说，"康哥，你最好还是别问了。"

"她是不是回家了？"

"郭姐姐跟我说，要是你问我关于她的行踪，她让我回复你，她来乾泸找我玩几天，但……"

"谢谢你，我知道该怎么做了。"说未说完，安康打断小浅浅，匆忙结束通话。

冲动会让人失去理性判断，安康收拾好厨房、卧室，拖好地，给沙洁发信息："乖老婆，别生气了，我明天当面向你道歉。"

第二天，安康乘坐旅游客运班车，到达乾泸早已预定好的麻雀窝酒店，他想通过行动向沙洁道歉，哪怕自己未必是错的。

结果事与愿违，沙洁不接电话，不回信息。无奈，安康再次求助小浅浅。

"康哥，你居然真来乾泸啦？"小浅浅在电话里惊讶地告诉安康，沙洁是让她这么说的："如果刀安康问我去了哪里，你就说去乾泸找你玩几天，千万别说我回家了。"

小浅浅本想暗示安康不要来乾泸，却被安康匆忙挂了电话。

事已至此，后悔无益。安康失落地下楼到酒店大堂。熟悉而陌生的气息扑面而来，熟悉的是，2个月来，麻雀窝一切都没有变化；陌生的是，他不是带团而住在这个酒店里，心情完全不一样。

"刀安康，过来喝茶。"

茶台处传来罗吉祥的声音，他记忆力挺好，一眼认出安康。寒暄几句话后，他将旁边另一个人介绍给安康："这位是陶品德，平凡人公益协会的会长，热衷于公益事业，是当地公益圈的知名人士。"

陶品德40多岁，不高、寸头、微胖。他组建平凡人公益协会之初，得到罗吉祥多方面的支持。很多导游通过罗吉祥成为协会的志愿者，对他做公益起到非常大的作用。

明天，平凡人公益协会的志愿者们将出发去乾泸最贫困山区的某小学做公益。捐款和捐物资的人多，因路途遥远，道路不畅通，不能当天返回，参加现场活动的人不多，今天又有两三名志愿者临时取消出行计划，去的人更少了。

既要带物资，又要保证安全，陶品德责任重大。出行前，他找罗吉祥喝茶，缓解压力。得知安康既是导游，明天又不带团，便邀请一同前去。

"什么时候能回来？"安康问。

"明天上午出发，到他们乡里住一夜，后天早上到学校做公益，吃过中午饭后回来，顺利的话，后天晚上回到乾泸。"

"我考虑一下吧。"安康说道，"考虑好了，今晚给你回电话。"

喝过两口茶，安康走出酒店大堂，到七星美食广场爪爪小吃店吃饭，不经意地抬头，对面的另一张餐桌处坐下两位姑娘，正对着他的是翠翠，两人眼神交汇之际，彼此神情尴尬。

怎么会在这里遇到翠翠呢？夜总会那天晚上，自己到底是怎么回到酒店的？安康心中一万个为什么涌出心头。如果主动和翠翠搭话，合不合适？他假装镇定自若地吃饭，啃鸡脚。耳朵却听着翠翠和另一短发女子的对话，大体之意是，翠翠要离开乾泸了。

翠翠突然起身，站在安康面前，问道："请问你带打火机了吗？"

打火机三个字将安康的记忆拉回洛明城的出租屋里，他借打火机给翠翠的情形。那天，"ZIPPO打火机"被抢走，此时，再借打火机，翠翠安的是什么心呢？

停下筷子，用茶水漱口，用纸巾擦嘴，安康掏出普通打火机递给翠翠，当翠翠伸手去接打火机时，他却将手缩回来，率先自己点燃一支烟，吐出烟气，说道："姑娘家，抽什么烟？"

"姐用不着你管。"翠翠抢过打火机，坐到安康对面，跷起二郎腿，拿起桌上的烟盒抽出一根，叼到嘴里，点燃后，猛吸一口，吐出浓浓的烟雾。

"能聊聊吗？"安康问道。

"可以呀。"翠翠脸上露出笑意，转向短发女孩嘀咕几句，和安康一起走出爪爪小吃店十多步后，停住步伐问道："你准备带我去哪里？"

去酒店？去酒吧？还是去哪里呢？安康缺少和姑娘家约会的经验，他假装镇定道："你说去哪里就去哪里。"

"以为你变了，原来一点没变。"翠翠指向不远处的一家茶室说，"去茶室，怎么样？"

不然还能去哪里？安康跟着翠翠来到茶室，在一个相对私密的小包厢里，两人卸下伪装面具，真诚、真实、真心胜过一切。

"沙洁，是你女朋友吧。"翠翠说，"我送你回酒店那晚，你一直喊着她的名字，真羡慕她，好幸福。"

可是翠翠哪里知道，沙洁生气的时候，根本就不考虑安康的感受。当然，翠翠也没有必要知道这些，两者怎么能对比呢？安康只想知道那晚发生了什么，他吞吞吐吐地问："那天晚上，我俩……我俩有没有……有没有那个？"

"你想得美，把我当什么人了！"翠翠生气道，"虽然我在夜场上班，但我还是有原则、有底线的，怎么可能随随便便跟你上床？你想多了。"

说话间，翠翠从手提包里拿出"ZIPPO 打火机"，一边放在手里玩弄，一边述说她的经历。

她说，跟安康借打火机那时，她是个大二的学生，是通过助学贷款上的学，可因家里发生大变故，急需用钱，求天天不应，求地地不灵，她不得不申请休学，出来赚钱。

偶然得知同住一栋楼的安康是个导游，而她在学校学的专业是旅游管理，遂以借打火机之名，想和安康成为朋友。可谁又能料到，在夜场上班，身不由己，才发生了那晚上安康被打之事。哪怕安康帮不到她，还被揍了，她仍觉得特别感动。

事后，她想登门道谢，多次在安康的出租屋门前敲门，都不见安康。遇到房东大爷踩得知安康已搬家。之后，在 WELCOME 夜总会遇到安康，原本以为是感谢的好机会，哪想，安康醉得不省人事。

若非得已，谁愿涉红尘。曾几何时，在安康心中，翠翠是红尘女子，哪怕是被打那天晚上，有位小姑娘说翠翠是有追求、有文化的人，他也只是一笑而过。此时，他打量翠翠，她穿着高领纯白打底毛衫、淡灰色羽绒服，围着红色围巾，头发整洁，淡妆素雅，"美人痣"不见了，她不经意间地呼吸，沁入自己鼻孔的是淡淡的女人香。

"我明天就要回洛明了，今天能遇到你，算是没有遗憾了。"翠翠嘴唇上扬，露出微笑。

"乾泸不好吗？怎么这么急着回去？"安康问。

"为入学做准备。"翠翠说，她和家人已渡过难关了，要重回学校完成学业。毕竟离开学校两三年了，需要调整心态，需要戒烟，需要提前温习功课，需要做回学生样子。

"你的打火机躺在我包里快两年了。"翠翠将打火机放置到桌子上，推到安康面前，"虽然不舍得，毕竟不是我的物品，还给你吧，物归原主。"

"送给你了，留个纪念吧。"安康将打火机推回翠翠面前，关切地问道，"读书毕业后，有什么打算？"

"或许考研，或许做导游吧。"翠翠说道，"以前想过要做导游，后来接触导游多了，也就那样吧，并且现在的客人不乏坑蒙拐骗之徒，带团不好带，走一步算一步吧。"

在夜总会上班，翠翠认识常去夜总会玩耍的男导游不足为奇。为何会说游客坑蒙拐骗呢？安康问道："你怎么说客人中有坑蒙拐骗之徒呢？"

翠翠说，今年中秋节前两天，去夜场的人少，她和一个姐妹去古城酒吧玩耍。那是她到乾泸后第一次去古城酒吧。

喝酒时，一个戴眼镜、很猥琐的男人主动和她俩搭讪，还主动帮她俩买单。

走出酒吧后，猥琐男约她俩吃夜宵，她俩半推半就地和猥琐男一同前去烧烤店。猥琐男说是跟团来旅游的，说小导游这不好那不好，都已经拍照取证了，要投诉小导游，他还拿出相机让我们看他拍的小导游照片。

中途翠翠还打断猥琐男："看那小姑娘挺纯朴的，小虎牙也可爱，不像是形象差和可恶的导游。"

猥琐男指责小导游，又指责酒吧的酒贵，是假酒，骗人。以翠翠的阅人经验，断定这个男是渣男，至少是个抠门、自私的人。遂主动去付烧烤钱，不过没抢过猥琐男。

买单后的猥琐男暗示，付出要有回报，后来直接挑明愿意花钱寻找"赤裸裸的艳遇"。翠翠和姐妹看情形不对，把酒吧的酒钱、烧烤的钱丢给他后，立即要离开。

男子收下钱，居然无耻到极点，问翠翠她俩哪里可以花钱"潇洒"。得不到回复，男子异常激动地说："这是个鬼地方，以老子的职业身份，一定让这个地方付出代价。"

说完那晚上发生的事后，翠翠继续说道："后来一伙导游到我们那喝酒，说一个戴眼镜的游客欺负一个小姑娘，被小姑娘的男朋友打伤，听描述，像是那个猥琐男，活该！"

阿雷所打客人和翠翠所说客人都有三个共同点：戴眼镜、带相机、被打。可以基本判断为同一个人。如果真是这样，这种游客真的应该遭天打雷劈。可是未经证实，当事人都付出了相应的代价，这件事情是暂告一段落了。

不知不觉，安康和翠翠聊了两个多小时，分开时，安康不舍地说："要不，留个电话号码呗。"

"我想去做好学生，回学校就换手机号，留给你也没有意义。"翠翠捡起打火机，说道，"不过，你送的打火机，我收下，有缘再见吧。"

有的人无意出现在你的生命中，却给你上了一课。就比如翠翠出现在安康的生命中一样，安康又怎么会想得到，看似潇洒的姑娘，却有着她的苦衷；看似堕落的红尘女子，却保留着最初的学生追求。

有人说，人生没有白走的路，每一步都算数。当前的失业、失恋也不过是人生旅程的组成部分而已，茫茫人生路，失意只是其中一段而已。

这两年多来，安康都是为工作、爱情而奋斗，殊不知错过了许多美好。他给陶品德打电话，决定明天跟着志愿者们去山区小学做公益，去仰望大山深处的阳光。

第二天上午，安康来到集合地——小平坡的驿马凉亭，惊喜地看到阿雷、齐白方、阿依塔、小浅浅以及小浅浅称为姐姐的两个女人。他们都出现在那里，实在是太意外了。

"既然你们都认识，太好了，你们先聊会，有几个人找不到路，我打电话给他们。"陶品德招呼好安康后，忙着打电话了。

导游们聚在一起，不出三句话，又谈到了导游话题。安康得知信息，阿雷打游客之后，旅游局加大查处黑导的力度，像阿吉达、拉吉奋超等人都受到旅游局的处罚。

最惨的当然是阿雷，被列为黑导典型，为冲动付出惨重的代价，就像站在楼上，被人砍断柱子，轰然跌到谷底，看不到光明，看不到希望。尤其是小浅浅去腾冲旅游那几天，阿雷要么在洗浴中心，要么在夜总会，过着黯淡无光的生活。

小浅浅旅游回来，每天陪着阿雷，重新规划两人的生活，她对阿雷说："我知道你的特长是带团，也喜欢做导游，虽然暂时带不了团，但你别灰心，别放弃，你的旅游局朋友说过，只要你考个导游证，依然是可以继续带团的。"

阿雷却说："算了吧，我以前考过两次都没有考上。"

不过，小浅浅并未放弃，无论阿雷喝酒再多、再生气，她始终不离不弃。还拿出阿雷交给她的银行卡，加上她自己的部分积蓄，硬是把阿雷带到4S汽车店，买了商务车，让阿雷先做回老本行——帮旅行社接送客人。

曾一度借酒度日、花天酒地、自暴自弃的阿雷，在小浅浅的帮助下站了起来。现在阿雷十分坦然，车里随时放着导游证考试的书籍，有空时，就看书，他相信小浅浅所说："从现在开始，全力以赴，明年一定能考过的。"

阿雷等人还向安康谈及齐白方和阿依塔，两人目前在阿依塔的老东家甲丽旅行社，继续带之前的团型。同时谈及卓玛，说卓玛怀孕了，她老公不让她出来带团，她在家养胎。

当大家问及安康近况如何时，还未等安康开口，6位女性，9位男性，共15位志愿者都到齐了。

陶品德把大家集合起来，简略地宣布行程："咱们现在出发，1点30左右到山格里县城。吃过中午饭，从县城出发，便是山间土路，车辆开不快，4点30左右到水微湖乡，吃过晚饭后，早早休息。明天一大早，车子行驶到玛珠格萨小学山脚下，这几天修着路，学校已经联系了当地的马夫，让矮脚马托运物资三公里，就到达学校了。"

宣布完行程，小浅浅和那两位姐姐坐上阿雷的商务车，其他车辆上也坐上相应的志愿者，陶品德安排安康坐他的城市越野车，车辆开始出发。

行驶出城20多公里，前面阿雷的车突然停下，陶品德跟着停在阿雷车辆后面，下车问道："是不是有什么状况？"

"对不起，陶哥。"阿雷说道，"旅行社派我去接待客人，实在是推辞不掉，我得回去接团。"

阿雷返回乾泸，小浅浅和俩姐姐坐上陶品德的车继续前行，一直到水微湖乡都挺顺利。

水微湖乡因为水微湖而得名。水微湖是一个高原湖泊，水域面积 20 平方公里，水清如镜，通过小舟可直达湖中心的小岛，小岛上有一座岩洞，洞里有一口泉水，叫龙王泉，每逢婚丧嫁娶，当地人都到龙王泉求取泉水用于祭祀。

近两三年来，当地政府不断挖掘龙王泉的相关文化，进行旅游开发。至于成果，不遂人愿。其中阻碍旅游发展的一个原因就是交通，怪不得当地老人常说："要致富先修路。"

入住客栈，吃过晚饭后，阿依塔带大家到湖边转悠。他说，这里是他的家乡，水微湖是他们的母亲湖。他对这里有深深的感情，小时候希望走出大山，当走出去做了导游后，又希望家乡能发展旅游，希望全国各地的游客来这里旅游，带动当地经济发展。

可惜，他只是一个小导游，能力有限，能做的也是最靠谱的，便是利用工作之便，向游客宣传公益，请求他们帮助山里的孩子捐资捐物。虽有争议，但他相信，微小的行动一定能逐渐产生大的影响。

他解下腰间的葫芦丢向湖中，对小浅浅说道："告诉阿雷，再也不用他打破我的葫芦了，我把葫芦扔入水中，我的愿望实现了！"

虽然小浅浅不明白阿依塔到底有什么愿望，但阿依塔对他们家乡的情感和付出，令小浅浅曾经对阿依塔的不良印象，瞬间发生了变化。

在水微湖岸边拍了几张照片后，众人返回到有大院子的乡间客栈，生起一堆火，坐在大火塘旁边，听陶品德讲公益的故事。天彻底黑后，在客栈老板的带动下，大家手拉手围绕着火塘打跳。那是没有音响、没有霓虹灯的打跳，陪伴他们的是客栈老板富有节奏的短笛声，还有那一堆越燃越红火的柴火。

那个时刻，安康忘记沙洁，忘记一切，只是随着大家的步伐不停地跳呀，跳呀，跳呀跳……跳到睡梦中，直到入睡，直到被公鸡的打鸣声叫醒。

天亮，大家套上红色的志愿者马甲背心，经过一段坑坑洼洼、颠颠簸簸的山间土路后，终于到达了玛珠格萨小学山脚下。据学校老师介绍，不修路之前，车子勉强能到达学校，而这次真的只能依靠矮脚马了。停车后，大家一齐将车内物品转至矮脚马的马背上。

小浅浅抬着一纸箱货物喘着粗气递给安康道："康哥，帮忙接一下。"

安康接过箱子，连同马夫帮忙把箱子顶上马鞍后，擦着额头的汗珠道："陶哥都说了，女人不用搬东西，看把你累得气喘吁吁的。"

"人多力量大。"小浅浅转身继续去搬纸箱。

经过人力和马力的配合，终于把全部物资运送到玛珠格萨小学。这是一个初级小学，只有有三个年级共 60 多人。教学楼是简陋的破旧老式二层楼，三个教室几乎都透风……总之，说好听点，这所学校是简陋中的极品。

接下来的捐赠仪式中，有一个升国旗奏国歌的仪式，当《义勇军进行曲》响起，志愿者、教师、小学生们一起伴随着歌曲声唱道：

起来，不愿做奴隶的人们，

把我们的血肉，筑成我们新的长城，

中华民族到了最危险的时候，

每个人被迫着，

发出最后的吼声，

起来、起来、起来，

我们万众一心，

冒着敌人的炮火，

前进、前进、前进进。

……

　　五星红旗在寒冷的冬天传递着火红、温暖的希望。安康、小浅浅、阿依塔、齐白方、陶品德等人，眼眶湿润。那是一种只有亲临现场才能体会的感动，那升起的不仅是一面旗帜，更是孩子梦、山区梦、中国梦。

　　捐赠结束后，学校里学历最高的支教老师李然静老师，和小浅浅是老乡，她俩在一篮球架底下晒太阳叙说老家故事。齐白方和安康凑过去，听然静老师讲她的支教经历。

　　然静老师回忆往事说，两年多前，她大学即将毕业，看到报道：一位东北的张老师为从根本解决大山孩子的上学问题，想尽一切办法，把青春和毕生的精力都奉献给大山的教育事业。

　　她因此受到影响，说服父母，来到玛珠格萨小学，成为一名支教老师。两年多的时间，她与大山、与孩子们融为了一体。她还在学校里提交了入党申请书，现在是一名预备党员。

　　她说，她曾在网上看到过对导游的很多负面报道，受到过误导，她对导游存在过偏见。今日亲眼所见，竟然有那么多导游志愿者参与到爱心公益来，这是导游群体的骄傲。她说任何职业都不能以偏概全，要以辩证的眼光看待各行各业。

　　对于职业偏见，安康想起欧阳坤平不愿意带教师团之事，而安康站在大山里，听然静老师的故事，以及亲眼看见这里的老师在如此艰苦的环境下，依然乐观、积极地给孩子们传授知识，让孩子们认识外面的世界。比起部分导游因为私利，存偏见，这些教师是何等的伟大！

他向然静老师和小浅浅竖起大拇指："你俩从自己的家乡来到边境省，把青春献给边疆的建设事业，你俩都是伟大的人。"

小浅浅露出虎牙，正要发表"高见"，电话响了，亏叔打来电话："阿雷出事了……"

第三十五章　死生之道

　　话说前往玛珠格萨小学的那天，阿雷接到亏叔的电话，让他当师傅兼导游接待几个客人游玩古城，第二天早上去雪山。

　　两三天来，雪山下了一场大雪，大索道关闭，小索道根据情况会不定时关闭，加之通往雪山的路段有一座狭窄的桥，桥旁边有很多路口，每天都有货运车辆通行，本身就有危险性，导游们都知道，一旦雪山下大雪，带团的危险性将大大增加。因此，很多旅行社根据相关情况，取消了99%以上的雪山团队，实在没有办法取消的团队，才会冒着极大的风险去雪山。

　　至于导游，如果不是旅行社的专职导游，或者与旅行社不是有着很好的关系，99%的导游都不愿意接待走雪山行程的团队。

　　阿雷自从打游客受到处罚，他深感对不起亏叔旅行社，更对不起亏叔对他的信任。他答应亏叔可以帮忙接待客人，但是建议亏叔让客人取消去雪山景区，改变走其他景点，如果取消不了，他不敢接这样的团。

　　可是亏叔说，他都懂这些道理，这不是没有办法的事吗？接着亏叔又以阿雷打客人致使他的旅行社受到处罚，业务量严重下滑等为由，软硬兼施地把这个团交给他。

　　那是来自南方热带区的5口之家：50来岁的一对夫妻带着女儿、女婿和5岁的孙女。他们的家乡从未下过雪，他们就是冲着雪山而来的。尽管他们对近几天来雪山的危险性已经知晓，以及地接社、组团社多次和他们沟通，建议更改行程，并且承诺降低他们的损失，可是，他们坚持要去雪山。组团社几经辗转，找到愿意接待这家人的亏叔旅行社。

亏叔旅行社自元气大伤后，客源减少，一直找渠道争取更多的合作伙伴，便冒着风险接待了这个团队，可是找不到师傅和导游，于是乎，亏叔让阿雷救急。

阿雷返回乾泸，按约定去接待客人。接到客人不到三分钟，那客人完全不给阿雷面子，就给旅行社打电话说要把阿雷更换掉，说他太丑了。

如果是曾经的阿雷一定会丢下客人，掉头就走，可是他还是耐住性子好好和客人说话，又等旅行社和客人多次解释后，才顺利接上客人。阿雷向小浅浅承诺过，一定要"改邪归正"，于是，他压抑着性子带客人游古城、吃晚餐，把客人送到酒店。

第二天清晨，原本商定最迟 7 点钟准时出发，可是客人却迟到了 70 多分钟，阿雷建议客人，如果继续出发，就算到雪山，会是起风的时间，不如取消行程吧。可是客人，尤其丈母娘蛮横不讲理，无论阿雷如何动之以情、晓之以理都说服不了这家人。

越是担心的事情，它偏偏就发生了，心理学把这叫作"墨菲定律"。阿雷带着担忧向雪山出发，行驶到最危险的 T 字交叉口，刚过完狭窄的桥，对面的旅游大巴车被从左侧路口飞速而来的大货运车直接撞到车前部，旅游车又猛地碰撞到阿雷的左前方驾驶处。

说时迟，那时快，阿雷一个急刹，车子来了个 360 度大漂移停下来。阿雷被撞伤了，手臂流出血来，他忍住疼痛，看向车内客人，小女孩和丈母娘吓得哇哇大哭，其他人都在颤抖。幸运的是都系了安全带，客人有惊无险。

忍住疼痛，阿雷冷静下来，打开车门，看向车后方的石桥处，桥栏杆已被撞飞，大货车翻入桥中的河道里。大巴车贴着货车悬在桥与路的交接处，摇摇晃晃地随时有可能翻倒到河中。

旅游大巴车内，惨叫声、啼叫声、救命声交织在一起，鬼哭狼嚎般的声音砸到阿雷的耳朵里。他跑过去，只见大货车驾驶室的门是开着的，不太深的河道里满是鲜血，河道中，有个人直接扑倒在水中。可以判断，这个人是大货车驾驶员，看上去，他已经没有了生命迹象。

大巴车内，倒在方向盘上的驾驶员一动不动，满头是血，一个胸前挂着导游证的小伙子，趴在驾驶员身上，嘴一动一动的，却发不出任何声音，他手里拿着车钥匙，不用说，想必是想打开车门让游客出去。

而大巴车外面的门被一块大石头挡住了，只打开了一条缝，如果不及时搬开那块大石头，及时救出车内的人，有可能整辆大巴车都会掉落到河中，后果不堪设想。

阿雷顾不得那么多，强忍着疼痛，去搬那块大石头，连续两三次都搬不开。最后他使出这辈子最大的力气，像雷声般地吼叫，使出比老虎更大的力气，移开石头，游客得救了。

不幸的是，他连同大石头滚入河道中，被石头压倒在他身上，动弹不得，而河道中的水淹没过他的头部，使他呼吸困难……

40多分钟后，交警、村民、救护车赶到，阿雷被带到医院。同时被送到医院的还有其他伤者。受医院条件限制，急救分先后，医生原本是可以先救阿雷的，可是在救护车前往医院途中，他嘴巴在动，护士耳朵凑过去，听到微弱的声音："我是导游，先救游客。"

而旅行社一边，亏叔得知消息后，知道小浅浅是阿雷最爱的人，便在通知阿雷父母后，将阿雷出事的消息告知小浅浅。

事不宜迟，阿依塔开车载着小浅浅、安康、齐白方立即提前返回乾泸，直奔医院。如果晚一分钟，他们连阿雷最后一面都看不到了。

刚到医院手术室门口，门打开了，护士推着手术车出来，只见手术车上的阿雷被盖上了一块白布，医生向阿雷父母摇了摇头。

小浅浅的眼泪湿透整个面庞，趴在手术车上，使劲地去摇晃阿雷，叫喊阿雷，得不到任何回应。小浅浅失去控制，捶打阿雷，大骂道："雷疤，你个大混蛋，你给老子醒过来，你忘记你所有承诺了吗……你不是要骗我一辈子吗……你个大混蛋，大混蛋……"

声音爆发到极点，响彻整个楼层，随后，小浅浅的声音越来越微弱，直到什么都听不见后，小浅浅瘫倒在地上……

阿雷就这样离开了，永远地离开了他心爱的姑娘，离开了未完成的梦想，永远地去了另外的世界。

在事故发生后的通报中，可以看到所提及的死亡和受伤人数，以及财产损失，却没有在通报上看到："有一位叫雷亚虎的导游救下了全车游客。"也因此，外界根本不知道阿雷是怎么死的，更没有人知道，曾经这位职业黑导，在善念闪现的瞬间，展现出了一个导游高尚的灵魂。

然而，当从护士的嘴里传出阿雷生前遗言"我是导游，先救游客"这句话时，大部分导游的心都在滴血，都在为阿雷这个同行所惋惜和抱不平，也有一部分导游骂阿雷太傻，何必冒着生命危险去救不相关的人。

他人的评头论足都挽救不了阿雷的离去，在那段黑暗的时刻，整个边境省导游界一片沉闷，最难受的当然要数小浅浅了，她那么年轻可爱，那么充满活力，却因为带团，认识了阿雷，爱上阿雷，最终失去阿雷。

在小浅浅痛不欲生的日子里，没有人能够感同身受，也没有人知道她是怎么解脱，怎么走出来的。据说，阿雷离去后，小浅浅给她父母打了电话。浅母第一时间飞到乾泸，陪了小浅浅半个月后，担心她女儿想不通，硬是说服小浅浅回湘潭老家。

离开的当天上午，小浅浅发了一条朋友圈："一个人来到这座城市，一个人离开这座城市。说再见，断不掉的回忆；说不见，难忘刻骨铭心的爱情！"

朋友圈点赞的很多。到了傍晚时分，她和母亲到达机场大巴乘坐站，母亲不断地催促她上车，而她失落地东张西望。

"浅浅，等一下。"

就在她即将走上大巴车的时候，听到有人喊她，转身一看，是方如意。

方如意提着两袋雪山保健果出现在小浅浅面前，她先解释道："今天店里比较忙，现在才抽得出身来送你，还好出租车师傅开车快，没有迟到，赶得上送你一程。"

说着，方如意将雪山保健果送给浅母，并对浅母表示，她和小浅浅是好姐妹，并说道："阿姨到乾泸一趟，我都没有机会尽到地主之谊请阿姨吃饭，阿姨又要离开了。这雪山保健果是乾泸的特产，对中老年人特别好，送给阿姨和叔叔，表示歉意和心意。"

浅母推辞几下，在小浅浅点点头的示意下，收下了雪山保健果。

此时，感动涌上心头，小浅浅的泪水夺眶而出，她伸出双手紧紧地抱住方如意。七八分钟后，小浅浅坐上了机场大巴，离开了乾泸城，前往机场。到达小平坡处时，望着驿马凉亭，往日和阿雷一起接团，一起出发去做公益的画面浮现在眼前，她的泪水再一次涌出，此时收到了齐白方发来的一条微信。

其内容核心是，在阿雷离开之后，齐白方为阿雷，为导游的不容易重新给一首歌填了词，名为《送别·导游版》。

望着小平坡渐渐消失在眼前，小浅浅将耳机插入手机，打开《送别》这首歌的曲子，配合着《送别·导游版》的歌词哼唱起来。

干导游，不容易，为了客满意，
早出晚归拼体力，工作无假期，
讲历史，说古迹，讲解有意义，
天文地理要牢记，抽空抓学习。
干导游，不容易，常常受委屈，
亏欠爱人欠家里，说声对不起，
怕投诉，忍客欺，电话不关机，
全力以赴争口气，导游一场戏。
……

浅浅满脸泪水地离开乾泸了，她抱紧阿雷的塑封西装照片和齐白方送给阿雷的装裱字画。这两样东西，也许将成为小浅浅人生旅途最重要的物品，也许将是她人生中抹不去的一段回忆。更为重要的，或许只有小浅浅知道，这两样东西承载着阿雷的梦想和对美满爱情的期许。

阿雷的离开，同样给安康很大的触动。在很长一段时间内，安康常常怀念和阿雷一起喝酒的情形，怀念阿雷的豪爽性格。

但凡有空，安康总结从做导游以来所经历的各种事件，并开始规划职业生涯，写导游词，真诚地对待每一位游客，他想形成自己的风格，成为名副其实的优秀导游。

这样做的结果显而易见，难赚到大钱，安康陷入做导游以来的低谷期，连续3个月都找不到合适的旅行社。期间，沙洁和他在一起，常常因为收入而争吵。

"你走你的阳关道，我过我的独木桥。"沙洁扔下这句话，和安康宣布分手。

在最难熬的时刻，安康过着无烟、无酒、无应酬的生活，连日常开支都得依靠信用卡。他熬着，坚持着，直到旅游市场渐渐地发生变化，购物团、纯玩团、高品质团、各种团型百花齐放，很多旅行社多元化发展，网络收客逐渐成为趋势。

几经选择，他去了"纯玩旅行社"带纯玩团、高品质团。虽然收入不高，但操心不大、人不累，每个团的收入不会出现大浮动，只要付出，都会有收获。

到七八月份的时候，很多导游不喜欢带的学生团、教师团却在他手上不断地获得好评，暑假结束后，他走出困境，成为纯玩旅行社的优秀导游。

2013 年 10 月 1 号，《中华人民共和国旅游法》正式实施，主要经营购物团的天水水旅行社、丙皮皮旅行社等不得不缩减团量，静观市场变化。而曾经默默无闻的纯玩旅行社的团量不减反增，赢得大量市场份额。新导游孔玉秋等人也加入到了纯玩旅行社。

而像安康这样的很多老导游，因为《旅游法》的实施，也有一部分导游转型到纯玩旅行社带团。也因此，但凡能转变心态带团的导游，基本上都有带不完的团。

今天，《旅游法》实施第一天，安康在洛明国际机场出站口处，准备接团，收到计调的微信说，有个新入职的导游也在机场接团，因她的团临时取消，让她跟安康一个团，以适应旅行社的运作模式。

安康准备按微信上所提示的陌生号码拨打给新导游，突然，被"嘀"地短信声打断了。他打开短信内容，上面显示：刀安康，好久不见，我在甲鱼线健身房上班，欢迎有空过来运动。落款是熟悉的名字——沙洁，而短信内容的称呼却不再是“老公”。

安康正犹豫要不要回复这条短信。突然被人拍了下肩膀，发出“嘿”的一声。他转过身，是水嫩的笑脸和可爱的小虎牙。

对，没错！此人是小浅浅。

小浅浅和安康默契地都穿着灰色调的衣服，有所区别的是：安康灰黑，小浅浅灰白。两人像喷泉的水溅到脸上一般乐开花地相视而笑……

小浅浅把早已经准备好的饮料递给安康，乐开花地笑道：“在哪家社带团呢？”

“纯玩旅行社。”安康接过饮料，反问道，“你呢？”

“我也是，这是我在纯玩旅行社入职以来，接的第一个团，可是——”小浅浅乐笑道，“可是航班取消了，让我去跟一个叫刀安康导游的团，学习他的带团技巧……”

“噗……”安康刚喝到嘴里的饮料直接喷向小浅浅，五六秒后，反应过来：“小浅浅，你换号码了？”

小浅浅掏出纸巾，擦着小脸蛋，噘嘴道：“我闲了八个月，重新出山，第一个团被取消，还在郁闷中，你还喷我一脸，哼！”

谈话间，一群戴着红帽子的游客走到出站口，领队大叔摘下小红帽在他俩面前晃晃道：“牦牛导游、小仙女导游，还记得我吗？”

领队大叔是安康第一次带长线团时的那个破洞大叔，不知何故，他又带着客人来边境省旅游了。今天他穿的白色衬衫，已显得发黄，在衣角处有个拳头大的补丁。他用手掌遮住补丁，露出尴尬的神情。

安康和小浅浅同时将目光从大叔的补丁处移开，看向大叔，瞪大眼珠，不约而同地发出：“破洞大叔，你怎么又来了……”

（全书完）